KB273829

메기의 추억

김동선 장편소설

새미

메기의 추억

메기의 추억

　나는 이 소설을 구상할 때 흥미 있게 읽히고 또 독자들에게 무언가 깊은 생각의 여운을 남기려는 일념으로 시작했다.

　그러나 막상 끝을 맺고 나니 생각보다 미흡함에 자괴감을 금치 못한다. 재능이 욕심을 따르지 못한 탓이리라.

　날로 급변하는 세상인지라 남녀간의 사랑도 대담해지고 적극적으로 되어 간다. 실로 보수적인 기성 관념으로는 상상을 초월할 만큼 달라져간다.

　그러나 이성간의 사랑은 동서고금을 통해 그 본질은 달라질 수 없는 것도 사실이다. 그런데 작금 사랑의 행태는 너무 급진적으로, 정신적인 면보다는 육체의 말초적 쾌락에 훨씬 더 무게가 실려 가는 경향이 있다.

　대도시 중심가의 도처에 러브호텔(love hotel)의 간판이 세워지고 혼전 동거가 만연하는 시대 풍조가 되었으니 말이다. 순애보와 같은 주인공들을 찾기란 냇물에서 사금 고르기만큼이나 어렵게 된 것 같다.

나는 이 소설을 써놓고 몇 가지 이유로 한동안 서랍에 묵혀 두었었다. 이제 다시 읽어보니 정정하고 싶은 데가 있지만 그냥 세상에 내놓기로 했다.

같은 용도의 물건이라도 그 선택은 구매자의 취향에 따라 다양하고 음식에 대한 기호도 각자 다르듯이 이 작품을 대하는 독자의 비평 또한 판이하게 다를 것이다.

처음부터 흥밋거리만을 찾는다면 몇 페이지 읽다가 덮어둘지 모르고, 지독한 봉건주의자는 책의 중반을 넘기면서 이맛살을 찌푸릴지 모른다.

그러나 작가는 순수한 사랑의 의미를 모색하려고 나름대로 심혈을 기울였다. 이 소설이 슬프고도 순수한 사랑의 이야기이든, 외설물로 제쳐놓든 판단은 독자의 몫이다.

그리고 작품 전체의 내용이나 사건의 어느 부분적 전개가 독자의 경험과 유사한 점이 있더라도 그 개인과는 무관하다.
개개인의 이름, 질병, 죽음 혹은 불륜의 장면이 묘사되었다고 하
더라도 어느 특정인과는 무관함을 거듭 밝혀 둔다.

2002년 봄
김 동 선

　예약 시간을 시계 분침같이 지키던 오정순 씨는 오늘따라 한 시간 늦게 11시경에 닥터 권 의료원에 왔다.

　금년 67세의 그녀는 당뇨, 고혈압, 협심증, 관절염 등 성인병을 늘 짊어지고 다녔다. 닥터 권한테 진찰과 처방을 받으러 매달 말일 경에 왔었는데, 공휴일이 끼었을 때는 그 전날에 예약했다.

　의사가 출장이나 휴가 갈 때는 그 환자의 예약 날짜를 먼저 챙겨야 할 만큼 빼놓을 수 없는, 거의 20년의 단골 환자였다. 오정순 환자는 의료원에 들어서자 눈을 털며, 들고 온 007 가방을 마치 보물덩이라도 들어있는 양 진찰실 앞 한쪽 의자에 조심스럽게 놓았다.

　간호사가 그녀를 반갑게 맞으며 '바이탈 사인'을 재고 진찰실에 안내했다. "박사님 안녕하세요?" 하고 그녀가 인사하자

　"아주머니, 어서 오세요. 거기 앉으시지요. 요즘 건강은 어떠세요?" 하고 의사는 항상 같은 질문을 했다.

　"며칠 전부터 가슴에 물결이 출렁이는 것 같은 느낌이 자주 들

고 가끔 두근거리다가 휑하니 빈혈기가 일어나곤 해요.”

“아 그러세요?” 하며 의사는 차트에 기록된 혈압, 맥박을 확인한 후 청진기를 귀에 꽂고 환자의 앞가슴부터 진찰했다.

먼저 심장 박동을 들은 후 회전 의자를 돌려 웃옷을 걷어올리고 등에서 호흡음을 들었다.

의사는 귀에서 청진기를 떼며 말했다. “심장 고동 소리가 고르지 않군요. 심전도를 찍어보아야 알겠어요. 부정맥도 양성과 악성이 있으니까요.”

“미스 김, ECG를 찍게 해요” 하고 간호사에게 지시했다.

심전도 기록은 1분에 조기 심실 수축(PVC)이 15번 이상 뛰고 가끔은 티-파(T-wave)에서 나타났다.

“아주머니, 이젠 조금 힘드셔도 운동하며 다시 검사해봐야 하겠습니다” 하고 스트레스 테스트를 권했다.

환자는 예측이라도 한 듯이 “이제 정말 죽을 병이 들었습니까? 박사님” 하고 태연히 물었다. 그 물음은 불안해서라기보다 아무렴은 어떠냐는 듯 그녀의 얼굴은 무심한 표정을 담고 있었다.

스트레스 테스트 기록도 부정맥이 있고 티-파가 하강되는 등 관상동맥의 협착을 분명히 나타내고 있다.

“아주머니 힘드셨지요?”

“아이고 말씀 마세요. 숨이 금방 넘어가는 줄 알았습니다.”

하며 아직도 가슴이 답답한 듯 얼굴을 찡그렸다.

“예, 그러셨을 겁니다. 그런데 약을 한가지 더 첨가해야 하겠습니다” 하고 의사는 약간 굳은 표정으로 말했다. 진료를 마치자 그녀는 쭈빗쭈빗 한참을 망설이더니,

“박사님, 무례인 줄 알지만 저의 청을 하나 들어주셨으면 합니

다. 박사님은 작가이시니 저에게 얽힌 이야기를 책으로 쓰실 수 있을 테니까요. 사실은 저 혼자만의 비밀이기에 꼭꼭 싸두고 울적할 때 꺼내 읽곤 했습니다만 이젠 생각을 바꿨습니다. 나는 아무래도 오래 살 것 같지 않아 몇 달을 두고 망설이던 차 우연히 신문과 잡지에서 박사님의 글을 읽고 결심했습니다. 권 박사님의 문장 솜씨라면 충분히 해낼 것 같다는 확신이 섰기 때문입니다."

"무슨 말씀인지 어리둥절하네요."

하고 의사는 그녀를 바라보았다.

"그러실 겁니다. 아무튼 이 일기 내용을 읽으시고 이야깃거리가 된다고 생각되시면 한 권의 책으로 엮어주세요. 아마 저의 마지막 부탁이 될 것 같습니다. 일기를 남에게 보인다는 것은 부끄러운 일이지만요……" 하면서 가방을 열고 노란 마닐라 봉투 네 개를 꺼내놓는 손은 가볍게 떨리고 있었다. 중요한 문서를 다루듯 아주 조심스럽게 펼쳤다. 세 봉투에는 대학 노트 세 권씩이 각각 들어있고 한 봉투에는 하드 커버의 두툼한 일기장 두 권이 들어 있었다.

대학 노트는 1·2·3권 순으로 번호를 붙인 청색, 녹색, 검은색 등의 커버였는데, 모서리가 훼손된 것으로 보아 꽤 오랫동안 손때가 묻은 것 같았다.

다른 봉투에서 나온 일기장은 별로 훼손되지 않고 비교적 깨끗했다. 그리고 얄팍한 시집을 꺼내 보이며

"이 시집의 원본은 내가 집에 두었고 이건 복사본입니다."

하며 면구스러운 듯 미소짓고 있었다.

닥터 권은 전혀 예기치 못한 일이기에 잠시 당황했으나 그녀의 하도 진지한 태도에 호기심이 일고 궁금하기도 했다.

"너무 뜻밖인데요. 어쨌든 한번 읽어보고 결정하겠습니다. 재능

있는 작가는 별로 관심거리가 못 되어도 그럴듯하게 특별한 감동
과 재미를 주는 책으로 잘 꾸며놓습니다. 하지만 나같이 별 재간
이 없는 사람은 유익하고 흥미 있는 내용도 충분히 살리지 못하
고 무미건조하게 쓸 수도 있으니까요.”

닥터 권은 진지하게 말했다.

“박사님, 그 점에 대해서는 절대 신경 안 쓰셔도 됩니다. 청을
들어주시는 것만으로도 감사한데요.”

하고 꺼낸 것을 다시 가방에 넣었다.

마치 애지중지하던 애완동물을 멀리 집을 떠나며 남에게 맡기
듯, 연신 가방을 어루만지다가 그에게 건네주었다. 그녀는 몇 번
이고 90도 각도로 허리를 접고 돌아섰다.

정순 환자는 얼굴이 깨끗하고 계란형으로 균형 잡힌 윤곽에 입
과 눈가에 약간 잔주름이 잡혀있지만 젊어서는 꽤 호감이 가는
얼굴이었을 거라는 생각이 새삼스럽게 들었다.

닥터 권은 그녀를 문밖까지 배웅하지 않을 수 없었다. 겨울의
한복판답게 날씨는 매서웠다.

이틀째 탐스럽게 내리던 함박눈은 그날 아침부터 싸락눈으로
바뀌어 매운 바람에 이리저리 나부끼었다. 자그마한 체구로 삐죽
거리며 버스 정류장을 향하는 그녀의 뒷모습이 그날 따라 많이
쓸쓸해 보였다.

그는 우선 시집을 군데군데 읽어보았는데, 그 시를 쓴 이가 순
진무구하고 정이 넘치는 성품임을 짐작할 수 있었다. 한참 그 시
집에 몰두하고 있는데 간호사가 다음 환자의 차트를 들고 왔다.

닥터 권은 시집과 일기장을 가방에 집어넣고 책상 밑에 놓으며
그 내용이 궁금했다.

그는 일과가 끝나자마자 곧 돌아와 저녁을 먹은 후, 그 일기를 읽기 시작했다.

다음날은 공휴일인데도 일체의 계획을 취소하고 서재에 묻혀 대충대충 읽어갔다. 대학 노트의 주인공은 의사였는데 대개 의사들의 필체가 그러하듯 그도 쉽게 읽힐 수 있는 달필은 아니었다.

중요한 일이나 심리적 동요가 있을 때만 날짜를 명시하고 적어나갔다. 노트의 일기장은 그의 나이 21세 때였으니 1953년 4월부터 기록하고 있었다. 그러니까 거의 반세기 전부터 일어난 사건들을 살펴보는 셈이었다.

노트는 맨 나중 것을 제외하고는 페이지마다 누렇게 색이 바랬고 군데군데 얼룩진 자국도 있었다. 그리고 다른 봉투에는 두툼한 책 같은 것이었는데 표지의 화려한 꽃무늬 바탕에 은박으로 일기(Diary)라는 활자가 선명하게 찍혀 있다.

오정순 환자 것이었는데, 또박또박 예쁜 글씨로 쓰여 있었다. 한 권은 고등학교 졸업 선물이었고 또 한 권은 대학 졸업하고 받은 선물이라 적혀 있었다.

그녀 역시 노트의 일기를 쓴 주인공과 만난 후부터 특별한 일이 일어났던 때만 기록해 두었다.

그래서 김인호 씨의 노트와 오정순 씨의 일기장 내용을 대조하면 두 사람의 관계를 비교적 상세히 짐작할 수 있었다.

닥터 권은 읽어가며 고개를 끄덕이는가 하면, 때때로 그의 가슴에 벅찬 희비애락의 굵은 곡선이 높낮이로 파문을 일고 지나갔다.

토요일 오후부터 때가 되면 식사와 커피를 마시고 이따금 화장실에 다녀온 것 외엔 줄곧 그 일기장들에 몰두했다. 그녀 일기의 마지막 장은 1999년 12월 24일로 점을 찍었다.

"충분히 화제거리가 되겠는데."

그는 일기장을 덮으며 중얼거렸다. 그러나 두 사람의 이야기를 한 권의 책으로 잘 소화해 낼 수 있을까?

이따금 수필과 시, 단편 소설 등을 써 왔지만 이 두 사람에 얽힌 실화를 책으로 엮어내는 것은 처음인지라 망설여졌다.

그러나 그들의 슬프고도 아름다운 사연을 알고 나서 그냥 덮어둘 수 없는 것이 작가의 속성이니 어찌하랴!

그는 두 손을 깍지끼어 이마에 맞대고 한참 동안 '플롯'을 구상해 본다. 그리고 그게 자신의 마스터피스(걸작)가 되든 않든 한번 시도하자고 용단을 내린다.

닥터 권은 월요일 아침에 오정순 씨에게 전화를 걸었다.

"아주머니 안녕히 주무셨습니까? 이 일기장들을 대충 읽고 감동을 받았습니다. 한번 시도해 보겠습니다. 언제 탈고하고 책이 될지 모르지만요."

"감사합니다. 박사님, 엉뚱한 부탁을 드리고 부질없는 짓을 하지 않았나 후회하고 있어요. 이 늙은이의 청을 들어주신다니 참 고맙습니다. 내 생전에 출판되었으면 좋겠다는 생각을 하다가도 죽은 후가 더 낫지 않을까 두 가지 마음이 갈등하고 있어요. 독자들의 따가운 눈총을 감당하기 어려울 것 같기 때문입니다. 하지만 그 일기장들의 내용을 과장하거나 삭감하지 마시고 가능한 한 사실대로 써주세요. 그 걸 쓴 자들은 어떤 일이 일어날 때마다 그 당시의 심정을 진솔하게 적은 것이니까요. 이 세상을 살다간 흔적을 그렇게라도 하나님께 속죄해야 눈을 감을 것 같습니다."

그녀는 담담하게 말했다.

닥터 권은 "꼭 그렇게 노력하겠습니다" 하고 약속했다.

노트 일기의 주인공인 김인호는 K라 하고 diary(일기책)의 주인
공 오정순은 편의상 J라고 지칭한다.

노트의 첫 부분에는 김인호가 어렵게 대학에 입학했을 때 그 시
절의 감격을 적어놓았다.

그는 충청도 장항에서 좀 떨어진 시골에서 태어났고, 실업고등
학교를 겨우 마치고 가정 형편상 진학을 포기한 채 직장을 구하
고 있었다.

그 당시에도 대학 졸업장이 없이 좋은 직장을 구하기란 그리 쉬
운 게 아니었다. 여기저기 직장을 기웃거리는 사이 몇 개월이 훌
쩍 지나가 버렸다.

그런데 어느 날 군대 소집 영장이 날아왔다. 전혀 예상을 못했
던 터라 그는 두근거리는 새가슴을 안고 임시 집결지인 그 고장
국민(초등)학교 운동장에 들어갔다.

참으로 난감했다. 장차 가족의 생계는 어찌 되고 자신의 장래는
어떻게 풀려갈 것인가? 수시로 방망이질하는 심장소리가 귓전을
마구 때렸다. 그때부터 그는 식사하면 밥이 목에 걸려 넘어가지
않고 토해내야 했다.

하루 이틀 신체검사를 기다리자니 잠도 오지 않고 입안은 소태
같아 전혀 밥맛이 없었다. 갑자기 중병이 걸렸으니 이대로 군대에
입대하면 꼭 죽을 것만 같았다.

전쟁터에서가 아니라 훈련받는 도중에 거꾸러질 것 같았다. 그
는 초점 잃은 눈으로 망연히 밖을 내다보았다.

철조망을 통해 행길로 오가는 학생들, 사각모에 대학생 교복차
림의 그들이 멀리서 보였다. 그들의 환한 웃음소리는 들리지 않지
만 분명 하얀 이를 드러내고 허리를 접고 지나간다.

장래의 꿈을 안고 낭만적인 젊음을 만끽하고 있는 대학생이 부러웠다.

나는 이제 나 자신을 위해, 가정을 위해, 사회를 위해, 그리고 나라를 위해 내 의지에 따라 선택할 수 없는 철조망의 신세가 되었구나.

고학을 해서라도 진학을 했어야 하는데, 미리 포기했던 후회가 막심했다. 진정 앞날이 난감했다.

인간이 한번 태어나 언제까지 살다 죽는 것은 신의 뜻에 달려있다지만 자신의 능력을 자신의 의지에 따라 펼쳐보기도 전에 죽는다는 것은 아무리 나라와 민족을 위하는 길이라도 억울한 생각이 들었다.

지독한 이기주의자라도 어쩔 수 없다. 같은 민족끼리 왜 죽이고 죽어야 하는지 그 이념이 무엇인가……

분단된 조국의 양편에서 언제까지 원한의 총부리를 서로 겨눠야 하는지, 조상들이 이뤄낸 역사가 통탄스럽고 원망스러웠다.

하지만 그런 원망도 잠시, 이러다가 나라를 잃으면 우리의 후손들의 앞날은 어찌 되나. 그럼 현대를 살아가는 우리 젊은이들의 몫은 무엇인가?

어쩔 수 없이 우리 민족의 당면한 현실적 양심의 소리도 들렸다. 그러나 먹기만 하면 계속 토악질을 하니 전혀 먹을 수가 없다. 닷새 밤을 고민하고 지나면서 번뜩 한가지 생각이 일어났다.

"이왕 식사를 제대로 할 수 없을 바엔 아예 금식을 하자."

그는 조용히 중얼거렸다. 그렇게 결심하고 나니 다른 생각은 끼여들 수가 없었다.

그때부터 부대에서 나오는 식사를 국물만 마셨다. 첫 5일간은 실제로 식욕이 전혀 없었는데 6일째가 되니 배가 고파왔다. 1주일이 지나도 신체검사는 계속 연기되었다.

그는 금식을 단념하고 다시 밥을 먹으려 시도했으나 이젠 가슴이 답답하고 구역질이 났다.

도리 없이 그는 주보에서 박하사탕을 한 봉지 사서 호주머니 깊숙이 넣어두었다. 그러다 허기진 때는 그 사탕 한 개를 입에 넣고 우물거려 삼키고 수돗물로 배를 채웠다.

그 자리에 징집된 다른 예비 신병들은 아침저녁으로 운동장에 집합하여 줄 맞춰 구보할 때도 그는 탈진하여 기동할 수 없어 막사에 누워만 있었다.

핑계가 아니라 분명히 큰 병에 걸렸기 때문에 천근 같은 몸이 마음대로 움직여 주질 않았다. K는 남이 보기에도 분명한 중환자였다.

그런데 9일이 지나도 신검은 무슨 영문인지 내일 내일 하고 연기되었다. 몸은 넝마 줄같이 축 늘어졌는데 마음은 불안과 초조감으로 고무줄같이 팽팽히 긴장되었다.

9일째 되는 날은 밥을 조금 먹어보았더니 여전히 위가 뒤틀리고 속이 쓰렸다. 그 동안의 인고를 생각하면 이제 금식을 쉽게 단념할 수도 없었다. 13일이 되어서야 신체검사가 실시되었다.

군의관이 태부족한 때라 장항 읍내에서 개업하고 있는 윤 의원장님이 차출되어 왔다. 전에 어머니가 그 병원에 입원한 적도 있고 해서 평소 안면이 있는 의사였다.

신검은 호명되는 순서로 진행되었는데, 중간쯤에서 "김인호" 하고 호명하자 그는 "예" 하고 일어서서 윤 의사 앞으로 쭈빗쭈빗 걸어갔다.

꾸벅 절을 하고 기어들어가는 소리로 "김인호입니다" 하고 이름을 댔다. 의사는 그의 얼굴을 힐끗 보더니 "군은 어디 아픈가?" 하고 물었다.

K는 얼굴이 백짓장이 되었고 형편없이 축 늘어져 있는지라 신검 의사의 눈으로도 그가 죽을상으로 보였을 게 틀림없었다.

"네, 도저히 식사를 할 수 없고, 숨도 가쁘고 기운이 없어 잘 움직일 수조차 없습니다" 하고 모기 소리 만하게 대꾸했다.

신검의사는 체중 미달을 확인하고 신중히 진찰을 하더니, 무엇인가를 기록해 놓고 "불합격" 하며 고무 도장을 꾹 눌러주었다. "이제 살았구나" 하는 말이 하마터면 튀어나올 뻔했으니 그때의 안도감은 무슨 말로도 표현할 수 없었다.

그는 꼭 죽을 것 같던 심정이었으니 당연했으리라. 13일 만에 집에 돌아와 가족과 친지들에게 둘러싸인 그는 금식 덕으로 체중 미달이 되어 신검에 불합격했다고 무심중에 말했다. 마치 자신의 의지에 따라 고통을 극복한 인내의 결과란 듯이……

곁에서 아들의 말을 듣던 아버지는 "너 많이 애썼구나" 하시며 해골같이 여윈 자식을 물끄러미 바라보다가 눈시울을 적시고 밖으로 나가셨다.

연신 옷소매로 눈물을 닦던 그의 어머니는 끝내 소리내어 울먹이었다.

"인호야. 너도 무척 힘들었겠다만, 너의 아버지의 지극한 정성에 신령님도 감동하여 우리에게 기회를 주신 것 같다. 네가 입소한 후 아버지는 윤 원장님이 신체검사 판정관이라는 소식을 전해 듣고 그날부터 씨암탉 한 마리 끼고 가서 통사정하셨단다. 자식이 독자인데 몸이 너무 허약하여 이대로 군에 가면 훈련받다 쓰러질

터이니, 몸을 추스르고 다음 번에 입대하도록 해달라고 애원하셨
단다. 10여일 동안 하루도 거르지 않고 아침저녁으로 그 병원 문
턱이 달도록 드나드셨으니, 인정 많은 원장님의 마음이 움직이지
않을 수 없었을 게다.”

하시며 계속 눈물을 닦아냈다.

그 자리에 모인 친척과 동네 어른들은 “자네가 간 뒤, 이 집은
초상집이었어, 부모님이 식음을 전폐했으니.” 하였다.

“암, 지성이면 감천이란 말이 맞는 말이여, 초상집보다 더했지”
한마디씩 거들었다. 그는 그런 말을 듣자 가슴이 뭉클하고 눈물이
핑 돌았다. 어떻게 그렇게 똑같이 약속이라도 한 듯, 행동을 같이
했을까?

핏줄이 뭔데…… 자꾸만 눈물이 쏟아졌다. 그는 처음 죽을 조
금씩 먹기 시작하다 점차 정상식사로 옮겨갔다. 집안의 먼 아저씨
되는 분이 왜정 때 징용에 끌려갔다 허기진 몸으로 돌아와 갑자
기 포식하고 병이 나서 돌아가신 일이 있었다.

가족과 재회의 기쁨도 누리지 못한 채 사별한 비극을 어머니는
잘 알고 계셨기 때문이었다.

인호는 건강을 되찾기 위해 별로 좋아하지도 않은 낚싯대를 강
둑에 드리우고 그날그날을 소일했다. 어머니는 뱀장어, 보신탕 등
으로 일심 전력을 기울여 자식을 돌보았다.

그의 건강은 빠른 속도로 회복되어 갔다. 체중이 한 달 사이에
3.5킬로나 늘어났다. 그러나 그대로 허송세월하면 머지 않아 다시
영장이 나올 것이 뻔했다.

그는 그렇게도 따랐던 사촌형이 학도병으로 간 지 6개월 만에
한 줌의 재로 돌아온 쓰라린 기억을 잊을 수가 없었다.

그렇다고 국민의 의무인 국토방위를 기피하려는 잔꾀나 남들 다 하는 군복무를 혼자 면제받겠다는 두툼한 배짱이 있어서가 아니었다. 그럴 만한 간 큰 위인도 못되었다.

이왕 군인으로 국가에 봉사하려면 사병보다 장교로 복무하는 게 자신이나 국가를 위해서도 더 바람직하다고 확신했기 때문이었다.

그렇다면 돈 없이도 갈 수 있는 사관학교도 있지만 그의 적성에 맞지 않을 뿐 아니라 체력이 허용되질 않았기 때문에 당초부터 염두에 두지 않았다.

부모님은 물론 그도 대학에 진학하는 것만이 유일의 방법으로 결론지었다.

이왕 대학에 갈 바엔 의과대학에 가고 싶었다. 원래 쇠약한 체질도 문제였지만 평소 의사에 대한 동경심 때문이었다.

흰 가운을 입고 청진기를 든 의사나, 푸른 가운을 입고 메스를 든 의사들의 모습이 신같이 보인 때도 있었으니 의사가 되고 싶은 생각은 당연했으리라.

그런데 대학입시 날까지는 6개월밖에 남지 않았다. 한가로이 낚시질이나 할 때가 아니었다. 그는 서둘러 대학입시 종합문답집이라는 두꺼운 책을 구입했다.

그 책을 과목별로 나누고 페이지 수를 계산하여 100일에 일차 완독하기로 결심했다. 진정 100일 기도의 정성으로 비상한 결심이었다.

잠을 5시간으로 단축하고 하루에 16시간씩 공부하기로 할당했다. 잘 풀리지 않는 수학 문제는 그냥 넘기고, 국어, 역사, 영어 문제들을 중점적으로 암기해 갔다.

정신일도 하사불성(精神一到 何事不成)이라는 글자도 크게 써 책상 앞에 붙였다. 밤낮으로 골방에서 그 문제집을 붙들고 씨름했다. 예정대로 100일 만에 완독했다.

생소한 문제는 동글뱅이를 쳐갔다. 4개월째는 두 번 읽으며 난해한 문제는 동글뱅이를 두 개 쳤다. 5개월째는 아직도 서걱거리는 문제에 또 원을 세 개 치며 세 번 읽었다.

네 번, 다섯 번 정독하며 아직도 껄끄러운 문제는 그 위에 가위표 마크를 덮어씌웠다. 꼭 중요하다고 생각되면 별표를 붙였다. 1개월 남겨놓고는 가위표와 별표만 읽으며 징검다리 뛰듯 일사천리로 책장을 넘겼다.

원서 접수마감 날짜가 닥쳐왔다. 소위 일류라고 하는 국립 서울대학 원서는 그 대학 사범대에 다니는 문봉식 친구한테서 보내왔고 사립대학인 한국대학 원서는 그 대학 문리대에 다니는 친구 서찬우 친구한테서 보내왔다. 그는 두 원서를 놓고 망설였다.

국립대학의 등록금이 쌌지만 경쟁이 심한 대학보다는 사립대학에 응시하기로 했다.

떨어지면 낭패이니 보다 안전을 위해서였다. 하지만 그 대학도 경쟁률이 만만치 않았다. 이제 시험 날짜는 두 주쯤 남았다.

공부하다 자정이 넘어 창자가 꼬르륵 소리를 내도 물이나 꿀물을 한 컵 마시며 참았고, 뒤통수가 저려오면 바늘 끝으로 꼭꼭 저미고 이를 악물고 견뎠다. 사정없이 잠이 쏟아지면 찬물로 세수하고 눈을 부릅뜨고 계획대로 하루 평균 16시간씩 책상머리에서 버텼다.

죽기 아니면 까무러친다는 각오로 시간과의 치열한 전투였다. 의대만 합격하면 곧 의사가 되고 또 의사만 되면 성공과 행복이 보장되어, 세상이 다 내 것인 양 우직하게 믿었던 때였으니까.

하루는 먼 곳에 사시는 외할머니가 다니러 오셨다.

며칠간 손자의 거동을 지켜보시던 할머니는 "인호야, 공부란 그렇게 밤낮으로 책상머리에 달라붙어 있다고 잘 되는 게 아니다. 가끔 밖에 나가 시원한 바람도 쏘이며 산책도 해야 머리가 맑아지지, 그러다가 병이라도 나면 어쩔라고 그라느냐?" 하셨다.

그러나 촌음을 아껴 써야 하는 그에겐 당치않은 말씀이셨다.

더구나 시골에서 서당 문턱은 고사하고 언문도 제대로 깨우치지 못한 할머니 말씀이니 가소롭게 들렸다.

"할머니 저도 그러고 싶은데요. 시간이 없어요."

그는 여전히 속도를 늦추지 않고 계속했다. 그러나 그 평범한 말씀이 진리임을 나중에야 절실하게 깨우칠 줄이야.

그는 별표 친 것만 다섯 번째 읽고 시험 날짜 10일을 앞두고 마지막 피치를 올리고 있을 때였다. 심한 몸살감기가 훼방을 놓았다. 참으로 난감했다.

이틀이 지나니 고열과 오한이 반복되어 헛소리까지 했다. 별수 없이 병원에 다녀와 열은 가까스로 내렸으나 두통이 멎질 않았다.

정신 없이 주워 먹은 아스피린 탓이었으리라. 3일째에는 코피를 울컥울컥 쏟았다. 배가 살살 아프고 검붉은 변이 나왔다. 위출혈로 입원할 수밖에 없었다. 째각째각 D-데이는 다가오는데 아무 대책이 없다. 신이 원망스러웠다.

그는 절망감으로 허탈 상태에 빠져들었다. 주사를 맞으며 혼곤히 들었던 잠에서 깨어나니 조금은 원기가 나는 듯했다. 어느 수필집에서 읽었던가, '인간이 절망할 줄 모르는 게 더 큰 절망이다. 그러나 그 절망을 딛고 일어설 때 그 사람은 더 단련이 된다'는 말을……

그는 그 순간 불같은 오기가 생겨났다. '나는 이번 시험을 꼭 치러내야 해, 그 자리에서 쓰러지는 한이 있더라도……'

3일 만에 병원에서 퇴원한 그는 미음과 죽을 먹다가 곧 밥을 먹고 힘을 돋구어 나갔다. 이런 경우 여유가 있다면 응당 보약 소리가 나왔을 테지만 그의 가정은 그런 호강을 누릴 형편이 못 되었다.

가까스로 병을 털고 일어난 것은 1주일 만이었다. 하마터면 시험을 포기해야 했으니 하늘이 도우셨다.

드디어 운명의 날이 다가왔다. 시험장에 들어서니 다리는 휘청거리고 가슴은 두 방망이질쳤다. 그는 시험지를 받아놓고 눈을 감았다.

'하나님, 저의 수호신이여! 제 운명이 여기 걸렸습니다. 긍휼히 여기시고 도와주세요. 꼭 도와주셔야 합니다' 그렇게 기도 드리고 눈을 떴다. 시험지를 위에서부터 찬찬히 훑어 내려갔다.

이게 웬 일인가, 거의가 문제집에서 낯익은 문제들이 아닌가. "아" 하고 환희에 찬 소리라도 지르고 싶은 충동이 솟아났다.

수학에서 서너 문제만 못 풀고 기타 문제는 썩 잘한 것 같았다.

필기시험이 끝나니 자신감이 생겼다. 이제 신체검사 시간이었다. 검사장에 들어가 윗통과 바지를 벗고 팬티만 입고 줄을 섰다. 아무리 둘러보아도 자기만큼 갈비뼈가 앙상하게 튀어나온 수험생은 없었다.

남 보기가 창피했다. 간호사들이 키와 몸무게, 혈압, 맥박, 색맹 등을 측정하고 의사에게 보냈다. 몸이 건장하고 핸섬한 의사가 청진기를 대고 대충 진찰을 마친 후 양손을 들어 펼쳐보라고 했다. 팔을 앞으로 들자 양쪽 손가락은 사시나무처럼 떨렸다. 약해진 몸에다 너무 긴장한 탓이었으리라.

"군은 왜 이렇게 손이 떨리는가?"

"네, 시험공부에 과로한 탓인지 며칠 전에 코피를 몽땅 쏟고 나서부터입니다. 평소에는 안 그랬는데요. 정말 안 그랬습니다. 교수님" 그는 당황해서 말했다.

신검 의사는 담담한 표정을 짓고 아무 말도 하지 않았다. 필기시험은 만족하게 치렀는데 이제 신검이 몹시 마음에 걸리었다. 사람같이 요사스러운 게 없다더니, 6~7개월 전 징병 신검 때는 꼭 떨어져야 하겠기에 금식을 지속했었다. 그러나 이젠 여하한 일이 있어도 신검에 탈락되어서는 큰 일이었다.

시험 지옥의 노예 같은 굴레에서 풀려났는데도 마음은 영 편하지 않았다. 그날 저녁은 봉식 군과 찬우 군 두 친구들을 만나 소주병을 기울이며 밤을 함께 지새웠다.

죽마고우는 언제 만나도 허물없고 따뜻했다. 찬우 친구에게 발표 즉시 연락하라고 부탁하며 동네 옆집 전화번호를 적어 주었다.

오랜만에 다리 쭉 펴고 자고 난 그는 친구들과 헤어져 귀향하기 위해 서울역으로 향했다.

동장군이 물러서기에는 아직 이른 추운 날씨였다. 작은 목화송이같이 탐스런 눈발이 어지럽게 휘날리고 있었다.

대전행 완행열차에 오르는 승객들의 차림새는 가지각색이었다. 두툼한 털 오바를 입고 털모자를 쓴 중년 남자, 회색 저고리에 검정치마를 두른 아낙네, 빨간 미니 스커트 차림의 아가씨, 사각모를 쓴 대학생, 교복차림의 앳된 여고생이 탔다.

맨 나중에 시골 노부부가 허겁지겁 달려와 승강기를 붙들고 서 있었다. 인호는 그들을 부축하며 차에 올랐다. "따끈따끈한 김밥, 삶은 계란, 땅콩, 오징어가 있습니다. 시장하신 분이나 입이 심심하신 승객 여러분을 위하여……"

음식이 든 송판을 한 손에 높이 쳐든 젊은 사내가 구성지게 외치고 지나갔다. 좌석은 혼잡하지 않아 빈자리를 찾아 앉았다.

K는 뿌옇게 성에가 낀 차창을 장갑 낀 손으로 닦고 밖을 내다보았다. 먼 산자락에는 하얀 눈이 군데군데 쌓여 있다.

해빙의 계절이 지나면 얼어붙은 저 산은 어김없이 파란 녹음으로 울창하겠지, 계절 따라 옷을 갈아입는 대자연의 섭리가 새삼 신기하게 느껴졌다.

시간과 전쟁을 치르고 시험 지옥을 벗어나니 마음은 한결 가벼웠다. 그는 오랜만에 창공을 바라볼 마음의 여유가 생겼다. 눈발은 어느덧 멎어있었다.

저 끝없는 창공은 한계가 없을까? 한계가 있다면 그 바깥쪽은 무엇일까? 천체의 기원은 언제부터이며 또 그 미래는 언제까지일까? 그는 고고한 철인이라도 된 듯, 이제 깊은 사색에 빠져들었다.

인생은 타의에 의해 태어났기에 그저 사는 날까지 적당히 살다가 어느 날 흙으로 돌아가면 그만일까? 영혼과 내세는 과연 존재하는 건가? 그럼 어떤 삶이 가장 뜻 있고 멋있는 삶일까? 그런 미궁의 숙제는 처음 생각해본 게 아니었지만, 그날따라 새삼스럽게 진지한 물음으로 다가왔다.

그때 어느 책에서 읽은 한 토막의 문장이 떠올랐다. "산다는 것은 언제나 높은 곳으로 완전을 향해 전진하여 그것을 성취하는 것"이라고 했던가?

그렇다. 값진 삶이란 각자의 취향과 능력에 따라 해볼 만한 가치가 있다고 인정되는 일에 높은 수준의 목표를 설정하고 그것을 완성하기 위해 부단히 노력하는 것이다.

비록 인생은 미완으로 끝나지만 성취욕을 위해 한 걸음 한 걸음 부단히 정진할 때 기쁨과 보람이 그곳에 깃들지 않을까? 그는 제 나름대로 그런 결론을 내렸다.

K는 우연히 반대편으로 눈길을 돌렸다. 저만치 앞자리에 깜찍한 연미색 학생복을 입은 단발머리의 여고생이 앉아 있다.

그녀의 모습은 막 떠오르는 아침 햇살에 이슬을 먹음은 한 떨기 꽃봉오리였다. 장미라기보다는 백합을 닮은 꽃, 이제 막 피기 직전의 봉오리였다.

앳된 소녀의 모습이 그렇게 청순해 보일 수가 없었다. 그녀는 책을 무릎에 얹어 놓고 한참 책장을 넘기다가 이따금 창 밖을 내다보곤 했다.

K는 시험에 얽힌 잡다한 걱정을 잊은 채 그녀의 동작에 열중하고 있었다. 어쩌다가 그녀도 이쪽으로 고개를 돌릴 땐 시선이 서로 마주치곤 했다.

그는 그때마다 전에 누구한테도 느껴보지 못한 이상하리만치 감미롭고 신선한 감동에 취해 버렸다.

그녀가 읽고 있는 책이 무슨 책인지 공연히 궁금해졌다. 마침 화장실도 가고 싶고 하여 살며시 일어났다.

옆을 지날 때는 발소리가 나지 않도록 조심했다. 그녀의 옆얼굴을 자세히 보자 상대방도 고개를 들어 쳐다보았다.

가깝게 본 그녀 얼굴은 깜찍하게 예뻐 보였다. 복숭아 빛 살결에 수정같이 맑은 에메랄드 눈빛과 우뚝 솟은 콧날, 앵두 같은 입술 그 오른쪽 위에 까만 점이 하나 찍혀 있었다.

그의 가슴은 감전이라도 된 듯 갑자기 뜨거운 냄비에서 콩이 튀

듯 뛰었다.

용변을 마치고 좌석으로 돌아오는 길에 그녀 손에 든 책을 뚫어지게 보았다. 맨 윗줄에 '안네의 일기'라고 적혀있다. 읽어보지 않아 자세히는 모르지만 그 내용은 대충 알고 있었다.

문학 소녀일까? 그럼 문학 소녀와 의학 지망생의 만남? K의 머리 속은 엉뚱한 생각으로 비약했다.

기차는 서서히 플랫폼에 들어서고 있었다. 오산 역이었다. 돌아서서 내릴 준비를 하는 그녀의 둥근 히프와 쭉 뻗은 종아리가 예뻐 보였다. 작은 손가방과 책 한 권을 든 것으로 보아 서울에서 지방에 잠깐 다녀갈 모양이었다.

K는 자신도 모르게 궁둥이를 들썩하고 일어서려다 도로 주저앉았다. 그 순간 그녀의 눈길과 다시 부딪쳤다. 아쉬웠다. 그는 자신의 집도 오산이었으면 얼마나 좋을까, 그런 부질없는 아쉬움이 일어났다.

기차는 그녀가 앉았던 자리를 메우지 않은 채 목쉰 신음소리를 토하며 덜컹덜컹 다시 설원을 가르기 시작했다.

그녀가 떠난 좌석이 그렇게 허전해 보일 수 없었다. 그는 몽유병 환자같이 그녀의 생각을 새김질하다가 경적소리에 깜짝 놀라 현실로 깨어났다. 대전에서 갈아 탄 열차가 장항선을 달릴 때 철로 주변 시야는 산도 들도 하얗게 눈으로 덮여 있었다.

산모퉁이에 옹기종기 모여있는 초가들은 침묵을 지키고 있는데 유독 한 집에서만 모락모락 연기가 솟아 나오고 있다.

넓게 펼쳐진 산야는 파노라마같이 한 폭의 그림을 연상케 한다. 두 개의 산봉우리 그림자가 길게 드리웠으나 황혼의 낙조는 아직도 설원을 하얗게 비치고 있었다.

몇 시간인가를 힘차게 달리던 기차는 긴 경적을 울리며 숨이 찬 마라톤 선수같이 드디어 테이프를 끊고 골인했다. 종착역인 장항이었다.

역 대합실을 빠져 나오니 이따금 몰아치는 거센 바람에 길가의 낙엽과 휴지 조각들이 이리저리 날리었고 떡방앗간의 입간판이 삐걱거리며 좌우로 흔들리고 있었다.

김인호의 마을은 버스로 한 정거장 거리였지만 언제 버스가 올지도 몰라 터벅터벅 한참을 걸었다.

신작로를 벗어나 샛길에 접어드니 도시의 소음은 온데간데 없고 거리는 한산했다. 고독한 침묵만이 파수꾼마냥 마을을 지키고 있었다.

그는 가는 길 초의 언덕 배기에 올라 동네를 굽어보았다. 황폐한 들의 저편에 포플러나무 몇 그루가 추위에 떨고 있다.

앙상한 그 나뭇가지 위에 까치 한 마리가 외롭게 앉아 있다. 늘 보아오던 풍경이지만 그날따라 더욱 쓸쓸해 보였다.

바로 한촌의 고독을 상징하는 것 같았다. 이게 내가 사는 마을이었구나. 그는 돌연 마음이 허전했다.

밤을 낮같이 밝히고 환락과 음모와 질시가 난무하는 불야성의 거대한 도시와는 너무 대조적이었다. 그는 그런 소란한 도시도 싫었지만 이런 쓸쓸한 빈촌도 마음에 들지 않았다. 그러나 이곳 사람들은 순박하다.

너나없이 엇비슷한 생활 수준이기에 남을 지나치게 부러워하거나 질시하지 않는다. 경쟁의식이 희박하다 보니 자연 발전이 안 되었을 게다.

하지만 이런 시골 인심은 소박하고 따뜻하다. 이런 곳에 어느 정도 문명의 이기를 공유할 수 있는 목가적인 전원도시로 개발하면 얼마나 좋을까?

그는 장차 그런 날이 올 것을 희망하며 다시 터벅터벅 걸어 내려갔다. 간밤에 친구들과 과음한 탓인지, 다리는 무겁고 머리는 아찔아찔했다.

그런 그의 콘디션에 자극이라도 주려는 듯 딸랑딸랑 방울소리를 울리고 달구지가 다가왔다. 마음씨 좋은 동네 중노인 정 아저씨가 타고 있다.

"아저씨 안녕하세요?"

"오냐, 인호냐? 너 서울 갔다더니 이제 오는 길이니?"

"예, 아저씨 이렇게 늦게 장에 가시는 길이세요?"

"응, 정미소에 잠깐 다녀오려고, 시험은 잘 치르고? 너야 재주꾼이니까 물어보나 마나지만……"

"네, 별루예요" 인호는 그렇게 얼버무렸다.

"그럼 집에 가 푹 쉬어라, 얼굴이 많이 상했구나."

"예, 안녕히 다녀오세요."

"이랴" 하고 아저씨는 달구지를 몰았다. 그 통에 진흙탕이 양말을 적시어 발이 시리기 시작했다.

이제 가족과 친지들을 어떤 낯으로 대할까? 다섯 번째 집을 지나 골목길로 접어들었다.

저기 회색 벽에 검고 낡은 함석 지붕을 뒤집어 쓴 엉성한 집이 초라하게 서있다. 처마 밑에는 전등불이 홀로 떨고 있었다. 몰려오는 어둠을 잘 살펴 오라는 듯이……

바람만 세게 불어도 날아갈 것 같은 그 집이야말로 거의 20년을 눈 비 막아주고 언제나 정답게 맞아준 보금자리가 아닌가. 서울의 고층 빌딩에 비교할 수 없는 초라한 집이지만 그래도 반가웠다. 들어서면 가족이 있고 이웃이 서로 어울려 음식을 나눠먹고 다정하게 담소하는 안식처가 아닌가.

그는 집에 들어가니 가족과 친척들이 반갑게 맞아주었다. "시험 잘 치렀수, 도련님?" 사촌 형수가 먼저 물었다.

"별루예요. 형수님, 이차 시험을 다시 봐야겠어요."

"그렇게 열심히 공부하셨는데, 도련님이 안 되면 누가 된대요?" 하고 좀 수다스럽게 말했다.

"전국에서 수재들이 모여들었을 텐데. 경쟁이 심했겠지. 아무튼 수고했다 어서 쉬어라" 하고 아버지가 말씀하셨다.

"그래, 삼계탕을 끓였으니 먹고 푹 자거라, 이차 시험 날짜는 아직 넉넉하지?"

"예 어머니."

그 당시 대학 입학시험은 전기(前期)와 후기(後期)로 나뉘어 있었는데, 의과대학은 전부 전기에 속해 있었다. 약 2주간의 간격을 두고 실시하는 전후기의 시험 날짜는 지상에 미리 공고했다.

그는 유비무환(有備無患)이란 말대로 일단 후기 시험을 대비해 지방대 약학과의 원서를 구입하고 모교에 가서 담임 선생님을 만났다.

"왜 전기 시험 본 게 신통치 않은가?"

"네, 염치없습니다. 선생님."

"그래? 김군은 처음 당하는 실망이지? 그런 쓰라린 실패도 생각하기에 따라선 양약(良藥)이 될 수도 있어. 그만큼 정신적으로 성숙해지는 계기가 된다는 말이야. 실패를 모르고 자란 사람보다 더 인간적으로 된다는 말이지. 최선을 다했다면 단지 그 대학과 인연이 없는 게야, 마음을 가다듬고 다시 도전해 봐. 김군 실력이면 후기대학에는 틀림없이 합격할거야, 힘을 내라고.”

하며 선생님은 어깨를 또닥거려 주셨다.

그렇게 해서 약학과에 원서를 다시 제출하고 서울에서 통지가 오기만을 기다렸다. 발표 날짜가 3일이 지나도 아무 연락이 없었다. 합격되었으면 곧바로 이웃집에 전화했을 텐데……

흔히 무소식이 희소식이란 말도 있지만 무소식이 분명 비보를 준비중임을 예감케 했다. 친구는, 실망의 소식인지라 하루라도 늦게 알리어 그 동안 마음을 가다듬도록 배려하는 우정 때문에 전화가 아닌 편지를 보낸 것으로 짐작했다.

아니나 다를까. 후기 시험 날짜를 하루 남겨놓고 예상했던 대로 찬우 친구가 아닌 봉식 친구한테서 편지가 왔다.

체념은 이미 했지만 가슴이 철렁 했다. 차마 알릴 수 없는 실망의 편지인지라 찬우의 부탁으로 봉식 친구가 보낸 편지가 분명하니 말이다.

편지를 든 그의 손은 불안에 휩싸여 떨리고 있었다. 신체검사 때 떨리던 바로 그 손이었으니, 불합격의 불길한 예감은 더욱 굳어졌다.

옆에서 지켜보시던 어머니는 어서 뜯어보라고 눈짓을 하셨다. 그는 한숨을 크게 쉰 후 봉투를 단숨에 뜯었다. 봉식 친구의 사연은 이러했다.

사랑하는 친구야

거두절미하고, 무척 궁금했지? 소식 늦게 전하여 미안하다. 찬우 놈이 하필이면 발표 날짜에 병이 날게 뭐니, 늦게 연락을 받은 나는 그가 입원한 병원을 거쳐 한국

대학에 달려갔다.

그래 어떻게 됐냐고? 궁금하지, 합격이더라 합격, 알고 보니 그것도 매우 우수한 성적으로 말이야. 수석을 놓친 게 아쉽다. 네가 하도 우는 소리를 했고 찬우도 연락이 없어 나도 마음 졸이고 있었는데……

화성에서 온 이 친구야, 네 속에 불덩이 같은 집념을 숨기고 얼름 벽 같은 갑옷으로 무장하고 다니는 놈아, 불 속에 처넣어도 얼름만 녹이고 나올 망할 녀석, 아니 망할래야 망할 수 없는 인호야!

시골뚜기가 서울 놈이 될 터이니 어서 달려와 자축파티나 하자. 하하 참 기분 좋은날이다. 거듭 진심으로 축하한다.

찬우 녀석 맹장염(충수염) 걸려 지금 입원하고 있으니 빨리빨리 의사 되어 네가 고쳐쥬어라. 그가 경황 중에 네가 적어준 전화번호를 잊어버렸다니 우선 이렇게 난필을 띄운다.

나한테 연락은 서울(123-456)으로 해라. 부모님께 문안 드린다. 그럼 만날 때 가지 안녕!

분명 하얀 비둘기가 물어다 준 천사의 분홍빛 메시지였다. 본인과 가족은 말할 것도 없고, 합격소식을 전해 들은 친척과 이웃 친지들은 K가 벌써 의사가 되어 그 마을에 큰 병원이라도 세울 것 같이 요란하게 떠들고 기뻐들 했다.

그의 부친은 손바닥만한 전답을 판 돈을 건네주며 말씀하셨다.

"우리 집안에 의사가 나올 테니 이런 경사가 없다. 내 이제 죽어도 한이 없다."

하며 만면에 웃음 띤 모습을 본 인호는 눈물이 글썽했다.

*　　　　*　　　　*

K는 서울에 올라와 등록을 마친 다음 학교 근처에서 자취를 시작했다. 그런데 수강표를 보고 그는 크게 실망했다. 의과대학 예과

에 들어가면 바로 의학에 관한 임상교육이 시작되는 줄 알았는데 그게 아니었다.

그는 그때까지도 의과대학 과정을 잘 모르고 있었다. 예과 2년 동안은 라틴어, 철학 등 몇 과목이 보강되었을 뿐 국어, 역사, 수학, 영어, 독어, 생물, 물리, 화학은 거의가 고등학교 연장 과목이었다.

실망했지만 학교 공부에 소홀히할 수는 없었다. 별로 흥미도 없이 예과를 마치고 본과에서 기초의학이 시작되었다. 강의와 실습, 시험을 치르며 참으로 정신 없이 돌아갔지만 장학금을 타내기 위해 열심히 공부했다.

특히 해부학에서 두개골의 그 많은 명칭은 하나 하나 외워야 했다. 친구 집에 가니 선배한테서 물려받아 손때가 반질반질하게 묻은 두개골이 탐이 났지만 그것을 조상 모시듯 하는 그에게 말해봤자 빌려줄 리 만무했다.

K는 문득 터무니없는 생각까지 했다. 공동묘지에 쏘다니다 보면 뒹굴어 다니는 해골이라도 찾을지 몰라, 그러나 생각뿐 행동으로 옮기지는 못했다.

해부실습 시간에는 나무토막같이 검붉고 딱딱한 시체들이 해부대에 즐비하게 놓여진다. 그 시체들은 공중 목욕탕 같은 포르말린 탱크에 저장했다 꺼내놓은 것으로 남자, 여자, 젊은이, 늙은이, 가지각색이다. 저들은 생전에 어떤 생활을 하다 지금 이 자리에 누워 있을까?

자신만을 위해, 가족과 남을 위해, 사회와 국가를 위해, 영혼을 위해, 아니면 육체적 쾌락을 위해, 남을 해치기 위해 먹고 마시고, 배설하며 어떤 말을 하고 무슨 행동을 하다 여기 누워 있을까?

새삼 인생무상에 숙연하여 잠시 시체 앞에 목례하고 메스를 들
었다. 팀웍을 이룬 동료들이 번갈아 가르면서 근육이 혈관이, 신
경이, 인대가 어떻게 지나가고, 심장, 폐, 간장, 신장(콩팥) 등을
하나하나 들춰내며 해부도에서 익힌 명칭을 기억해냈다.

교실은 물론 자취방까지 온통 포르말린 냄새로 가득했다. 처음
에는 코를 찌르던 그 역겨운 냄새도 며칠이 지나니 후각은 거의
무감각 상태로 마비되었다.

이같은 해부뿐 아니라 생리, 약리, 병리, 조직학, 미생물, 세균,
임상병리 들을 배우며 사람의 육체가 그렇게도 정교하게 구성되
어 있고 생리현상이 그렇게도 오묘함에 감탄하지 않을 수 없었다.

현미경을 굽어보며 각종 세균들의 수많은 형태와, 제멋대로 변
질된 병리조직 세포에 놀라며, 진단학 외과총론, 법의학, 예방의학
등의 임상의학의 디딤돌이 될 기초의학을 2년간에 걸쳐 때론 식
사도 거르면서 힘겹게 마칠 무렵이었다.

식욕부진, 마른기침뿐 아니라 오후에는 미열이, 밤에는 식은땀
이 났다. 공복 시에는 복통이 자주 일어났고 점차로 체중이 감소
되어 기력이 뚝 떨어졌다.

그런 신체 조건인지라 이를 악물어도 학교 공부가 제대로 집중
될 리 없었다.

대학병원에서 혈액 검사와 흉부 엑스레이, 위 내시경 등 진찰을
마친 내과의사는 빈혈과 십이지장 궤양에 폐결핵이 겹쳐있다고
말했다.

그는 본과 2년을 가까스로 마치고 눈물의 휴학계를 내야 했다.
진단서와 함께 휴학계를 제출하는 수속은 허망하리만치 간단했다.
눈물이 핑 돌았다. 아주 소중한 것을 양보하지 않을 수 없는, 아니

강제로 빼앗긴 느낌이었다.

그는 그 많은 경쟁자를 물리치고 그렇게도 힘들게 입학하고 날아갈 듯 푸른 꿈에 부풀었었다. 밤잠을 설치며 공부할 때도 교도소에 갇힌 죄인처럼 선고된 기한만 채우면 세상이 제것이 될 듯, 정말 이를 악물고 버티었는데……

이제 형량을 마치기도 전에 가석방이 되었구나. 그런데 자유를 만끽해야 할 몸이 얼음판에 벌거벗겨 내던져진 자신의 모습을 보는 것 같았다.

밖은 3월이지만 아직도 차가웠다. 피부로 느끼는 체감온도보다 마음속에 불어닥친 삭풍이 더 매섭게 느껴졌다. 교정의 게시판에는 찢겨진 신입생 합격자 명단의 한구석이 바람에 팔락이고 있었다.

그 밑에 덕지덕지 붙어있는 학내 고지사항들이 오가는 학생들의 발길을 멈추게 했다. 나는 이제 저들 속에서 더 이상 기웃거릴 자격이 없구나.

K는 콜록콜록 기침을 토하며 학교정문을 나섰다. 자취방에 돌아온 그는 무너지듯 방바닥에 쓰러졌다.

심신의 고통으로 한참 동안 섧게 섧게 울었다. 그러나 마음을 가다듬고 엄연한 현실을 직시해야 했다. 너무 충격이 클 것 같아 고향 부모님에게는 그런 소식을 전할 수도 없었다.

건강부터 회복하는 게 급선무였으므로 보건소에서 '아이나' '파스' 등의 결핵약과 제산제, 위장약과 빈혈 약을 타다 먹으며 '스트렙토 마이싱' 주사도 1주일에 두 번씩 맞기 시작했다.

기침과 가래가 점차 줄어들었고 한달 후에 검사하니 결핵균이 검출되지 않았다. 3개월 후의 흉부 엑스레이 사진도 처음 찍었던 사진과 비교하니 병소가 더 이상 확대되지 않았다.

그 무렵 클래스메이트인 이영진 군과는 아주 친하게 지냈다.

전북 남원에서 올라온 그 친구는 독립심이 강하고 외향적 성격에 무척 진취적이었다. 어느 날 영진 군이 자취방에 찾아왔다.

"인호야, 네가 해주는 자취 밥 얻어 먹으러 왔다. 그리고 나 하숙집에서 나와서 너와 같이 자취하고 싶은데……"

하고 뜬검없이 말했다.

"왜 하숙집이 못마땅하니? 하지만 난 결핵환자야. 같이 있었다 해도 별거해야 할 참인데 무슨 소리야."

"그걸 누가 몰라서 하는 소리냐? 약을 먹은 지 보름이 지나면 병 초기에는 결핵균이 대개 검출되지 않는 것 배웠지? 그런데 너는 약 먹은 지 한 달이나 지나고 현미경 검사에서 세균이 음성이었지. 그리고 다시 찍은 '엑스레이' 사진도 비활동성이었지 않아." 하고 영진 군이 우기어 결국 그와 룸메이트가 되었다.

그는 고등학교 때부터 춤을 익혔다고 했다. 글씨도 달필이고 영어회화도 곧잘 했다.

다방면에 재주가 많을 뿐 아니라 낙관적이고 매사에 적극적이었다. 내향적인 K와는 대조적인 성격이었지만 함께 잘 어울렸다.

당시 의과대학 교과서는 핸드 라이팅으로 된 프린트 책을 사용했는데 이군이 아르바이트 목적으로 기초의학 교재를 맡아 프린트한 가본을 들고 왔다.

그가 교정하는 일에 K도 동참했다. 그 의학교재는 절반 이상이, 영어의학 단어였고 한글은 군데군데 토씨와 접속사로 점철돼 있었다.

애매한 의학 단어를 사전도 없이 짐작 대고 교정했는데, 나중에

야 알았지만 정확한 영어철자를 오히려 틀리게 고쳐 놓는 해프닝
도 있었다.

그래도 그는 수고비를 받아와 K에게 더 많이 나눠주는 무척 정
감 어린 친구였다.

그뿐이랴, 결핵은 소모성 만성 질환이니 영양분을 잘 섭취해야
한다고 그는 제 호주머니 돈으로 귀한 쇠고기, 계란 등 영양가 있
는 반찬을 자주 사들였다.

이영진은 우정이 넘치는 의리의 사나이였고, 그의 부친은 남원
에서 멀리 떨어진 시골의 한지 의사였다. 농토를 제법 가진 시골
부자였는데 아들이 의사가 되기만을 손꼽아 기다렸다.

그의 아버지는 시내에 종합병원을 차리는 게 꿈인지라. 그 아들
에 대한 기대가 대단했다. 그러니 의과대학을 나오면 그곳에 가서
함께 봉사하자고 영진 군이 말했었다.

그러던 그가 여름방학을 고향에서 지내고 상경하자마자 대학병
원에서 광견병 예방 접종을 맞기 시작했다.

그는 방학이 끝날 무렵, 시골 장날에 강아지를 사왔는데 상경하
던 날 아침, 도망치는 개를 쫓아가 몸통을 붙들자 그 개가 고개를
돌려 그의 손등을 물었다는 것이었다.

상처는 별로 크지 않았지만, 광견병이 발작하면 아직까지는 의
학이 해결하지 못한다고 외과 총론에서 배웠기에 그는 꼭 접종해
야 한다고 우겼다.

현재의 광견 예방접종 스케줄은 상처 입은 당일부터 시작하여 3
일, 7일, 14일, 28일째 다섯 번 맞고 첫번째 접종 후 90일에 추가
접종을 하도록 세계보건기구(WHO)에서 권장하고 있지만…… 그
당시는 하루에 한번씩 18번을 맞아야 했다.

그가 혼자 다니며 13일째 맞고 나서는 몸이 이상하다고 하여 응급 입원했다. '왁진'의 부작용으로 진짜 광견병의 발작이라는 청천병력 같은 진단이 내려졌다.

이 병은 인후두의 통증성 마비로 전혀 물을 마시지 못해 공수병이라고도 하는데, 침을 흘리며 붉게 충혈된 눈을 뒤집어 깐 채 몸을 비틀고 팔을 내저으며 발광하는 모습은 차마 눈을 뜨고 볼 수 없었다. 너무 허망했다.

의사가 되어 병든 환자를 고치겠다고 밤잠을 설치며 열심히 공부했는데……

어설픈 의학 지식을 내세워 무모한 짓을 했으니 예방접종이 아니라 사람 잡는 독침이 되고 말았다. 정이 많고 재능이 넘치던 친구는 활짝 펴보지도 못한 채 그렇게 젊음을 접고 억울하게 세상을 떠나갔다.

친구의 장례를 마친 K는 며칠간을 허탈감에 빠졌다. 현대의학의 엄청난 모순을 진심으로 두려워하며 자신이 지향하고 있는 의학에 깊은 회의와 심한 심적 갈등으로 몸부림치지 않을 수 없었다.

인간의 생명을 좌우하는 신이 아무개는 언제 태어나서 어느 날 몇 시에 어떻게 죽으라고 정해 놓은 게 아닐까? 그렇다면 신만이 알고 계획한 이 연극 대본에 의사는 단지 조연 역할로 등장시킨 것에 불과한 것일까?

K는 생사의 권능을 지닌 신 앞에 정중히 무릎을 꿇지 않을 수 없었다.

그러나 자신이 의학도인 이상 신이 맡긴 연극의 조연 역할을 잘 해내기 위해서라도 그 대사를 다시 확인해야만 했다.

K는 대학 도서관에 들러 이책 저책에서 광견병 항목을 읽어갔다.

광견병은 미친개에게 물렸어도 그 발병률은 드물지만 일단 발작하면 불치의 급성병으로 사망하니, 미친개에 물리지 않도록 조심하는 게 최선의 예방이라 했다.

그러나 불행히도 기습당했다면 즉시 이웃에 알리고 경찰에 신고하여 어떤 방법으로든 그 개를 추적하여 붙들라고 했다.

개의 주인을 찾을 길이 없으면 붙든 개를 수의사에게 보내 10일간 관찰하라고 했다.

관찰하는 동안 그 개가 발광하지 않고 건강하면 환자는 접종주사를 중단하지만 혹시 발광하거나 죽으면 환자는 예방 접종을 지속하라고 했다. 그리고 그 개는 연구실에 보내 뇌에서 '네그리 소체'의 존재여부를 확인 받도록 하라고 적혀 있다.

그러나 주인이 집에서 기르는 개이고 예방접종을 했다면 물린 사람에게 예방 접종이 필요 없다고 했다.

왜냐하면 예방 접종 자체가 생 '백신'이므로 접종하다 진짜 광견병에 걸릴 위험이 있기 때문이라고 분명히 적혀 있다.

하나만 알고 둘은 몰랐던 친구가 얼마나 무모한 짓을 저질렀고 K 자신도 무지의 소치로 그 친구의 고집을 방관하고 말았으니……

그는 의학 서적을 덮으며 가슴을 치고 통곡해야 했지만 울컥울컥 치미는 분노와 분통을 꾹꾹 삼키며 밖으로 나왔다. 주위에서 조용히 책장을 넘기고 있는 다른 학생들을 의식해서였다. 베란다에서 굽어보니 저만치서 지나가는 한 대학생이 꼭 이영진 친구 같다고 착각했다. 죽은 친구가 몹시 보고 싶었다. 그는 무작정 인근에 있는 묘지를 향해 길을 재촉했다. 하늘은 무겁게 재색으로 가라앉아 있어 K의 마음을 한층 더 우울하게 했다.

그는 허겁지겁 산등성이를 뛰어올라 묘지 앞의 비석을 굽어보왔다. 묘비에는 한 장의 흑백사진이 유리 속에 들어 있다.

사각 모자를 쓰고 교복에 의대 '배지'를 붙인 두 학생이 나란히 어깨동무하고 있다.

한 학생은 그 묘지의 주인이었고 그 옆은 인호 자신이었다. 친구는 어서 오라는 듯 활짝 함박웃음으로 반기고 있다. 인호는 울음이 터져 나와 그 자리에 엎드렸다.

"영진아! 우리 의사 되면 시골에 함께 가서 봉사하자는 약속은 어쩌고 너 혼자 먼저 갔니?" 하고 그는 한참을 울부짖었다.

그러자 '인호야, 너는 부디 훌륭한 의사 되어 내 몫까지 사회에 이바지해야 해' 그의 목소리가 조용히 들리는 듯했다.

그는 비틀거리며 일어서서 거듭 친구의 명복을 빌었다. 그리고 생전의 정감 어린 우정을 되새기며 터벅터벅 무거운 발걸음으로 산허리를 내려왔다.

그때 마침 산을 막 오르고 있는 두 여대생이 눈에 띄었다.

꽃다발을 든 학생은 명순 양 같았다. 영진 군의 국민(초등)학교 동창생이자 그의 연인이었던 그녀는 이군의 장례식 때 얼마나 슬피 울었던지 다른 조객들의 눈물주머니를 한껏 더 쥐어짜냈었다.

그녀는 성신대학 약학과 졸업반이었는데 이영진과는 보통 사랑하는 사이가 아니었다. 인호도 이군과 함께 그녀를 몇 번 만난 적이 있었다.

"인호 씨, 안녕하셨어요?"

"아, 명순 양이었군요" 하고 그가 반갑게 인사를 받았다. 그녀는 위에서 내려오는 그의 얼굴을 진즉 본 것이었다. 그들은 잠깐 웃었으나 그 웃음 뒤에는 쓸쓸한 그늘이 금방 뒤따랐다.

"정순아, 인사드려. 영진 씨 친구 분이시여. 인호 씨, 얘는 저의

학교 후배예요. 미술 전공이라 학과는 다르지만 친동생이나 다름 없이 지내요."

"아, 그래요. 처음 뵙겠습니다. 김인호입니다" 하며 그녀 쪽을 바라보는 순간 어디서 본 구면 같다는 생각이 머리를 스쳐갔다.

"예. 안녕하세요? 오정순이예요."

하고 그녀는 살짝 웃었다.

잠깐 사이이지만 가까이서 본 그녀는 화장기가 없이 만지면 솜털이 묻어날 것 같은 복숭아 빛 살결이었다. 수줍음을 띤 인상은 무척 청순해 보였다.

"영진 친구한테 지금 다녀오는 길입니다만 내가 다시 동행해도 될까요?" 그가 명순을 보며 양해를 구했다.

"아 괜찮아요. 저희끼리 다녀올게요. 바쁘실 텐데 어서 가 보세요" 하고 그녀는 쑥스러운 얼굴 표정을 지으며 정순의 손을 붙잡고 올라갔다.

인호는 그 낯익은 여인의 인상을 어디서 보았나 기억을 더듬었다. 내키지 않는 발길을 옮기다가 다시 돌아서서 그들의 뒷모습을 한참 돌아보았다.

그는 당장 뛰어가 정순에게 구면 같다고 말을 붙이고 싶은 충동이 불시에 일어났다.

그러나 그런 황당하고 무례한 생각은 그답지 않다는 부끄러움에 얼굴이 화끈 달아 올랐다. 그들은 산등성이를 넘어 벌써 자취를 감춰버렸다.

잠시 보았지만 수정 같은 눈동자를 반짝이며 활짝 웃는 앵두색 입술은 한층 매혹을 느끼게 했다. 이름이 오정순이라는 그녀는 어쩐지 친절함이 몸에 배고 천성이 고울 것 같은 생각이 들었다.

길목에서 기다렸다가 다시 만나보고 싶었다. 그러나 그는 다시 냉정을 되찾고 중얼거렸다.

"영진아, 미안하다. 나는 아직도 살아있다고 한 여인을 바라보는 순간 금방 너를 잊고 이렇게 내 심장이 고동쳤구나. 정말 미안하다 친구야."

오정순은 서울에서 태어났고 금년에 성신대학 미술학과 2학년에 재학 중이었는데 선배 언니를 따라 처음 공동묘지에 왔다. 그리고 묘비에 그런 사진을 붙여놓은 것도 처음 보았다.

나란히 찍은 사진 속의 의대생이 조금 전에 만났던 그 청년임을 그녀는 직감했다. 그 사진은 교복 차림이었으나 지금은 남루한 작업복을 걸치고 있다.

"언니, 이분은 아까 만난 사람 아니야?"

정순은, 그가 가냘픈 체격이지만 이목구비는 선명하고 진한 눈썹 밑 눈동자는 살아 반짝인다고 느꼈었다.

"그래, 그분은 영진 씨가 다니는 한국의대의 클래스 메이트이자 룸 메이트였는데 몸이 쇠약해 금년 휴학 중이래. 몇 번 만난 적이 있는데 수줍음을 잘 타는 분이야. 혹시 어디서 만나면 네가 먼저 인사해" 하고 명순 언니가 말했다.

K는 그들과 헤어져 행인들 속에 합류하자 퍼뜩 기억이 떠올랐다. 대전행 완행 열차에서 '안네의 일기'를 읽던 소녀, 그렇지. 입술 위에 까만 점이 있었지? 삼년 사이에 몰라보게 성장한 그녀임에 틀림없었다.

예의 바르고 천품이 고운 오정순은 20세 성인이 되었고 꿈 많은 김인호는 그늘진 구석은 있지만 햇빛을 향해 힘차게 팔을 뻗쳐 가는 24세의 청년이었다.

그들은 두 달쯤 지나 종로에 있는 서점 앞에서 우연히 다시 만났다. 여전히 허름한 검은 잠바를 걸친 인호의 가슴 속은 순간 어땠을까?

반갑고 기쁜 마음을 가눌 수 없었지만 자신의 현재 입장을 생각하니 수치심의 회오리바람이 먼지를 일고 지나갔다. 수수한 회색 투피스 차림의 정순도 반가움을 감추지 못했다.

그들 젊음의 심중은 갑자기 황토 길을 달리는 말발굽 소리로 채워졌다. 인호는 잠깐 망설이다가 "차 한잔 할까요?" 하고 근처 다방에 그녀를 안내했다.

다방 안의 공기는 착 가라앉아 있었다.

조명이 잘 된 탓인지 벽의 '베이지' 색 페인트의 색감은 은은하고 아늑했다. 낮 시간이라 그런지 손님은 별로 없고 한 쪽에 남녀 대학생 한 쌍이 앉아 있었다.

먼 빛으로 보더라도 벗어놓은 사각모의 모표와 배지는 김인호와 같은 대학 의대생이 확실했고 마주앉은 여자는 이대 배지를 달고 있었다.

자리를 잡고 앉자 다방 아가씨가 엽차를 갖다놓았다. 인호는 커피를 정순은 쥬스를 주문했다. 실내 음악은 '옛 시인의 노래'가 흘러나왔다.

"명순 언니한테 들었습니다만 인호 씨는 지금 어떻게 치내고 있어요?" 미스 오가 먼저 입을 열었다.

"예, 시골에 내려가야 노동도 할 수 없으니 가능하면 서울에 있다가 내년에 복학해야지요" 하고 지나가는 말처럼 대답했으나 그로서는 무척 힘든 말이었다.

"그래요? 고생이 많으시겠네요."

"뭘요, 미스 오 혹시 오산에 연고자가 있습니까?"

"네, 어떻게 아시지요? 저의 큰아버님 댁이 거기 있어요."

"아, 그랬군요. 삼년 전 완행 열차 안에서 본 것 같습니다. 그때 '안네의 일기'를 읽고 있었지요?"

"네? 삼년 전에 본 것을 기억하고 있다니 기억력이 대단하시네요."

"그건 기억력이 좋아서가 아니라 미스 오가 그때 나에게 대단히 인상 깊게 보였으니까요. 그런데도 지난번에 못 알아보았으니 기억력이 나쁜 편이지요."

그들의 대화는 거기서 잠깐 주춤했다. 저쪽 테이블의 의대생인 사내가 여대생과 얼굴을 맞대고 속삭이다가 크게 웃었기 때문이었다. 인호는 연인 같은 그들의 싱그러운 모습이 한없이 부러웠다.

잠시 후 K와 J의 대화는 다시 평범한 일상의 이야기로 이어지다가 자리에서 일어났다. 정순은 인호에게서 따사로움과 부드러움을 느꼈다.

누구에게나 거부감이 일지 않게 하는 둥글둥글한 성품, 겉차림새에는 무관심하지만 교양 있는 가정에서 자란 사람 같았다.

한두 번 만나 사람을 속단하는 것은 가벼운 판단일지 몰라도 어쩐지 그에게는 첫인상부터가 그런 분위기를 몸에 지니고 있었다.

*   *   *

그 후 8개월의 세월이 금세 지나갔다. 정순은 미대 3학년에 올라갈 참이었고 인호는 폐결핵이 회복되어 병원에서 조수 겸 검사실 일을 하며 등록금 마련에 여념이 없었다.

그들이 다시 만난 곳은 창경원 입구에서였다. 사쿠라 꽃이 곧 만발할 봄을 눈앞에 둔 쌀쌀하지만 화창한 날이었다.

K가 미스 오를 먼저 보았으나 차마 다가설 용기가 안 났다.

그녀는 눈부시게 예뻐진 숙녀가 되어 있었다. 처음 보았을 때는 꽃봉오리 같았고, 지난번 두 번째 만났을 때 피어나던 꽃잎이 불과 1년도 못 되었는데 지금은 활짝 만발해 있었다.

흰 바탕에 물방울 무늬의 원피스에 가벼운 물색 코트를 겹쳐 입은 차림새도 정말 화사했다. 그는 달려가 인사하고 싶은 충동을 느꼈다. 그러나 그는 일부러 돌아서서 외면했다.

현재 자신의 입장을 고려해서였다. 행선지가 달랐지만 다가오는 버스가 정거하기만을 기다렸다. 아무거나 먼저 오는 차를 타고 떠나야 한다는 강박관념 때문이었다.

그는 내려오는 손님에 밀려 한 발을 승강기에 올려놓고 엉거주춤 서 있다가 막 오르려는 찰나였다.

“저, 인호 씨 아니세요?” 뒤늦게 본 그녀가 다가오며 물었다.

그는 찔끔하여 돌아서며 “아, 미스 오시군요” 하고 당황하여 말했다. 정순은 그를 보는 순간 ‘수줍음을 잘 타는 사람이니 만나면 네가 먼저 인사해라’ 했던 언니 말이 생각났기 때문이었다.

그들이 서로 대면하고 있는 사이 “손님 어서 타세요. 곧 출발합니다” 차장이 금속성 소리로 쥐어짰다. 그는 얼른 손잡이를 놓고 손을 흔들어 버스를 보냈다.

그들은 말없이 서로의 행선지를 바꿔 약속이나 한 듯 창경원 쪽으로 발길을 옮겼다. 그녀가 본 K의 얼굴은 전보다 좋아졌으나 의복은 예전과 크게 달라진 게 없어 보였다.

“그럼 이번 학기에 등록하세요?”

“예, 해야지요.” 그는 우물우물 대꾸했지만 또 그런 대답이 여간 곤혹스러운 게 아니었다. 정순은 그가 아직도 복학할 준비가 안 된 것을 육감으로 직감하고 괜히 그의 아픈 곳을 찌른 것 같아 무척 미안하게 생각했다.

그들은 묵묵히 걸었다. 사쿠라 꽃은 봉오리진 채로 아직 만발하지 않았어도 살랑거리는 바람은 그들 가슴을 조금씩 흔들고 있었다.

그들은 한참 걷다가 벤치에 나란히 앉았다. 정순은 이왕 그의 아픈 곳을 찌른 이상 무엇이든 자신이 도울 수 있는 방법으로 그의 아픔을 달래주고 싶었다.

“그럼 숙식은 어떻게 하고 있어요?”

“예, 개인 병원에서 조수 겸 검사실 일을 하고 있어요. 앞으로 의대 임상 공부에 도움이 될 것 같아 병원 쪽에 일 자리를 구했어요.”

“그럼 보수는 어떠세요? 생활하고 등록금을 마련할 만큼 되나요?” 그녀는 아차 하고 묻지 말아야 할 말을 물었다고 자책했다. 그러나 애초에 생각했던 것과는 달리 그가 고학생의 신분임을 알았기 때문에 자신도 모르게 그런 말이 튀어나왔다.

“예, 그럭저럭 꾸려갈 만해요. 충분하진 않지만요.”

꼭 자존심 때문만은 아니었다. 구차한 꼴을 보여 그녀로 하여금 어설픈 동정심을 유발하고 싶지 않아서였다.

그의 담담한 말 가운데에는 깊은 우수의 숨결이 배어 있음을 J는 느꼈다. 그러나 말을 맺고 꼭 다문 입술과 여전히 반짝이는 그의 눈동자는 무엇인가를 암시하고 있었다.

20대에 이미 진로를 결정하고 불꽃 같은 정열과 열망을 불태우며 신념으로 살아가는 열기 같은 게 그에게서 발산했다. 비록 건강이 문제되어 주춤하고 있지만 무엇인가를 분명히 하고 나설 투지가 엿보였다.

"혹 가정교사 자리가 있으면 가시겠어요?"

"글쎄 생각해 보지요."

그는 '여부가 없지요'라고 해야 옳았으나 그렇게 애매하게 대구했다.

정순은 얼마 전에 고모님이 고등학교 2학년에 올라갈 아들의 학교 성적이 영 오르지 않아 장차 진학을 걱정하는 소리를 들었던 생각이 떠올랐다.

"그래요? 그럼 전화번호를 알려 주세요. 고모님에게 부탁해 볼게요" 그는 아무 말 없이 친구 전화번호를 적어 주었다.

그들은 동물원을 둘러보고 머지않아 사쿠라 꽃과 인파가 어우러질 창경원을 두루 구경하다 헤어졌다.

미스 오는 공중전화로 고모님 댁에 전화를 걸었다. 가정부가 받았다. "아줌마 정순이에요."

"아이고 정순 조카 오랜만이야. 고모 아직 안 오셨는데 웬 일이지?"

"네, 승우 가정교사 아직 없지요?"

"응, 아직 누가 온다는 말 못 들었는데……"

정순은 송수화기를 놓자 버스를 타고 곧장 고모님 댁으로 향했다. 쇠뿔도 단김에 빼렸다는 속담을 실천하기 위해서였다. 고모님이 들어오시는 대로 단단히 부탁할 참이었다.

고모님은 늦은 저녁 때에야 들어오셨다. 저녁 식사를 함께 하며 정순은 뜸을 들일 필요도 없이 인호 씨에 관해 이야기했다.

절친한 친구 이종 오빠인데 한국의과대학 본과 2학년에 다닌다고 했다. 그가 휴학했다는 소리는 아직 할 필요가 없었다. 고모님도 쾌히 승낙하시고 한번 만나자고 했다.

그렇게 해서 인호는 1주일 후에 그곳에 가정교사로 들어가게 되었다. 아직 새 학기가 시작되지 않아 당분간 학교에 안 가도 주인의 눈치를 살필 필요가 없었다.

고 1학년인 승우 군은 E.Q가 꽤 발달한 편으로 학교 공부는 별로 취미가 없어하고 나이에 걸맞지 않게 외국 영화 배우들의 사진과 영화 팜플렛을 잔뜩 벽에 붙여놓고 있었다.

딱딱한 공부보다 예술 쪽에 훨씬 더 취미가 있는 것 같았다. 그는 미국 영화 스토리를 쫙 꿰고 유명 배우들의 이름을 줄줄이 외고 있었다.

"선생님은 지금껏 무슨 영화를 인상 깊게 보셨어요?"

"글쎄다. 네가 먼저 말해 보렴."

"그럼 선생님은 비비안 리 아세요?"

"그가 누군데?"

"선생님은 '애수'나 '안나 카레니나' 영화 안 보셨어요?"

"넌 언제 그런 걸 알았니? 너의 나이 또래엔 서부 영화 '하이눈'의 게리 쿠퍼라든가 '오 케이' 목장에 나오는 배우들을 들먹일 텐데……그런 건 더 커서 나중에 알아도 되니까 지금은 열심히 공부할 때다."

"선생님은 누가 그런 걸 역시로 백과사전 찾아보나요? 저절로 알게 된거지요. 선생님이 시나리오 작가라면 어떤 영화를 만들고 싶어요?"

"나는 아직 그런 생각을 해본 일이 없다. 어서 공부나 하자."

"그래도 한마디만 해 주세요. 원래 명 강의는 학생이 그 강의를 즐겁게 수용할 마음의 문을 열어놓고 시작하는 게 명 교수법이래요" 그는 임기응변으로 그럴 듯하게 지껄이고 있었다.

"그래? 그럼 내 강의가 명 강의가 되고 안 되고는 수강자의 마음의 자세에 달려있단 말이지? 그럼 몇 마디 해야겠구나. 나는 말이다. 사람들이 우연히든 혹은 좋은 동기로 인연을 맺게 되면 끝까지 좋은 관계를 유지하길 희망한다. 사제지간이든 연인이든 간에…… 예를 들어 제자는 스승의 가르침을 깊이 명심하여 장래 훌륭한 인물이 되어 사회에 크게 이바지하는 영화, 또는 어떤 남녀가 사랑하게 되면 서로가 순정을 바치는 영화, 인류에게 희망과 용기를 주는 내용, 그래서 관람자에게 많은 생각의 여운을 안겨주는 그런 영화였음 좋겠다."

"선생님, 그럼 한가지만 더 물을게요. 말은 못 알아듣는 외국 영화라도 관람하고 나면 스토리는 대개 짐작하지 않아요? 그런데 소설이나 드라마 원작자가 묘사한 개인의 감정이나 심리는 어떻게 영상에 담지요?"

"그야 주인공들의 연기나 대사와 표정, 무대 장치나 배경 등으로 상황을 나타내고 관람객이 나름대로 추정하도록 하겠지. 내가 영화 제작자나 감독도 아니니 잘 모르겠다."

"맞아요. 그래서 배우들의 선택이 중요해요. 연출자나 감독의 영향이 큰 것은 물론이구요."

"야, 너 제법이구나."

"그렇지요? 그래서 크게 될 나무는 떡잎 때부터 안다잖아요. 하하……" 다소 버릇이 없지만 무척 천진했다. K는 그런 동심이 부러웠다. 승우 군은 어쩌면 예능 방면에 타고난 재능이 있어 보였다.

정순의 고모부는 번화가에 큰 화랑을 차렸고 고모는 명동에서 미장원을 경영했다.

고모부가 더 자상하고 인정도 더 많은 편이었다. 날씨가 좀 추운 밤에는 아궁이에 장작불을 손수 지펴주고 아랫목에 요를 깔아주는 자상함도 있었다.

새 학기가 가까워 오자 고민하는 것은 김인호뿐이 아니었다. 오정순도 그에 못지 않게 걱정했다. 그가 등록을 해야 할 터인데 그럴 여유가 없는 눈치였기 때문이었다.

천성이 착하고 연민의 정을 목에 걸고 다니는 그녀였기에 남의 딱한 사정을 그냥 보고만 있을 수는 없는 노릇이었다. 인호 씨에 대한 걱정이 남의 일 같지가 않았다.

하루는 고모님 댁에 전화를 걸어 그와 통화했다.

"인호 씨, 학교 등록금은 어떻게 준비되었어요?" 하고 물었다.

"고향에서 곧 부쳐 올 테니 너무 걱정 말아요" 그는 거침없이 대답했다. "그럼 고향에서 소식이 오는 대로 연락해요" 하고 전화를 끊었다.

그러나 등록 날짜가 다가와도 K한테서는 아무 소식이 없었다. 정순도 자기 일같이 애가 닳아 매일이다시피 전화로 확인했으나 아직도 기다리고 있다고만 말했다. 그도 애타는 것은 물론이었다.

등록 마감 날짜가 5일로 임박했을 때 인호는 시골집에서 편지 한 통을 받았다. 부친이 노동을 하시다가 중풍으로 쓰러져 3일째 혼수 상태라고 했다.

급한 대로 병원비 보증금을 주고 나니 등록금이 모자라 지금 여기저기 주선하고 있다고 했다. 아버지가 기동하시면 어떻게 마련할 수 있을 테지만 이제 불가능한 게 뻔했다.

그는 주인에게 양해를 구하고 급히 시골로 내려갔다. 그의 부친은 뇌일혈로 쓰러진 후 의식이 다소 있을 때 인근 병원에 옮겼으나 이틀째부터는 전혀 의식이 없어졌다고 했다.

이웃 마을에 있는 장항의원은 오랜 세월 퇴색한 나무 간판이었다. 대머리에 배가 툭 튀어나온 초로의 의사는 인호가 의대생이란 이야기를 듣고, 본과 2년이면 해부 병리 등 기초 의학을 배웠을 텐데 의사직이 생리에 맞을 것 같으냐고 물었다.

중환자 때문에 달려온 자식의 심정을 모르고 한가로운 물음에 K는 비위가 상했다. 그는 건성으로 "예, 예" 대꾸하고 그 의사의 그런 말이 더 이상 나오지 않도록 말꼬리를 돌렸다.

"원장님, 저의 아버지 병환의 예후는 어떻습니까?" 하고 묻자

"아무래도 가망이 없을 것 같구먼" 하고 원장은 그제야 콧등에 늘어진 돋보기 안경테를 집어 올리며 마른기침을 한번 하고 나서 금방 엄숙한 표정을 짓고 말했다.

"이런 상태로 먼 곳의 큰 병원으로 옮길 수도 없고 해서, 마침 서울 종합병원에 신경외과 전문의 친구에게 의논해 보았네만 별 도리가 없었네. 시설이 갖춰진 병원에서 CT 스캔도 해보아야 확진을 부치겠고 또 수술한다 해도 그 예후가 반반이 아닌가? 그리고 지금 60 중반이 넘은 연세로 보나 여러 여건으로 미뤄 그것도 쉬운 일이 아니지 않은가?"

하고 그는 반문했다. 경제적 조건을 두고 한 말이었다.

"이런 상태로 환자를 움직여 먼 데까지 이송하는 것도 그렇고 아무튼 가족들과 상의하려던 참이었는데, 이러다 다행히 회복되길 바라지만……" 하며 난처한 표정을 지었다.

서울과 시골의 사람 사는 차이는 이런 데서도 나타났다. 큰 도

시에서는 환자가 쓰러지면 곧장 응급실에 데려가 수술 여부를 결
정하고 적응이 되면 즉각 가족과 상의할 텐데……

아버지는 아무래도 회복할 가망이 없을 것 같은 예감이 들었다.
인호는 한숨을 길게 내 쉬었다. 인간의 존재는 얼마나 미약한가?
그리고 억겁의 긴 세월 속에 그 생명은 얼마나 덧없는 유한의 존
재인가?

그래, 그 동안 못 다한 효성을 이 기회에 조금이라도 해 드리자.
어차피 휴학 중인데 일년 더 늦었다고 어쩌랴 하는 생각이 들었
다. 복학을 체념하고 아버지 임종을 지켜야 하겠다고 마음 먹었다.

다음날 서울 주인집에 전화하여 오래 비울 것 같으니 다른 가정
교사를 채용하라고 했다. 그리고 미스 오한테도 연락했다.

"정순 씨, 나 시골 내려 왔어요. 아버지가 위독하셔서 아무래도
이번 학교 등록도 포기해야겠어요. 이대로 아버지를 방치하고 서
울에 갈 수는 없어요. 조카는 미안하지만 딴 가정교사로……"

그는 목이 메여 말을 잇지 못했다. "인호 씨, 우선 등록 마감 날
짜와 그곳 연락처를 말해주어요" 그녀는 그가 등록을 포기했다는
말을 듣는 순간 한 아이디어가 번쩍 떠올랐다.

그녀는 K의 연락처를 적고는 "인호 씨, 학교 등록 절대 포기하
지 말아요. 내가 급한 대로 어떻게 주선해 볼게요. 아버님 병 고환
잘해 드리세요. 꼭 회복되실 거예요. 알아들었지요?"

하고 그의 다음 말은 들을 필요도 없다는 듯 일방적으로 송수화
기를 찰칵 놓았다.

정순은 자신의 학교 등록 날짜가 아직 보름이 남았으니 우선 자
기 등록금으로 대치하리라 생각했다. 그리고 친구한테 급한 대로
융통하고 나중에 그의 돈이 오면 그것으로 충당하리라 생각했다.

정순은 그날로 어머니를 재촉하여 이틀 후 한국대학 마감 날짜에 가까스로 인호의 등록을 끝냈다. 진즉 그런 생각을 못하고 걱정한 자신이 바보스럽게 느껴졌다. 그리고 한 사람의 어려운 문제에 다소나마 도움을 준 것 같아 마음이 뿌듯했다.

그녀는 무리를 지어 나르는 참새들보다 홀로 헤매는 한 마리의 새에게 고독을 느끼고 활짝 피어난 꽃송이보다 바람에 떨어지는 한 잎의 꽃에 마음 아파하는 여자였다.

그래서 남의 상처를 자신의 아픔처럼 괴로워하는 그런 심성의 여인이었다. 정순은 시골에서 등록금이 부쳐져 오거나 무슨 일이 있으면 곧 연락해 주리라 믿고 자주 통화하는 것도 망설였다.

그러나 날짜는 임박한데 아무 연락이 없어 시골에 전화했으나 인호와 직접 통화할 수가 없었다. 그러는 사이 2주가 훌쩍 다가왔다.

정순은 정미 집을 찾아 나섰다. 부유한 가정에 태어난 정미는 항상 여유가 있었고 친한 친구 사이였기에 그만한 돈도 쉽게 융통해 줄 것 같아서였다.

그런데 공교롭게도 그녀의 언니가 많이 아파 그날 아침에 시골에 내려가서 이삼 일 내에는 올 것 같지 않다고 했다.

급한 마음에 할 수 없이 고모부의 화랑에 달려갔다. 그런데 이건 또 무슨 날벼락 같은 말인가?

거기 종업원이 고모와 통화하는 내용을 들으니 그 화랑과 거래하던 고객 한 사람이 거액을 부도내고 잠적해서 고모부는 정신없이 은행에 가셨다고 말하고 있었다.

마지막 보루인 고모한테 찾아갈 수도 없었다. 기가 막히고 정신이 아찔했다.

그녀는 고민하다 그날로 식음을 전폐하고 몸져 누웠다. 차마 그 이야기를 엄마에게 할 용기가 나지 않았다.

딸의 태도를 아무래도 이상하게 본 어머니는 답답함을 참지 못해 그녀의 방에 들어갔다.

“정순아, 너 무슨 영문인지 말 좀 해보아라 응?”

“아무 일도 아녜요 엄마. 그냥 몸이 고단해서 그래요.”

하고 핑계댔지만 아무래도 심상치 않은 딸의 태도에 어머니가 다시 다그쳤다.

“너 혹시 남자 관계로 그러는 것 아니니? 월경 언제 했어?”

엄마의 의심은 딸을 불량 소녀로 몰고 갔다. 정순은 코밑에 떨어진 사태의 심각성에 정신이 번쩍 들어 이실직고하지 않을 수 없었다.

“엄마, 있잖아, 고모님 댁 가정교사 말야” 하고 머뭇거리자, ‘그러면 그렇지’ 하는 눈빛으로 어머니는 딸을 쏘아보았다.

“엄마, 그분은 그런 나쁜 사람 아녜요. 학교 등록금이 오지 않아 우선 제 등록금으로 대치했어요. 그분 아빠가 갑자기 중태라 시골에 가서 못 오고 있어요.”

엄마는 그 말을 듣자 돌이킬 수 없는 이성 관계가 아님을 알고 한숨을 내쉬며 “그럼 네 학교 등록 마감은 언젠데?” 하였다.

“오늘까지예요, 엄마.”

“뭐라고?” 하며 엄마는 탁상 시계를 바라보았다.

“지금이 네 시인데 이 철딱서니 없는 것 너 미쳤니?”

하고 당장에 밖으로 나가셨다. 문을 꽝 닫으며 무슨 말인가 소리치는데 하나도 알아들을 수가 없었다.

정순은 마구 눈물이 쏟아졌다. 하지만 끙끙 벙어리 냉가슴 앓듯

하던 무거운 고민덩이를 세상에서 제일 가까운 엄마에게 털어놓고 나니 한결 마음이 가벼운 느낌이었다.

어머니는 한 시간 후에 돈을 융통하여 돌아오셨다. 정순은 엄마와 함께 택시를 타고 서둘러 학교로 가는데 '러쉬아워'에 걸린 교통은 굼벵이 기어가듯 했다.

가까스로 학교에 도착하니 마감 시간이 지나 등록 창구는 굳게 닫혀 있었다.

다음날 일찍 어머니와 함께 다시 갔으나 이미 엎드러진 물이 되고 말았다. 정순은 할 수 없이 휴학계만 내야 했다.

그녀의 소박한 계획은 그렇게 수포로 돌아갔고 어머니의 꾸지람은 대단하셨다. 그토록 인자하시던 분이 그렇게 속상해 하시는 것도 처음 보았다.

물론 아버지에게 말하면 불호령이 떨어질 터이니 적당히 얼버무려 숨겨 두기로 하자고 어머니가 말했다.

어머니는 아버지에게 정순은 신경쇠약으로 한 학년 쉬어야 한다고, 단골 의사가 충고했다고 애꿎은 의사를 핑계 댔다. 물론 그 의사에게 미리 귀띔해 둔 어머니의 아이디어였다.

정순은 자신이 저지른 일인지라 심적 갈등으로 번민하면서도 K에게 원망스러운 생각이 들지 않는 것이 이상했다.

오히려 자신의 작은 희생으로 남을 도왔다고 스스로 위안하며 빨리 잊으려 애썼다. 그리고 고모님에게 양해를 얻어 가정교사도 그대로 계속하기로 했다.

정순은 1주일이 지난 후 시골에 있는 K에게 가까스로 변통하여 등록했으니 빨리 등교하라고 전했다.

소식을 들은 그는 정순에게 고마움을 금치 못했지만 아버지를 어머니와 누이동생에게만 맡겨야 하는 마음은 착잡했다. 1주일이 더 지난 후에야 상경한 그는 안타까움으로 눈물을 흘렸다.

인호는 정순을 다방으로 불러냈다. 다방에서 기다리던 그는 미스 오가 자리에 앉아 마자 "정순 씨, 정말 미안하고 고마워요. 어떻게 그런 생각을 했지요? 그 돈은 될수록 빨리 갚을게요."

그 말이 막연한 말인 줄은 피차간에 모를 리 없다. K는 J의 등록은 당연히 했을 것으로 믿고 묻지도 않았다.

"그보다 아버님 병환은 어떠세요? 병 문안도 못 가서 미안해요" 하고 그녀는 짐짓 미안한 표정을 지었다.

"나흘 전부터는 의식이 좀 돌아왔어요. 하지만 대소변을 받아내야 하니 어머니와 여동생의 고생이 막심할 것 같아요. 자식이 똑똑하고 자상했으면 아버지의 뇌일혈을 예방할 수 있었을 텐데…… 혈압이 높을 거라 짐작하면서도 적극적으로 체크를 못했어요. 평소에 워낙 건강하게 활동하셨기에 방심한 거지요. 자식이 의대생이면 무슨 소용이 있어요?"

그의 눈에서는 이슬이 맺혔다.

"하루 빨리 쾌차하시길 기도하며 열심히 공부하는 게 효도하는 길이지요. 그리고 그 돈은 서두를 필요 없어요. 천천히 갚아도 되어요"

하고 안심시켰다. 빚진 죄인이 된 그는 정말 열심히 공부했다.

주인이 양복 맞춰 입으라고 별도로 준 돈도 기성복으로 사 입고 남은 돈과 넉넉히 받은 돈을 합쳐 정순에게 진 빚을 세 번에 나눠 갚았다.

그녀는 나중에 졸업하고 돈 벌면 갚으라고 사양했지만 그가 굳이 돈을 건네주며 이자는 이 다음에 복리 쳐서 갚겠다고 했다.

정순은 고모부 화랑에서 받은 용돈을 아껴 쓰고 K에게서 처음 받은 액수와 합쳐 전부 받았다고 엄마에게 건네 드렸기 때문에 세 번째 받은 돈은 공돈이 되었다.

정순은 의대 도서관에 근무하는 여고 동창생을 찾아갔다.

"야, 네가 웬 일이니? 여기까지 찾아오게."

"응, 너한테 물어볼 게 있어."

"그래? 그게 무언데?"

"의대생들이 임상에서 가장 잘 알려진 원서로 교과서나 참고 서적이 뭐지? 가령 내과, 외과, 산부인과, 소아과 그런 것 말이야."

"얘 너의 애인이 의대생이니?"

하고 그녀는 정순의 얼굴을 부러운 듯 빤히 들여다 보았다.

"얘는, 먼 집안 오빠가……" 하고 얼굴을 붉혔다.

"그야 간단하지 내과는 '세실' '하리슨', 외과는 '크리스토퍼', 소와과는 '슬로보디', 산부인과는 '노박' 등이야."

하고 쪽지에 스펠링을 적어주었다. 정순은 그 길로 외국 서점에 가서 주문했다. 달포 후 그 책들을 사서 K에게 선물했다. 정순의 가슴은 뿌듯했고 인호의 가슴도 환희와 희망으로 가득했다.

*　　　　*　　　　*

어느덧 졸업 시즌이 다가왔다. K는 본과 4학년에 올라갈 참이었고 정순은 의당 졸업생이 되어야 했다.

그는 정순의 졸업을 축하하기 위해 날짜를 물었으나 그녀는 알 필요가 없다고 딴 말로 얼버무렸다.

그래도 졸랐으나 여전히 정색을 했다. 인호는 그녀를 정말 기쁜

게 해 주고 싶었다. 그래서 선물을 준비하려고 모처럼 백화점에 들러 이것저것 쇼핑을 해 놓고 학교에 전화를 걸어 졸업 날짜를 확인했다.

그리고 정순을 만나자고 했으나 시큰둥하고 응하지 않았다. 인호는 그녀가 혹시 남자 친구가 있어서 그러는지 불안하여 그녀의 선배 명순 언니의 직장에 찾아가 물었다.

"미스터 김은 정순이가 3학년에 올라가기 전에 휴학한 것 아직도 모르고 있었어요? 그 순진한 애가 그걸 인호 씨한테 속이고 있었네."

했다. 명순 양 말에 의하면 정순은 등록금을 갖고 학교로 가는 도중 버스 안에서 소매치기 당하고 다시 챙겨갔는데 마감 시간이 지나 접수를 못해 휴학했다고 했다. 마치 함께 다니며 목격이라도 한 것처럼……

그녀는 몸도 약하고 하여 고모부 화랑에서 일을 도와주고 용돈을 타 쓰며 1년을 보냈다고 일러주었다. 그는 J가 그렇게 된 게 자기 등록금 때문임을 직감했다.

그래서 그 동안 그녀를 만나자고 해도 이런저런 핑계로 회피한 게 분명했다.

인호는 정순에 대한 죄책감으로 밤새도록 눈물을 흘리며 미안해했다. 그리고 그녀의 애틋한 마음이 필시 자신을 사랑하기 때문이라고 단정했다.

자신이 의사가 되어 생활 기반이 잡히면 그녀를 꼭 행복하게 해 주겠노라고 스스로 굳게 다짐했다. 인호는 J를 만나 저녁을 함께 하며 정중하게 사과했다.

"정순 씨, 어떻게 그렇게 나를 감쪽같이 속일 수 있지요? 그 동안 얼마나 힘들었어요. 난 그것도 모르고 정말 미안해요.”

“아니예요. 이젠 다 지나간 일인데요. 요즈음 학교 공부는 어떠세요?”

“예, 좋아요. 기초과목과는 달리 임상과목이라 이제야 의사가 되는가 보다 하는 느낌이 들어요. 아주 재미있구요. 그리고 주신 의학 원서는 정말 큰 도움이 되고 있어요. 정순 씨한테서 선물을 받았다고 생각하니 더욱 애착이 가서 그 원서들을 보는 시간이 훨씬 길어졌어요. 같은 책이지만 도서관에서 볼 때하고는 느낌이 달라요. 정말 값진 선물을 주셔서 고마워요. 노 교수님들은 임상 강의를 시작하기 전에 이런 내용의 충고를 했지요 ‘의사가 되기 전에 먼저 인간이 되라. 그리고 환자를 치료할 때는 빵을 계산하기에 앞서 자기 가족과 같은 사랑으로 대하고, 환자의 질병을 자기 고통과 같이 고민해야 한다’라고 말입니다. 그런 말씀은 당연했지만 처음에는 마치 성인군자가 되라는 뜻으로 들렸습니다. 평범한 감정을 지닌 의학도에게 성직자의 수도생활을 강요하는 것 같았으니 말입니다. 그러나 그런 마음가짐이 환자의 병세에 크게 도움이 된다는 사실을 정신 신체의학, 다시 말해 정서와 내분비 호르몬에 의한 생리작용의 상관관계를 익히며 이해하게 되었지요.”

“듣고 보니 의학 공부는 취향에 맞고 여건이 허락된다면 한번 해 볼 만한 학문이네요. 그런 의미에서 가장 적임자로 생각되는 인호 씨에게 제가 조금은 도움이 되었다고 생각되니 기쁘네요. 앞으로 그 건에 대해서는 더 이상 마음에 두고 말씀하지 마세요. 저도 다 잊어버렸으까요.”

김인호는 본과 3학년 동안에는 내과, 외과, 산부인과, 소아과, 정신과, 피부과, 비뇨기과, 안과, 이비인후과, 방사선과 등의 실제 임상과목을 배웠다.

본과 4학년에 올라가면서 승우 군을 대학 입시 전문학원 친지에게 부탁하고 자신은 서울 변두리의 빈민촌에 옮겨 자취를 다시 시작했다. 어려운 환자를 돌보기 위해서였다.

병원 실습을 통해 익힌 흔하고 잘 낫는 질병을 치료하여 차도가 있으면 그들은 무척 고마워했다. 야채와 계란을 갖고 오는 환자도 있었다.

그들의 웃는 모습을 보는 의사의 기쁨이 바로 이런 것이구나 하는 것도 그때 알게 되었다.

대학 생활은, 평생 한번 볼 수 있을지 모르는 희귀한 질병과 아프리카 오지에나 만연하는 풍토병들에 관해서까지 원인 증상 치료 예후 예방까지 암기해야 했다.

지겹고 힘든 그 많은 시험지들을 차곡차곡 메꾸고 드디어 히포크라테스의 서약을 선서하며 졸업장을 쥐었다.

전국 의대 졸업생들이 한 자리에 모여 치르는 국가고시를 거쳐 그도 합법적으로 환자를 치료할 수 있다는 올챙이 의사의 대열에 끼게 되었다.

결국 그는 모교 인턴에 들어갔고 정순은 교생 실습을 받고 있던 중 그들은 오랜만에 만났다.

7월의 태양이 이글거리고 실록은 짙은 녹색으로 물이 오른 어느 일요일이었다. 그들은 인천 송도로 향했다. 간이식당에서 점심을 먹고 노를 젓는 작은 배를 탔다.

먼저 배에 오른 인호가 정순의 손을 잡아 올릴 때 그녀의 가슴이 그의 몸을 살짝 스치고 지나감을 감지했다. 향긋한 내음이 그의 후각을 자극했다.

그는 야릇한 흥분에 코를 실룩거리며 노를 저어갈 때 정순은 뱃머리에 앉아 그를 바라보고 있었다. 간간이 마주치는 그들의 눈빛에는 자석 같은 친화력이 작용하고 있었다. 정순은 그런 게 사랑의 감정이 아닌가 생각했다.

함께 있으면 마음이 편안하고 또 항상 그와 같이 있고 싶다는 그런 마음은 분명 사랑일 수밖에 없었다. 청명한 하늘에는 하얀 뭉게구름을 뚫고 여러 갈래의 햇살이 쏟아지고 있다.

"우리 여기 잘 왔네요. 이렇게 아름다울 수가 없어요."

그녀는 하늘을 향해 천진난만한 웃음을 날리며 말했다.

"정말?" 그는 감동한 듯 두 손을 멈추고 그녀를 한참 바라보았다. 그러나 무슨 생각이 들었는지 그가 다시 노를 저으며 물었다.

"정순 씨는 젊어서 열심히 일해 생활이 안정되고 돈도 모으면 중년에 하고 싶은 게 뭐 있어요?"

"글쎄요. 학교를 세워 후진 양성한다거나 미술관을 세운다면 너무 거창하고, 전공을 살리면서 유치원이나 고아원 같은 것 운영하고 싶어요. 어때 너무 고루하고 유치해요?"

그 때 쾌속으로 달리던 모터 보트가 아슬아슬하게 곁을 스치고 지나가며 물살을 뿌렸다. '앗' 하고 소리지르는 정순을 바라보니 그녀의 앞가슴이 흠뻑 젖어버렸다.

풍만한 유방과 그 위에 작은 앵두알 같은 젖꼭지가 엷은 원피스를 통해 선명하게 돌출되었다. 인호는 그것을 차마 정면으로 바라보지 못하고 눈을 돌려 보트를 향해 "저런 나쁜 놈" 하고 공허한 말을 내뱉었다.

"정순 씨, 괜찮겠어요?" 호주머니에서 손수건을 꺼내 주며 보아서는 안 될 것을 다시 옆눈질로 보았다. 그러다가 그는 갑자기 아랫배를 움켜쥐며 아프다고 얼굴을 찡그렸다.

당황한 그녀는 옷이 젖은 것도 아랑곳하지 않고 "인호 씨, 가만히 앉아있어요. 아까 점심 빨리 먹더니 체했나 보아요" 하고 그녀는 서투른 노를 저어 육지에 대고 약국에 약을 사러 간다고 허겁지겁 뛰어내리려 했다. 그러자 그는

"그런 약 먹고 나을 병이 아니야. 충수염(맹장염)인가 봐."

"그럼 어쩌지요? 수술해야 낫는 병 아니예요?"

"저 쪽에 있는 여인숙에 들어가 배를 깔고 엎드려 있으면 맹장염(충수염)인지 아닌지 알겠는데" 하고 그가 말했다.

"아니, 의사가 그것도 몰라요? 그럼 빨리 가요. 인호 씨."

하고 그녀가 먼저 내리더니 잰 걸음으로 걸어갔다.

K는 엉거주춤하다 여인숙 문 앞까지 따라왔으나 도저히 함께 들어갈 용기가 나지 않아 망설이고 있었다.

"인호 씨, 그럼 빨리 병원을 찾아봐요."

"아냐, 병원까지 갈 필요는 없어요. 전에도 가끔 그랬으니까."

'?……'

그때까지도 감을 잡지 못한 그녀는 "어서 들어와요. 인호 씨" 하고 정순은 주인을 찾았다. "오빠가 배가 아파서 잠깐 쉬어갈게요" 하고 요금을 물어 선불을 했다.

주인인 듯한 중년 여인은 방을 안내하며 빙그레 하고 의미 있는 웃음을 지었다. "오빠, 들어가지 않고 왜 서 있어요?" 하고 손을 잡아당겼다. 인호의 장난기는 점차로 남성의 생리적 본능을 유발하고 있었다.

그들은 두근거리는 가슴을 달래며 방으로 들어갔다. 이부자리와 베개 두 개가 나란히 놓여있는 것을 보고 정순은 가슴이 뜨끔하

고 그때서야 화끈한 후회가 일어났다.

K는 진짜로 아픈 양 배를 깔고 엎드려 신음하지 않을 수 없었다. J는 옆에 앉아 걱정스러운 눈으로 바라보았다.

"인호 씨, 아직도 아파요? 활명수 소화제 사올까요?"

그녀는 안타까운 듯 또 약 타령을 했다.

"아니야. 조금 있어봐" 하고 그는 손을 내저었다. 그 순간 고등학교 동창 한 놈이 군에 입대하기 전, 술좌석에서 한 말이 주마등같이 머리를 스치고 지나갔다.

'요즘 세상 남자 군인 갔다 올 때까지 기다려주는 여자가 몇이나 돼, 입대 전에 꽉 도장을 찍어 놓아야 마음이 놓이지, 원래 여자란 바람 따라 쓰러지는 갈대의 속성이 있으니까. 그래서 나는 이렇게 도장을 꽉 찍어 놓았지' 하고 그는 왼 손바닥을 쫙 펴 벌리고 침을 탁 뱉고 나서, 오른손 인지와 중지를 합쳐 탁 쳤었다.

물론 송별 파티였으니 그는 돌아가며 술을 받은지라 초장부터 거나하게 취해 있었다. 그런 생각을 떠올리며 정순을 바라보는 K의 눈은 정념의 불꽃이 너울거렸다.

그는 이글거리는 그 정념의 불꽃을 어떻게 하든 꺼야 한다고 생각하면서도 정순을 꼭 아내로 맞이하고 싶었다.

그러나 그녀는 언젠가는 자신의 곁을 떠날 것 같은 예감이 그를 불안케 했다. 하늘에서 내려온 선녀 같은 그녀를 잡초같이 자라온 자신이 어떻게 감히 평생의 반려로 맞이할 수 있단 말인가?

그 순간 그는 엄청난 욕심에 눈이 멀었다. 이 여자를 놓쳐서는 안 된다는 강박관념이 야생마를 타고 질풍같이 달려왔다.

비굴하고 잔인하다는 생각은 그 다음 순서였다. 그는 등을 깔고 반듯이 누우며 "정순 씨, 내 뱃속에서 나는 소리 들려요? 천둥 치는 소리가 나, 이리 가까이 와서 들어봐요” 하고 배를 만졌다.

“정말?” 하고 그녀는 근심스러운 듯 귀를 가까이 대는 시늉을 했다. 그 순간 K는 그를 덥석 끌어안았다. 마치 사자가 토끼를 낚아채듯, 그리고 입술을 더듬었다.

기겁을 한 정순은 K를 밀어냈지만 그는 황소로 돌변했다. 그들은 레슬링 선수들같이 한판 승부를 걸고 엎치락뒤치락 했다. 인호는 그녀의 유방을 더듬다 스커트를 걷어올렸다.

거듭 엎치락뒤치락 하며 K는 자신의 바지를 벗어 던졌다. 정순의 사타구니를 벌리려 했으나 쉽지 않았다. 연약해 보이는 그녀에게서 그렇게 강인한 힘이 있는 줄은 몰랐다.

그가 정순의 팬티에 손을 넣는 순간 그녀가 소리쳤다. “인호 씨. 난 인호 씨가 이런 사람인 줄 정말 몰랐어요. 진즉 알았다면 가까이 하지도 안 했을 텐데” 하고 울먹이는 소리로 뱉아 냈다.

그 말을 들은 그는 동작을 멈췄다. 그리고 슬그머니 일어났다. K는 흩어진 바지를 꿰입고 커튼을 걷었다. 유리문을 통해 한참 밖을 내다보았다.

너무도 어처구니없는 자신의 돌발적인 행위에 심한 죄의식과 굴욕감을 느껴 죽고 싶었다.

저 멀리서 개가 컹컹 짖기 시작했다. ‘인호야, 네가 한 짓이 사람이 할 짓이냐? 그런 것은 우리 개 같은 짐승이나 하는 짓이지’ 하고 야유하는 소리로 들렸다.

길가에는 젊은 남녀가 나란히 걷고 있었다. 그들은 이런 짓은 절대 안 할 선남선녀같이 보였다.

그 사이 부리나케 화장실을 다녀와 씩씩거리고 있는 그녀에게 “정순 씨, 정말 미안해요. 처음부터 계획적인 것은 아니었어요. 장난 삼아 배가 아프다고 했던 건데. 정순 씨가 딱 곧이 듣고 너무 과잉 반응해서 나도 모르는 순간 이런 실수를 저질렀어요. 한번만 용서해요. 앞으론 절대 이런 실수는 없을 테니까” 하고 돌아서는 그의 볼엔 두 줄기의 눈물이 주르륵 흘러내리고 있었다.

정순은 잠깐 사이에 남성의 생리적 욕구가 발동하면 어떻게 달라지는가를 경험했고 그 때문에 진심으로 후회하는 사내의 눈물을 보았다.

그녀는 자신이 뭘 꼭 포기하기로 작정하고 여기까지 온 헤픈 계집애 같았다는 생각이 들었다. 그런 우매하고 어처구니없던 행동은 자신에게도 큰 책임이 있을 것이었다. 아무튼 이 정도에서 끝났으니 얼마나 다행인가.

“인호 씨, 미안해요. 우리 여기서 어서 나가요” 하며 그녀는 거울 앞에서 옷 매무새를 단정히 했다. 그들은 여인숙을 나왔다.

그런 후로 서로는 겸연쩍어 한동안 만나지 않았다. 정순은 인정 많고 여리디여린 성품으로 어쩌다 솜사탕처럼 부드럽게 부풀었다가도 남자가 너무 가깝게 다가온다 싶으면 밤송이같이 움츠리는 그런 여자였다.

K는 대학 병원에서 인턴을 하면서도 정순에게 미안하다는 편지만 띄웠을 뿐 적극적으로 만나자는 말을 못했다.

정순은 교생 실습을 마치고 고모부 화랑에서 일을 도와주며 교사 발령을 기다리고 있었다.

인호가 인턴을 끝내고 입대할 무렵이었다. 식당으로 정순을 불러냈다. 그는 아직도 그녀가 상심해 있으면 어쩌나 걱정했는데 생각보다는 어둔 표정은 아니었다. 다방에서 마주한 정순의 얼굴은 여전히 맑고 순수했다.

"미스 오, 그랬다고 어쩌면 전화 한 통 안 해줘요? 많이 기다렸는데……" 그녀는 눈을 내리깔고 아무 말도 하지 않았다.

"정순 씨, 다시 사과할게요. 그 후 나는 신사와 불량배는 종이 한 장 차이이고 동전의 양면성과 크게 다를 바 없다고 생각했어요. 하지만 여자가 너무 경계성 없이 그런 여인숙에 따라 들어간 것부터가 쑥맥이지, 남자들이란 다 도둑이란 말 못 들었어요? 사내에게 기회를 제공하면 그런 수렁에서 빠져나오기 어려운 거요" 그는 진지하게 사과했다.

정순은 면구스러운 듯 몸을 도사리고 이렇게 묻는 것이었다.

"인호 씨, 우리 그날 아무 일도 없었지요?"

하고 얼굴이 빨개지며 빤히 쳐다보았다.

"그래 아무 것도 달라진 게 없어요. 안심해요."

하자 그녀는 안심한 듯 금세 명랑해졌다. 그는 그런 실수도 있고 해서 그 후에는 J에게 함부로 대하지 않았다.

그러면서도 일편단심 그녀를 가슴에 품어두고 벙어리 냉가슴 앓듯 한번도 프로포즈를 못했었다.

*　　　　　*　　　　　*

닥터 김은 군의학교에서 3개월 훈련을 마치고 드디어 군의관이 되어 곧장 전방 대대의 의무 지대장으로 배치되었다.

그 부대는 'DMZ' 근방의 최전방이었고 자신이 부임할 때까지 의사 군의관이 없이 의정장교가 의무 지대장을 맡고 있었다.

전방 분위기는 삼엄했다. 군데군데 폭파 자욱이 어지럽게 패어 있을 뿐 아니라 지뢰밭을 경계하는 표시가 여기저기 흩어져 있었다.

별 하나 계급장을 단 사단장의 전방 순시는 산천초목이 떤다지
만 무궁화 계급장을 둘 붙인 대대장의 명령도 시퍼랬었다. 매주
월요일 아침은 각 중대장이 대대장에게 현황보고 '브리핑'을 하는
게 부대의 규칙이었다.

부관의 연락을 받고 브리핑 장에 들어서니 각 중대장들이 이미
단정하게 앉아있었다. 앞면 벽에는 '구국 충성' '인화 단결'이란
커다란 붓글씨 액자가 붙어있고 아래에는 차트가 세워져 있었다.

"지금부터 각 중대별로 브리핑을 시작하겠습니다" 하는 부관의
말에 따라 1중대장부터 차례로 나와 대대장에게 경례를 붙이고
전방 적진의 동향과 작전 등을 절도 있게 브리핑했다.

맨 마지막으로 의무 지대장 차례가 되었다. 그는 어슬렁어슬렁
걸어나와, 마치 학교 선생이 학생들 앞에서 강의하듯, 지시봉을
바닥에 짚고 "에, 또." 하며 느릿느릿 충청도 말로 각 중대의 질병
과 위생검사 사항을 절도 없이 설명했다.

그 때 대대장이 갑자기 벽력같은 소리로 "부관! 이리 나와 엎드
려!" 하고 고함쳤다. 영문을 모르는 박 대위가 눈을 휘둥그렇게
뜨고 앞으로 나와 엎드렸다.

"군기가 엉망이야!" 하고 대대장은 권총을 뺐다. 장내는 일순간
바늘 떨어지는 소리가 들릴 듯 팽팽했다.

그는 권총의 안전장치를 점검한 후 총대를 거꾸로 잡았다. 총
자루를 높이 쳐들어 부관의 볼기를 다섯 번이나 힘껏 내리쳤다.
"도대체 이런 해이해진 군기로 있다가 불시로 기습당하면 어떻게
할거야? 각 중대장은 철저히 군기를 확립하라고" 하고 휙 나갔다.

박 대위는 그때까지 얼굴이 시뻘개져 엎드리고 있었다. 어이가
없던 김 중위는 그를 일으켜 세우고 다 자신의 불찰이라며 양손

을 잡고 진지하게 사과했다.

브리핑 장에서 나온 김 중위는 의무 지대 막사로 돌아와 벌렁 누웠다. 침통한 마음으로 골똘히 생각했으나 당장에 특별한 아이디어가 떠오르지 않았다. 그는 무조건 지프차를 몰고 가까운 3중대 막사를 찾아 나섰다.

산허리를 질러가는 비포장 도로는 울퉁불퉁했고 차 발통 밑에서 이따금 자갈 튀기는 소리가 들렸다. 서툰 운전 솜씨로 겨우겨우 운전하여 중대 본부까지 왔다.

위병의 집총 경례를 받으며 막사 안으로 진입했다.

"어서 오세요. 지대장님 잘 오셨습니다."

중대장인 이 대위가 반갑게 맞아주었다. 그들이 점심을 먹을 때 막걸리와 돼지 삼겹살이 안주로 따라나왔다.

중대장은 김 중위에게 술잔을 내밀며 "지대장님, 너무 상심하지 마세요. 처음 부임한 지대장치고 대대장한테 조인트 안 깬 분이 없습니다. 그런 엄포를 겪는 게 전방에 처음 부임할 때의 통과의례로 여기세요."

"아 그래요? 고맙습니다 중대장님."

그들은 주거니 받거니 하다 거나하게 취했다. 김 중위는 중대장과 작별하고 귀대하기 위해 타고 온 차의 운전대를 잡았다. 그 차는 의무용으로 개조되어 뒤가 툭 튀어나온 지프차였는데, 그가 백업하다가 장비를 보관한 창고의 벽을 들이받았다.

흙으로 쌓은 한쪽 벽이 와르르 무너졌다. 그때 최 중사가 소리쳐 사병들을 집합시키고 흙과 물을 떠다가 무너진 벽의 보수를 명령했다.

그들은 그 명령이 떨어지기가 무섭게 일사천리로 움직였다. 최

중사는 사람 좋은 웃음을 띄우며 김 중위를 안심시키고 잠깐 중대장 실에서 기다리게 했다.

마침 중대장은 거기 없었다. 김 중위는 나무 의자에 걸터앉아 차 한잔 들고 담배 한 대를 피워 물었다.

한참 앉아 있다가 혼자 있기가 무료하여 어슬렁어슬렁 창고로 걸어가 보니 뻥 뚫린 한 쪽 벽을 감쪽같이 메꿔 놓았다.

무에서 유를 창조하는 인간의 능력, 아니 군인의 그 신속한 동작에 감탄하여 혀를 내둘렀다. 김 중위는 사병들을 치하한 후 그 부대 운전병을 대동하고 대대본부로 돌아오는 길은 착잡했다.

김 중위는 호주머니를 뒤지다가 "어이, 김 상병" 하고 운전병을 돌아보았다.

"예, 지대장님."

"거 담배 가진 것 있나?"

"예, 있습니다. 지대장님."

하고 그는 차를 조심스럽게 한 쪽에 세웠다. 화랑 담배를 꺼내 한 가치 빼어주고 라이터를 켜 불을 붙이게 했다.

묵묵히 담배를 피워 문 그는 사병에게 무슨 말인가를 붙이고 싶었지만 취중에 수하 사람에게 허튼 소리 할 것 같아 일부러 입을 다물고 위엄을 부렸다.

지금부터 진짜 군인이 되고 장교가 되는 것이다. 그는 아침 브리핑 때의 대대장을 생각하니 씁쓸한 기분이 들어 고개를 좌우로 흔들었다.

산등성이에는 아름드리 큰 나무와 숲을 뒤집어쓴 높고 낮은 산봉우리가 어깨동무라도 하듯 줄줄이 이어져있다.

해는 어느덧 서산에 기울고 땅거미가 뉘엿뉘엿 깔리고 있다.

　대대 본부에 도착한 운전병은 마침 중대로 가는 보급차를 타고 돌아갔고 아직도 거나한 김 중위는 대대장 숙소를 향해 터벅터벅 걸었다. 대대장 숙소는 맨 서쪽 언덕빼기에 웅크리고 서 있었다. 빗발이 뚝뚝 떨어지는 하늘에는 검은 구름이 바람에 흩날리고 있었다. 언덕을 넘어서니 창틀에서 새어나오는 불빛 사이로 굵은 빗줄기가 대각선으로 쏟아지기 시작했다.

　녹색으로 페인트한 막사 문 앞에 이르러 그는 심호흡을 한 다음 똑똑 문을 노크했다.

　"누구요?"

　안에서 대대장의 목청이 양철통 두드리는 소리같이 울려왔다.

　"의무 지대장 김 중위는 대대장님께 용무가 있어 왔습니다."

　"뭐라고? 들어와요" 여전히 서슬 퍼런 목청이었다. 그는 문을 열고 들어서니 대대장은 펼쳐보던 지도를 접어 한 쪽에 밀어놓았다.

　김 중위는 거수경례 대신 모자를 벗어놓고 무릎을 꿇어 정중하게 큰절을 넙죽 했다. 대대장은 뜻밖이라는 듯 눈동자를 빙글빙글 돌렸다. 그의 눈빛은 번쩍번쩍 불을 뿜어내고 있었다.

　"대대장님, 저는 얼마 전까지만 하더라도 사회인으로 또 의사로서 자유롭게 지냈는데 3개월 훈련 마치고 여기 최전방까지 왔습니다. 흔한 말로 뭘 알아야 면장질을 하지요. 전방에 대해 뭘 알아야 군인 냄새를 풍기고 장교 흉내를 내지요. 저는 하루 동안 많은 것을 생각했습니다. 아침 브리핑 시간에 대대장님이 화를 낸 원인에 대해서 분석을 했단 말입니다."

　"그래서 어떤 결론이 났소?" 그는 심히 못마땅한 표정을 지었다.

　"예, 첫째 민간인을 3개월 훈련시켜 장교 계급장을 달아준 게 모순이 있다면 국방장관에게 책임이 있고, 둘째 그만한 훈련으로 누구나 잘 알아서 척척 해내야 하는데 그렇지 못한 게 저의 무능 탓이라면 저에게 책임이 있고, 셋째 국방장관이나 지대장의 잘못이 아니라면 대대장님이 너무 지나치다고 생각되었습니다.”

그 순간 대대장은 굴리던 눈동자를 멈추고 흰 창을 드러내 김 중위를 노려보았다.

“대대장님, 과일도 익어야 먹고, 술도 날짜가 지나야 발효되어 제맛이 나듯이 이 지대장도 조금은 세월이 지나야 분위기가 파악되고 군기가 점점 몸에 스며드는 것 아니겠습니까? 제가 부임한 지 이제 겨우 1주일이 되었습니다.”

그때서야 대대장은 약간 살기를 거두는 것 같았다. 김 중위는 흥분을 가라앉히고 다시 차분히 말했다.

“스승이 제자를 가르치고 형이 아우를 선도하듯 말입니다. 대대장님이 저를 후배나 아우같이 생각하시고 앞으로 잘 지도하시면 최선을 다하겠습니다. 하지만 저를 개인적으로 싫어하시면, 아니 증오하신다면 사단 의무 참모님께 통보하시어 다른 부대로 전출시켜 주십시오. 그렇지 않으면 제가 자진해서 찾아가겠습니다.”

김 중위는 술의 힘을 빌려 할 말은 다 했지만 실은 그 이상의 최전방도 없었기에 어느 부대로 가든 상관없다는 그런 배짱도 일어났다.

그때 대대장은 당번을 불러 술을 가져오라고 명했다. 그리고 담배를 꺼내 권하며 라이터를 켜 자신의 담배에, 그리고 김 중위에게도 불을 붙여주었다.

담배 연기를 길게 내뿜은 대대장은 입을 꼭 다문 채 한쪽 벽을 한참 노려보며 뻐끔뻐끔 담배만 피워댔다.

그때 당번이 문밖에서 대기하고 있다 가져온 듯 진로 소주와 쥐포를 금방 들여놓았다.

대대장은 술병을 양쪽 잔에 채운 뒤 잔을 들며 “지대장은 전작이 있어 보이는데 어서 드시오” 하며 자기 잔을 단숨에 기울였다. 김 중위는 대대장의 빈 잔에 술을 따랐다.

묵묵히 그 잔을 거듭 들어 마신 그는 많이 누그러진 어투로 서서히 말문을 열었다.

“우리가 같은 군복을 입은 것은 우리의 사명과 목적이 같아야 한다는 약속이요. 그리고 중위 계급장과 중령 계급장의 모양이 다르듯이 우리는 계급의 차이가 있고 또 그만큼 책임의 무게가 다른 것이요. 그 책임을 엄격하게 묻는 게 군인이고 사회와 다른 점이요. 실은 나도 일선 지휘관으로 군기를 잡는다고 그렇게 해놓고 하루 내내 마음이 편하지 않았소. 혹 지대장이 다른 부대로 가면 어떻게 하나, 모처럼 맞이한 의사 출신 지대장인데, 걱정했소. 우리 앞으로 잘해 봅시다.”

하고 그는 손을 내밀어 악수를 청했다.

그들은 몇 순배 잔이 오가는 중에 어름장 같던 팽팽한 분위기는 눈 녹듯이 사그라졌다. 김 중위는 일어나 비틀거리며 “형님, 잘 부탁합니다” 하며 꾸벅 절을 하고 나왔다.

깜깜한 사위는 찌르레기 소리만이 정적을 깨트렸다. 초저녁에 내리던 비는 멎었고 땅은 촉촉이 젖어 있었다. 취중이라 방향 감각의 분별이 잘 안 되었지만 발걸음이 그를 의무대로 인도했다.

갈지 자 거름으로 걷다가 발을 헛딛고 언덕을 뒹굴며 가까스로 의무지대 막사로 찾아왔다. 위생병들이 놀라고 당황했다. 고참 하사관 명령에 의해 그들은 자체 비상이라도 걸린 듯 지대장 잠자리를 마련하느라 법석을 떨었다.

그뿐이랴. 아침에 일어나니 반듯하게 다리미질한 군복을 꺼내주고 세숫물을 떠놓고 수건을 받치고 있었다. 속이 쓰리다고 아침상에는 해장국을 준비해 주었다. 그들이 상급자에게 바치는 충성은 눈물겹도록 고마웠다.

아침 식사가 끝난 후 지대장은 전 위생병을 집합시켰다.

"너희들은 오늘부터 각 중대의 위생 점검을 철저히 하라. 특히 취사장 위생 상태, 개인의 내복과 세탁 상황, 질병을 낱낱이 파악하여 세밀하게 차트에 기록하고 통계를 내도록 하라. 알겠나?"

"예" 그들은 일제히 대답했다. 1주일 후 드디어 브리핑 시간이 돌아왔다. 지대장은 어느 중대장 못지 않게 아주 절도 있게 지시봉으로 차트를 가리키며 각 중대의 현황을 정확히 지적하고 개선책을 구체적으로 설명했다.

끝으로 대대장을 향해 "오늘 미흡한 점을 지적해 주시면 앞으로 철저히 개선 보완하겠습니다" 하며 부동자세로 거수 경례를 착 붙였다.

그러자 대대장은 무릎을 탁 치고 "역시 교육을 제대로 받은 지대장은 다르군" 하고 각 중대장을 쑥 훑어보았다.

대대장의 그 의외의 말투에 중대장들은 기분이 상했을 테지만 그들 아무도 그런 내색을 하지 않고 꿀 먹은 벙어리가 되어 있었다. "지대장은 오늘 브리핑을 아주 잘 했소. 앞으로도 그렇게 하면 되오" 하며 그는 매우 흡족한 표정을 지었다.

김 중위는 대대장에게 인정을 받았으나 중대장들한테는 여간 미안한 게 아니었다. 그 후로 박 중령과는 형 아우 같은 정으로 일신상의 문제도 스스럼없이 서로 의논하는 사이가 되었다.

물론 각 중대장의 애로 사항을 대대장에게 건의하고 개선하여 대대 분위기가 많이 달라졌다.

*　　　　　*　　　　　*

　전방에 온 지도 한 달이 되어갔다. 망설이고 미루던 편지를 미스 오에게 썼다.

　　다정다감한 J에게

　　그간 안녕하셨어요?
　　오늘도 긴장된 전방의 하루해가 어떻게 지나갔는지 모르겠습니다. 교생실습은 언제 끝나며 발령은 언제쯤 받게 되는지요. 이런 이야기는 쑥스럽고 부끄러운 일이지만, 지금도 가끔 꿈속에 송도에서 우발적으로 일어났던 일로 놀래 깨곤 합니다.
　　거듭 미스 오의 넓은 이해와 용서를 빕니다. 그런 일들이 괴롭고 수치스런 기억이 아니라 웃고 넘길 수 있는 한때의 추억으로 이야기할 때가 왔으면 합니다.
　　여기 군복 차림의 전방사진을 보내드립니다. 정순씨의 사진을 부탁하고 싶어서요. 그럼 내내 건강하시길 기원합니다. 정순씨를 생각하며 몇 자 적은 시도 동봉합니다. 그럼 서신 고대합니다.

196X년 0월 0일
전방에서 K.

*　　　　　*　　　　　*

　하루는 부대에서 돌아오니 최전방 OO초등학교의 교장 선생님이 병이 나서 군의관을 급히 찾고 있었다. 구급 배낭을 갖고 달려갔더니 갑자기 토사곽란이 일어났다고 했다. 계속 구토와 설사하며 심한 복통을 호소하고 있었다.

‘데메롤’과 ‘아트로핀’을 근육 주사하고 정맥에 ‘링거’ 주사를 꽂아주니 언제 그랬냐는 듯 증세가 가라앉았다. 그때 마침 교장 사택 근방에 하숙하고 있던 여선생이 놀러왔다. 교장 사모님이 이 여선생을 인사시켰다.

이름이 이희숙이란 그녀는 고향이 남쪽 목포였고 부임한 지 달포쯤 되었다고 했다. 첫인상이 깔끔하고 미모도 갖춘 제법 세련된 여인으로 보였다.

“이 선생님은 어떻게 이렇게 먼 데까지 왔습니까?” 하고 김 중위가 묻자 “저는 교생 실습이 끝나고 일차 지망을 전라도 지방으로 신청했는데 자리가 없어 결국 이차 지망한 이곳까지 왔어요.” 하며 웃었다.

그녀는 고향 오빠라도 만난 듯 반가워했다. 김 중위 역시 그녀에게 친절하게 대해주었다. 피차간에 외로운 타향살이이기에 위안이 되고 전방생활의 고달픔을 덜게 될 터였다.

한달 후 미스 오한테서 기다리던 편지가 왔다.

김인호 중위님께

보내주신 서신 잘 받았습니다. 전방 근무에 수고가 많으시지요?

저는 교생 실습이 끝나고 잠깐 고모부 화랑에서 도와주며 기다리던 중 10여일 전에 남해의 낙도에 있는 중학교에 미술 선생으로 발령이 났습니다.

아침 배로 가서 현지 답사하고 저녁 배로 돌아왔습니다. 사면이 넓은 바다로 둘러싸여 서먹서먹했습니다. 하지만 확 트인 시야에서 고기 잡는 어부들의 모습을 보고 생의 활기를 느꼈습니다.

그칠 줄 모르는 파도소리와 창공을 나르는 갈매기들을 벗삼고 열심히 고기 잡는 어부들의 모습은 도시에선 볼 수 없는 이색적인 정취를 자아냈습니다.

아담하고 한산한 곳에 사는 주민들은 모두 여유로운 마음과 인정이 넘쳤습니다. 한동안 이런 곳에 묻혀 순진한 동심과 어울리는 것도 제 인생에 보탬이 될 것 같아요.
개학 때 까진 서울에 있을까해요.
　사진 잘 받았습니다. 군복 차림이 더 앳되게 보이네요. 동봉한 저의 사진은 낙도
에서 학교를 배경으로 찍은 거예요. 귀엽게 봐주세요.
　보내 주신 시는 저의 마음을 편안하고 흐뭇하게 했습니다. 감사합니다. 항상 몸조
심하세요. 군복무를 무사히 마치도록 기도 드릴게요.

196-년 0월0일
서울에서 정순 올림

그는 사진을 한참 들여다보며 "좀더 가까이 찍었으면 좋았을
걸" 중얼거리고 지갑에 넣었다.

이희숙 선생은 가끔 김 중위 숙소에 찾아오곤 했는데, 만난 지
3개월이 지난 어느 토요일 초저녁이었다. 밖은 금세 폭우라도 쏟
아질 것 같은 먹구름이 감도는 하늘이었다.

김 중위는 막 저녁을 마쳤는데 이 선생이 뛰어왔다. 갑자기 배
가 아파 고민하다 왔다고 했다. 김 중위는 당황했지만 요를 깔고
그녀를 아랫목에 뉘었다.

"배가 어떻게 아픈지 자세히 말해봐요."

"네. 낮에까지는 괜찮았었는데 저녁 때부터 갑자기 배꼽언저리
와 아랫배가 심하게 아파서 저녁 식사도 못했습니다."

했다. 밖엔 어둔 장막이 낮게 깔리고 방안에도 어둠이 스멀스멀
기어들고 있었다.

김 중위는 전등불을 켰지만 웬 일인지 불이 들어오지 않았다.
아직 촛불을 켜기도 그렇고 하여 그냥 주저앉았다. 그는 방 한쪽
에 놓아둔 의사 가방에서 청진기를 꺼내들며 "배가 묵직하게 아
파요? 아니면 간간이 쥐어짜는 듯 아파요?" 하고 다시 물었다.

"글쎄요. 살살 아파요."

“구토나 설사는 없고요?”

“네. 없어요.”

“저, 생리는 고루고요?”

“네” 그녀의 얼굴은 붉어진다.

“그럼 전에도 비슷한 증세가 있었나요?‘

“네. 멘스가 있을 무렵에는 아랫배가 약간 아팠지만 지금같이 심하지는 않았어요.”

“자, 그럼 배를 조금 진찰할까요?”

김 중위는 청진기를 배에 대고 들으니 장 운동은 정상이었다. 다시 가슴에 대어보니 심장 고동소리는 천둥소리같이 요란했다.

그녀의 양쪽 무릎을 굽히고 상복부를 지긋이 눌렀다 떼며, 천천히 복식 호흡을 시켰다. 그의 손은 배꼽 언저리에서 점차로 하복부로 내려갔다. 특별한 병적 소견은 없다.

특히 치골 상부와 우측 하복부를 주의 깊게 촉진하며 아프냐고 묻자 그녀는 홍당무가 되어 눈을 감고 가볍게 고개만 끄덕이었다. 복강에 염증을 의심할 반사 압통도 없다.

김 중위의 심장도 진찰하는 순간부터 폭풍우같이 요동치고 있다. 두 젊은 남녀 외에 아무도 없는 방안은 아직도 전등을 켜지 않은 상태였다.

밖에서는 이따금 빗소리가 바람에 실려 문짝을 두들기며 지나간다. 이제 진찰은 끝났으니 그는 더 이상 손을 배에 대고 있을 이유가 없어졌다.

그의 마음은 악마와 천사의 다툼으로 심히 갈등을 빚고 있다.

그 순간 미스 오가 떠올랐다. ‘인호 씨, 그러면 나는 어떻게 해요. 지금 인호 씨 욕구대로 행동하면 우린 끝이야’ 하는 환청이 바람에 실려오는 것 같았다.

그는 슬그머니 손을 떼고 그녀를 앉히며 "이 선생님 배는 크게 나쁜 것 같지 않으니 곧 좋아질 거요" 하고 촛불을 켰다. 그리고 진통제를 가방에서 찾아내 두 알을 먹였다.

그녀는 부끄러워 어쩔 줄을 몰라했다. "이 선생님, 조금 있으면 배아픈 것도 가라앉을 게고 밖은 비가 오고 있으니 그 동안 뭐 재미나는 이야기나 들려주어요" 하고 서랍 속에 들어있는 초콜렛을 꺼내 주며 어서 먹으라고 권했다.

이 선생은 고개 숙이고 한참 있다가 그 초콜렛을 받아 한 토막을 잘라 입에 넣고 우물거렸다. 그리고 천천히 말을 꺼냈다.

이 선생의 아버지는 외항선 선장을 하다 몇 해 전에 돌아가셨는데 옛날에는 그 고장에서 돛단배를 타고 고기를 잡았다고 했다.

그녀가 중학 1학년 무렵이었다. 아버지가 바다 낚시하러 갈 때 처음 따라나섰다.

화창하던 날씨가 바다 한가운데 이르자 갑자기 강풍을 몰고 왔다. 그 육중한 배가 낙엽같이 기우뚱거렸다.

놀란 소녀는 엉엉 울고 있을 때 아버지는 침착하게 말씀하셨단다.

"희숙아, 우리가 한세상을 살다보면 이런 예기치 않았던 일이 일어날 수도 있다. 사람의 힘으로는 어떻게 대결할 수 없는 일이다. 이런 때 우리가 믿고 의지할 수 있는 것은 이 배뿐이지만 하나님께 운명을 맡기자. 분명 하나님이 도와주실 게다. 누구도 원망하지 말고 이 배를 꼭 붙들어라."

하며 안전 조끼를 입혀주었다. 때마침 멀리서 통통배가 지나갔다. 그들이 손을 흔들며 외치는 순간 배가 전복되었다.

아버지는 딸을 꼭 끼고 물 속에 뛰어들어 헤엄쳤다. 천운으로 그 통통배가 전속력으로 두 부녀에게 달려왔다. 그때 그 배에 함께 타고 있던 공진수 소년이 그들을 구출하는 데 삼촌을 도왔다.

희숙이보다 세 살 위인 그는 근방의 작은 섬에서 그 통통배의 선주인 외삼촌과 함께 살고 있었다. 그런 인연으로 그는 육지의 희숙이 집에 자주 놀러왔고 그녀 아버지의 사랑을 많이 받았다.

그런데 지금은 성장하여 이 선생을 쫓아다니며 결혼하자고 막무가내로 조른다고 했다.

하지만 아무리 마음을 고쳐먹어도 평생 해로할 상대는 못 되어 고민 끝에 이곳까지 오게 된 또 하나의 이유라고 했다.

아버지는 돌아가셨지만 평소에 하신 말씀은 ‘사람이 한번 인연을 맺으면, 특히 은혜를 입었으면 그것을 숙명으로 알고 어떤 난관이 닥치더라도 잘 극복하여 그 인연의 줄을 끊어서는 안 된다’고 하셨단다.

그런데 그게 잘 안 된다며 말끝을 맺지 못하고 일어섰다. 김 중위는 우산을 받쳐들고 이 선생을 배웅하며 그녀의 말을 여러 번 되풀이해 생각했다.

이 선생의 생각은 과연 배은망덕인가? 아니면 섬에 산다는 그 청년의 행동이 무례한 요구인가?

*   *   *

‘펀치볼’은 최전방에 고립되어 있는 마을인지라 부락민들이 읍내로 내왕하는 교통은 불편했다. 그래서 장보러 다니는 교통 수단을 군 트럭이 편의를 제공했다.

차도는 절벽 같은 산 중턱을 깎아만든 길인지라 한쪽은 높은 산이고 반대쪽은 낭떠러지였다. 길이 어찌나 꾸불꾸불한지 미끄러울 땐 차는 줄을 타고 아슬아슬 곡예하듯 위험한 운행을 했다.

늦가을 가랑비가 내려 질퍽한 땅이었다. 민간인을 가득 태운 군인 트럭이 가랑잎 뒹굴듯 낭떠러지에 굴러떨어지고 말았다. 지대장과 위생병이 급히 현지에 달려가 보니 남녀 어른들 30여명이 흩어져있는 처참한 꼴은 차마 눈을 뜨고 볼 수 없었다.

우선 의무 사단과 이동외과 병원에 긴급 상황을 알렸다.

군의관은 중환자를 우선적으로 가려내 응급 처치를 취하는 사이 위생병들은 경상자에게 압박 붕대를 둘러주었다.

들것에 실어 평지에 끌어낸 환자들이 줄줄이 누워 흘리는 피는 땅바닥을 흥건히 적시고 있었다.

의식이 있는 환자는 군의관이 지나가면 바지자락을 붙들고 살려달라고 애원했다.

여기저기 아비규환의 비명소리는 귓전을 싸늘하게 울렸고 의무병들의 일사불란한 움직임은 영화 스크린에서 본 것처럼 격렬한 육박전을 치르고 지나간 전쟁 터를 방불케 했다.

그들이 정신없이 환자를 돌보는 사이 여러 대의 앰뷸런스가 사단의 군의관과 위생병들을 싣고 도착했다. 환자의 경중을 가려 사단 의무대, 이동외과 병원과 후송병원으로 각각 이송을 서둘렀다.

그 중에는 팔다리가 부러지거나 허리를 다쳐 꼼짝 못하는 환자가 있는가 하면 뇌 손상을 입고 의식불명이 된 환자도 있었다.

이미 숨을 거둔 한 중년 남자는 일등상사 계급장을 떼어낸 자국이 선명한 헌 군복을 걸친 것으로 보아 제대한 지 얼마 안 되는 것 같았다.

사람의 생명은 한치의 앞도 모르는 추풍낙엽이요, 풀잎의 물방울 운명임을 새삼스럽게 증명하고 있었다.

그 후 며칠이 지난 김 중위는 사단장실에서 불러 갔더니 강원도 지사가 나와 반갑게 맞아주었다.

그는 민간인 치료에 수고했다고 치하하고 그때 상황을 이것저것 묻고 나서 표창하겠다는 뜻을 밝혔다. 김 중위는 극구 사양했다. 두고두고 그 악몽 같은 광경이 떠오를 것 같아서였다.

김 중위가 거수 경례를 하고 나서 돌아서는데

"아, 참, 군의관은 결혼했소?"

"아, 아닙니다."

"혹 춘천에 올 기회가 있으면 내 방에 꼭 들르시오."

"감사합니다. 도지사님. 그렇게 하겠습니다."

물론 김 중위도 그 말이 지나가는 말인 줄 알면서도, 말 중에 담긴 달콤한 뉘앙스를 묵살할 수는 없었다.

그는 사단장실을 나오며 "도지사님 감사합니다만 이 세상에서 저의 배필은 오직 J뿐입니다" 하고 빙그레 웃었다. 돌연 미스 오가 보고싶어 지갑 속의 사진을 꺼내보았다. 사진 속의 여인은 여전 화사하게 웃고 있었다. 생각날 때마다 수시로 꺼내보는 게 이젠 습관이 되었다.

하루는 부대에서 근무가 끝날 무렵 저녁 때 대대장이 찾는다기에 그의 집무실에 뛰어가 노크하며 들어섰다.

*   *   *

미스 오는 갑자기 인호 씨가 보고싶었다. 그러나 학교 개학이

며칠 안 남았으니 편지를 띄우자니 너무 늦었다. 그녀는 우체국에 가서 전보 먼저 띄웠다.

'인호 씨, 인근 부대 동생 면회차 금일 방문 정순'

그녀는 그 길로 간단한 핸드백 하나 들고 사촌 동생 면회를 핑계로 전방까지 김 중위를 겁 없이 찾아 나섰다.

강원도 인제군 원통리 서화면을 가기 위해 서너 차례 버스를 갈아타야 했다.

종착점에 내리니 해는 서산에 기울고 있었다. 그녀는 인근의 식품 가게에서 김 중위의 주소를 묻자 가게 주인 아줌마가 친절하게도 자세히 알려 주었다.

정순은 그의 집을 찾아가면서 가슴을 울렁이며 상상했다. 그를 만나면 무슨 말부터 나눌까? 그와 가까운 식당에 가서 저녁 식사를 하고, 서로 손을 잡고 밤길을 걷겠지. 그가 어깨를 감싸줄 땐 그의 따뜻한 체온을 느낄 것이고 혹 그가 입술을 더듬을 땐 가슴이 벅차 설레겠지?

만약에 잠자리를 요구한다면 어쩌지? 아니야 그건 안 돼, 갑자기 가슴이 놀라 세차게 뛰고 얼굴이 확 달아올랐다.

그녀는 고개를 도리질치며, 그는 그 전에 인천 송도에서 있었던 일로 절대 그런 짓은 다시는 안 할거야. 그렇게 생각하니 마음이 조금 진정되었다.

그래도 만약에 큰 일이 벌어진다면 어쩌지? 그러면 미스터 박에 대한 번민의 굴레를 떨쳐버릴 수 있을까?

정순은 발길을 되돌려 서울로 가야한다고 의식은 외치면서도 발걸음은 김 중위 집 주소를 향해 내딛고 있었다.

그의 숙소에 이르니 두 늙은 내외가 반갑게 맞아주었다.

“오늘 낮에 서울에서 전보가 왔는데 바로 색시가 친 거유?”

“네.”

“군의관님은 부대에서 아직 퇴근 안 했어라우, 오늘은 어째 늦네유. 우린 조금 전에 저녁을 먹었는데 색시는 아직 식사 안 했지라우?”

“네 점심을 늦게 해서 아무 생각이 없습니다.”

“저런. 그럼 군의관님 밥상을 차려놓았으니 찬은 없어도 우선 그걸 들어요. 밥은 또 금방 지을 수 있으니까. 식당은 한참 가야 있으니 혼자 갈 수도 없고……”

“아니예요. 할머니, 정말 괜찮아요. 물이나 한 그릇 주세요” 하자 “그럼 잠깐 기다려요” 하고 주인 할머니는 부엌에 가서 잠시 후에 삶은 옥수수 두 개와 감자 두 개, 그리고 물 한 대접을 쟁반에 받쳐들고 왔다.

“그래도 저녁에 굴풋할텐데 이거나 드시라우요. 건넌방 젊은이는 사람이 듬직하고 수더분하던데 색시도 참 얌전하게 생겼네. 내외간이란 어딘지 닮은 데가 있어야 잘 살아요. 우린 하나도 닮은 점이 없이 이렇게 살아왔지만……”

노파는 앞뒤가 맞지 않은 말을 수다스럽게 늘어놓고 있었다.

“고마워요 할머니, 잘 먹겠습니다.”

하고 그녀는 우선 물을 마시고 옥수수 몇 알을 따서 우물거리며 자주 손목시계를 들여다 보았다.

시간은 자꾸만 가는데 기다리는 인호 씨는 오지 않았다. 7시 막 버스를 타려고 15분전에 일어서는데 이 선생이란 여인이 김 중위를 찾아왔다.

그녀와 인사하고 몇 마디 말을 나누다가 서둘러 정거장까지 가는 사이 버스는 떠나가 버렸다.

이 선생과 헤어질 때 그녀의 숙소에서 하룻밤 신세지고 싶었으나 그녀가 아무 말도 안 하니 초면에 그런 부탁을 할 수도 없었다.

이 선생 역시 자기 숙소로 가서 함께 자자고 권하고 싶었으나 김 중위를 만나러 온 그녀에게 결례가 될 것 같아 내색을 못하고 헤어졌다.

정순은 혼자서 그를 찾아 전방의 밤길을 방황할 수는 없는 노릇이었다. 난감했지만 아까 주인의 말이 생각났다.

"군의관님은 그 동안 한번도 집에 돌아오지 않은 날이 없었으니 늦게라도 꼭 올 거유. 여기까지 왔다 그냥 가면 서운해서 어떻게 하우? 누추하지만 골방에서 푹 쉬며 기다려요."

그녀는 할 수 없이 터벅터벅 걸어서 주인집으로 돌아왔다.

정순은 자신이 분명 인호 씨를 많이 사랑하고 있음을 늦게야 깨달았다. 그런 사랑의 감정이 아니었다면 어떻게 산골까지 찾아올 수 있을까?

그런데 그 사랑 속에는 단맛과 쓴맛이 공존해 있으리라곤 생각지 못했었다. 아까 다녀간 그 이희숙이란 여선생이 먼 친척의 여동생이란 말이 석연찮고 마음에 여간 걸리는 게 아니었다.

*   *   *

김 중위는 대대장실 문을 노크했다.

"의무 지대장 김 중위는 대대장님이 찾으셨기에 왔습니다."

"아, 지대장 잘 왔소. 밖에서 데이트 약속이 없으면 오늘 밤 우리 암행어사 출두합시다."

“예? 암행어사요? 별일은 없습니다만……”

“허, 내 말 뜻을 아직도 모르겠소?”

잠시 어리둥절하던 김 중위는 “아, 네, 감이 잡힙니다. 대대장님 아시다시피 이 지대장은 군 작전에 아직 형광등 아닙니까?”

“그럼 되었소. 오늘 나하고 부대에서 저녁 식사하고 대기해 있다가 같이 출동합시다. 이 일은 나하고 박 대위 두 군인과 민간인 김 의사 한사람만 아는 것으로 해요. 박 대위 안 그렇소?”

하고 그가 웃었다. 앉아있던 부관도 따라 웃었다.

“대대장님은 아직도 저를 군인으로 쳐주지 않으니 섭섭하네요. 군인이 두 사람이 아니라 세 사람이네요. 운전병도 군인이니까요” 하고 김 중위도 소리내어 웃었다.

이렇게 박 중령, 박 대위, 김 중위가 한자리에 모이면 그 정도의 농담을 나눌 수 있는 사이가 되었다.

대대장실에서 얼마 동안 눈을 붙이고 일어나 손목시계를 보니 새벽 두 시를 가리키고 있었다.

김 중위는 평상시에는 권총을 휴대하지 않았으나 그날 밤은 부관의 주선으로 그도 권총을 허리에 찼다.

적군도 부상당하면 치료해 주는 게 히포크라테스의 휴머니즘 정신인데 내가 총을 쏠 수는 없지. 하지만 이것은 불가항력의 경우 호신용이야 하고 혼자 지껄였다.

그도 그럴 것이 그는 군의관 훈련 중 ‘M.1’ 소총 52발을 쏘아본 경험이 전부였다.

드디어 출발 시간이 왔다. 지프차 운전병 옆에 대대장이 앉고 그 뒤에 부관이, 그 옆에 지대장이 탔다. 차는 D.M.Z의 A초소를 향해 달렸다.

차 앞의 밝은 헤드라이트를 끈 채 희미한 불만 키었다. 첫눈이 내린 초겨울인지라 산자락에는 군데군데 흰 눈이 얼룩져 있었다.

하늘에는 별이 총총히 뿌려져있고 교교한 달빛만 오락가락했다. 달리는 구름에 해맑은 달님은 얼굴을 반쪽만 내밀었다가 감추며 숨바꼭질하고 있다.

김 중위는 한밤중에 이런 출동은 처음인지라 파카 코트를 머리까지 뒤집어썼지만 바싹 소리만 나도 가슴이 콩당콩당 했다.

멀리서 여우 우는소리가 들리고 꿩이 파드득 나는 소리에 귀가 쫑긋 하기도 했다. A초소와 B초소를 각각 들러 보초병들의 노고를 치하하고 C초소를 이은 철조망을 따라 차는 서서히 굴러가고 있었다.

마침내 쟁반 같은 둥근 달이 방금 맑은 구름으로 얼굴을 씻어도 잠이 오는 듯 이제 산등성이에 서있는 나무 위에 비스듬히 누워 졸고 있다.

지프차는 중대와 중대 사이 중간쯤을 서서히 기어가고 있다. 오른쪽 옆 철조망 100여 미터 거리에서 어떤 물체가 움직이는 것 같았다.

숲 속을 헤치고 구렁이가 지나가듯 앙상한 키 작은 나무들이 비틀거리는 게 분명했다. 강원도 산골짝의 한밤중 공기는 싸늘하게 코끝을 스치고 목을 쐐 하니 간지럽혔다.

김 중위는 손바닥으로 입을 틀어막았지만 터져 나오는 재채기를 참느라 얼굴이 벌개졌다.

"대대장님, 저기 움직이는 것 보셨습니까?"

하고 부관이 속삭이었다.

대대장은 고개를 끄덕이고 차를 세우게 했다. 부관이 권총을 빼들고 '암호!' 하고 외쳤다. 분명 엎드린 것 같은 형체가 지나가는 달빛에 반사되었다. 짐승 같으면 후닥닥 도망칠 텐데 그 자리는 조용했다.

대대장도 권총을 빼들었다. 손바닥에 식은땀이 젖은 김 중위도 권총 자루를 붙들고 있었다. 극도로 긴장된 한 순간 한 순간이 시간을 멈추게 하는 찰나였다.

'따따땅' 다발총 소리를 내며 총알이 '쨍쨍' 지나가는 소리가 귓전을 울렸다. 상대방의 선제 공격이었다.

대대장과 박 대위도 그쪽을 향해 일제 사격을 했다. 김 중위도 덩달아 권총을 빼들고 어금니를 악문 채 방아쇠를 당기는 순간 코앞에서 번쩍 하는 느낌이 들었다. 그러나 그의 권총은 안전 장치가 잠겨있어 불발이었다.

전방 초소는 금방 비상이 걸렸고 무전 연락으로 많은 병력이 삽시간에 집결되었다. 대낮 같은 라이트가 그 일대를 비췄다.

국군 복장으로 야음을 타고 침투한 무장공비 한 명은 현장에서 사살되었고 다른 한 명은 피를 흘리고 잠적한 흔적이 있었다. 각 중대 병력은 소대별로 분산하여 그 일대를 쥐 잡듯이 샅샅이 뒤졌다. 국군이 적을 둘러싸고 포위망을 좁혀 가는 거리에는 공포와 살기만이 엄습하고 있었다.

쫓고 쫓기는 자의 숨막히는 순간 '펑' 하고 수류탄이 터졌다. 그 순간 국군 한 명이 비명을 지르고 넘어져 경사진 아래로 굴러 떨어졌다. 동시에 옆에 있던 세 명의 병사도 소리를 지르며 그 자리에 고꾸라졌다. 적이 던진 수류탄에 맞은 것이었다.

위생병들은 부상병에게 달려갔다. 김 중위도 하사관 한 명을 데리고 굴러 떨어진 부상자에게 달려갔다. 왼쪽 다리에서 선혈

이 낭자하고 절단된 발목은 저만치 팽개쳐져 누더기 군화 속에
묻혀있었다.

의식을 잃은 그 사병의 계급은 일등병이었고 김우석이란 명찰
이 애처롭게 바라보고 있었다. 김 중위는 우선 출혈하는 다리를
동여매어 지혈부터 시키고 앰뷸런스에 옮겼다. 혈압이 뚝 떨어져
있어 피 대용으로 '플라스마'부터 정맥에 꽂았다.

그러는 동안 부상병은 의식이 돌아오자 산이 떠나가게 울부짖
었다. 그 소리는 마치 성난 사자의 울음 같았다.

김 중위가 급히 모르핀 주사를 놓는 순간 "지대장님, 지대장님"
하고 위생병이 부르고 있었다.

급히 뛰어가 보니 국군 이등병 한 명은 가슴과 복부에 파편을
맞고 벌써 숨져 있었다. 몇 분 전만 해도 팔팔하던 그가 손끝 하
나 움직이지 못하고 대지 위에 누워있다. 정말 허망한 파리 목숨
에 그는 가슴이 찡해 오고 눈시울이 뜨거워졌다.

부상자들을 모두 앰뷸런스에 실어 이동외과와 야전병원으로 분
산 후송했다.

적군을 향해 국군의 집중 사격이 끝난 뒤 김 중위가 가보니 공
비는 온몸에 벌집같이 총탄을 맞고 아직도 따뜻한 체온이 남은
시체로 발견되었다.

김 중위는 동족상잔의 처참한 비극의 현장을 처음 목격했다. 그
들 죽은 자가 저 세상에서 다시 만난다면 그때도 원수로 대할 것
인가? 언제까지 이런 비극이 계속될 것인가?

그의 가슴은 찢어지는 것 같았다. 그때 위생병이 다가와서 "지
대장님, 콧등에 피가 묻어있는데요" 하며 굽어보았다. 김 중위는
무심히 앰뷸런스의 백미러에 비쳐보니 콧등 중간쯤에서 젓가락

굵기의 상처가 옆으로 나 있었다.

살점이 떨어져 푹 골이 파졌는데 피가 나오다 엉켜있었다. 그때에야 상처 자리가 쏨벅쏨벅 아프기 시작했다. 얼굴을 2-3 센티만 앞으로 숙였어도 그 자리에서 즉사할 뻔하지 않았는가.

그가 권총 방아쇠를 당기는 순간 불빛이 번쩍했던 그 찰나였던 것 같았다. 찬물을 끼얹듯 등골이 오싹 하고 소름이 쫙 끼쳤다. 군복 앞섶에 핏방울이 몇 방울 남아있었다.

군 입대 전에 들은 이야기지만 치열한 전쟁터에서 어느 병사가 한참 뛰어가는데 아랫배에서 빨래줄 같은 게 자꾸만 밀려 나와 자세히 보니 창자가 기어 나오고 있었단다.

그때서야 그는 '억' 하고 거꾸러지며 "아이고 나 죽네" 하고 소리 질렀다는 그 말이 실감났다. 위생병이 상처를 소독하고 반창고를 붙여주었다. 의무대에 돌아와 파상풍 접종과 항생제를 복용했다.

김 중위가 36시간 만에 숙소에 돌아올 때의 하늘은 두터운 재색 구름이 낮게 깔려있었다. 마치 자신의 우울한 가슴을 상징하고 있는 듯……

그는 간밤의 생생한 기억으로 아직도 진정이 안 되었다. 일촉즉발의 위기감이 감돌다가 순간 처참하게 쓰러지던 병사들, 그의 머리 속은 그 현장의 광경으로 꽉 차 있었다.

자꾸만 죽은 자의 잔영이 떠올랐다. 언젠가 읽었던 모윤숙의 시 「국군은 죽어서 말한다」 첫 몇 줄이 입가에 맴돌았다.

산 옆 외 따른 골짜기에
혼자 누어있는 국군을 본다
아무 말 아무 움직임 없이
하늘을 향해 눈을 감은 국군을 본다

누런 유니폼 햇빛에 반짝이는 어깨의 표식
그대는 자랑스런 대한민국의 소위였구나
가슴에선 아직도   더운 피가 뿜어 나온다

장미 냄새보다 더 짙은 피의 향기여!
엎드려 그 젊은 주검을 통곡하며
듣노라! 그대가 주고간 마지막 말을‥‥

나는 죽었노라 스물 다섯 젊은 나이에
대한민국의 아들로 숨을 마치었노라
질식하는 구름과 원수가
밀려오는 조국의 산맥을 지키다가
드디어 드디어 숨이 지었노라

꽤 긴 그 시의 다음 연은 잘 생각이 안 나 그만두고, 문덕수의 6·25 시들을 연상하다 동네에 도착했다.

김 중위가 하숙집에 들어서자 주인이 기다렸다는 듯 그의 방 문 틈에 끼워 둔 쪽지를 가리켰다. 어제 낮에 온 전보 이야기와 간밤에 색시가 찾아와서 기다리다 아침에 갔다며 조그마한 선물 꾸러미를 건네주었다.

그는 먼저 그 쪽지를 펼쳤다.

김인호씨

저의 사촌 동생이 이 근방 부대에서 복무하고 있어 면회하러 왔다가 잠깐 뵈올까 하고 주소를 물어 찾아왔어요. 행여나 하고 기다리다가 마지막 버스를 놓치고 이곳 주인집에서 신세지고 갑니다.
간밤에 비상이 걸렸다는 소식은 아침에야 들었습니다. 별일 없기를 기원합니다. 서울 집에 들렀다가 곧바로 낙도에 가겠어요. 개학이 며칠 안 남았으니까요.

맨 끝에 낙도 주소와 전화번호를 적은 것 같은데 야물게 지워버린 흔적이 역력했다.

김 중위는 여기까지 찾아왔던 미스 오를 만나지 못한 게 여간 가슴 아프고 난감한 게 아니었다. 보나마나 이 선생이 먼 친척처럼 행세한 게 틀림없었다.

서로 오해하고 있을 게 분명하다는 생각이 들자 마음이 수세미같이 혼란스러웠다. 이 선생이 오해한 것은 문제가 안 되지만 아무 관계가 없는 그녀를 미스 오가 오해한다면 이건 보통 일이 아니었다.

당장이라도 정순을 찾아가 해명하고 싶었으나 간 밤의 사건 등 현재의 전방 상황에서 휴가 신청은 엄두도 안 났다.

그렇다고 이 선생을 불러 물어 볼 수도 없는 일이었다. 선물 꾸러미를 뜯어보니 전기 면도기와 고급 혁대가 나왔다. 면도기는 키스할 때 수염을 잘 깎으라는 뜻일 테고 혁대는 항상 허리를 껴안고 싶다는 뜻일까?

그런 낭만적인 생각도 순간일 뿐, 그는 전화마저 할 수 없는 처지에서 그녀를 보고 싶은 일념으로 몸살이 날 지경이었다.

곰곰이 생각하던 끝에 그녀에게 편지를 썼다.

서 새우잠을 자느라 얼마나 불편했습니까?

간밤에 두 명의 공비가 출현하여 사살되었는데 처음 실전을 목격했습니다. 사람의 목숨이 파리 목숨과 크게 다를 바 없다고 생각했어요. 동족끼리 꼭 이렇게 해야만 하는지 그 이데올로기가 무엇인지 그것 때문에 사람들이 얼마만큼 잔악해 질 수 있는지, 많은 것을 연상케 합니다.

낯 선 낙도에서 처음에는 불편이 많을 텐데 어떻게 적응이 되는지요. 정순씨는 매사를 잘 이해하고 극복해 가는 좋은 성품을 지녔으니 잘 적응 해 가리라 믿습니다.

이 선생은, 내가 이곳에 배치되어 얼마 있다가 이곳 교장 선생님이 병이 나서 그 사택에 갔다가 처음 만났습니다. 그녀는 의지할 곳 없는 각지에서 애로사항이 있을 때 어쩌다 찾아와 의논하는 것이 전부였어요.

나와는 아무런 관계도 관심도 없는 사이이지요. 정순씨에게 미리 이야기 안 한 것은 그럴만한 처지가 있던 것도 아니고 이야기할 가치가 없었기 때문이지 뭐 꼭 숨일 이유가 있어서 그런 것은 아니었소. 달리 생각하지 않기를 바래요.

대충 이런 내용의 편지를 써서 아침 출근 길, 우체통에 넣었다. 그러나 한 달이 지나도 두 달이 되어도 미스 오한테서는 답장이 없었다.

김 중위는 다시 펜을 들었다.

날마다 정순 씨의 서신을 기다리고 있습니다. 부대에서 긴장된 하루해를 보내고 숙소에 올 땐 오늘은 정순씨의 반가운 소식을 받을 수 있겠지 하고 들뜬 마음으로 부대에서 돌아옵니다.

그러나 아무 편지도 없을 땐 여간 허전한 게 아닙니다. 어쩌다가 주인 노파가 혹 어떤 봉투라도 내밀 땐 정순 씨의 것이 아닌가 하고 설렘으로 받지만 그게 아님을 보는 순간 크게 실망하곤 합니다.

이 편지가 서울을 거쳐 낙도까지 가기엔 날자가 많이 걸리겠지만 받는 즉시 몇 자 안부 전해 주세요.

처음 부임지라 여러 가지 정리가 안되고 자리가 잡히지 않아 그렇지 않을까 생각 들다가도 혹 병이라도 나지 않았나 걱정됩니다.

그곳에 근무하는 동안 장래 훌륭한 미술 학도를 많이 키우고 인생의 좋은 경험이 되길 미스 오한테서는 여전히 소식이 없었다.

*　　　　　*　　　　　*

전방 생활도 1년이 다 되었을 때 측방으로 특명이 났는데 서울 인근에 있는 제00후송병원으로 가게 되었다. 숙소로 돌아오니 대대장 부인이 암탉 한 마리를 주인에게 맡기고 갔다고 했다.

급한 일로 친정에 가야 하기 때문에 전출하게 된 군의관님을 못 뵈어 섭섭하다며 그간 대대장님을 잘 보필해 주셔서 고맙다는 인사를 전해주었다.

김 중위는 코끝이 찡 했다. 닭 한 마리가 대단해서가 아니라 그 따뜻한 인정이 고마워서였다. 그 닭은 그 동안 신세진 주인에게 선물했다.

김 중위는 그 부대에 부임하여 처음 브리핑하고 수모를 겪고 난 몇 주 후 대대장 숙소를 찾아갔던 일이 떠올랐다. 어느 토요일 오후였다.

그는 정종 한 병을 사 들고 대대장이 사는 곳을 짐작하고 골목 길에 들어섰다. 마침 아이들이 축구공을 차며 놀고 있었다.

"중위 아저씨, 그 공을 일로 차주세요" 하고 한 아이가 소리쳤다.

아이들인데도 '군인 아저씨'가 아니라 계급을 부르고 있으니 군인 자녀들임에 틀림없을 것이었다. 그는 굴러오는 공을 발로 짚고 그들에게 물었다.

"애들아, 이 근방에 박 중령님 집이 어딘지 아니?" 하자

"네, 저기 하얀 대문이어요" 하며 세발 자전거를 탄 꼬마를 바라보았다. 김 중위는 "댕큐" 하고 그 공을 가볍게 차주고 그 대문 쪽으로 성큼성큼 걸어갔다.

꼬마가 뒤따라왔다. "애, 너 참 귀엽구나. 너의 이름이 무어니?"

"박 신웅이에요."

"너의 아빠가 대대장님이시니?"

"네, 아빠 금방 오신댔어요."

하고 세발 자전거를 돌려 공차는 아이들 쪽을 향해 갔다.

그는 정문 초인종을 지긋이 눌렀다. 두 번 부자가 울리자 부인인 듯한 중년 여인이 종종걸음으로 나와 밖을 내다보았다.

첫눈에도 정이 넘치는 누나 같아 보였다.

"대대장님 사모님이시지요?'

"네."

"지대장으로 부임한 김 중위입니다" 하고 거수 경례를 붙인 후 "부대에서 대대장님은 뵈었지만 제가 모시는 지휘관 사모님에게 인사를 드리는 게 도리일 것 같아 이렇게 불쑥 찾아왔습니다" 하자 "네. 아 그러세요? 뭘 저한테까지……" 하며 문을 열어주고 응접실로 안내했다.

김 중위는 들고 간 술병을 건네주며 "약소합니다" 하자

"고맙습니다. 그런데 그냥 오시지 않고……, 대대장님 곧 들어오실 겁니다" 하고 술병을 받았다. 그녀의 옷매무새는 수수하면서도 단정했고 집안도 정결하게 정돈되어 있었다.

"앉으세요. 군의관님 힘드시지요? 이런 비유는 좀 뭐합니다만 물고기는 큰 방죽에 있어야 마음대로 헤엄치고 활동하는데 적은 웅덩이에 갇혀 있는 격이니 의무 지대장님 하기가 얼마나 답답하

세요?” 하면서 안절부절 몸 둘 바를 몰라했다.

“아닙니다. 사모님, 대대장님이 여러 모로 배려해 주셔서 많이
수월합니다.”

“대대장님은 군인 생활을 오래하다 보니 때로 욱 하는 성질이
있기는 하지만 본심은 안 그래요. 언짢은 일이 있더라도 양해해
주세요. 그이는 집에 오시면 군의관님 칭찬이 대단하세요. 가까운
누이 동생이라도 있다면 매제 삼고 싶다는 말까지 했으니까요. 농
담도 잘 않으시는 분이 말입니다” 하고 진지하게 말했다.

김 중위는 그녀의 말과 매너가 가식이 없어 보였다. 천품이 포
근한 모성애를 지닌 여인이란 인상을 받았다. 어쩌면 미스 오가
중년이 되면 저런 모습이 아닐까 생각되었다.

그때 마침 대대장이 들어왔다.

“어. 지대장이 웬 일로 여기까지 왔소?”

“예, 사모님께 인사차 왔습니다.”

“그거 잘 되었군, 그런데 인사는 뭘” 하면서 너털웃음을 지었다.
부대에서는 한번도 그런 환한 웃음을 보인 일이 없었기에 신기하기
까지 했다.

부인이 정성껏 술과 안주상을 차려와 그들은 술잔을 주고받으
며 많은 담소를 나눴다. 그는 불청객이었지만 극진한 환대를 받고
나왔다.

*   *   *

김 중위가 측방 교류 1개월 남았을 때였다. 같은 연대에 포병
장교 장 대위가 배속되었는데 결혼한 지 2개월밖에 안 되었는데

그의 부인은 광주에서 국민(초등)학교 교편을 잡고 있다고 했다.

신혼에 떨어져 있어야 하는 그들 부부가 딱해 보였다. 김 중위는 강원도 인제군 장학관과 광주시 장학관에게 그들 신혼 부부의 애로 사항을 알리고 협조를 당부했다.

마침 군인 가족은 가급적이면 같은 지역에서 근무하도록 하라는 대통령의 특별 지시가 있었음을 알고 있기 때문이었다. 그래서 포병 장교 장 대위 부인과 이 선생의 전후방 학교 교체는 수월하게 이뤄졌다.

결국 이 선생은 어부지리로 제일 지망이었던 전라도의 큰 도시로 가게 되었다.

김 중위와 특별한 관계는 맺지 않았지만 그와 헤어져야 하는 그녀의 마음은 여간 서운한 게 아니었다. 정말 친오빠같이 자상하게 보살펴 주었기 때문이었다.

송별을 앞두고 김 중위가 말했다. "이 선생, 섬에 산다는 그 청년의 성품이 어떻다고 생각해요? 선입견을 버리고 그 동안 느꼈던 바를 돌이켜 생각해봐요. 뭐랄까 아주 무능하고 나태해요, 아니면 무지막지하고 포악한 성격인가요?"

"아녜요. 좀 배운 게 없어 그렇지 순진하고 성실한 편이어요. 어떤 면에선 적극적이고요."

"그렇다면 어느 정도 교육을 받으면 장래성이 있다고 봐요?"

"글쎄요. 섬에서 중학교만 나왔는데 줄곧 반장을 했대요."

"그럼 부양 가족이 몇이나 되나요?

"조실부모하고 외삼촌과 고기잡이배에 따라 다녔는데, 군인 갔다와서는 일정한 직업 없이 외삼촌댁에 얹혀 지내는가 보아요."

"그럼 이 선생이 설득해서 도시에 나와 낮에 일하고 야간에 검정고시학원을 거쳐 대학에 진학시키면 어떨까요? 24세면 아직 젊은 나이이니까."

"예?" 하고 그녀는 천만 뜻밖이라는 듯 눈을 크게 뜨고 고개를 갸우뚱 하더니 어이없다는 듯 웃었다.

"내가 강요는 아니니 너무 놀랄 건 없어요. 하지만 아버지 생전의 말씀도 있고 하니 한번 진지하게 생각해 보아요. 고향에 가면 그를 만나 학업에 대한 자극을 주고 반응을 관찰해 봐요. 세상에는 그런 인연과 동기로 분발하여 사회에 유능한 인물이 되는 경우도 많으니까요."

그녀는 탐탁지 않은 표정을 지으며 "한번 생각해 볼게요" 하고 떠났다.

*　　　　　　*　　　　　　*

김 중위의 최전방 근무는 그런 저런 인연과 인정에 얽혀 1년의 세월이 금방 지나갔다. 후송병원으로 전속하기 전 1주간 휴가를 나와 오랜만에 가족과 친지들을 만났다.

의젓한 장교 복장 차림이었지만 콧잔등에는 총알이 지나간 상흔을 감추기 위해 살색 반창고를 훈장처럼 옆으로 붙이고 다녀야했다.

낙도에 가 있는 미스 오가 많이 보고싶었다. 몇 번 찾아갈까 했으나 얼굴의 흉터가 제동을 걸었다. 그녀에게 실망을 주기 싫어서였고 또 사전에 연락도 없이 불쑥 나타나면 어떻게 생각할까 불안하기도 해서였다.

김 중위는 수첩에서 그녀 사진을 꺼내들고 대화하듯 말했다.

"정순아, 네가 많이 보고싶은데 참고있어, 내 얼굴 상처는 지금은 보기 흉해도 성형 수술하면 나아질 거야."

그는 우체국에 들러 낙도 학교에 전화가 연결되었으나 그녀는 학생들을 데리고 야외 미술 스케치하러 갔다고 했다. 미처 학교 주소를 묻지 못하고 전화를 끊었다.

엽서에 낙도 중학교 오정순 미술 선생님에게라고만 수신 난에 이름을 적었다.

그간 어떻게 지냈느냐는 안부와, 덕택으로 전방 복무를 잘 마치고 ○○후송병원으로 측방 교류되어 다음 주부터 근무하게 되었다고만 소식을 전했다.

정식으로 편지지에 쓰다보면 그녀에 대한 그간 서리고 맺힌 말들이 화산마냥 터져 나올 것 같아서였다.

그는 후송병원에 부임 직전, 수도 육군병원 성형외과 군의관을 찾아가서 그 동안 미뤄왔던 콧등의 수술부터 받았다.

그 흉터는 '레이저'로 깎아내기에는 너무 깊어서 재래식으로 흉터를 잘라내고 아래위로 봉합하니 콧구멍이 조금 치켜 올라간 것 같았다. 물론 콧등 언저리에 옆으로 줄이 새겨졌지만 그렇게 흉해 보이지는 않았다.

김 중위는 후송병원에서 수술 경험이 풍부한 일반외과 과장 지도하에 짧은 기간 동안 많은 수술 테크닉을 습득할 수 있었다. 지뢰밭을 밟고 허벅지가 절단된 환자, 오발 사고로 복부에 총알이 박힌 환자, 이따금 들어오는 충수염(맹장염) 환자, 탈장, 치질, 열창, 골절, 화상, 타박상 등 크고 작은 환자들이 수두룩했다.

그 무렵 그는 경기 도립 ○○병원 기숙사에 숙소를 정하고 거기서 야간 당직까지 맡게 되었다.

교통사고 환자들이 상처를 입고 실려오면 치료했다. 미군과 같이 사는 부인이 자살을 기도하여 약을 먹고 들어오면 위를 세척한 후 '링거' 주사를 꽂고 관찰하다 훤히 동녘이 밝아오는 때가 자주 있었다.

한번은 30대 후반의 여인이 응급실에 왔다. 키니네 백 알을 먹었다며 이웃 아주머니가 빈 병을 들고 택시를 태워 왔다. 환자는 아직 의식이 있어 몹시 고통스러워 했다.

심장은 제멋대로 뛰고 혈압은 뚝 떨어져 있었다. 혈압 상승제와 '큐닌' 길항제를 주사하고 '링거' 병을 매달았다.

식도를 통해 '카테타'를 주입하고 물을 부어 위 내용물을 희석 세척하자 진한 노란 물이 쏟아졌다. 두 번째 세척을 시도하는데 환자는 스르르 눈을 감고 죽어갔다.

김 중위는 위에서 세척기를 빼내고 심장 마사지를 급히 시도했으나 허사였다.

놀음방에서 뒤늦게 달려온 남편이 부인의 얼굴을 흔들어도 반응이 없자 다짜고짜 조수의 멱살을 잡고 누런 이를 드러내며 고래고래 소리쳤다. 왜 살려낼 자신도 없이 환자를 받았냐는 거였다.

김 중위는 푸른 수술복만 입고 있었으니 옆에 서있던 몸집이 크고 흰 가운을 입은 중년의 조수를 의사로 짐작했던 모양이었다.

눈치 빠른 서무과 직원이 김 중위를 문 밖으로 몰아내고 난동을 부리는 무지막지한 자의 팔뚝을 휘어잡고 호통쳤다.

"부인이 약을 먹도록 방치하고 어디서 무슨 지랄을 하다 이제 와서 행패야, 키니네 백 알이나 먹고 살아난 자를 보았냐?"

하고 눈을 부릅떴다.

서슬이 시퍼렇던 사내는 슬그머니 손을 놓고 부인을 껴안으며 닭똥 같은 눈물을 얼굴에 비벼댔다. 소동은 한바탕 그렇게 큰 파문을 일으키고 지나갔다.

하루는 후송병원에서 퇴근하고 오니 이 선생이 도립병원에서 기다리고 있었다. 학교 방학중이라 서울 친척집에 다니러왔다가 잠깐 들렀다고 했다.

잠자리 날개 같은 베이지 색 블라우스에 빨간 미니 스커트를 받쳐입었다. 그녀의 유방은 튕기면 터질 것같이 풍만한 무척 선정적인 차림새였다.

병원 응급실은 그날따라 한가했다. 그는 입원 환자를 잠깐 회진하고 이 선생을 데리고 시내 중국음식점에 갔다. 그들은 탕수육과 잡채를 시켰다.

"이 선생, 새로 간 학교가 어때요?"

"김 중위님 덕택으로 아주 좋은 학교로 갔어요. 물론 근무하기는 시골보다 바쁘고 스트레스도 더 받지만요."

"그래요? 잘 되었네요. 그리고 그 청년 만나보았소?"

"네, 그가 어떻게 고향 사람한테 소식을 들었다며 학교로 찾아왔어요. 새 양복에 새 구두 신고, 이발까지 말끔히 하고 왔는데 생각보다는 조금 분위기를 풍겼어요. 하지만 세련되지 못한 곳은 금방 눈에 띄었어요. 넥타이며, 양말 색깔 무늬 등이 여전히 시골 티가 났어요" 하고 깔깔 웃어댔다.

"그래요? 앞으로 공부에 대해서는 물어봤어요?"

"네. 제가, 앞으로 무얼 할거냐고 물었더니, 공부를 하고 싶지만 형편상 지금은 친구 따라 장사하고 있다고 해요."

"그래서 따뜻하게 격려해 주었소?"

"네. 김 중위님 말씀도 있고 해서 낮에 일하고 야간 학원에 다니며 대학 검정고시 준비하는 게 어떻겠냐고 했어요. 그랬더니 무척 기뻐하며 그렇게 하겠대요. 그래서 고등학교 교과서와 대학 검정고시 문답집을 사 보냈어요. 그러면서 대학입시 합격 때까지 이삼 년 내로는 만나지 말자고 일방적으로 약속했어요."

"그랬더니?" 하고 김 중위는 마른침을 꿀꺽 삼키고 바라보았다.

"목포에서 공부하고 있는 친구와 자취하고 낮에는 직장에 나가고 밤에는 학원에 다니며 최선을 다하겠대요."

"응 반가운 소식이구먼" 하며 그는 그녀와 전방에 있을 때 말초적인 쾌락에 몸을 던졌더라면 서로는 지금 어떤 기분일까 궁금했다.

그들이 식사를 마치고 엽차를 마실 때 도립병원에서 전화가 왔다고 식당 종업원이 알려주었다. 그러자 이 선생은 서울로 간다고 일어서며 김 중위에게 분홍색 봉투 하나를 내밀었다.

"약소합니다만 받아주세요. 조그마한 저의 성의이니까요. 그 속에 하찮은 선물권이 들어있어요. 병원에 가서 뜯어보세요."

그가 사양해도 굳이 호주머니에 넣어주며

"전에 전방까지 찾아왔던 그분과 결혼할 사이라는 것 알고 있어요. 결혼하실 땐 정말 좋은 선물 받으실 테지만요. 어서 병원에 가보세요. 요 앞 버스 정류장에 가면 서울 가는 차가 아직도 두 대나 있어요. 아까 오면서 시간표를 확인했어요."

하고 종종걸음으로 먼저 떠나갔다.

김 중위는 식사비를 계산하고 오면서 봉투를 뜯어보았다.

명동의 이름난 맞춤 양복점 상품권과 고급 구두 상품권이 들어있었다. 그는 그녀의 순수한 마음이라 믿고 고맙게 생각했다.

응급실에 와보니 친구끼리 싸우다 야구 방망이로 뒤통수를 얻어맞고 들어온 십대 소년이었다. 환자 보호자는 응급실에 왜 의사가 대기해있지 않느냐고 고래고래 소리쳤었다.

결국 그 환자 때문에 잠을 설친 김 중위는 눈이 시리게 파고드는 아침 햇살에 눈꺼풀을 비비며 일어났다. 양치질하고 세수해도 밤새도록 피워댄 담배로 입안이 모래알 씹는 것같이 텁텁하고 자꾸만 눈이 감겨졌다.

커피에 우유와 설탕을 몽땅 타서 한잔 걸치고 쫓기는 사람처럼 버스로 후송병원에 도착했다. 위병에게 경례를 받으며 당당하게 정문으로 통과해야 할 장교가 아침 집합 시간에 지각을 했으니 뒤뜰 철조망 울타리 앞에서 서성거렸다.

전에 야전병원이 후송병원으로 승격했지만 아직도 병원 규모는 크게 달라지지 않은 'ㄷ'자 형의 단층 건물이었다.

병원 앞 정문에는 위병이 서 있어 출입자를 감시할 수 있지만 건물 주변에는 쇠기둥에 철조망이 쳐져 있어 감시가 소홀했다. 그 안에는 이름 모를 꽃들이 만발해 있어 벌 나비들이 춤을 추고 있었다. 철조망은 가슴팍의 높이인지라 뛰어넘을 수도 없었는데 전에 누군가가 개구멍을 뻥 뚫어놓은 곳을 알고 있었기에 그 쪽으로 갔다.

그러나 사병 눈에라도 띄면 장교 신분이 형편없이 구겨질 터이니 주위를 두리번거리지 않을 수 없었다.

다행히 아무도 눈에 띄지 않아 몸을 굽혀 슬쩍 들어가 재빨리 수술방으로 뛰어갔다. 서계 탈장 수술 준비를 다 해 놓고 집도할 김 중위를 기다리고 있던 간호 장교들이 일제히 그를 쳐다보았다.

"김 중위님, 오전 수술 스케줄이 셋이나 되는데 우린 언제 수술 끝내고 점심 식사하지요?"

스크랩들 신 중위가 눈을 곱게 흘기며 애교 띤 불평을 한다.

"미안 미안해요. 지각은 오늘로 종을 '땡' 쳤으니까 양해해요."

그는 그렇게 옹색한 입장을 얼렁뚱땅 넘겼다.

그러나 그는 그 후에도 1주일을 연거푸 늦게 출근한 때가 있었다. 그 무렵 병원장이 아침 집합 때마다 김 중위를 찾았다고 했다.

하루는 아침 수술이 한 사람밖에 없어 수술을 마치자마자 꾸지람 들을 것을 각오하고 그는 병원장실을 향해 뛰었다. 잔뜩 화 나 있을 그에게 궁상스런 변명을 궁리하며……

그런데 원장은 의외로 환한 웃음을 머금고 "김 대위 축하하오" 하며 서랍을 열고 번쩍이는 대위 계급장을 꺼냈다.

어리둥절한 김 중위는, 원장이 중위 계급장을 떼어낸 자리에 대위 계급장을 달아주고 내미는 그의 손을 엉거주춤 마주잡았다.

"아침 집합 시간에 여러 장병들이 지켜보는 가운데 이 계급장을 달아주어야 원칙인데 이건 비공식이요. 김 대위와 내가 군법을 어긴 것이요. 단단히 각오하시오."

하고 그는 금방 애써 엄숙한 표정을 지어 보였다.

"감사합니다. 그리고 죄송합니다. 원장님, 앞으로 주의하겠습니다." 하고 나왔다.

그러니까 대위 진급 특명이 난 지가 1주일이 되었는데도 계속 중위 계급장을 달고 다른 대위에게 먼저 경례하고 다닌 셈이었다.

그는 마음이 뿌듯하고 그 다이아몬드 세 개의 계급장이 사랑스럽고 자꾸만 자랑하고 싶었다. 그는 원장실을 나오며 "나도 속물 근성에는 어쩔 수 없구먼" 하고 스스로에게 웃음을 던졌다.

그날 스케줄에 따라 마지막 치질 수술을 마친 김 대위는 새 계급장을 달고 다니며 다른 장교와 하사관들한테서 진급 축하 인사를 받느라 바빴다.

간호부장 강 소령도 김 대위를 불러 축하한다는 인사를 유독 요란스럽게 했다. 계급은 다르지만 나이는 김 대위와 비슷했다.

그리고 노처녀지만 아직도 싱싱한 미모는 시들지 않았다. 특히 선명한 그녀의 입술과 고른 치아는 웃을 때 볼우물과 함께 잘 어우러져서 남성들을 매혹시키기에 충분했다.

그러나 간호부장은 대단히 강직한 면이 있는가 하면 그런 우아한 인상과 유연한 매너로 주위의 장 사병이 많이 따랐다.

그녀는 김 대위를 자기 방으로 안내했다. 금남의 방인 간호부장실을 처음 들어와 본 그는, 향긋한 화장품 냄새가 여성 전용의 방임을 금세 느낄 수 있었다.

테이블 위의 화병에는 장미 꽃 네 송이가 꽂혀있고 한쪽 벽에는 조그마한 과일 그림의 정물화가, 다른 쪽 벽에는 풍경화 액자가 걸려있다.

강 소령은 책상 서랍에서 난데없이 사랑(love)이라는 영어 소설책을 내놓았다. 어리둥절하는 김 대위에게 그 책을 집에 가지고 가 읽어보고 하루에 다섯 페이지씩만 해석해 달라고 부탁했다.

그러나 그 당시 김 대위는 그런 소설을 쉽게 번역할 만한 영어 실력이 못 되었다. 또 차분히 앉아 사전 찾아가며 해석할 만한 시간적 여유도 없었다.

그걸 짐작 못할 리 없는 강 소령이었지만 꼭 그렇게 해 달라고 완강하게 떼를 썼다. 그녀로서도 그럴 만한 이유가 있었다. 같은 후송병원의 치과부장 이 소령과 김 대위는 간호부장과 셋이 만나면 자주 농담을 하던 사이였다. 그들은 간호부장을 서로 자기 애인이라고 떠벌이던 처지였으니 그런 부탁이 무례만은 아니었을 것이었다.

김 대위는 처음엔 약간 당혹했으나 호기심이 당기어 쾌히 승낙했다. 다음날 김 대위는 간호부장실에 들어갔다. 다행히 다른 사람은 아무도 없었다. 책이 한 권인지라 그들은 카우취에 나란히 앉아야 했다.

하얀 간호사 복장의 앞섶에 붙은 무궁화 계급장이 김 대위 눈에 이제는 상급자의 상징이 아니라, 산뜻한 악세사리같이 보였다. 그녀의 윤기 나는 머리카락 몇 개가 훤칠한 이마 한쪽에 흘러내리고 왼쪽 귓바퀴를 살짝 가린 것도 매력으로 보였다.

매끈하고 하얀 저 목에 보석 목거리를 걸어주고 그녀에게 고삐를 채워줄 남자가 누구일까? 그는 그런 엉뚱한 생각이 들었다.

김 대위는 간밤에 끙끙거리며 그 책을 몇 번이고 해석해 보았지만 겨우 뜻이 통하는 직역에 불과할 뿐 감칠맛 나는 우리말로 번역하기란 그리 쉬운 게 아니었다.

매일 점심 직후 휴식 시간에 그 소설을 한줄 한줄 손으로 짚으며 힘들게 다섯 페이지씩 읽어갔다.

간혹 섹스 장면이 나오면 김 대위는 시선을 돌려 그녀의 눈동자에 꽂았다. 그러면 그녀는 눈길을 어디 두어야 할지 몰라 공연히 허공을 응시했다.

그러다가 시선의 끝자락이 공중에서 서로 휘감기어 불꽃이라도 튀기면 촛불에 말려든 불나방같이 파르르 떨다 풀려났다.

그런 불꽃의 순간은 서로의 얼굴을 붉히게 하고 고르지 못한 숨결과 심박동 수를 항진시켰다.

그 뿐 아니라 어쩌다 살갗이 슬쩍 닿기라도 하면 김 대위는 짜릿한 감정에 아랫도리가 젖기도 했다. 그러나 그 소설의 해석도 누가 먼저라고 할 것도 없이 3주가 채 못 되어 그만 거두고 말았다.

　간호부장은 어떤 흑심이 있었는지는 몰라도 김 대위는 단지 이성에 대한 가벼운 호기심에 지나지 않았다.

　그의 머리 속은 미스 오 생각으로 꽉 차 있었기에 더 이상 간호부장과의 교제는 진전하지 못했다.

＊　　　　　＊　　　　　＊

　어느 화창한 여름 공휴일이었다. 저녁 때 앰뷸런스가 한 앳된 여인을 태우고 도립병원에 도착했다. 그녀는 미모도 뛰어나고 몸매도 날씬했다. 그러나 사망한 지 수 시간이 지난 시체였다.

　순경 말에 의하면 그녀가 외진 교외의 친척집에 찾아갔다가 으슥한 숲 속에서 강간당한 것 같다고 했다.

　경찰이 주민의 신고로 현장 검증 결과 그녀는 팬티가 벗겨져 있고 목이 졸린 흔적이 있었다고 했다. 약간의 돈이 든 핸드백이 옆에 그냥 있는 것으로 보아 원한 관계의 복수이거나 어느 색한에 의해 희생된 것 같다고 했다.

　결국 도립병원 외과과장의 집도로 부검을 했는데 그녀는 강간 교살의 혐의가 거의 확실했다.

　김 대위는 섬뜩했다. 흉악범에 저런 억울한 죽음도 당하는구나. 갓 피워보지도 못한 꽃봉오리가 저렇게 잔인하게 짓밟히다니…… 그는 문득 미스 오 생각이 났다.

　그녀가 자신이 보낸 편지를 받았다면 소식이 없더라도 잊고 있으리라고는 생각지 않았다. 한동안 무심한 듯해도 다시 만나면 그 동안 소원했던 정이 곧 이어질 것이라 믿기에 크게 신경 쓰지 않았다.

자신은 오직 의사의 길을 향해 달음질쳐 올라가야 한다고 생각했었다. 그러나 혹시 그녀의 신변에 무슨 변화라도 생겨 소식이 없을까? 갑자기 불안은 꼬리를 물고 회오리바람처럼 솟아올랐다. 그는 급히 펜을 들고 몇 자 적었다.

정순씨에게

관략(冠略)하고
  갑자기 이런 험한 소식을 전해주어 미안하오. 내 숙소가 있는 이곳 도립병원에 오늘 낮에 꽃다운 여인의 시체가 들어왔는데 그녀는 한적한 시골길을 걷다 흉악범에게 참변을 당한 것 같소.
  항상 몸조심하세요. 괜히 노파심 인줄 알면서도 걱정이 되어 몇 자 적으오. 그럼 무사안일 하다는 소식만 어떤 방법으로라도 들었으면 하오. 그만 줄이오.

경기도립병원 당직 실에서 K.

미스 오는 그렇지 않아도 인호 씨의 소식이 궁금하여 한번 만나보고 싶었는데 처녀가 부대에 찾아가는 것도 쑥스럽고 하여 망설였었다. 그러니 그 편지는 적기에 온 셈이었다.

그녀는 다음날 도립병원에 서둘러 찾아갔다. 그 동안 변화가 있었다면 그녀의 친오빠 고등학교 후배인 미스터 박이 노골적으로 청혼을 해 왔었다는 사실이었다.

엄마와 오빠는 미스터 박의 부유한 가정, 성공한 형제들을 말하며 김에 대한 미련을 버리고 박과 결혼하라고 성화 대고 있었다.

오정순은 오랜 세월 김인호를 마음에 두고서도 내색을 못한 게 이만저만한 고민이 아니었다. 더구나 전방에서 이 선생을 만나고 떠나온 후 이렇다 할 편지 한 통이 없어 더욱 괴로웠었는데……

　그 전에 서울 집으로 온 그의 편지는 어머니가 받아 오빠와 상의하고 정순에게 전해주지 않아 그녀는 모르고 있었다.

　그런데 이번에 난필로 적은 편지는 미스 오가 직접 받았다. 정순은 인호에 대한 그리움이 하얀 뭉게구름마냥 피어올랐다.

　행여 그 그리움이 바람에 흩어져 안개구름이 될까 봐 미스터 박 생각을 덮어두고 김인호 생각에만 몰두했다.

　그와 무슨 일이라도 저질러야 박 때문에 마음이 흔들리지 않을 것이라면 더 이상 망설이지 말자고 자신에게 타일렀다.

　미스 오가 도립병원에 도착하여 서무과 직원에게 김 중위를 찾았더니, 김 중위는 없고 김 대위가 있다며, 기다리라고 쌀쌀하게 대했다.

　그녀는 후송병원에 면회 갈 수도 없고 하여 대기실에서 다른 환자들 틈에 끼여 초조하게 기다리고 있었다.　．

　그런데 조금 후 서무과 직원들이 지나가며 하는 말에 귀가 번쩍 트였다.

　"김 대위는 여자 복도 많지? 지난번 그 여선생 데리고 나갔다가 빨리 오지 않아 응급환자의 보호자에게 홍역을 치렀지 않아?"

　"그야 결혼할 여자니까 젊은 사람이 그럴 수도 있지."

　"그래? 그럼 아까 온 그 여잔 누구야? 풋내기 같던데."

　그들은 미스 오가 저만치 뒤에 앉아있는 것도 모르고 지껄이며 지나갔다.

　그들 말은 더 이어졌지만 복도 코너를 돌아가는 바람에 더 이상 들리지 않았다. 그녀의 심중은 굳어졌다.

　그와 이 선생이 전방에서부터의 관계가 지금까지 이어지고 있다니 그들이 얼마나 밀착되고 있는지 더 이상 의심의 여지가 없었다.

이제 인호 씨를 만나보았자 더 이상 할 말이 없을 것 같았다. 자신이 여기에 온 이유를 구차하게 말하는 것도 우습고 그도 변명하느라 무척 난처해 할 게 뻔했다.

세상이 허망하게 느껴졌다. 정순의 쓰린 가슴은 체념이라는 칼로 난도질 당하고 있었다.

도립병원에서 뛰쳐나온 그녀는 서울 가는 택시를 잡기 위해 두리번거렸다. 5분쯤 지났을까? 빈 택시가 다가왔다.

"서울 서대문으로 가주세요."

한마디를 운전 기사에게 말하고 손수건을 꺼내 연신 눈자위를 찍어냈다. 지금까지 믿어왔던 그의 가슴속에 그런 이중성이 들어 있으리라고는 짐작도 못했다. 그것도 모르고 그를 찾아 전방까지 갔었으니……

그때 이 선생을 만나고서도 왜 심각하게 의심을 안 했을까?

진즉 그에 대한 의심을 품었어야 했는데 아직도 마음에 두고 기대와 설레는 마음으로 찾아왔다.

그런데 이렇게 허탈감을 안고 토끼처럼 쫓겨가는 자신의 꼴은 무엇인가? 그녀의 자존심은 엉망이 되었고 너무도 가련했다. 차에 오를 때 뚝뚝 떨어지던 빗방울이 점차 굵어지고 있다.

날씨도 내 마음을 적시기 위함일까? 그래 내가 속없이 찾아온 게 잘못이지. 어쩌면 이 선생과 더 잘 어울릴지 몰라. 진즉 내 속내를 그에게 내비치고 이 선생과의 관계를 분명히 확인했어야 했는데……

이제 믿었던 밧줄은 끊겼다. 그런데 이렇게도 가슴이 아프고 허망할 줄이야…… 실연으로 상처받은 여인의 가슴이 얼마나 아플

까도 새삼스런 깨달음으로 다가왔다.

서울 입구에 들어서니 멀리 차창에 비치는 네온사인 불빛만이 그녀를 위로하는 듯 반짝거리고 있었다.

집에 돌아온 정순은 울적한 심정으로 펜을 들었다. 쓰고 또 고쳐 쓰다 팽개친 휴지들, 아침에 구겨진 한 조각을 펼쳐보니 차마 우체통에 띄울 수 없는 넋두리로 가득했다.

사랑한 인호씨에게

만물이 고이 잠든 정적 속에 탁상 시계 소리만이 깨어 팔딱이고 있네요. 당신을 위해 모락모락 타오르고 있는 이 불길을 어떻게 이 밤에 잠재울 수 있을까요.

진쪽 제 가슴의 한쪽을 펼쳐 보이지 못 한 게 이렇게 한이 될 줄은 상상도 못 했네요. 하지만 제가 그렇지 못한 게 두 분한테는 얼마나 천만 다행 이었어요. 실은 저의 오빠 후배인 미스터 박과 가족들이 너무 적극적으로 결혼을 강요해 왔어요.

그 동안 가슴에 사려두고 내색을 못한 저의 속마음을 당신에게 털어놓고 도움을 받으려 했는데……

인호씨는 안 계셨고, 병원 서무과 직원들의 무심히 지껄이는 말속에 당신 의중을 헤아렸어요. 이제 잊어야 한다고 다짐할수록 안타까움이 슬픔의 강물이 되어 넘쳐옴을 어찌할까요.

부디 이 선생과의 두분 행복을 빌어요.

잠 못 이루는 이 밤에

제이

그녀는 얼굴을 붉히고 다시 구겨 휴지통에 집어넣고 말았다.

*　　　　*　　　　*

김 대위는 3년여의 군의관 생활을 감쪽같이 보내고 만기 제대 날짜가 다가왔다.

마지막 송별 파티에서 병원장인 황 중령은 김 대위 손을 번쩍 들고 김 대위가 자신의 충수염 수술 스승이라고 말하며 그의 장도를 비는 '브라보'를 외쳤다.

김 대위가 그 병원에 온 지 1년 전까지는 황 중령은 군의관 생활 10여 년을 지내며 주로 군 행정, 지휘관 하느라 의사로서의 실무에는 등한히 해왔다.

학문적으로 의학 지식은 녹이 슬고 임상 경험은 황무지였다. 그러니 제대하면 구멍가게 간판을 내걸어야 할 터인데 이제부터라도 경험을 쌓아두어야 하겠다는 것이었다.

원장은 전날 밤에 술을 많이 마셔 속이 쓰리고 설사병에 시달리며 링거 주사를 맞다가도 수술 환자가 오면 당장 주사 바늘을 빼고 수술 조수를 자청했다.

그렇게 몇 번 조수를 들더니 메스를 빼앗아 들고 집도하기 시작했고, 김 대위가 대신 조수 노릇을 했다.

처음 몇 케이스는 김 대위가 로봇을 원격 조정하듯 "이제는 복막을 잡고 열으시오. 지금은 충수 돌기를 쳐들어 박리하고 그 밑을 바짝 묶으시오" 하고 일일이 지시했다.

원장은 1년 사이에 꽤 많은 케이스를 수술 집도하고 제법 능숙한(?) 외과 의사가 되어갔다.

그랬으니 김 대위 손을 들어주고 축하할 만도 했다. 김 대위는 10여년 전에 징병검사장에서 어쩔 수 없이 금식을 했던 때를 생각하면 많이도 변한 자신이 대견스럽고 감회가 새로웠다.

그는 모교 대학병원에서 산부인과 레지던트 자리를 확보한지라 제대와 때를 맞춰 미스 오에게 정식 청혼을 해도 떳떳할 것 같았다.

그 동안 가끔씩 안부를 전하고 비록 답장이 없더라도 그녀의 마음에 큰 변화가 있었다면 연락을 해 주었으리라 믿었다.

김 대위는 미스 오를 보지 못하고 해가 바뀌었건만 날이 갈수록 그녀의 모습이 더욱 선명하게 다가왔다.

겹겹이 쌓이는 그리움의 정념이 더해 갈수록 그의 가슴을 헤치고 저 밑바닥에서 울컥울컥 치밀어왔다.

그는 제대 예정 날짜를 알리면서 그 동안 참아왔던 진한 사랑의 편지를 띄웠다. 제대하자마자 낙도에 꼭 찾아가겠노라고 편지와 함께 시를 적어보냈다.

*   *   *

미스 오의 부친은 사업을 하느라 이곳저곳 타관살이하다가 외지에서 자식까지 두었다. 늦게야 사실을 알게 된 어머니가 무척 상심하시는 것을 지켜보면서 자신은 결혼을 안 하고 수녀가 될까 생각한 때도 있었다.

아버지 당신은 그러면서도 딸자식은 보통 이상으로 엄하게 다루었다. 집안에서 유행가를 부르거나 극장을 출입하면 이만저만 호통이 아니셨다.

그러나 미스터 박만큼은 엄마 아빠가 아들이나 다름없이 귀여워했다. 그가 놀러오면 고등학생이었던 자신에게 술 사와라 담배 사와라 물 떠와라 웬 잔심부름이 그리도 많았던지 꽤 귀찮게 했다.

그러나 미스 오가 대학생이 된 후부터는 미스터 박도 점차로 달라져 갔다.

졸업 무렵에는 선물도 사주고 극장도 함께 가자며 분명한 애정 표시를 하고 있었다. 하지만 미스 오가 별로 반응이 없자 미스터 박은 군의관인 김 때문일 거라고 단정했다.

박이 뜨겁게 달아 오르는 반비례로 미스 오는 냉담하기만 했다. 2년 전에 결혼한 오빠는 정순이가 26세인데도 결혼할 생각을 않자 노처녀가 될 것 같아 내심 걱정하는 눈치였다.

그 점에 대해서는 부모님이 물론 더했다. 고모님은 김군이 가정 교사로 있을 때 겪어 보았으니 그의 사람됨을 알고 있지만 그의 집안이 너무 어렵다는 것을 들어 탐탁지 않게 말했다.

어머니 역시 등록금 소동 문제로 그에 대한 감정이 좋을 리 없었다. 그러니 집안에서는 당연히 미스터 박을 사윗감으로 점을 찍고 있었다.

하지만 정순이가 박에 대한 반응이 애매하고 미온적이자 혹시 김군에 대해 마음을 두고 있나 하여 고모와 엄마는 오빠를 인호 씨의 고향인 시골 동네에 보내 추심한 모양이었다.

시골에 다녀온 오빠가 어머니와 고모에게 전한 정보는, 김군의 집안은 너무 가난했고 어머니와 여동생 하나가 함께 살고 있는데, 여동생은 살림하고 어머니는 장항 부두에 나가 생선 행상을 해서 생계를 꾸려간다고 했다.

그의 부친이 한때 실성했었다는 말을 전해들은 고모는 조카를 찾아왔다.

"정순아, 네 오빠가 너에게는 차마 이런 말은 못할 것 같은데 그 사람의 부친이 정신병으로 죽었단다. 그 아들이 굳이 의사가 된 것도 그런 연유 때문이었다더라. 그러니 그 자손들 중에 그런 유전병 안 걸린다는 보장도 없지 않느냐? 더구나 그런 열악한 환

경에서 자란 그가 성격에 문제가 없겠느냐? 너 인정에 끌리지 말
고 냉정히 생각해야 돼.”

미스터 박 부모와 절친한 고모는 조카의 마음을 돌려놓기 위해
과장해서 말했다.

그러나 오빠가 장항 변두리에 있는 K의 동네에 내려가 주막집
에 들러 주인 노파에게 들은 이야기는 더 자세했다. 그는 막걸리
한 주전자와 빈자떡 안주 한 접시를 시켜놓고 노파에게 물었다.

“아주머니, 이 동네 청년 중에 서울에서 의과대학 다니고 지금
은 군의관으로 가 있는 젊은이가 있지요?”

“아, 예 있이유. 그 애비가 고생하며 자식을 가르쳤는데 글쎄 죽
을 땐 실성하고 객사한 거나 같지 뭐유. 부모가 그렇게 고생해서
의사 만들려다 애비는 비명횡사하면 무슨 소용이 있어라우?”

“그럼 그 청년 부친이 정신병자이었습니까?”

“처음에 높은 데서 떨어져 그 후유증으로 그랬다지만 결과적으
로 그런 셈이지라우. 그 양반 죽기 전에 땡전 한푼 없이 맨입으로
술 안 준다고 얼마나 보챘는데유. 괜히 생트집 잡아 싸움을 걸 때
도 많았이유. 그땐 장사고 뭐고 다 때려치우려고 했는데 그분이
한 삼사 년 동안은 통 나타나지 않더니 그만 죽고 말았지 뭐유.
막상 죽고 나니 불쌍한 생각도 들고, 생전에 좀더 잘해 줄 걸 그
런 후회도 들더라구유. 외상값은 고스란히 저승에 헌금한 거나 같
지만유. 그래서 이 동네에서는 그 집 아들딸에게 혼인시키고 사둔
삼을 집안이 없다나봐유.”

노파는 꽤 입심이 좋아 묻지도 않은 말을 해 댔다.

“아주머니, 그 양반은 그 전에는 멀쩡했습니까? 그리고 생전에
는 뭘 했는데요?”

"그야 젊어서는 힘이 장사라는 소리 들었으니까. 읍내 축제날 송아지를 내 놓은 씨름판에서는 그를 당할 자가 없었이유. 해마다 상품은 그가 도맡아 가져갔었지라우. 그리고 부지런하고 마음씨 착해 남의 일도 잘 도와줘서 동네에서 칭찬이 자자했지유. 농사 몇 마지기 짓고 막노동했지만 비 올 때마다 함석 지붕이 샌다고 사다리 놓고 오르다가 떨어져 다리가 부러지고 머리통을 다쳤대유. 그래 병원에서 치료하느라 대추나무 연 걸리듯 빚도 많이 졌다구유. 그 후유증으로 그랬는지 어쨌는지 멀쩡하다가도 비가 오거나 날씨가 궂으면 고약하게 변했단게유. 밖에서 괜히 시비 걸고 헤매다가 동네 사람들에게 끌려들어오곤 했이라우. 죽기 전 삼사 년간은 멀쩡했는데 짐을 지고 가다가 중풍 맞아 쓰러지고 그 길로 죽었이유. 아마 그의 아들이 의과대학에 들어간 지 이삼 년 훈가 될거유."

"아니 아까 그분이 실성하여 객사했담서요?"

미스 오의 오빠는 마지막 잔을 들이키고 입을 닦으며 물었다.

"아, 그게 아니라유. 그 동안 괜찮다가 나중에 중풍에 걸려 대소변 받아냈단게로. 아들은 서울에 있고 각시는 장사 나가고 딸이 내내 돌보다가 잠깐 빈 사이 죽었으니 가족이 아무도 임종을 못 했다는 말이지유. 자식 공부시킨다고 쓸개 빠지게 고생하다 혼자 죽으면 무슨 소용이 있이유. 고향도 잊어버리고 혼자만 서울 가서 부모도 몰라라 하면 그게 불효지라우. 불효 자식이 따로 있이유?"

그때 다른 손님이 들어와 그 노파의 말은 거기서 중단되었다고 했다. 오빠한테선 그런 정도로 들었지만 고모의 말은 꽤 심각했다.

누구의 말이 맞던 간에 정순의 마음은 쉽사리 움직이지 않았다. 그녀가 너무 미온적인 태도를 취하자 박은 미스 오가 얼마 남지

않은 군의관 김의 제대 날짜만을 기다리고 있을 것이라고 지레짐
작했다.

　마음이 다급해진 박상철은 단 몇 시간만이라도 단둘이 지내며
그녀를 설득할 것을 결심한다.

　어느 일요일 아침, 그는 직접 정순을 찾아갔다.

　“오늘 형님(정순의 친오빠)이 널 데리고 오래, 아주 좋은 것을
보여준다고.”

　“그게 뭔데 오빠?”

　“나도 몰라. 가봐야 알지.”

　J는 미스터 박의 말이 수상했지만 궁금하기도 하여 그의 차에
함께 탔다.

　강릉 방향으로 달리며 오랜만에 보는 시외의 정취에 정순의 기
분도 한결 개운했다.

　미스터 박은 50분쯤 달리더니 어느 으슥한 골목으로 들어갔다.

　“날 따라와. 형님이 여기서 기다리기로 했다.”

　현관에 이르니 그곳은 개인 주택 같기도 하고 요정 같기도 했다.
“어서 오세요” 하고 고개 숙여 인사하는 젊은이에게 귓속말을 하자
“예 예, 알겠습니다” 하고 미스터 박에게 키 같은 것을 건네주고 물
러갔다.

　305호실의 문을 열고 들어설 때 J가 주춤거림을 눈치챈 그는 정
순의 손을 끌어당겼다. 방안은 아늑했지만 그녀는 악마의 소굴에
끌려온 느낌이었다. 한쪽에는 술상이 이미 차려져 있었다.

　“정순아, 여기 앉아라. 곧 들어오실 거다. 형님한테 오늘 아주 좋
은 일이 있나봐.”

　하며 양주병을 혼자 따라 들이키며 너스레를 떨었다.

그 순간 J의 육감은 속삭이었다. '이 사람이 오늘 심상치 않은 일을 저지를 것 같아.' 하지만 그녀는 태연을 가장했다.

"우리 오빠한테 좋은 일이 뭔데요?"

"그건 이따 오빠한테 직접 들어."

"그럼 그 술병 이리 주세요. 제가 따라 드릴게요."

하고 술병을 받아 그의 잔에 따랐다.

"정순아, 너도 한잔 마셔봐, 사람들이 어째서 이 술에 탐닉하는지 그 기분을 체험할거야. 세상에서 제일 정직한 게 술이야."

"그래요? 그럼 조금만 따라주세요" 하고 J가 너무 순순하게 응하자, 미스터 박은 어린애같이 좋아했다. 그가 몇 순배 자작하고 있는 사이 "오빠, 나 화장실 좀 다녀올게요." 하고 정순은 금세 일어나 정문 쪽으로 뛰었다.

숨을 헐떡거리며 접수구에 대고 "밖에 잠깐 다녀올게요" 하고 문을 나선 J는 그 길로 택시를 잡아탔다.

박상철은 쫓던 닭이 활개치며 지붕으로 날아가는 허망함을 바라보는 개처럼 꼼짝 않고 앉았다가 다시 술잔을 기울였다.

그리고 우두커니 있다가 책상에 놓여있는 필기 도구를 붙들었다.

정순은 허겁지겁 집으로 돌아오니 오빠는 전화를 받다가 다급한 목소리로 "박군 지금 어디 있니?" 하고 다그쳤다.

"왜요? 오빠."

"그 녀석이 지금 다급하대."

"뭐라고요?" 정순은 오빠에게 박의 언행을 대충 들려주었다.

오빠는 아무 말도 하지 않고 택시를 불렀다. 그들이 미스터 박이 있는 곳에 도착하니 그는 벌써 병원에 실려갔었다. 종업원이 박의 소지품을 건네주며 인근의 병원을 알려주었다.

　박상철은 J가 떠나간 후 무엇인가를 열심히 적어 팽개치고 계속 술을 마시다가 화장실에 들어갔다. 용변을 마치고 손을 씻다가 앞의 거울에 이마를 들이받고 쓰러졌었다.

　'쨍그랑' 소리에 종업원이 뛰어가 현장을 목격하고 병원 응급실로 옮겼다고 했다.

　오빠와 정순은 당황하여 곧장 미스터 박의 입원실을 찾아갔다. 그는 산소 마스크를 끼고 팔에는 링거 줄이 꽂혀있고 오줌 주머니가 매달려 있었다. 이마의 상처는 그리 크지 않았지만 구슬 같은 땀이 송글송글 맺혀 있었다.

　백짓장 같은 그의 얼굴을 보는 순간 인정 많고 여리디 여린 정순의 마음이 움직이지 않을 수 없었다.

　오빠는 박의 소지품에서 흰 백지를 펼쳐보고 나서 정순에게 살며시 내밀며 읽어보라는 눈짓을 했다.

　사랑하는 정순에게

　정순아 이 오빠는 한을 품고 먼저 간다. 한 세상 너와 함께 살 수 없다면 차라리 이렇게 가는게 나을 것 같아 먼저 간다. 너를 향한 일편 단심은 나도 어쩔 수가 없구나, 꼭 너를 행복하게 해 주겠노라고 스스로 맹세하고 내 생명 같이 사랑한 너였는데……

　그 동안 나의 일방적인 사랑이 부담이 되었다면 용서해라. 실 오락 같은 희망이 끊길 날이 멀지 않았으니 더 이상 버티고 숨을 쉴 수가 없구나.

　현실은 얼음덩이 같이 냉엄하고 사랑은 바위덩이 같이 단단한데 체념이란 여인이 유혹하며 나를 편히 잠들게 하는구나.

　나는 분명 염세주의자는 아니다. 부디 그렇게 매도하지 말아라. 비록 이 세상에서 이루지 못한 나만의 짝 사랑 이었다 할지라도 나는 너를 사랑했음으로 행복했다.

　언젠가는 끊길 목숨, 쪼금 미리 간들 어쩌겠느냐. 이제 나의 죽음을 기억해 줄 네가 있다는 것만으로 위안을 갖고 가마.

내 죽음의 1주기가 될 내년 이맘때를 기억해 주기 바란다. 내 생명보다 소중히 사랑한 여인 정순아! 부디 행복하여라.

파도야 어쩌란 말이냐/ 파도야 날 어쩌란 말이냐/ 임은 물 같이 까닥 안는데 파도야 어쩌란 말이냐/ 날 어쩌란 말이냐

제목도 시인의 이름도 없이 적어놓은 이 시는 분명 유치환의 시 '그리움'을 베껴놓았다. 술 기운 탓인지 글씨는 출렁이는 물결처럼 춤을 추다가 느릿느릿 흐트러져 있었다.

나의 생명보다 더 소중히 사랑한 여인 정순아! 이렇게 애절하게 표현한 사연들은 어디서 인용했을까? 아니면 그에게도 미처 짐작하지 못했던 깊은 정서적인 면이 있을까?

그녀는 코끝이 찡했다. 미스터 박이 그토록 폭음하며 만약의 경우 생명의 위험을 무릅쓰고까지 이런 일을 저질렀나 생각하니 눈물이 핑 돌았다. 오빠는 조용히 타일렀다.

"정순아, 박군을 한번 적극적으로 생각해 보아라. 그 사람은 참 착한 사람이다. 너도 알다시피 그의 부친과 형님들도 큰 회사를 경영할 만큼 사업에 성공한 편이고 그도 '엔지니어'로 유망한 청년 아니냐? 결혼 후 미국으로 유학 갈 예정이라 하더라. 당장에 깊은 애정은 없지만 너도 그가 불쌍하다는 마음은 들게. 너를 그토록 사랑하는 녀석이 요즘 세상에 그리 흔한 일이냐? 그러니 연민의 정에서 싹터 사랑한 경우는 얼마든지 있단다. 네가 '에고이스트'가 아닌 이상 말이다. 우선 사람을 살려놓고 보자. 병원장 말이 단숨에 여러 종류를 폭주하고 방치하면 죽을 수도 있대. 더구나 이마에 충격을 받았으니…… 만일 그가 깨어나지 못하고 이

대로 죽는다면 평생 너의 마음이 편하겠느냐? 그가 회복된 후에도 너의 마음이 영 내키지 않으면 그땐 오빠가 그에게 단념토록 설득하마. 아무렴은 하나밖에 없는 누이동생의 중대사를 소홀히 하겠느냐? 네가 그를 간호하며 잘 생각해 봐라.”

하고 오빠는 침통한 표정을 지으며 밖으로 나갔다.

J는 그 동안 인호 씨에게 열중하느라, 미스터 박한테는 너무 몰인정했던 게 미안하게 여겨졌다.

그런 생각이 들자 정순은 그의 손을 꼭 잡고 고개 숙여 그가 깨어나기를 간절히 기도 드렸다.

“하나님, 이 사람을 살려주세요. 깨어만 나면 결혼을 다시 진지하게 생각해 볼게요” 그녀는 한참을 엎드려 있었다.

그게 어렴풋이 사랑인 것 같기도 하고 아니면 연민의 정으로 지나친 감상에서 그런 마음이 일어났는지 스스로도 종잡을 수 없었다.

정순은 잠자코 앉아 박과 K를 번갈아 생각했다. 인호 씨는 자신을 사랑하는 게 분명한가? 아니면 학창 시절 도와준 것에 대한 의무 때문인가?

그는 ’사랑한다’ ‘결혼하자’는 적극적인 말 한마디 한 일이 없지 않은가?

더욱이 전방에 찾아갔을 때 그 깜찍한 여선생이 쫓아다니지 않았던가? 그리고 그가 휴가 나왔을 때도 진정으로 날 사랑했다면 낙도가 아니라 더한 데는 못 왔을까? 안부만 삐쭉 띄웠을 뿐이니 그가 진심으로 나를 사랑하고 있을까?

더구나 도립병원에 찾아갔을 때 서무과 직원들의 말이 사실이라면 그녀와는 진즉부터 깊은 관계로 밀착되었을 게 분명하다.

그런데 미스터 박은 내가 낯선 섬에 혼자 있다고 걱정되어 오빠와 함께 헬리콥터까지 타고 다녀가지 않았던가? 그것도 폭풍으로 큰 배가 발목이 묶여 있을 만큼 험한 일기도 무릅쓰고.

미혼 때는 남녀간의 사랑이 인생의 전부인 것 같지만 결혼하고 나면 사랑만 먹고 살 수 없다고 하지 않던가?

미스터 박 역시 가정 환경이나 직종으로 봐 장래가 촉망되는 젊은이가 아닌가?

학창 시절에 자신이 인호 씨를 조금 도와준 건 사실이다. 그러나 지금 와서까지 그걸 미끼로 그가 이 선생과의 자유로운 사랑마저 가로막아서야 너무 비열한 짓이 아닌가?

미스터 박은 지금 목숨까지 바칠 각오로 사랑을 갈구하고 있다. 결혼해서 살을 비비고 살다보면 없던 정도 점차로 우러난다는 말이 맞을지도 모른다.

조부모님 세대는 물론, 부모님 세대에도 맞선조차 제대로 보지 않고 결혼하여 자식 낳고 단란한 가정을 이루고 사는 경우가 많았지 않은가?

여자는 평생 동안 세 남자를 따르는 게 숙명이라 했던가? 어려서는 아버지, 결혼하면 남편, 늙어서는 자식이라 했으니 결혼 전에 남편이 꼭 어떤 조건이라야 성공적인 결혼 생활을 보장하는 것은 아니겠지.

결혼 후 남편에 순종하고 가정을 어떻게 잘 꾸려갈 것인가가 더 중요하지 않을까? 결국 자신의 마음먹기에 달려있다.

미스 오 심중의 저울대는 K에게서 점점 미스터 박 쪽으로 기울고 있었다.

박의 사투는 하룻밤의 긴 수면을 떨치고 깨어났다. 의식이 돌아오며 그가 양손을 허공에 흔들며 "정순아, 정순아" 하고 안타까이 부르짖는 모습을 지켜보는 J의 마음은 다시 한번 굳어졌다.

악몽에서 깨어난 박성철은 정순이가 헌신적으로 간호했다는 이 야기를 가족한테 듣고, 또 달라진 그녀의 태도를 보고 나서 어쩔 줄 몰라했다.

양가에서는 약혼과 결혼 날짜를 받고 성급하게 결혼식을 서둘 렀다. 정순은 결혼차 낙도에서 짐을 꾸려 서울로 돌아왔다.

그런데 그녀 집에 인호의 편지 한 통이 뒤늦게 배달되었다. 그 편지는 낙도를 거쳐왔기 때문에 발신 날짜로부터 무려 3주가 다 되어 그녀 집에 전달되었다.

행인지 불행인지 그 편지는 정작 받아야 할 주인공이 아니라 그 녀 어머니 손에 먼저 들어갔다. 어머니는 뜯어보지도 않은 채 아 들에게 건네주었다.

정순의 친오빠는 김군의 간절한 청혼의 사연을 읽고 가슴이 뭉클했다. 자신은 그런 깊은 사랑의 체험은 없지만 같은 남자의 입장에서, 그리고 착한 여동생의 고민을 짐작하고 있기 때문에 더 그랬다.

그러나 이제 와서 그 편지를 동생에게 내비칠 수는 없는 일이었다.

*   *   *

기다리고 기다리던 제대 신고를 마친 김인호는 부픈 가슴으로 숙소에 돌아오니 도립병원 서무과 직원이 벙글벙글 웃으며 봉투 를 내밀었다. 겉봉에 정순의 이름이 적혀있다.

하도 반가운 마음에 그 봉투가 다른 편지 봉투와 모양이 다른

것에 대해 달리 생각할 겨를도 없었다. 그는 자신도 모르게 넙적
절을 하고 두 손으로 받았다.

편지 잘 받았다며 무사히 제대했음을 축하하고 어서 만나보고
싶다는 내용이 분명할 것이었다. 더구나 미스 오가 전방에 방문했
을 때도 못 만났고 그가 휴가 때도 그랬으니 말이다.

편지를 꼭 쥐고 숙소로 돌아오며 인호는 상상의 날개를 활짝 펴
하늘을 비상하고 있었다. 백옥 같은 드레스를 입고 면사포를 쓴
정순의 예쁜 모습이 선연히 보였다.

신부는 잔뜩 긴장한 가운데도 수줍고, 기쁘고, 행복한 얼굴빛이
역력히 보였다. 그 옆에 넓은 허리띠를 두른 망토를 입고 반짝이
는 검은 구두를 신은 신랑이 나란히 서있다.

그는 기뻐서 어쩔 줄 몰라하며 연신 싱글벙글 웃음꽃을 피우고
있다. 그게 바로 자신이라 생각한다.

그런 환상에서 깨어난 그는 얼굴이 화끈하고 가슴이 뛰었다. 혹
누가 보지 않나 둘러보고 나서 회심의 미소를 지으며 서서히 그 봉투
를 뜯었다.

그의 얼굴은 그 순간 사색으로 변했다. 호사다마라는 말보다 무
지개 따라가다 절벽에 떨어졌다는 표현이 더 적절할 것이었다.

그 봉투는 오정순과 박상철의 결혼 청첩장이었다. 빨리 체념하
고 다른 배우자를 찾으라는 의도에서 정순의 오빠가 보낸 것이었
다. 그 순간의 낙망을 어찌 필설로 다 표현할 수 있으랴! 손이 저
리고 마비되며 온 몸의 피가 쭉 빠져나가는 허탈감에 빠졌다. 인
호는 뜰에 나와 머리를 제치고 하늘을 올려다보았다. 슬픈 얼굴의
달빛만이 '안 됐다'고 혀를 쯧쯧 차고 굽어보는 듯했다. 갑자기
자신은 광활한 사막에서 길 잃은 나그네가 되었다는 느낌이었다.

지금껏 방향을 정해 외골수로 걸어온 그 길이 가야 할 길이 아니었음을 알자 일시에 방향감각을 잃고 말았다.

자신이 가야 할 길이 동남쪽이어야 하는지 서북쪽이어야 하는지 가늠할 수 없었다. 어두워 가는 사막의 길목에서 매섭게 몰아치는 찬바람에 등이 오싹한데 어디로 어떻게 발을 떼어 놓아야 할지 막막하기만 했다.

지독한 배신감이 쏴 소리치며 한꺼번에 몰려와 심장의 고동을 마구 두들기고 있었다. 인호는 신랑이 될 박을 새삼스럽게 떠올렸다.

미스 오의 친오빠를 형이라 부르며 잘 따라다닌 미스터 박이 주변에 있었다는 것을 까마득하게 잊고 있었다.

정순보다 두 살 위인 그는 서울공대를 졸업하고 대성공업회사의 엔지니어로 근무하고 있었는데, 어떤 연유로 군복무는 면제된 모양이었다.

학창시절 K는 미스 오가 하도 보고 싶어 어쩌다 그녀의 학교 정문 밖에서 기다리곤 했었다. 그러면 용케도 시간을 맞춰 미스터 박이 직접 세단차를 몰고 운동장으로 들어갔다.

그녀는 기다린 듯 때를 맞춰 층층대를 내려오면 그가 차 문을 열어주고 태워 가는 모습을 본 기억이 두어 번 있었다. 그때마다 인호는 벙어리 냉가슴 앓듯 혼자 정문 뒤쪽에 숨어 지켜만 보았다. 그리고 차가 돌아 나와 지나가며 후미에서 뿜는 매연과 먼지를 뒤집어써야 했다.

터벅터벅 걸어나올 때의 허탈감과 쓸쓸함이 그의 양어깨를 짓눌렀던 기억을 쓰리게 되새겨야 했다. 미스 오를 만났을 때, 어렵게 더듬거리며 박에 관해 물으면 그녀는 오빠 고등학교 후배라고 말할 뿐 대수롭지 않게 넘겼었다.

그런데 그와 결혼하다니 정말 믿을 수 없는 게 여자라지만 사전에 말 한마디 없이 그럴 수 있을까?

그러나 돌이켜 생각하면 미스 오가 언제 자신을 깊이 사랑한다고, 결혼하자고, 약속한 때라도 있었던가?

인호 자신이 터무니 없이 그녀를 짝사랑한 꼴이었으니, 이제 누굴 원망하랴, 그는 안절부절못했다. 앞으로 3주가 지나면 정순은 영원히 남의 아내가 된다는 사실이 생각만 해도 머리가 돌 것 같았다.

그는 흠뻑 취하고 싶었다. 그는 밖으로 뛰어나가 매점에서 소주와 맥주를 샀다. 방에 들어오자마자 맥주와 소주를 큰 컵에 부어 거꾸로 목구멍에 부어댔다. 그렇지 않고서는 숨막히게 조여오는 목울대를 풀 길이 없을 것 같아서였다.

인호는 자신도 모르는 사이에 풍뎅이같이 발랑 눕고 말았다. 어렸을 때 동무들과 함께 풍뎅이를 잡아 발목을 잘라내고 목을 비틀어 마룻방에 눕히면 그 풍뎅이는 등을 뱅뱅 돌리며 무수히 날개치던 풍경이 언뜻 스쳐갔다.

곤충의 한 생명을 짓이겨 놓고 즐거워 손뼉치던 그 인간의 잔인성, 지금 자신은 신 앞에 그런 풍뎅이 신세가 된 거였다. 자꾸만 눈물이 펑펑 쏟아졌다.

미스 오가 답장이 없을 때, 왜 미스터 박을 의식하지 못했을까?

진작 적극적으로 프로포즈하지 못한 게 그렇게 통탄스러울 수 없었다. '애인이 생기면 너는 내 것이다. 하고 도장을 꽉 찍어 놓아야지, 요즈음 세상 군대 갔다 올 때까지 기다리는 여자 없다' 술좌석에서 고등학교 동창의 허튼 소리에 왜 솔깃했던가?

그때 송도에 놀러갔을 때 우연히 다가온 기회를 행운으로 생각했었지…… 그때 저지른 행동의 죄책감 때문에 진정 사랑한다, 결혼하자는 말 한마디 진지하게 못했으니 그게 오늘의 결과를 자초한 셈이 아닌가?

이제 아무리 후회한들 무슨 소용이 있으며, 아무리 분노한들 무슨 대책이 있겠는가? 오직 체념이란 쓰디쓴 잔을 평생의 불치병 다스리듯 마셔야 했다.

아련한 기억이 몽롱한 취기를 흔들었다. 전방에서 젊은 혈기가 그렇게도 이성에 굶주릴 때, 이 선생의 노골적인 태도를 빤히 보고서도, 또한 후송병원 간호부장의 적극적인 유혹에도 냉정한 이성의 힘으로 극복했었다.

오직 정순을 아내로 맞이할 때까지는 동정을 지켜야 한다는 각오 때문이었다. 그런데 그런데 이제는 한세상 회한과 번민을 씹으며 살아가야 할 수밖에 없으니……

나는 과연 짝사랑을 했는가? 도대체 사랑이란 무엇인가? 우연한 인연으로 만나고 가슴 떨리는 환희와 눈물 짜내는 슬픔의 반복이 사랑인가? 그래 그게 사랑의 속성이지, 흔히 사랑하는 마음은 상대의 행위에 따라 천국과 지옥을 만든다 했는데 이제 나의 마음은 영원히 지옥행일 수밖에 없구나.

믿는 도끼에 발등 찍힌 그의 아픔은 뼛속까지 시리게 했다. 그는 서울에 와서 친구들을 만나 술로 밤을 지새우며 넋두리를 늘어놓고 분노했다. 그녀를 잊기 위해, 자신을 잊기 위해, 세상을 저주하기 위해 거듭거듭 마셔댔다.

그래도 끓어오르는 분통을 어쩔 수 없어 식사도 거른 채 며칠을 실성한 사람같이 보냈다. 하루는 이몽사몽 선잠에 빠져있는데, 그녀의 정감 어린 목소리가 애잔한 몸짓으로 다가왔다.

"인호 씨, 이런 고비를 잘 넘기셔야지요. 세상이 끝장난 것같이 그러심 안 돼요. 둘러보면 세상에는 나보다 불행한 사람이 얼마나 많은데요. 그리고 '전화위복' '새옹지마'라는 말도 있잖아요. 인호 씨, 어서 기운 차리세요."

괴롭고 힘들 때 위로와 용기를 주던 누님 같은 정순의 그 포근한 목소리가 들리는 듯했다.

정신을 차려보니 방바닥엔 온통 찌그러진 맥주 캔과 소주병이 어수선하게 널려 있었다. 마치 자신의 머리 속같이…… 그는 눈을 감고 자신의 과거와 미래의 인생항해에 대해서 생각의 배를 띄웠다. 미스 오는 나에게 어떤 존재인가?

망망대해에서 나침반이 되어 주었고 칠흑의 밤에는 반짝이는 등대가 되었었다. 그런 그녀가 이젠 영원히 남의 아내가 된다. 나침반은 고장나 움직이지 않고, 등대불은 꺼졌다. 또다시 그녀를 향해 치닫는 그리움과 안타까움이 폭풍이 되어 그의 가슴속의 물결은 심히 요동치고 있다.

이제 예식장에 참석할까 말까가 무척 고민스러웠다. 신부 신랑 예복 차림새를 멀거니 바라본다는 사실이 정말 싫고 두려웠다.

그러나 한참 후 그의 생각의 꼬리는 매듭을 짓고 이어져갔다.

"너는 그녀를 진심으로 사랑하는가?"

"응, 물론이지."

"그럼 그녀의 행복을 위해서 지금 네가 취해야 할 일이 무엇인데?"

그렇게 자문자답하고 있었다.

그렇다. 진정한 사랑이란 자신이 갖고 있는 모든 것을 희생적으로 바칠 때, 목숨까지도 기꺼이 바칠 각오가 되었을 때 그게 진정한 사랑이라 했지.

그래서 사랑이란 아무나 할 수 있는 게 아니라고 했던가? 싫고 두려운 곳이지만, 태연하고 좋은 얼굴의 가면을 쓰고 가자. 심한 상처도 세월이 가면 아물기 마련이고, 절단된 사지도 몸을 지탱할 수 있게 점차 적응이 되지 않던가?

나의 인생길이 평온한 순풍만을 기대할 순 없는 것, 어쩌면 오정순의 천상배필은 박상철일 거야, 그래 그들의 행복을 빌어주자. 자신이 의대를 졸업한 것도 그녀의 도움이 아니었던가?

"그렇다면 그 은인에게 보답하는 길은 그녀의 행복을 기원하며 지켜보는 것이 온당하다. 그래 이제부터 나에게 참기 힘든 어떤 고통이 따르더라도 정순의 행복만을 빌어주자."

그리고 만에 하나라도 박이 그녀를 불행에 빠트린다면 그를 가만히 두지 않겠다는 생각까지 하게 되었다.

그뿐 아니라 이제 그녀를 잊기 위해서라도 하루 빨리 결혼을 서둘러야지. 그는 마음속으로 그렇게 울부짖었다.

드디어 오정순의 결혼식 날이 다가왔다. 날자가 서서히 가기를 염원했지만 무정한 시간은 에누리없이 지나갔다.

인호는 일부러 예식장 밖에서 서성거리다가 식이 시작된 것을 확인하고 들어섰다. 축하금 봉투에 이름은 생략한 채 '축 결혼'이라고만 적고 신부 쪽에 내밀었다.

비치된 비망록에 이름을 기재하려다 말고 그냥 식장에 슬쩍 들어섰다. 맨 끝줄에 엉거주춤 자리를 잡았다.

장내를 가득 메운 하객들은 모두 앞의 주례자를 바라보느라 아무도 자신을 눈여겨보는 사람이 없었다. 더 이상 쭈빗거리지 않아도 될 것이었다.

그는 마음을 비우자고 며칠간 단단히 다짐하고 왔다. 그러나 막상 신부 신랑이 예물을 교환하고 나란히 맞절을 하고 주례가 그들이 부부로 맺어졌음을 선포할 때 그는 갑자기 눈앞이 캄캄했다.

그의 가슴을 지탱하고 있던 기둥이 쿵 무너지며 팽팽히 당겨진 천이 두 갈래로 찢어지는 소리가 들렸다.

그의 몸은 천 근의 무게로 굳어졌고 마음은 공허감으로 허탈했다. 잠깐 동안에 세상이 달라진 느낌이었다.

"정순은 이제 결혼했구나…… 이제 분명 남의 아내가 된 것이다. 남의 부인! 그래 부디 행복하여라."

인호의 눈에서는 눈물이 핑 돌았다.

*　　　　*　　　　*

군복무를 마친 김인호는 서른 한 살에 한국대학 병원에서 산부인과 전문의 교육이 시작되었다. 짝사랑하다 연인을 빼앗기고 시퍼렇게 멍이 든 그의 가슴에 사랑의 불씨를 지피는 여인이 여기저기 나타났다.

친구 녀석 하나는 제 조카를 맺어주기 위하여 저의 집에 불러놓고 조카와 같은 방에서 이야기하다가 화장실 가는 척 슬그머니 빠져나갔다.

그리고 전기 스위치를 내려 전등을 끄는 등 좀 유치한 짓을 했지만 좀처럼 마음의 동요를 느낄 수 없었다.

더구나 조카를 집에 데려다 주라고 억지로 딸려보냈을 때는 길이 미끄러워 하이힐을 신은 발이 기우뚱해도 그녀의 팔짱을 끼어 줄 욕구나 용기가 일어나지 않았다.

또 다른 고등학교 동창생은 자신의 처제를 중매하기 위해 그의
아들 돌잔치에 초대하여 처제와 함께 화투놀이를 벌이기도 했다.
저녁에는 인기리에 상영중인 애정영화를 같이 가라고 입장권 두
장을 건네주었다.

미모가 뛰어나고 이대 영문과 대학원을 다니는 그녀에게서도
정순에게서 느꼈던 매력을 찾아볼 수가 없었다. 오직 일편단심으
로 정순만을 향했던 마음은 쉽사리 돌이킬 수 없었다.

아무한테도 정이 가지 않는다면 차라리 독신으로 살 수밖에 없
다는 생각까지 해야했다.

그런데 이웃 아주머니가 잘 아는 처녀를 침이 마르게 칭찬했던
지 가까운 친척들이 모여 가족회의를 열었다.

규수는 서울에서 국제대학 정외과를 나온 재원으로 어머니를
닮아서 아주 얌전하고 살림도 잘 할 것이라고 했다. 그녀 아버지
는 현재 높은 공직에 있는데 다음 총선엔 국회의원에 출마한다니,
그만하면 집안 울타리도 쨍쨍하지 않겠느냐고 설득했다.

인호는 권에 못 이겨 그녀를 다방에서 만났다. 그러나 그녀는
기대 외로 너무 사치스럽고 성격이 남자 같아 마음에 들지 않았
다. 하지만 거의 타의에 의해 약혼한 지 한 달 만에 결혼식을 올
렸다.

한때의 그의 독신주의는 그렇게 어이없이 무너지고 말았다. 그
는 결혼 날짜를 받아놓고 정순에게 청첩장을 보낼까 말까 망설였
으나 결국 보내지 않기로 마음을 굳혔다.

자신이 정순의 결혼식에 참석한 것은 혼자 결정한 일이었지만,
그녀는 이제 남편의 승낙을 얻어내야 함을 의식했기 때문이었다.

　　　　　*　　　　　　*　　　　　　*

　오정순은 어려서부터 아버지가 너무 엄격하게 키웠던 탓으로 그녀는 이성에 대한 눈이 늦게 떠졌고 남자를 보는 센스가 무디었다. 더욱이 혼전 섹스는 감히 상상조차도 부도덕이라 생각했었다.

　어쩌다 아빠 몰래 친구 따라 극장에 가서 키스 신이라도 보게 되면 얼굴을 숙인 채 눈을 감아버리는 쑥맥이었다.

　그런 여자였기에 첫날밤을 치를 일이 여간 곤혹스러운 게 아니었다.

　그런데 술에 약한 신랑은 취해 떨어져 첫날밤을 그냥 보냈다. 다음날 신혼여행을 제주도로 정했다.

　신랑 박은 비행기에 탑승하고 내릴 때까지 싱글벙글하며 아내의 비위를 맞추기 위해 시종 신경을 쏟는 눈치였다.

　그러나 정순은 귀중한 보석을 내던지기 위해 떠나온 사람 같았다. 그게 없어지면 자신의 육체는 아무 쓸모 없는 비게덩이에 지나지 않을 것이라는 착각 속에 빠져있었다.

　그래서 그 소중한 것을 순결이란 이름으로 포장하고 간직해 오지 않았던가? 그건 성스러운 제단 앞에 두 손 모아 기도 드리는 자세로 바쳐야 한다고 믿었던 순결이었다. 그래 송도에서 인호의 갑작스런 행동에 놀라고 번민도 했었지.

　그런데 누구한테 언제 들었는지 몰라도 남녀의 육체 관계란 '한강에 배 지나가는 것과 다를 게 없다'고 한 말이 생각났다.

　그녀는 유리창 너머로 바다를 굽어보았다. 많은 배들이 동서남북으로 항해하며 하얀 거품을 일으키고 있다.

그 거품은 배 꼬리를 따라가다 흔적도 없이 사라졌다. 언제 배가 지나갔느냐는 듯이……

그들이 예약하고 들어간 호텔은 호화판 호텔이었다. 휘황찬란한 샹델리에, 붉은 카펫은 화려했고, 상체를 90도로 꺾으며 정중하게 맞이하는 종업원들의 모습에서 신부는 갑자기 여왕이라도 된 것 같은 기분이었다.

호텔 보이가 짐을 들고 안내해준 방은 4층의 415호실이었다. 방에 들어서니 상쾌한 향내가 코를 간지럽혔다.

깔끔한 방 한쪽에 더블 베드가 놓여있고 깨끗한 하얀 담요, 꽃무늬의 커튼, 한쪽 벽에는 사진 명화 네 점이 걸려있고 반대쪽에는 화장대가, 테이블 양쪽에는 의자 두 개가 각각 놓여있었다.

그 옆 냉장고를 열었더디 사과, 포도, 오렌지 등의 싱싱한 과일과 OB 맥주병이 수정 같은 물방울을 둘러쓰고 놓여 있었다. 과일이나 맥주병은 말하고 있다.

'저의 몸은 손님을 위해 기꺼이 바칠 준비가 다 되어 있습니다. 언제라도 꺼내 드세요'라고……

샤워장에 들어가니 1회용 치약과 칫솔이 놓여 있다. 정순은 서서히 옷을 벗고 샤워하며 생각했다.

왜 세상 사람들은 섹스 때문에 그리도 많은 희비애락이 교차하는가?

내가 20여년 순결을 지켜온 것은 과연 무엇 때문이었을까? 사회적 규범, 타고난 성욕의 결핍, 가정환경, 그런 복합적인 요인이 아니었을까?

그러나 성적 욕구의 생리 현상이 병적이 아닌 이상 개개인의 의지에 따라 조절이 가능한 게 아닌가. 그래서 수도하는 여인이 있는 반면 창부와 같은 여인도 있기 마련이지.

차라리 나도 일찍 수도하는 여인이나 될 걸…… 정순은 그런 시덥지 않은 생각에 시달리며 샤워를 마쳤다. 물수건으로 몸을 닦고 거울 앞에 섰다.

알맞게 부풀어올라 쌍벽을 이룬 몽실한 젖무덤에 연보라 빛 작은 앵두알이 사뿐이 앉아있다. 방긋 웃으며 ‘우리도 머지않아 제 구실을 할 때가 다가왔지?’ 하고 서로 속삭이는 듯했다.

홀쭉한 하복부와 허리, 쭉 뻗은 통통한 허벅지, 그 사이에 가무잡잡한 숲, 자신이 보아도 아름답다고 느꼈다. 누드 그림의 모델이 되어도 과히 흠 잡을 데가 없다고 생각했다.

드디어 의식을 치를 시간이 가까워진다고 생각하니 가슴이 뛰었다. 그러나 그런 행위는 인간이 살아가는 과정, 결혼 생활의 당연한 순서가 아니냐?

정순은 심호흡을 하며 마음을 가다듬었다. 오히려 거추장스런 혹 같은 것을 떼어 내려고 수술실에 대기중인 환자같이 조금 불안할 뿐이었다.

그도 그럴 것이 이미 수술을 위해 심리적 전처치를 받은 것과 다를 바 없기 때문이었다.

정순은 그런 저런 생각을 하다보니 몸이 옥죄어 오고 야릇한 엷은 호기심마저 일어났다. 참 불가사의한 마음의 변덕이었다.

신부가 욕실에서 나와 보니 신랑은 샤워도 하지 않고 옷을 뱀껍질마냥 홀랑 벗어 침대 곁에 팽개쳐 놓은 채 가운만 걸쳐 입고 있었다.

의자에 앉아 두 번째 맥주병을 기울이고 재떨이에선 타오르는 담배만이 모락모락 연기를 뿜고 있었다. 신부를 보자 그는 벌렁 침대에 누워버렸다.

"정순아, 어서 겉옷 벗고 이리 들어와."

하며 그는 양팔을 벌려보이며 흥분에 찬 목소리로 말했다.

신부는 우두커니 서 있다가 벽에 붙어있는 전기 스위치를 껐다. 서서히 겉옷을 벗으며 헝크러진 머릿속을 정돈해 보았다. 남남이 하나가 되는 과정이란 이런 것인가? 그를 몸으로 받아들이면 사랑은 자연스럽게 우러나는 것일까?

아니면 사랑을 억지로 만들어 가야 하는 건가? 새삼스럽게 그런 저런 의혹에 휩싸인 신부는 갑자기 신랑이 낯설게 느껴졌다.

겁이 나고 불안했다. 그건 20여년 간 자라며 자신을 지켜온 여성 특유의 막연한 방어 본능이기도 했다. 정순은 담요 한쪽 귀퉁이를 걷어올리고 슬며시 들어갔다.

그 순간 신랑은 노리고 있던 먹이를 날름 채트는 뱀처럼 그녀를 사정없이 끌어안으며 억센 힘으로 휘감았다. 우람한 체구에 성격이 거친 신랑이었기에 신부는 그의 행동에 소스라치게 놀라며 몸을 움츠렸다.

그러나 그는 아랑곳하지 않고 강제로 속옷을 벗기고 애무도 없이 마구잡이로 섹스행위를 강요했다. 그럴수록 신부는 새가슴이 되어 할딱거리며 반항했다.

"잠깐만요, 지금은 안 돼요" 하고 물러나려 하자

"정순아, 너 지금 무슨 소리를 하고 있는 거야? 우린 이제 남이 아니야, 평생을 함께 살 부부란 말이야. 하늘 같은 남편에게 이래도 되는 거야?" 그 말에 신부는 잔뜩 주눅이 들어 잠자코 있었다.

그때 신랑은 신부의 어깨를 돌려 자기 쪽을 향해 밀착시켰다. 그리고 표범같이 달려들어 그녀의 입술을 덮쳤다. 술과 담배 냄새가 시궁창같이 몰려왔다.

그는 입술을 더듬는가 싶더니 어느 순간 배 위에 올라와 바위 같은 무게로 짓누르고 있었다.

신부는 "아" 하는 짧은 외마디 소리를 내뱉는 찰나 힘이 탁 풀렸다.

그런 후 무엇이 어떻게 일어났는지 분간할 수 없는 폭풍이 고통스럽게 지나가는 것 같았다.

욕구를 배설한 신랑은 "미안해" 한마디를 하고 돌아누웠다. 찐득한 점액이 사타구니로 흘러내렸다.

신부는 한심한 생각에 눈물이 마구 쏟아졌다. 여자란 면사포를 쓰고 나서 그 은밀한 행복의 단추를 벗겨주는 남자의 행위가 바로 이런 것인가?

사타구니의 끈적한 점액을 닦기 위해 곁에 있는 클리넥스를 갖다대었다. 그토록 지켜온 순결이 고작 휴지 몇 장 적시는 것으로 끝이 났다. 정순은 허망했다.

그것은 흔히 말하는 사랑의 행위가 아니라 소중한 물건을 삽시간에 강탈당한 느낌이었다. 신랑은 금세 코를 골고 떨어졌다.

그녀는 조용히 일어나 방 한구석에 쪼그리고 앉았다. 마구 눈물이 쏟아져 한참을 소리 죽여 훌쩍거렸다. 자신만이 비극의 주인공이 된 듯 한없이 초라하게 느껴졌기 때문이었다.

이렇게 역겨운 섹스를 남들은 왜 그리도 탐욕하고, 온갖 희비극을 연출하는가?

그녀는 다시 침대로 올라가 한쪽에 웅크리고 누워 긴 밤을 지새우며 한숨지었다.

소중한 것을 빼앗겼든 던져버렸든, 내 의지가 수반했든 아니었든 나는 이 남자와 처음으로 살을 섞었으니, 이런 고통을 겪으며 여생을 살아야 하나?

남들도 처음엔 다 그러는 걸까? 습관이 되면 아마 달라질지도 몰라. 신부는 자신을 달래고 또 달랬다.

이제 그를 위해 가정과 사회 규범을 지키기 위해 앞으로 다가올 숱한 희비애락을 이 남자와 어우러져 동고동락해야 하리라. 신부는, 이게 다 숙명이려니 체념하기 시작했다. 여필종부라는 아버지 말씀을 기억했다. 여자는 무조건 남편에게 승복해야 가정이 화목하고 모든 일이 잘 된다는 어른들의 가르침도 가슴에 새겨두고 살아가자고 다짐했다.

신부는 첫날밤의 고통은 극복했으나 그 후로 남들 이야기같이 밤의 환희는 통 모른 채 남편의 요구에 의무적으로 응할 뿐이었다.

결혼한 지 그럭저럭 1년의 세월이 지났다. 며칠 전부터 구역질이 자주 나고 입맛과 냄새가 여느 때 같지 않았다.

괜히 짜증이 나고 자주 흥분하곤 했다. "애! 너 아직 소식 없니?" 몇 달 전부터 친정 어머님이 성화를 대셨다. 그럴 때마다 서둘지 말라고 어머니에게 퉁명을 떨었었다.

그런데 이번엔 그게 아니었다. 가만히 짚어보니 분명 멘스 날짜가 지난 것을 알았다. 가슴이 화들짝 뛰기 시작했다.

그날로 가까운 산부인과 여의사를 찾아갔더니 벌써 임신 8주라고 했다. 그녀는 자신이 엄마가 된다는 사실이 도무지 믿어지지 않았다.

긴 인고의 터널을 지나 그녀는 딸을 낳았다. 딸이어서 다소 서운했지만 어머니가 되었다는 사실은 전에 짐작하지 못했던 큰 기쁨이었다. 아이는 아빠 쪽을 더 닮은 것 같았다.

까만 눈을 보니 신기하고, 앙증맞은 손가락 발가락이 그렇게 사
랑스러울 수 없었다. 마음이 뿌듯하고 자신이 대견스러웠다.

그녀의 성생활은 여전히 불감증으로 이어졌고 성적 욕구가 어
떤 것인지 한번도 열정적으로 펼쳐보지 못했다. 섹스란 그저 혐오
스런 동물적인 행위로 여겨졌다.

다만 종족을 번식하기 위한 의미로 간주될 뿐이었다. 그러면서
도 다음 임신은 아들을 기다렸는데 웬지 더 이상 임신이 되지 않
았다. 그러나 남편도 자신도 그 원인을 찾으려 적극적으로 병원을
드나들지 않았다.

*   *   *

인호는 타의에 의해 내키지 않는 결혼을 한 탓으로 별로 부부간
의 정이 없었다. 최소한 남편의 의무만 지켜갔다.

그도 그럴 것이 사치와 사교, 댄스, 낭비를 즐기는 부인에게 깊
은 정이 가지 않았다. 그녀는 친정에서 어려서부터 보고 자란 탓
으로 이제 타성이 붙어 있었다. 아버지가 정치한답시고 설쳐대니
그녀 집은 주민들이 거의 매일같이 들끓었다.

사람의 장막에서 공주 대접을 받던 친정의 환경과는 너무 대조
적이었다. 자신의 처지를 올케와 비교하니 너무 초라하게 느껴졌
다. 그래서 끄떡하면 서울 나들이, 댄스장 출입이 예사였다.

시어머니는 식모나 다름없고, 오히려 며느리를 상전 모시듯이
해야했다. 그런 꼴을 보는 K는 참다 못하여 큰소리라도 치면 부
인은 고래고래 소리지르고 남편 넥타이를 잡고 셔츠를 찢는 등
광기를 부리곤 했다.

화가 난 남편이 뺨이라도 한 대 치면 기절하여 히스테리를 발작하곤 했다. 그렇게 싸우고 나면 가재도구는 수라장이 되었고 그녀는 집을 뛰쳐나가 캬바레 출입이 예사였다.

그리고 끄떡하면 시아버지가 정신병이 있는데 속이고 사기 결혼했다고 소리쳤다. 열 번 이혼이 마땅했다. 그러나 그는 참고 참으며 먼저 이혼을 제기하지는 않았다.

인호는 산부인과 레지덴트 2년간의 교육은 모교 대학병원에서 하여 수월했지만 서울대학 병원으로 옮겨갔을 때는 나이 어린 후배 레지던트의 텃세가 이만저만이 아니었다.

그들은 인호의 손이 빠르고 완벽한 수술 실력에 질투하고 있었다.

그런 데서 수석 레지던트로 올라가기 위해서는 학문적으로 깊은 지식을 쌓아가야 했다. 수술 테크닉은 군 병원 외과 시절에 충분히 익혔던 덕택이지만 학술회의에서 그들을 이론적으로 제압하기 위해서는 남달리 더 많은 노력의 피와 땀을 흘려야 했다. 당직이 없는 날 집에 오면 원서를 읽느라 코피가 터진 때도 한두 번이 아니었다.

의대 다닐 때부터 책상에 늘어붙으면 파고드는 것은 이골이 났지만 코피가 터지면 초산은으로 코 점막을 지지고 와셀린 거스를 쑤셔 넣고 입으로만 숨을 쉰 때도 몇 번이나 있었다.

그는 그런 스트레스에 시달리는 중에 십이지장 궤양이 도져 식생활도 많은 제한을 받았다. 짜증을 자주 내다보니 자연 부인에게 정답게 대해주지 못했다.

그러니 남들 다 가는 여행 한번 다녀올 수 없는 부인은 부인대로 불만이 이만저만이 아니었다. 그런 와중에 어머님이 돌아가셨다. 허망했다.

자식 하나 공부시키겠다고 행상하시며 고생하시던 어머니가 호강 한번 못하시고 불귀의 객이 되셨다. 그는 원통하고 안타까움으로 가슴을 쳤다.

인호는 레지던트가 끝나고 산부인과 전문의가 되는 동안 두 살박이 아들 하나를 두었고, 마침내 개업을 하게 되었다.

김산부인과 의원 간판을 수원 한복판에 세우고 개업상 필요한 의학박사라는 번쩍거리는 비단옷도 얻어 간판에 걸쳤다. 그렇게도 열망하던 소원의 하나가 이뤄졌지만 그는 늘 마음 한 구석이 텅 비어 있었다.

정순과 함께 이런 기쁨을 나눌 수 있다면 얼마나 행복할까? 그의 가정생활은 늘 행복하지 못했다.

하지만 병원은 잘 되었다. 개업한 지 6개월도 안 되어 수원 인근에 있는 농촌에서 소문을 듣고 환자들이 몰려왔다.

하루는 인근 마을에서 임산부가 배가 몹시 불러 쌍둥이려니 하고 김산부인과에 왔다. 진찰을 해보니 그녀는 난소 낭종에 임신이 겹쳐 있고 낭종이 자궁보다 더 빨리 커가고 있었다.

진통이 시작되어 정상보다 작은 3.2 킬로그램의 사내아이를 분만했으나 배는 여전히 불러있었다. 물혹이 어찌나 커져있는지 마치 복수가 찬 것같이 배꼽 언저리까지 올라와 있어 분만 후에도 배는 임신 8개월 같았다.

개복하니 낭종이 복벽 점막과 유착되어 있어 그걸 박리하느라 애를 먹었다. 그 환자의 마을에서는 용한 의사를 만나 산모가 살아났고 신생아도 무사하다고 칭찬이 자자했다.

그래서 그 아들 이름도 김산부인과 이름을 따서 김금산이라고 지었다고 했다. 그런 후 추수 때가 되면 햅쌀과 과일, 야채 등을 달구지에 가득 싣고 왔다.

김 원장은 충분한 병원비를 받고서도 그런 후한 대접을 받으니 고맙고 미안한 생각이 들었다.

그런데 어느 임신부는 집에서 분만중 태아가 한쪽 팔만 쭉 내민 채 대롱대롱 달고 심한 하혈을 하며 택시에 실려왔다.

환자는 송장이나 다름없었다. 아마 남자가 그 정도로 피를 흘렸다면 벌써 죽었을 것이었다. 진찰하니 태아는 9개월에 횡위로 놓여있고 자궁은 파열된 게 확실했다.

응급 수혈과 동시에 서둘러 개복 수술하니 자궁 체부는 화산같이 엉망으로 터져 있고 태아는 이미 죽어있었다. 김 원장은 자궁 적출 수술을 하며 수뇨관을 절단하지 않도록 신경을 곤두세웠다. 여덟 병의 수혈을 하고 환자는 무사히 위기를 넘겼다.

수술하고 3일 후 원장 부인이 사무장에게 물었다.

"수술환자 입원 보증금 받았어요?"

"아직 아닙니다. 사모님, 곧 가져오겠지요."

"미스터 민, 그런 말이 어딨어요. 독촉이나 해 보았어요? 그렇게 다 죽어 가는 위험한 환자를 거절하지 않고 살려놓았는데 아직도 한 푼도 안 냈단 말이에요? 사무장이 하는 일이 뭐예요? 그러고서도 어떻게 봉급 탈 염치가 있어요?" 그녀는 성난 개같이 짖어댔다.

화가 잔뜩 난 사무장은 그 즉시 병실에 들어갔다.

"입원 보증금을 수술 다음날 가져온다 해놓고 여태껏 아무 기별도 없으니 어떻게 된 거요? 응급 수술까지 했는데 아직도 보증금을 땡전 한푼 안 내고 있어도 되는 거요?"

하고 수술비 청구서를 홱 던졌다. 계산서는 깃털이 날 듯 하늘

거리며 침대 밑 마룻방에 떨어졌다.

그녀는 몸을 일으키고 손을 뻗어 그걸 주우려고 했으나 수술 자국이 땡기어 "악!" 하고 자신도 모르게 소리내고 다시 누웠다.

"사무장님, 곧 지불할게요. 연락해 두었는데 아직 그 사람이 안 오네요. 내가 지금 이 몸으로 기동할 수도 없고 조금만 더 보아주세요. 사무장님."

"병원은 흙 파서 약 쓰고 운영하는 줄 아세요? 보증금을 내일까지 납부하지 않으면 아들 여기 놓아두고 강제 퇴원시킬 거요."

잠깐 문밖을 나간 아들을 두고 하는 말이었다.

"사람이 어떻게 그렇게 안면을 바꿉니까? 우리 병원에서 원장님이 거절했으면 아주머니는 길가에서 헤매다 죽었어요."

하며 쾅 하고 문을 닫고 나갔다.

그 말이 사실이지만 기가 막혔다.

다시 말하면 아들을 인질로 할 테니 죽든 살든 빨리 나가 돈을 챙겨오라는 뜻이었다. 가난이 불편하기는 해도 죄는 아니라고 흔히 말하지만 불편한 정도가 아니라 이런 때는 그게 심한 굴욕은 물론이고 사람의 생사를 좌우하는 수단이 된다.

죄는 아닐지 몰라도 그것 때문에 범죄는 얼마나 일어나는가? 그녀는 하룻밤을 지새우며 곰곰히 생각 끝에 간호사에게 필기도구를 부탁했다. 원장님 앞으로 또 아들 앞으로 편지를 써놓고 눈물로 밤을 넘겼다.

수술 후 5일째 되는 날 아침이었다. 아들은 침대 곁에 꾸부리고 곤히 잠들어 있었다. 아직도 항생제와 함께 들어가는 링거주사 바늘을 빼낸 환자는 아래층 병원 문전에 누가 있나 없나 몇 번을 들락거렸다.

마침 간호사가 문을 열어놓고 안에서 청소하는 사이 그녀는 살짝 빠져 나왔다. "아들은 여기 놓아두고" 사무장이 한 말이 귓가에 진드기같이 달라붙어 따라왔다.

아침에 간호사는 마이싱과 링거병을 바꿔 주사하려고 병실에 왔으나 환자가 없었고, 아들의 손에 하얗게 접힌 종이가 쥐어져 있었다. 잠에서 깬 아들은 그게 엄마가 주고 간 것임을 알고 펼쳐 보았다. 간호사가 옆에 가서 굽어보니,

간호사가 침대를 살펴보니, 베갯 모에 편지가 끼여 있었다. 겉장에는 '원장님께'라고 적혀 있다. 깜짝 놀란 간호사는 그 편지를 원장에게 가져다 주었다.

또박또박 쓴 글씨는 어느 정도 교육을 받은 것 같았다. 원장은 쪽지를 책상에 내려놓자마자 사무장을 불러 그 환자를 급히 찾으라고 했다. 오늘 중으로 안 나타나면 파출소에 신고하라고 했다.

돈이 문제가 아니라 아직도 미열이 오르내리는데 마이싱을 중단하면 꺼지던 불씨가 다시 살아나듯 염증이 온몸에 번질까 불안해서였다.

사무장은 주소를 확인하고 시골 동네에 급히 갔으나 그녀는 거기도 오지 않았다. 농가에 한참 일손이 달릴 때 뜨내기로 들어와 아이와 자신의 침식만 해결해 달라고 애원하여 서너 달 일을 거들어 주고 용돈을 얼마간 받아갔다고 했다. 주위 사람들은 그녀가 임신중임을 알고 있었지만 그 태아는 누구의 씨인지도 모른다고 했다.

병원을 빠져 나온 그녀는 전전긍긍하는 중에 산후 조리도 못하고 더구나 마이싱을 중단했으니 심한 고열로 신음하다 거리에 쓰러졌다.

농가의 주인집으로 가는 길가에서였다. 순경의 지시로 택시에 실려 인근 종합병원에서 응급처치를 받았으나 그날 밤에 죽고 말았다. 사인은 패혈증에 심부전증이라고 했다. 병원을 나온 지 9일째 되는 날이었다.

경찰은 환자가 의식이 있을 때 그녀의 말에 따라 수술해 준 김 산부인과에 찾아와 의사의 과실이 아닌가 조사했다. 의사와 간호사는 그 환자의 입퇴원 경위, 환자의 편지와 파출소에 신고한 증거를 보이고 혐의를 벗었다.

원장은 부인과 사무장이 환자에게 보증금을 독촉하며 내뱉은 말은 짐작도 못했다. 그 환자는 왜 그렇게 자기 명을 재촉했을까?

원장은 화도 났지만 한편 도의적인 책임의식이 더 앞섰다. 그가
난감한 것은 졸지에 고아가 된 그 아이의 교육과 장래 문제였다.

원장은 아이를 불러 세웠다. 그는 비록 차림새는 후줄근하지만
혼혈아 특유의 모습이었다. 나이에 비해 키가 훤칠하고 콧날이 우
뚝했다. 눈고리는 약간 팔자형으로 처져있고 영리한 눈빛이었다.

선한 인상이 어딘지 귀티가 났다. "너 이름이 뭐지?"

"유진 크리스토퍼입니다. 유는 어머니 성입니다."

"생일은?"

"196x년 5월 10일생입니다. 금년 13세 4개월이 된 셈입니다."

"학교는?"

"네, 작년에 동두천 초등학교를 졸업하고 아직 중학교에 못 갔
습니다. 엄마가 어떻게 하든 꼭 보내준다고 해서 지금 혼자 영어
공부하고 있습니다."

"그럼 장래 희망이 무어니?"

"유학 가서 훌륭한 학자나 과학자가 되고 싶은데 지금 처지
가……" 하고 눈물을 글썽거렸다. 그는 편모 슬하에서 자랐지만
똑똑하고 정신 상태는 비교적 건전했다.

인호는 자신이 그애보다 훨씬 큰 대학생이었을 때 휴학하고 병
원 문전을 다니며 구직할 때의 모습을 돌아보지 않을 수 없었다.
병원 문전에서 누군가의 도움을 간절히 고대했던 그 때의 마음이
그를 통해 투영되어 자신의 모습을 보는 것 같았다.

학업을 중단하고 직장을 찾아 병원 문을 기웃거리던 때의 모습
을…… 그래도 자신은 그때 의대생이라는 자부심과 꼭 의사가 될
거라는 희망이 있었기에 부끄러운 줄도 모르고 기웃거렸었다. 그
랬던 자신이, 그를 문전 박대하면 아이는 장래 어떻게 될까? 그는

고아원에 들어가지 않으면 불량아가 될 게 뻔했다.

김 원장은 며칠을 곰곰히 생각한 후 그 아이를 받아들이기로 결심했다. 고아원에 보내라고 막무가내기로 반대하는 부인을 달래어 친정에 보냈다.

3층 구석방에 책상을 넣고, 사무장을 시켜 졸업한 초등학교와 면사무소에 가서 서류를 작성토록 하고 시내 중학교에 입학시켰다.

원장은 그에게 밤에 청소하고 또 간단한 병리검사를 익히도록 지시했다. 아무 연고자가 없지만 모험을 하기로 했다.

배고픔을 체험한 자만이 굶주림의 서러움을 알고, 모든 것을 잃고 절망한 자만이 절실한 도움이 필요하지 않을까?

괴테의 작품에서 '눈물로써 얻은 빵을 먹어보지 못한 자, 고통으로 긴 밤을 울면서 지새우지 못한 자는 인생의 깊이를 모른다'고 한 구절이 생각났다.

말뿐 아니라 행동으로 실천해야 한다는 자비와 박애의 마음도 오롯이 솟아났다.

주말에는 그를 책방에 데리고 가 인류에게 크게 공헌한 위인들의 전기를 한 아름 사주며 꼼꼼히 여러 번 읽고 독후감을 써 내라고 했다.

물론 식사는 간호사 누나들 틈에서 함께 하도록 했다. 외로움을 덜어 주기 위해서였다. 그를 불쌍히 여긴 간호사들이 누나같이 따뜻하게 대해주고 때때로 처진 학교 공부도 가르쳐 주곤 했다.

친정에 다녀와 사실을 뒤늦게 알게 된 아내의 힐책은 여간 심한 게 아니었다. 물론 그 소년도 그만한 각오가 되었던 터라 어떻게든 쫓겨나지 않으려고 사모님 눈에 들도록 최선을 다했다.

한밤중 잔심부름은 물론, 신발장에 넣어둔 진흙 투성이의 부스를 꺼내 빤질빤질하게 닦아 놓았다. 꽃나무에 정성들여 물을 주고 유리창과 바닥 청소도 깔끔하게 해냈다.

　그는 그 지방에서 중고등학교를 우등으로 졸업하고 서울대학 문리대 생물학과에 진학했다. 그가 검사실에서 현미경에 매료되고, 방학 때는 각종 동식물의 표본을 만드는 등 각별히 생물에 흥미가 있어 하는 것을 알고 원장이 권장한 분야이기도 했다.

　원장은 유진 군을 옛날에 그가 했던 대로 가정교사 자리를 서울 친구에게 부탁하여 알선하고 학기마다 등록금을 보내주었다. 그 결과 그는 무난히 대학에 다닐 수 있었다.

　하루는 검찰청에서 김산부인과 원장에게 소환장이 등기로 왔다. 내용인즉 1년 전에 김산부인과에서 수술 받은 환자 건이었다. 법이 금하는 소파 수술을 임의로 했으니 형사법 위반이라 했다.

　환자의 차트를 찾아보니 38세의 여인으로 주소가 먼 타지방 오산에서 왔었다. 간호사와 이야기하는 중에 그때 그 환자의 언행을 어렴풋이 더듬어 기억할 수 있었다. 그녀는 애들이 다섯이나 되는데, 두 달 전 남편이 갑자기 사고로 죽었다고 했다.

　2주일 전부터 오심구토가 심할 뿐 아니라, 조금씩 하혈을 하니 아무래도 정상이 아닌 것 같다고 했다. 가진 돈도 몇 푼 안 되니 적선하는 셈치고 소파수술을 해 달라고 간청했었다. 소변검사의 임신반응은 양성으로 나타났다.

　마지막 멘스는 9주인데 내진하니 자궁은 12주의 크기로 만져졌다. 질경을 조심스럽게 삽입하고 확대하니 자궁구는 이미 출혈이 있고 미란이 심해 약간 건드려도 출혈량이 증가했다.

　경부는 약간 열려있고 유연하여 경구확대를 위한 '라미나리아' 삽입이 필요 없었다.

김 원장은 그녀를 방치하여 갑자기 하혈이라도 일어나면 크게 변을 당할 것 같았다. 아무도 의지할 보호자가 없으니 불쌍하기도 하여 수술을 준비시켰다.

수술 직전 자궁 체부를 재어보니, 멘스력보다 훨씬 커져있고 아무 저항이 없이 죤데가 들어가는 것으로 보아 분명 정상 임신이 아닌 것 같았다.

초음파 검사를 의뢰할까 했으나 생략하고 그냥 소파수술을 시작했다. 내용물은 의심의 여지없이 포도상 괴태였다.

수술은 무난히 끝났다. 환자에게 예후를 설명하고 정기 첵업을 당부했으나 대답만 하고 그 후 다시 오지 않았었다. 자궁 내용물을 병리검사실에 보내라고 일렀는데 새로 온 간호 보조원이 경험이 없는 탓으로 그냥 오물 통에 버려버린 케이스였다.

사무장이 오산에 있는 그녀의 집에 두번 세번 전화했으나 연락이 안 되어 결국 찾아 나섰다. 알고 보니 그녀는 그 당시 남편과 대판 싸우고 무단 가출 중이었었다.

가출 3개월 만에 남편이 그녀를 찾아내 귀가시키고 아이는 어땠냐고 다그치자 수원 김산부인과에서 낙태시켰다고 실토했다.

남편이 처음에는 화가 나서 고소했으나 의사의 잘못이 아님을 알고 난 후 그 고소건을 취하했었다. 그리고 그들은 화해하고 잘 살고 있었다.

그러나 검사는 이미 제정된 법은 시대의 흐름에 따라 퇴색하고 때론 필요악이 될 수 있지만 그 법을 개정하지 않는 한 민사가 취하되어도 형사법은 여전히 유효하다고 말했다.

임신을 낙태한 게 아니라 포도상 괴태라는 병을 치료한 것이라고 말해도 증명할 병리 레포트가 없는 한 설득력이 없었다. 결국

딴 데로 간 그 간호보조원을 찾아 증인으로 내세우고 정상을 참
착하여 판사는 무죄 판결을 내렸다.

김 원장은 선의의 행위가 도리어 죄가 될 수도 있다는 인간 사
회의 부조리를 실감했다.

김인호의 부인은 간간이 소화불량, 식욕부진, 복부 팽만감, 요통
등을 호소했다.

그런 증세는 흔하기 때문에 일시적 증상으로 간주하고 우선
위장약만 먹게 했다. 그러나 점차 하복부의 골반 부위가 거북하
다고 했다.

내진 결과 왼쪽 난소 쪽에 약간 만져지는 게 있었다. 하지만 흔
히 보는 기능성 낭종이려니 생각하고 좀더 관찰하기로 했다.

그런데 달포가 지나도 계속 거북하다고 해서 다시 내진하니 약
간 단단한 혹이 만져졌다. 질내 초음파 검사를 했더니 물혹이 아
닌 종양 덩어리였다.

아무래도 이상하여 혈액을 채취해서 인근 종합법원 검사실에
보내고 결과를 기다리는데 갑자기 왼쪽 하복부에 격렬한 복통을
호소했다.

다른 환자 같으면 김산부인과 자기 병원 내에서 개복수술을 했
겠지만 아내인지라 한국대학 병원, 은사이신 이 교수에게 의뢰하
는 게 현명할 것 같았다.

우선 진통제를 주사하고 급히 서울로 데리고 갔다. 정밀검사 결
과 난소암이 거의 확실하여 서둘러 수술하기로 결정했다.

능숙한 마취의사에 의해 환자는 완벽한 전신 마취에 흥건히 취
해있다. 수술대 왼쪽에는 이 교수와 그 옆에 산부인과 수석 레지
던트가 서 있고 이 교수 맞은 편에 닥터 김 자신과 그 옆에 3년차

레지던트가 섰다.

앞에 선 교수님은 반평생을 부인과 난치병 수술을 일관해 온 무수한 집도 경험과 명 강의로 후진들을 양성해 왔다.

수술할 때의 그의 민첩한 판단과 세련된 테크닉은 이미 정평이 나 있다. 닥터 김은 그를 100% 믿어도 될 터였다. 제1조수로 서 있는 자신도 전문의가 된 지 수년이 지났고 군의관 외과 복무 때 익힌 날렵한 손놀림으로 레지던트 교육 중에도 동료와 선후배들의 질시와 부러움의 대상이 아니었던가?

옆에서 스크럽을 드는 간호사도 20년을 넘게 수술방을 지켜온 베테랑 간호사다. 이만한 수술 팀이면 완벽했다.

두 개의 조명등은 환자의 하복부에 초점이 맞춰졌고 멸균 피부 소독도 끝났다. 긴장과 안도가 교차하는 가운데 수술은 시작되었다. 메스를 잡은 이 교수의 손이 시원스럽게 환자의 하복부를 수직으로 가르자 새빨간 피가 솟아올랐다.

굵은 혈관을 잡아 지혈시키고 복막을 열었다. 복강내의 압력으로 기어 나오는 창자를 거스로 밀어 위로 추켜 올렸다. 시야를 넓혀 굽어보니 왼쪽 난소에 애들 주먹만한 종양이 꼬여있었다. 갑자기 복통을 호소한 게 바로 그 때문이었다.

집도의는 그 종양이 파열되지 않도록 조심스럽게 잘라냈다. 아직 31세의 젊은 나이이지만 자궁과 양측 난소를 몽땅 들어내야 했다.

하복부 골반 내를 세척하고 샅샅이 검사하고 촉진했다. 암이 번진 것 같은 의심나는 부분을 찾아 여러 군데의 임파절과 조직을 떼어냈다. 암이 어디까지 번졌나 조직 생검을 하기 위해서였다.

닥터 김은 얼굴을 들어 이 교수의 눈을 바라보았다. 그도 얼굴을 들어 잠깐 쳐다보았다. 마스크로 가려져 교수님의 입모습은 볼 수 없으나 안경 너머 그의 눈빛은 분명 실망을 말하고 있었다.

집도의의 노련한 테크닉과 조수, 스크럽 간호사의 일사불란한 동작으로 수술은 비교적 빈틈없이 끝났다.

임상 소견과 병리조직 검사 결과 암종은 배아세포암으로 판명되었고 3기로 이행하고 있다는 진단이 내려졌다.

일반적으로 난소암이란 갱년기 전후에 흔히 발생하며 처음에는 특별한 증상이 없이 진전되기 때문에 조기 진단이 어렵다. 특히 배아세포암은 가끔 젊은 여성 난소에서 원발성으로 생기지만 30세 미만에는 드문 암이었기에 처음에 양성 난종쯤으로 간주했었다.

그리고 그 암종은 어느 정도 진행되었어도 항암 화학요법으로 다행히 치료가 가능한 암이라 희망을 갖고 후속 치료를 계획했다.

그런데 다시 만난 은사님은 노기 띤 얼굴로 닥터 김을 쏘아보며 말했다.

"자넨, 수원에서 꽤 신뢰받는 의사라고 들었는데 어쩌자고 부인을 이 지경까지 방치했나? 참 애석한 일이군" 하고 혀를 찼다.

"교수님, 정말 면목이 없습니다."

하고 닥터 김은 울상이 되어 말했다.

"이제라도 최선을 다해 세심한 관찰과 후속 치료를 받아야 하겠지만 이미 다른 장기까지 전이가 되었다면 장담 못해. 5년 생존율은 50% 정도야."

마른 하늘에 날벼락 떨어지는 소리였다. 일단 항암 치료를 시작했고 뼈 CT 스캔을 포함한 정밀 검사를 정기적으로 했다. 그런데 암세포는 골반 부위는 물론 폐와 간장에까지 자리를 잡아갔다.

레지덴트 교육을 받으며 경험한 바는 생존가능성이 충분하다고

단정한 환자가 죽어갔고, 분명 죽을 것이라고 절망적인 진단을 내
린 환자가 살아난 경우도 허다했다.

지금 생사의 기로에 선 아내이지만 최선을 다하면 살릴 수 있을
것이다. 아니 신이 아내를 살려줄 것을 기대하자.

닥터 김은 후배 산부인과 의사에게 병원을 맡기고 서울의 대학
병원을 맴돌며 아내를 지켜보았다. 난소암 치료에 대한 책을 닥치
는 대로 섭렵하고 최신 잡지를 찾아 읽으며 암 전문의와 상의했다.

이런 난소암에는 별로 도움은 안 되지만 방사선 조사도 했고 최
근에 개발된 항암 화학요법도 받게 했다.

그러나 이들 고가의 의료기구와 투약도 무색하게 하고 진료진
의 정성에도 아랑곳없이 아내는 2년이 채 못 되어 숨을 거두었다.

현대의학이 죽어 가는 생명을 때로 살려내고 많은 질병의 고통
에서 해방시키는 것도 엄연한 사실이기에 의사는 환자들의 흠모
와 존경의 대상이 되기도 한다.

그런데 이런 경우는 어떻게 설명해야 정답일까? 죽은 아내의 영
령과 처족에게 현대의학의 교과서대로 최선을 다했다고 변명하면
그만일까?

강의실에서 노 교수님들이 의사는 환자를 치료할 때 가족과 같
은 사랑으로 대하라고 했고, 치료에 앞서 예방의 중요성을 강조하
였다. 특히 암은 조기 발견만이 환자의 생명을 구하는 길이라고
하던 말씀이 비수가 되어 그의 가슴에 꽂혔다.

이제 자기를 믿고 찾아올 환자들에게 확신을 심어주고 치료할
자신이 없었다. 그는 비통함에 몸부림치며 많은 불면의 밤을 지
새웠다.

김산부인과 김 원장은 꽤 이름난 전문의이고 의학박사인데도

아이러니컬하게 그 부인은 부인병으로 죽었으니 환자들의 신뢰는 당장에 땅에 떨어질 수밖에 없었다.

원래 난소암이란 조기 진단이 어렵기 때문에 그런 암에 성역이 따로 있을 리 없다. 그러나 문제는 남의 부인 치료는 잘 해주면서 자기 발 밑에 도끼자루 썩는 줄은 모른 격이 되었다는 데 있었다.

닥터 김은 부인암의 조기 진단의 기회를 잃었으니 큰 죄인이 되고 말았다. 더욱이 생존시 따뜻하고 자상한 남편 노릇도 못한 것이 한이 되어 가슴이 갈기갈기 찢기는 것 같았다.

냉혈한이 된 자신을 탄식하며 어름같이 차가운 피를 애꿎은 술로 녹이고 있었다.

그렇게 허전한 마음을 달랠 길 없어 자주 '행복' 다방 박 마담 집에 드나드는 사이 은연중 그녀와 정이 들었다. 그러나 친척들이 그냥 방치할 리 없었다.

다시 다른 여자들을 선뵈곤 했다. 자연 김 원장은 다방 마담에게서 발길이 멀어지자, 그녀는 여자의 직감으로 눈치채고 용단을 내렸다.

단단히 벼르다가 마지막 소원이라며 김 원장을 호텔로 유인했다. 그에게 술을 권하고 나서 갖은 애교를 다 피우며 성교를 끝냈다.

"김 원장님, 우리 형식적이라도 결혼식 올려요. 나 더 늦기 전에 면사포 한번 써보는 게 평생 소원이예요."

"뭘 또 새삼스럽게 그래, 이렇게 우리 서로 원할 때 자유롭게 만나면 되지 않아? 뭐 그런 형식이 중요해, 마음이 중요한 거지. 나도 다 생각이 있으니 너무 귀찮게 그러지 마."

"너무 귀찮다고요?"

"또 시작이다. 그만 잘래. 간밤에 환자 때문에 잠을 제대로 못

잤어” 하고 김 원장은 금세 잠에 떨어졌다.

그를 설득하려 했으나 끝내 변심한 것을 확인한 그녀는 곤히 잠든 그의 남근을 면도칼로 잘라버렸다.

비명소리에 놀라 호텔 종업원이 뛰어와 경찰에 신고하고 환자는 앰뷸런스에 실려 인근 종합병원으로 급히 옮겨졌다. 선혈이 낭자한 남근은 중간쯤에서 직경의 반 가량이 잘려 있었다.

응급수혈을 하는 동안 일반외과, 비뇨기과, 성형외과 의사들이 동원되었다. 그들은 정성 들여 굵은 혈관과 신경을 각각 연결하고 잘라진 해면체도 말끔히 봉합한 후 뇨관을 삽입해 두었다. 상처는 감쪽같이 아물었고, 성 기능도 전혀 달라진 게 없이 1주일 만에 퇴원했다.

물론 다방 마담은 경찰에 수감되었으니 소문은 바람같이 퍼져나갔다. 호기심 많은 아낙네들은 김산부인과 원장은 남근이 잘려나가 성불구자가 되었다고 입방아를 마구 찧어댔다. 이제 그와 결혼해 줄 여자가 없었다.

김인호는 정순을 빼앗기고 독신을 생각한 때도 있었는데 이젠 정말 평생토록 독신을 감수해야 할 것 같았다. 먼저 세상을 떠난 부인에게 죄 값을 치르느라 그런 수모를 겪는지 모른다는 생각이 들기도 했다.

*   *   *

그 험한 수모를 겪고 난 세월이 어느덧 10년이 흘렀다. 김인호는 그 동안 한눈 팔지 않고 참으로 열심히 살아왔다.

실로 오랜만에 뉴욕대학 교수 공진수한테서 편지가 왔다. 그는 옛날 이희숙이 익사 직전에 그의 삼촌과 함께 그녀를 구출한 인연으로 그녀와 결혼했고, 미국에 유학 가서 36세에 대학 조교수가 되었었다.

그러니까 닥터 김이 공군과 처음 만난 것은 그들의 결혼식장에서 축사했을 때였고 그 후 그가 유학 갈 때 인사차 이 선생과 함께 병원에 찾아왔을 때였다.

공진수는 미국에 가서 두어 차례 편지를 보내왔는데 첫 번은 잘 도착하여 열심히 공부하고 있다는 소식이었고 두 번째는 득남과 함께 박사 학위를 받았다는 기쁜 소식이었다.

그러나 그런 희소식을 전해 들으면서도 제대로 답장 한번 못해 주고 전화로 축하하고 격려해 준 기억이 났다.

그 당시는 김 원장의 사생활이 엉망이었기 때문이었다. 그런데 이번 세 번째 편지는 대학교수가 되었다는 정말 기쁜 소식을 전해 주었다.

존경하는 김인호 원장님

안녕하셨습니까? 원장님의 은덕으로 이제 대학의 교단에 서게되어 저의 인생 목표의 큰 꿈의 하나를 이룬 것 같습니다.
그 동안 아내 희숙의 헌신적인 수고는 어찌 이 편지에 다 적을 수 있겠습니까? 아내는 2년간 영어강습을 받고 이곳 초등학교에서 이중언어 교사로 근무하고 있습니다.
늦게 둔 아들놈은 초등학교에 들어갔습니다. 모두 원장님의 덕망 있는 인품과 격려에 힘입은 덕택입니다. 진심으로 감사합니다.
저의 연구분야는 '유전 인자와 질병과의 상관 관계' 입니다. 미국에 오실 기회가 있으면 꼭 뉴욕에 들려주시면 영광이겠습니다.
그럼 내내 건강하시길 기원합니다.

198X년 . O월 O일
뉴욕대학에서 공진수 올림.

　그런 내용의 편지였다. 인생의 장래는 마음먹기에 따라 이렇게 달라질 수 있음을 보여주었다. 뜻이 있으면 길이 열린다는 경구대로 그는 바로 입지전적인(立志傳的)인 인물이 되었다.

　자신이 이 선생에게 조언한 하찮은 말 한마디가 이런 결실을 맺을 줄은 자신도 정말 몰랐다.

　그런데 김 원장은 근래 자주 피로감이 몰려오고 점차 입맛이 떨어졌다. 술을 입에 대어본 지도 꽤 오래 되었지만 이젠 술을 마시고 싶다는 충동이 전혀 없었다. 갑자기 입맛과 술맛이 없어지는 데는 필경 건강의 적신호에 불이 켜졌음을 암시했다.

　질병이 도둑괭이처럼 살금살금 기어온 걸 뒤늦게야 알았다. 대학병원에서 종합검진 결과 간 기능 수치가 정상 이상으로 올라가 있었다.

　원인을 규명하기 위해 우선 한국 사람에게 흔한 B형과 C형 간염 검사를 받았다. 불행하게도 B형 간염의 항원은 양성인데 항체가 형성되지 않고 만성 B형 간염이 진행 중이었다.

　설상가상으로 C형 항체가 양성으로 나타나 C형 간염도 겹쳐 있었다. 그러나 남에게 전염성이 강한 B형 간염의 E항원은 나타나지 않았다.

　C형은 50%가 수혈로 올 수 있다는 생각이 들자 기가 꽉 찼다. 10여년 전에 수혈을 받았기 때문이었다. 자신이 의사이면서 B형 간염 예방 접종도 안 하고 건강에 소홀했던 후회가 막심했다.

　서둘러 초음파 검사를 받았으나 담낭에 담석이 있을 뿐 간에는 종양의 흔적은 없었다. 그는 세계적으로 권위를 인정받고 있는 미국의 필라델피아 간염 연구센터가 생각났다. 그곳에서 연구원으로 있는 의대 선배인 양 박사에게 연락했다.

　　결국 그 선배의 권유에 의해 K는 용기를 내어 미국에 다녀오기로 마음을 굳혔다. 3주가 지난 후 우선 대학병원 3년차 수련의 후배에게 당분간 병원을 맡겨 놓고 김포공항으로 향했다.

　　아침부터 찌푸린 음산한 날씨는 마침내 비바람을 몰고 왔다. 그는 그 나이까지 미국 나들이는 처음인지라 마음이 다소 들떠 있었다.

　　"이 여행이 관광차 떠나는 길이라면 얼마나 좋을까?"

　　그런 부질없는 생각을 하며 좌석번호를 찾아 앉았다. 어수선한 머릿속을 다독거리느라 한참 애를 쓰고 있는데 육중한 비행기는 금속음을 내고 움직이더니 우렁찬 폭음을 토하며 사뿐히 머리를 공중으로 솟구쳤다. 얼마가 지났을까?

　　창 밖을 굽어보니 짓푸른 바다는 고요히 잠들어 있었다. 그 한가운데를 한 점의 하얀 배가 마개를 튼 샴페인 병같이 거품을 품어 물며 대각선을 그어가고 있었다.

　　좌석을 꽉 채운 승객들은 저마다 생각에 잠긴 듯 조용하다. 이 사람들이나 저 바다에서 배를 타고 가는 사람들이나 그들이 가는 길에는 목적이 있을 터인데……

　　나는 어떤 목적을 관철하기 위해 지금 이 먼 길을 떠나고 있는가? 이 길을 돌아올 땐 부디 좋은 결과를 안고 오길 마음속으로 염원했다.

　　필라델피아에서 **CT**와 **MRI**를 찍어본 결과 우옆 간장의 중심부에 두 개의 콩알만한 음영이 나타났다.

　　혈액 소견에서, 간암을 의심할 '알파 훼토 프로테인'과 '훼리틴'의 수치도 약간씩 높아있었다.

　　아무래도 정상이 아니니, 뉴욕대학 병원에서 조직 검사를 받아

보는 게 좋겠다고 했다. 양성이냐 악성이냐는 반반의 운명을 안고 있다고 했다.

그 무렵 뉴욕대학 병원에서는 간이식 수술로 꽤 소문이 났기 때문이었다. 마침 거기엔 공 교수도 있었지만 학교 동창인 신군이 소화기 내과에 팀웍으로 근무하고 있었다.

우선 신군에게 연락해놓고 뉴욕에 도착한 그는 매리어트 호텔에 여장을 풀었다. 공 교수를 찾았으나 그는 휴가차 가족과 함께 요세미티로 떠나고 없었다.

미리 아무런 연락도 취하지 않았으니 그럴 수도 있는 일이었다. 그는 오정순 씨가 뉴욕에서 산다는 소식을 오래 전에 우연히 그녀 선배한테서 들은 적이 있었다.

그 선배 말에 의하면 오정순은 뉴욕 맨하탄에서 미술학원을 경영하다가 그만두고 각종 화구를 갖춘 문방구점을 한다고 했다.

이따금 보고싶고 어떻게 지내나 궁금하기도 했지만 그때마다 이를 꽉 물고 그녀의 행복만을 간절히 기원했었다.

김인호는 뉴욕의 같은 하늘 아래 정순 씨가 있다는 사실만으로도 가슴이 울렁거렸다. 먼 빛으로라도 그녀를 보고 싶은 충동을 억제할 수 없었다.

우선 친구 닥터 신을 만났다. 그의 안내로 한국 식당에 들러 저녁을 먹으며 방문한 용건을 말하고 그 동안 격조했던 이야기를 나눴다.

식사가 끝난 후 차마 입이 떨어지지 않는 말이었지만 그에게 오정순과의 관계를 대충 설명하고, 어떻게 만날 수 없겠냐고 물었다.

"닥터 김, 자네 마음을 몰라서 하는 말이 아니야, 하지만 그녀는 어엿한 유부녀야. 결혼 전에 아무리 짜릿한 관계였다고 하더라도,

이젠 그런 미련은 그만 접어두는 게 좋아. 더구나 세월의 강산이 바뀌었는데 지금까지 못 잊어 한다면 자네에게 문제가 있어. 이제 만나서 어쩌자는 건가. 어쩌면 그 여잔 자네를 옛날 어느 파티 장에서 몇 번 만났던 사람쯤으로 생각하고 있을지 몰라. 자네 생각은 아직도 아름답던 청춘 시절에 머물고 있지만 이제 만나보면 전혀 예상이 빗나갈 것이네. 크게 실망한단 말일세."

그는 계속했다.

"내 친구한테 들은 이야기인데, 결혼 전 죽자 사자 연애하던 그들이 불가피한 사정으로 각자 다른 배우자를 택해 결혼했대. 오랜 세월이 지나도 첫사랑을 잊지 못한 그들은 다른 친구의 알선으로 큰 기대를 갖고 다시 만났대. 그런데 그들은 크게 실망하고 옛날 미련을 깨끗이 씻어 버렸다는 거야. 생각해봐, 20대 전후의 싱싱한 모습이 막 피어나는 꽃봉오리라면 어쩔 수 없는 세월 앞에 시들어 가는 꽃잎을 누군들 아름답게 보겠나? 얼굴은 잔주름이 잡혀있지, 배는 툭 튀어나왔지, 허리는 무 몸통 같고 젖가슴과 궁둥이는 축 처져있지, 그리고 배우자와 애들이 있는 그들이 순진했던 처녀 총각 시절 서로에게 매혹되어 주고받던 수줍고 고운 말과 행동을 기대할 수 있겠어? 차라리 만나지 않고 옛날의 추억을 아름답게 간직하는 게 열 배나 낫지. 내 말 언중유골이라 잘 새겨두게. 그리고 자네 처지가 지금 그럴 땐가? 내가 이삼 일 사이에 예약할 테니 정밀검사를 다시 받아 보자구……"

친구는 지극히 합리적이고 현실적인 이야기를 하고 있다. 그의 말이 백 번 옳았다.

하지만 어찌 사람의 정이, 더구나 간절히 그리워하는 이성에게 사랑하는 그 마음을 멈추라고 해서 멈춰지고, 아니면 억지로 사랑하라고 해서 그렇게 마음대로 되는 건가?

그건 친구가 깊은 사랑의 체험을 못했거나 정순 씨의 고운 마음씨를 몰라서 그럴 거야. 그는 그렇게 스스로를 합리화했다.

호텔에 투숙한 그는 아침에 다시 그 식당에 찾아갔다. 간단한 해장국을 시켜 먹으며 한국 업소록에서 문방구점 페이지를 들춰보았다.

맨하탄에 있는 문방구점의 전화번호와 주소를 적어 넣었다. 식사가 끝난 후 택시를 탔다.

막상 그 상점 앞에까지 왔으나 들어갈 용기가 없어 망설이다가 바로 길 건너편의 제과점에 들어갔다. 길 옆 유리문 쪽에 자리를 잡고 둘러보니 안쪽에 두 미국 노인이 앉아 담소하고, 안에는 주인과 종업원뿐 비교적 한산했다.

커피를 시켜놓고 문구점에 수시로 드나드는 사람들을 지켜보았다. 행여 정순 씨의 모습을 볼 수 있을까 해서였다. 그러면서 20년 가까이 감추고 남몰래 들여다본 낡은 사진을 지갑에서 꺼냈다.

그 사진 속의 여인은 이렇게 말하는 것 같았다.

'여기까지 와서 그냥 돌아간다면 사람의 도리가 아니지요.'

사진을 다시 지갑 속에 넣고 그녀가 드나들기를 고대했으나 젊은 학부모를 따라 어린 학생들만 출입할 뿐 정순과 같은 모습은 보이지 않았다.

퇴근시간은 아직 멀고 제과점은 여전히 한산해서 그 자리에 죽치고 앉아 있을 수도 없었다. 그는 밖으로 나와 문구점 쪽으로 건너갔다. 유리문을 통해 안을 흘끔거리며 들여다보았다.

그녀가 어느 젊은 여인과 웃으며 이야기하는 모습이 보였다. 먼빛이지만 오정순의 옛날 얼굴 윤곽이 틀림없었다. 되돌아가며 다시 보았다. 가슴이 마구 두근거렸다.

그러나 차마 들어갈 용기는 나지 않았다. 혹시 그녀 남편이라도 안에 있으면 여간 난처할 게 아니었기 때문이었다. 목소리라도 듣기 위해서는 전화를 걸면 되겠다는 생각이 늦게야 들었다.

간판에 붙은 전화번호를 되뇌이면서 길가에 설치된 공중전화 쪽으로 건너갔다. 동전 두 잎을 넣고 번호를 눌렀다. 세 번 신호음이 끝나자 "헬로우 뉴욕 '스테이셔너'(Stationer)"라는 영어 응답이 나왔다.

대답이 없자 이번에는 한국말로

"여보세요. 뉴욕 문구점입니다."

하는 소리가 은쟁반에 구술 구르는 소리처럼 들렸다.

인호는 "아!" 하는 소리가 입 밖으로 튀어나올 뻔했다. 목소리가 제일 늦게 늙는다더니 아직도 그 낭랑한 톤의 주인공은 20년 전과 같은 그녀의 애교 띤 목소리였다.

얼마나 듣고 싶었던 목소리였던가, 정순! 정순! 소리쳐 불러보고 싶었던 그 이름, 떠나가 버린 그 모습을 잊기 위해 긴 세월 동안 얼마나 몸부림쳐야 했던가?

지나간 20년의 기억들이 한꺼번에 앞다투어 솟구쳐왔다. K는 무슨 말인가 해야 할 터인데 전신이 감전이라도 된 듯, 바짝 긴장되어 입이 떨어지지 않았다.

머리 속은 진공상태가 되어 아무런 생각도 떠올릴 수가 없었다. 그는 수화기를 얼른 놓았다. 그리고 부정한 짓을 하다 들킨 사람처럼 잰 걸음으로 걷다가 지나가는 택시를 잡아탔다.

마음은 자꾸만 정순 쪽으로 가는데 무정한 택시는 그녀로부터 멀리멀리 떠나가고 있었다.

말만 들어온 엠파이어 스테이트 빌딩에 올라가 넓은 대지에 답답한 속마음을 호소하고 싶었다.

맨 위에 올라 내려다 뵈는 시가지는 빌딩의 숲을 이루고 있다. 사진 엽서에서만 보았던 빌딩에서 내다본 밖은 육중한 세계무역센터의 쌍둥이 건물 외에 이름 모를 빌딩들이 우후죽순처럼 저마다 위용을 자랑하고 있다.

그 빌딩의 숲 사이 바둑판 같은 계곡을 성냥갑 같은 차들이 줄지어 질주하고, 인도에는 사람의 물결이 송사리 떼같이 몰려다닌다.

저들 가운데도 나와 같은 처지에 있는 자가 또 있을까? 생동감 넘치는 그들이 부러웠다. 육십 억에 육박한다는 지상의 인구 중에 나란 개체는 담장 밑 미물과 크게 다를 바가 없지.

갑자기 그런 비애감이 파도같이 '솨' 하고 몰려왔다.

그는 눈을 돌려 강 쪽을 멀리 바라보았다. 월계관을 쓴 자유의 여신상이 하늘을 향해 한 팔을 수직으로 횃불을 쳐들고 있다. 바로 미국의 위용을 상징하고 있는 것이었다.

돛단배와 중소형의 모터 보트들이 띄엄띄엄 흩어져 있다. 그 가운데 그물 치고 고기 잡는 배가 있다면 더 운치가 있을 것 같았다.

칵테일 한 잔을 시켜 들었다. 절대 금물임을 잘 알면서도, 그 비감과 고독을 이겨내기 위해서는 알콜이 지닌 힘을 빌리지 않을 수 없었다.

오랜만에 양주를 마시자 짜릿한 자극이 식도를 타고 위벽을 훑어 내려갔다. 위 속의 얼얼한 느낌이 금세 얼굴로 화끈하게 기어올랐다.

연거푸 두 잔을 비우고 나니 한결 기분이 고조되고 누군가 동반

자가 있으면 좋겠다는 간절한 마음이 되었다. 이럴 때 정순과 함께 있으면 얼마나 좋을까? 그녀를 보고싶다는 생각이 또다시 절절히 일어났다.

벽에 걸린 시계는 4시 7분을 지나고 있다. 그는 용기를 내어 전화통 앞에 섰다. 문구점 전화번호를 애써 기억해내고 신호를 보냈더니 네 번이 울리자 앳된 소녀가 받았다.

인호는 잠시 머뭇거리다가 "거기 주인 아줌마 좀 바꿔주세요" 했다.

잠시 후 정순 씨의 목소리가 이번엔 은방울 소리같이 들렸다. "네, 전화 바꿨습니다. 미세스 박인데요."

미세스 박? 그녀는 옛날의 미스 오가 아니고 이젠 미스터 박의 부인이란 사실을 그녀 자신의 호칭에서 분명히 일깨워 주고 있다.

"저, 혹 본명이 오정순 씨 아니십니까?"

"네, 그런데요, 누구시지요?"

"김인호라고 합니다."

말을 빙빙 돌리다 겨우 이름을 댔다.

처음부터 이름을 대야 할 텐데 '김인호 씨가 누구시더라' 할까 봐 두려웠기 때문이었다. 설마 그럴 리는 없다고 생각하면서도……

"여보세요. 지금 김인호 씨라고 했어요?"

"예" 하자 그녀는 숨이 막히는 모양 잠깐 있다가 "거기 어딘데요? 하도 오랜만이라 어리둥절했네요" 무척 당황한 목소리였다.

"그간, 안녕하셨어요? 뉴욕에 와 있어요. 여기는 엠파이어 스테이트 빌딩이에요."

"네? 엠파이어 빌딩이라고요?"

정순은 다시 놀라는 목소리였다. 서로의 말소리는 자연스럽게 연결이 안 되고 바람에 나부끼듯 띄엄띄엄 이어졌다.

"예, 필라델피아에 볼 일이 있어 갔다가 잠깐 뉴욕에 들렀는데 정순 씨가 여기서 산다는 말을 듣고 전화했습니다. 미스터 박도 안녕하시지요?"

"네. 잘 있어요. 지금 L.A.로 출장 갔어요."

그녀는 필요 없는 말까지 덧붙인 게 좀 멋쩍다 생각했다.

"그럼 거기서 한 시간만 기다려 주시겠어요? 제가 그곳에 갈게요. 어마, 나 좀 보아, 김 선생님 사정도 모르고, 김 선생님은 바쁜 일이 없으세요?"

"네, 별루요, 천천히 오셔도 됩니다. 그럼 기다리겠습니다."

인호는 무척 망설였지만 일단 통화하고 나니 그녀에 대한 서먹서먹하던 기분이 조금은 풀렸다.

단지 목소리만 들으려 했는데…… 금방 찾아온다니 들뜬 마음이 쉽사리 가라앉지 않았다.

정순 역시 뜻밖의 귀빈을 만나려니 가슴이 설레기는 마찬가지였다. 아직 두 시간이 남았지만 서둘러 종업원을 보내고 가게문을 닫았다. 그녀는 바로 옆 미장원에 들러 머리를 매만졌다. 입고 있던 평상복이 좀 초라했지만 괘념치 않기로 했다.

차를 몰고 엠파이어 스테이트로 향하는 정순의 뇌리에는 20년 전 김인호 씨의 모습이 아련히 떠올랐다. 이제 많이 변했겠지.

정순은 그 무렵 선배 언니한테 들은 바에 의하면 자신이 결혼한 후 인호 씨는 무척 실의에 빠져 정신적으로 많이 방황했다고 했다.

그리고 나서 어찌 된 일인지 이 선생과는 결혼을 않고 별로 마음에도 없는 여인을 아내로 맞아들였다고 했었지. 그 때문에 부부

간의 정도 없는 것 같았다는 이야기를 들었을 때는 이상한 기분
이 들었던 기억이 되살아났다.

정순은 이민 온 후 인호 씨가 상처하고 재혼한다는 소문을 들었
으나 그 후로는 전혀 소식을 모르고 지냈다.

혹시 그가 새로 맞이한 부인과 함께 왔다면 전화 한 통화에 팔
랑개비같이 불쑥 달려온 자신을 어떻게 볼까? 아무려면 어때? 이
제 그런 게 무슨 상관이 있어. 그녀는 그런 저런 생각을 하며 엠
파이어 빌딩 입구에 도착했다.

지척에 두고도 이곳에 올라가 본 지는 거의 10년이 되는 것 같
았다. 입구에 이르니 그가 기다리고 있었다. 그들은 상면하자 반
갑게 악수하며 바라보았다. 놀라운 재회였다.

그토록 잊지 못했던 젊은 날의 연인, 아직까지도 인호의 가슴
한복판에 자리잡고 있는 첫사랑이었던 그녀가 생생한 모습으로
앞에 서 있는 것이다.

허리는 다소 굵어졌지만 옛날의 용모는 크게 달라진 게 없었다.
아직도 나이보다는 젊어 보였다.

서양 식이라면 포옹하면서 얼굴에, 혹은 입술에 가벼운 키스라
도 할 처지이지만 마음뿐 행동이 그리 되지 않았다. 그들은 반가
워하면서도 냉정하려고 애를 썼다.

"너무 뜻밖의 전화를 받고 당황했어요. 이렇게 만나 뵈니 기분
이 이상하네요. 오랜 세월이 지난 것 같은데 한편으로는 얼마 안
된 것 같기도 하고요."

정순은 솔직한 심정을 털어놓고 있었다.

"나도 같은 느낌이요."

인호는 웃으며 대답했다. 그들은 천천히 엘리베이터를 타고 식

당으로 올라갔다. 그는 향긋한 화장품 냄새를 그녀의 등 뒤에서 맡았다.

식당에 들어서니 좌석이 꽉 차고 별로 빈 좌석이 없었다. 잠깐 기다리게 하던 호스티스가 좌석을 안내했다.

인호는 정순에게 같은 음식을 주문하라고 하여 그녀는 스테이크를 미디움으로 시켰다.

"드링크는 무얼 하실까요?"

하고 웨이트레스가 물었다.

정순은 "저 '레드 와인' 어때요?" 하며 K의 동의를 구했다.

"좋아요" 하고 그도 고개를 끄덕이었다.

진정 얼마만의 만남인가? 가까이 마주앉은 서로는 얼굴을 더 자세히 볼 수 있었다. 어쩔 수 없는 세월의 물결이 그들의 얼굴에 잔주름을 그어놓고 지나갔다. 20년의 무정했던 세월을 대변이라도 하듯이……

그런데도 그게 추하기는커녕 한층 성숙미를 느끼게 했다. 삶에 얽힌 희로애락의 질곡을 잘 헤쳐왔다는 훈장일까? 그들은 가져온 와인 잔을 살짝 맞추고 각자의 입술에 대었다.

인호가 빈 잔을 내려놓으며 정순을 바라보았다. 그녀는 눈을 다소곳이 아래로 깔고 두 손으로 술잔을 감싸고 있었다.

그는 정순의 손이 새삼 자그마하고 아름답다고 느끼며 지나간 일들을 일깨우고 있었다.

어느 여름날, 송도 바닷가의 여인숙, 단풍 우거진 야산의 언덕길, 영화관, 다방, 생맥주점, 비오고 눈 내리던 날 우산을 함께 받고 거닐던 골목길, 그러던 그녀와 헤어질 수밖에 없어 쓰디쓴 잔을 기울일 때의 울분, 그런 절절한 추억들이 가슴 저 밑바닥에서 일렁이고 있었다.

인호는 두 번째의 잔을 들어 몇 모금 더 마시는 사이 정순은 새삼스레 그의 나이를 짚어보고 그의 복장을 살폈다. 자신보다 네 살 위였으니 금년에 50세일 거라고.

검은 곤색 양복에 자색 줄무늬 넥타이가 잘 어울렸다. 다소 야윈 감이 있으나 여행의 피로로 여겨졌다. 한참 때는 중년이란 나이가 자신들에게는 결코 다가올 것 같지 않았는데, 벌써 중년의 고비를 넘어서고 있다. 젊음을 체념하기에는 아직도 마음이 따라주지 않았다. 그들은 저녁을 먹으면서 어색하지만 지나간 이야기를 대충 주고받았다.

"제가 미국에 오기 전까지는 선배 언니를 통해 인호 씨 소식을 어렴풋이 들었지만 여기 와서는 못 들었어요. 부인이 돌아가시고 재혼한다는 말만 들었을 뿐이에요."

인호는 이런 경우 대답하기가 궁해져서

"맞아요. 상처 후 몇 군데 혼처가 났었지만 서로 인연이 닿지 않아 결혼을 못했어요. 지난 10년간 홀아비 생활을 하다보니 이제 이골이 나서 큰 불편이 없어요. 아마 단단히 습관이 되었나 봐요. 속담에 과부 삼 년에 보리쌀이 서 말이고 홀아비는 이가 서 말이라 했는데 남 보기에 꽤나 궁상스럽게 보였겠지요."

그가 정순 씨를 향해 애타게 몸부림쳤던 지나간 세월, 그 몸짓을 어떻게 일일이 설명할 수 있을까? 또 그런 설명이 이제 와서 그녀에게 무슨 의미가 있을까? 차라리 화두를 돌리자,

"혹 선배 언니와는 지금도 연락이 됩니까? 나는 같은 한국 땅에 살면서도 10여년 전부터 소식을 모르고 지내요."

"그러셨군요. 제가 미국에 오기 전 수녀원 이야기를 했으니까

그때 수녀원에 들어갔을 거예요. 속세하고 인연을 끊기 위해서인지 저한테도 아무 연락이 없어요.”

그 말을 듣자 인호는 친구 이영진의 생각이 나서 잠시 숙연해졌다.

“정순 씬 미국 사는 이야기나 들려주어요.”

“여기 생활이요? 너무 단조로워 별 흥미가 없을 거예요. 이런 농담 들으셨지요? 미국 사는 사람은 거지도 양담배 피우고, 양주 마시고 영어 쓴다는 말 말예요.”

하고 그녀는 손을 입에 대고 깔깔 웃었다. 그도 따라 웃었다.

“처음 와서는 영어 때문에 애를 먹었어요. 마치 꼬리 달린 동물들이 사는 동굴에 꼬리 없는 동물이 들어서니 그들 눈에는 괴물로 보였겠지요. 지금은 일상 생활이나 비즈니스에 큰 불편은 없지만 처음에는 힘들었어요. ‘너 죽인다’ 해도 맹했을 테니까요. 하지만 아직도 표준어가 아니거나 발음이 이상한 말로 빠르게 쏟아내면 잘 못 알아 들어요. 아이들이 저희들끼리 지껄이거나 은어를 쓸 때는 아예 멍충이가 되고요. 하지만 순서를 기다리는 줄 속에 새치기가 횡행하지 않고, 사소한 사건도 문제가 제기되어 법 앞에 서면 따로 성역이 없어요. 그리고 노력의 대가를 상당히 보장받는 곳이기도 하구요. 그런데 미국에는 어떻게 갑자기 오셨어요?”

“예. 필라델피아에 있는 학교 선배 만나러 왔다가, 뉴욕대학에 대학 동창도 있고 해서 겸사겸사 왔어요. 참 이젠 먼 옛날 이야기이지만 왜 정순 씨가 전방에 찾아왔다가 만났던 여선생 있었지요? 그녀 남편이 유학 와서 지금은 뉴욕대학의 교수로 있어요. 마침 휴가중이라 타주로 여행가서 만나지 못했어요.”

그 말을 듣자 정순은 얼굴이 금세 붉어졌다.

"이 선생과 결혼할 줄 알았는데…… 중매로 다른 여자와 했다
는 소식을 나중에야 듣고 의아하게 생각했어요."

"아, 그건 정순 씨가 그때 크게 오해했던 거요."

"?…… 그래요?, 그럼 이 선생은 학구파하고 결혼했나 봐요?"

"예, 처음부터 그런 건 아니었지만 아무튼 남편 복이 있어 그렇
게 되었어요. 그리고 이 선생은 영어를 학습 받고 이곳에서 이중
언어 교사로 있다나 봐요."

그는 묻지도 않은 말을 해놓고 쑥스런 웃음을 흘렸다.

그가 남편 복을 운운하니, 정순은 문득 자신의 남편은 어떤가
라는 생각이 순간적으로 지나갔다.

"그보다 정순 씨는 이곳에서 어떻게 지냈는지 궁금하네요."

"네. 저는, 그러니까 11년 전에 시집 쪽 초청으로 이민 와서 첫
해는 영어 수강하다가 대학의 전공을 살려보려고 미술학원을 냈
지요. 그런데 그것도 여의치 않아 3년 만에 문을 닫고 그 후 각종
화구들을 포함한 문방구점을 차렸어요. 애 아빠는 대학원에서
MBA를 하고 큰 회사 콘설턴트로 자주 타주로 출장 나가요. 이번
에는 L.A. 쪽으로 가서 아마 1주일 더 있다 올거예요. 참, 아드님
한 분 있다고 들었는데 이제 어른이 다 되었겠네요?"

"예, 금년 열일곱 살인데 허우대만 컸지, 아직도 생각이나 행동
은 어린애지요. 정순 씨는 애들이 몇이지요?"

"열여덟 살 딸 하나예요. 대학에 들어갔는데 이번 여름방학을
이용해 친구들과 타주로 여행 갔어요. 그런데 한국에는 언제 들어
가세요?"

"아마 1주일 전후가 될 것 같습니다."

저녁 7시에 만난 그들은 9시가 넘어 자리에서 일어났다. 정순은

인호가 묵고 있는 매리오트 호텔까지 데려다주고 집으로 돌아오는 길에 그와의 대화를 되풀이 생각했다.

인호 씨가 부인과 사별한 후 10년을 독신으로 지냈으니 분명 무슨 사연이 있을 것 같은데 그 대목에 가서는 얼른 다른 말로 화제를 바꿨었다.

그리고 이번에 미국을 방문한 이유도 그저 친구 보러 왔다고만 말할 뿐 분명한 대답을 회피했다. 비록 그와는 남남이지만 정순 자신이 마음만 다부지게 먹었다면 부부가 되었을 게 아닌가.

그녀는 간혹 그의 안부가 궁금했지만 굳이 알려 하지도 않았고, 그래서도 안 되며 또 그럴 필요성도 없다고 자신에게 다짐해왔다. 그런데 막상 만나보니 그게 아닌 것 같았다.

그에 대한 관심이 잠재의식 속에 깊이 뿌리 박혀 있었던 모양이었다.

정순은 그가 약 1주 후에 귀국한다는 말을 듣고 모처럼 만난 그를 소홀히 대접해 보내서는 안 되겠다는 생각이 들었다. 수척해 보이는 게 부인이 없어 홀로 사니까 식생활이 부실해서 그런 게 아닐까 생각되었기에 더욱 그랬다.

정순은 밤늦도록 잠을 설쳤지만 아침 일찍 일어나서 서둘렀다.

그녀는 문구점에 오자마자 K에게 전화부터 걸었다.

"인호 씨, 오늘 스케줄이 어때요?"

하고 물었다.

"뉴욕대학 병원에 가서 친구 만나 낮에 풀어야 할 문제가 있는데요, 왜요?"

"그럼 그 수학 문제는 푸는 데 얼마나 걸리는데요?"

"아무래도 3-4일 아니면 1주일이 걸려야 정답이 나올 것 같아

요, 그렇지만 저녁에는 시간이 있으니까 나를 근사한 식당에 안내
해 줄 수 있어요?"

하고 그가 물었다.

"그래요? 그 문제는 아인슈타인이 못 푼 수퍼 고등수학 문제쯤
되는가 보네요. 그럼 오늘 저녁 맨하탄에 있는 00식당에서 7시 30
분에 만나요. 택시 기사에게 식당 이름만 대면 다 알 테니까요. 지
금 예약을 해놓을 게요."

그들은 그 유명하다는 00식당 로비에서 만나기로 약속하고 전
화를 끊었다. 5시에 문을 닫고 집에 온 정순은 옷장에서 이옷 저
옷 꺼내 거울 앞에서 걸쳐보다가 산뜻한 양장으로 갈아입었다.

거울에 비친 자신의 얼굴이 그날따라 까칠까칠하고 눈가에 잔
주름이 전에 없이 불만스러웠다. 하지만 몸매는 매끄럽고 알맞게
포동포동 탄력있게 보였다.

함께 들어간 식당 분위기는 아늑했고 꽤 넓은 홀 안의 가운데를
가로질러 긴 대형 어항이 놓여있었다. 형형색색의 열대어가 꼬리
를 치며 나란히 따라 다닌다. 분수대에서는 우산 모양의 물줄기가
사방팔방으로 줄기차게 용솟음치고 있다.

손님들의 머리색과 피부색은 다양하여 금발, 은발, 회색의 머리
칼이 있는가 하면 검은색, 황토색, 까무잡잡한 얼굴들이 새롭게
눈에 띄었다.

외국 영화를 볼 때나 미국에 도착한 이래 쭉 보아온 터였지만,
한자리에 모여 앉은 모습이 마치 인종전시장을 들여다보는 것 같
았다.

정순은 오무라이스와 오렌지 쥬스를 시켰고 인호는 스테이크를
미디움으로 주문했다. J가 반주로 술을 권하자 K는 술을 끊은 지

오래였는데 어제 엠파이어 스테이트에서 들었다며 사양했다. 그는 점심식사를 늦게 해서 아직 시장하지 않다며 뭐든 맛있는 것 더 시키라고 했다.

그들은 양식을 엔조이하고 일어났다. 식사대는 인호가 굳이 낸다고 우기며 그가 지불했다. 정순은 그를 데려다주고 헤어지면서

"양식이 입에 맞지 않을 테니 내일 저녁은 교외에 있는 한식집에 안내할게요."

"아니, 됐어요, 뉴욕에 와서 친구와 한국 식당에 갔었어요."

하고 그가 폐 끼친다고 사양했지만 그녀는 한국 음식을 대접하고 싶었다.

정순은 자기 집 전화번호와 가게 번호를 적고 인근에 있는 오스코약국 약도를 그려주었다.

"택시 타고 내일 오후 6시경에 이리로 나오세요."

하고 일방적으로 약속했다.

정순은 아침 내내 일손이 잡히지 않았다. 상품을 주문할 것도 잊고 물건값도 송금해야 하는데 계산기를 찍어도 자꾸만 어먼(엉뚱한) 숫자를 눌러서 합계가 틀리게 나왔다.

그날따라 시간이 여간 더디게 가는 것 같았다. 정순은 오후 네 시경에 가게문을 닫으려 나가는 찰나 전화가 왔다.

"정순 씨, 나요. 오늘 꼭 거기 가야 해요?"

"물론이지요, 무슨 일이 있어요?"

정순은 가슴이 덜컹 내려앉았다. 그가 아마 올 수 없다는 연락을 하기 위해 전화한 게 아닌가 싶어서였다.

"한 가지 묻고 싶은 게 있는데, 혹 B형 간염 예방접종 맞았소?"

하고 뜬금없는 질문에 그녀는 어이없어 하면서도 사실대로 이

야기했다.

"왜요?, 5년 전에 교회에서 단체로 검사 받고 이상이 없어 맞았어요."

"그럼 몇 번 맞았지요? 미스터 박도 맞고요?"

그가 되물었다.

"미스터 박은 이미 면역체가 생겨 있어 맞을 필요 없대요. 그리고 저는 첫 번 맞고 한 달 있다 두 번째, 그 후 5개월 지나 세 번째, 그러니까 6개월간에 세 번 맞았어요."

"응, 참 다행이요, 요새 한국에서는 B형 간염환자가 많아서, 여기는 어떤가 하고 물은 것뿐이요. 그럼 위장은 좋은 편이요?"

J가 이상하게 생각할까 보아 자신이 위궤양으로 고생했던 일을 상기하고 물었다.

"인호 씨, 그건 왜 또 물으세요? 가끔 위가 쓰리고 특히 새벽엔 한참씩 쓰려 뭘 좀 먹어야 슬그머니 가라앉곤 해요. 위궤양 약을 먹으면 한동안은 괜찮고요."

"그럼 시간 나는 대로 위 내시경 검사를 받든지 아니면 우선 간단하게 피검사를 해봐요. '헬리코 박터 파이로니'라는 게 위 속에 기생하면 위궤양이 잘 낫지 않고 자주 재발하고 또 그게 위암의 원인이 될 수도 있어요. 근래에는 항생제 등 서너 가지 약을 2주일간 복용하면 잘 나으니까요. 한국사람 위장병, 간장병 많기로 선진국인 것 잘 알지요? 여기 사는 한국 사람들은 어쩐지 몰라도……"

"그럴게요."

"그럼 7시까지 오스코약국으로 갈 테니 가게문은 서서히 닫아요."

하고 그는 전화를 끊었다.

정순은 인호 씨가 의사니까 의당 물을 수도 있다고 생각되었지만 하필이면 이 시간에 전화까지 해서 물었어야 하나?

그녀는 송수화기를 놓으면서 고개를 갸우뚱하고 잠깐 석연찮은 의심에 잠겼다.

네 시가 조금 넘어 문을 닫고 곧바로 식품점에 들러 국거리와 찬거리를 샀다. 인호 씨의 식성을 잘 몰라서 자신이 잘하는 반찬을 이것저것 정성들여 만들었다. 갈비찜, 은대구찌개, 된장찌개, 산나물 무침, 근대국 등.

대충 집안 정리를 하면서도 아까 전화 받은 후 머리 속은 계속 그의 건강이 걱정되었다.

뉴욕대학 병원에서 풀어야 할 문제가 있다고 전화로 한 말이나 또 오후에 예방접종을 묻는 것으로 보아 필시 그가 간장이나 위가 나빠서 온 게 아닌가 하는 생각이 문득 스쳐갔다.

식사는 하는 것으로 보아 위가 많이 나쁜 것은 아닌 것 같고, 간이 나쁜 게 아닌가 생각되었다. 멀쩡하게 보이던 자신의 친오빠가 4년 전에 간암으로 갑자기 쓰러진 것을 바로 엊그제같이 기억하고 있으니 그녀의 심증은 더욱 확실해졌다.

입원한 오빠를 찾아갔을 때, 병실에 들어서니 마침 '링거' 주사를 바꿔 끼고 난 간호사가

"팔이 저리다든가, 숨이 가쁘다든가, 혹 다른 불편한 게 있으시면 언제든지 부르세요."

하고 상냥한 표정을 짓고 나갔다. 그때 오빠의 말이 생각났다.

"정순아! 박 서방이 너에게 잘 대해주니?"

"그럼요, 왜요 오빠?"

“그렇다면 다행이다. 너에게 차마 말을 못하겠다만 닥터 김한테
는 여간 미안한 게 아니다.”

“오빠, 그게 무슨 말씀이세요?”

“나는 그 동안 네 번이나 입원했다. 입원 생활에서 환자에게 절
실한 게 무언지 아니? 환자의 불편을 그때그때 덜어주는 일이야.
아플 때 곧 진통제 놓아준다든가 화장실 다녀와 주사 맞는 팔이
부었을 때 속히 달려와 불평하지 않고 돌보아주는 친절이야. 그리
고 의사는 환자의 말을 경청하고 의문점을 자세히 설명해 주는
성의가 중요해. 그런데 닥터 김이 알고 나서 이 병원 주치의사인
동료에게 단단히 부탁했던 모양이더라. 그후로는 매번 VIP 대접
을 받았다. 사람은 크게 아파 봐야 의사의 정성과 병원 직원들의
친절함이 얼마나 고마운 걸 깨닫게 돼. 인호 군은 참으로 정이 넘
치고 따뜻한 사람이야. 그런데 이제 생각하니 그에게 죄를 짓고
가는가 보다.”

“오빤, 또 쓸데없는 말씀을 다 하시네요. 닥터 김이 잘 부탁하여
대우를 받았다면 고맙기는 해도 죄는 또 무슨 말도 안 되는 말씀
을 하세요?”

그러자 오빠는 잠자코 있다가 눈을 감으며 옆으로 눕는 순간 주
루룩 눈물이 흘러내렸다.

“오빠가 이 병원에 다니는지 닥터 김이 어떻게 알았지요? 그리
고 그 담당 의사에게 부탁한 걸 또 어떻게 아셨어요?”

정순은 궁금해서 물었다. 나중에 안 일이지만 이모님과 승우
녀석을 통해 안 것이었다.

그들의 말을 그대로 옮기면 이러했다.

닥터 김이 서울에 다니러 와 거리에서 우연히 승우 군을 만났다.

"야, 너 승우 아니냐? 이젠 의젓한 신사가 되었구나."

그는 가정교사 때의 옛 제자를 오랜만에 보고 무척 반가워했다.

"안녕하셨어요, 선생님?"

"응 그래, 승우는 지금 어디서 무얼 하고 있지?"

"비즈니스 전공했으니까, 내내 그 계통 회사에 근무하고 있어요."

K는 마침 점심 때라 승우를 데리고 눈앞에 보이는 음식점에 들어갔다. 승우가 만두국을 먹고 싶다고 하여 그도 같은 걸 시켰다.

"승우야! 지금 다니는 직장이 마음에 드니? 물론 첫 숟갈에 배부를 수는 없지만, 뭐랄까 그 회사 분위기 같은 것 말이야."

"네. 다른 직장은 모르지만 회사 분위기는 그런대로 괜찮아요. 하지만 매일 일하는 게 재미가 없고 보람을 못 느껴요. 선생님은 제가 어려서부터 영화 좋아하는 것 아시지요? 그런데 부모님이 그런 쪽 전공을 반대하시어 망설이다가 외동아들이라 효도하는 셈치고 경영학을 선택했지 않아요. 그게 첫 단추부터 잘못 끼운 거예요. 갈수록 제 적성에 안 맞는다는 걸 실감해요. 대학 재학 중에도 몇 번 전과할까 했는데 쉽지 않았어요. 그래서 기회가 있으면 미국 가서 영화제작 공부하고 싶었어요. 참 뉴욕에 정순 이종 누나 살고 있는 것 아시지요?"

"응, 얼마 전에 누나 학교 선배한테서 들었다."

"그 누나와 선생님이 서로 좋은 인연으로 맺어졌으면 하고 바랐었는데."

하고 그는 뜬금없이 그때 그도 알 것은 다 알고 있었다는 듯 K의 눈치를 살폈다.

인호는 그 대목은 접어두고 "응, 네가 그렇게 된다면 참 좋겠구

나” 하고 말꼬리를 바꾸려 하자

“선생님이 그랬잖아요. 사람은 자기 적성에 맞는 일에 큰 뜻을 품고 그 길을 향해 열심히 걸으면 목적지에 골인하는 첩경이고 그게 평생을 해피하게 사는 길이라고요.”

“그래, 그 말은 아직도 변함없는 내 생각이다, 부모님은 안녕하시고?”

“네, 가끔 선생님 말씀하셔요.”

“미국 누나 소식도 자주 듣고, 잘 있대?”

“네, 그런데 누나 친오빠, 그러니까 저의 이종 형님이 간이 안 좋아 병원에 다녀 걱정이 많아요.”

“그래, 어느 병원인데?”

“서울 한국대학 병원이어요.”

“그 형님 이름이 뭔데?”

“오정식 씨예요.”

“안 되었구나. 그런데 이건 진부한 이야기로 들리겠지만 어디를 가든 근면, 성실하고 정직하게 살려고 노력해야 해. 인간 관계를 얼렁뚱땅하며 자신과 남을 기만하는 사람들과는 어울리지 말고……어느 회사에 있든 그 회사에 꼭 필요하고 중요한 인물이 되란 말이야, 내 말 뜻 알았지?”

“네, 명심할게요.”

“언제 시간 나면 수원에 한번 놀러 오려무나.”

하며 그는 명함을 꺼내주었다.

수원에 돌아온 K는 한국대학 병원 소화기내과 배동욱에게 전화를 걸었다. 그는 제법 인기 있는 소화기내과 의사였고 K의 가까운 친구였다.

마침 문병차 병원에 간 이모님이 간호사 테이블에 도착했을 때 조카 주치의인 배 박사가 K와의 전화 통화 내용을 엿들었었다.

"야, 김인호, 너 오랜만이다. 웬 일로 나한테 전화를 다 했니? 너의 병원 잘 된다고 서울 장안까지 소문이 자자하더라."

"뭐라고? '리버' 환자, 오정식 씨라고 했니? 가만 있자…… 응, 그 환자 내가 담당하고 있지."

"서울 와서 술 살 테니 단단히 부탁한다고? 알았다. 너의 모처럼 부탁인데……"

"그 환자를 너와 똑같이 생각하라고?"

"너 무슨 특별한 사연이라도 있는 게냐?"

"절대 환자에게 말하지 말라고? 알았다. 서울 올 때 미리 연락하고, 고급 요정은 내가 예약해 놓을 테니까."

승우와 이모가 오빠에게 전해준 말이었다고 했다.

그런 후 오빠에 대한 의사와 간호사의 태도가 눈에 띄게 달라졌었다고 했다.

그 내용을 듣고 정순 역시 그가 고맙기는 했어도 오빠가 몸이 약하니 마음도 약해져서 그러려니 생각했었다. 정순은 저녁 준비와 집안 정리를 하면서 그런 생각을 하다보니 K의 안색이 밝지 않았다는 느낌이 들었다.

젊었을 땐 우유 빛 여자 같은 얼굴이었었는데……

그러니 이제 새삼스럽게 간암으로 돌아가신 오빠 이야기를 들춰내어, 그때 친구 의사에게 부탁해 줘서 고맙다고 인사말을 할 수도 없는 노릇이었다.

정순은 화장을 하는둥 마는둥 하고 5분 거리의 오스코약국으로 일곱 시경에 나갔다. K는 벌써 와서 약국 파킹장을 서성거리고 있었다.

　그는 호텔에서 다섯 시 반경에 출발해서 일곱 시가 채 못 되어 도착했었다. 정순은 K를 집으로 모시고 오며 그의 얼굴빛을 다시 잘 살펴보았다.

　갑자기 자신의 짐작이 맞을 것 같은 불길한 생각에 또 한번 가슴이 철렁 가라앉았다. 리빙 룸에 그를 안내하고 나서

　"사실 C급 식당보다 못하지만 이보다 더 조용한 장소는 없을 것 같아 집으로 모셨어요. 잠시 신문을 보시고 여기 앉아 계셔요. 곧 밥상을 차릴게요."

　하며 윗도리를 받아 걸고 '키친'으로 갔다.

　"정순 씨! 이렇게까지 신경 안 써도 되는데."

　하고 그는 엉거주춤 서 있었다. 처음에는 당혹했으나 포근히 감싸주는 분위기는 그런 서먹서먹한 느낌을 금세 사라지게 했다. 사람의 온기가 도는 보금자리였다.

　그는 키친으로 걸어가는 그녀의 뒷모습을 바라보며 상상에 잠긴다. 구수한 냄새를 풍기며 음식을 만들다가 남편의 인기척이 나면, '당신 이제 오우?' 하고 돌아서며 빙그레 웃고, 앞치마에 젖은 손을 닦는 아내, 어느새 그 소리를 듣고,

　'아빠 지금 오세요?' 하며 저만치서 고개를 까닥하고 달려오는 딸, 김이 모락모락 나는 식탁에 둘러앉은 부녀는 도란도란 이야기하고 있을 때 아내는 술잔을 받쳐들고 온다.

　'반주로 딱 한 잔만 드세요' 하며 정성껏 담근 약주를 따라준다. 밥상을 물리고 나면 남편은 과일과 차를 들게 하고 아내는 설거지하며 "선희야, 너 오늘 배운 피아노 다시 한번 쳐볼래? 선희 솜씨가 얼마나 늘었는지 아빠 감상하시게."

그는 그런 환상을 머리 속에 그리며 까마득하게 잊었던 스윗 홈을 떠올린다.

그러다 고개를 흔들고 방안을 둘러보았다. 카우취와 테이블 가구들이 제자리에 어울리게 정돈되어 있다. 윤기 나는 검은 그랜드 피아노가 한쪽에 놓여있고 그 위에 결혼 사진과 가족 사진이 나란히 세워져 있다.

결혼식장에 서 있는 정순의 앳된 얼굴을 보니 그는 그 옛날 생각이 더 강렬하게 일어났다.

벽에 걸려있는 그림들이 눈길을 끌었다. 그가 가까이 가서 정신 없이 들여다보고 있을 때

"인호 씨, 어서 이쪽으로 와서 앉으세요. 음식 솜씨도 없고 별로 차리지 못했으니 흉보지 마시고요."

그는 감상하던 그림에서 눈을 떼고 식탁에 다가오자 그의 눈은 휘둥그래졌다. 음식은 다 셀 수 없을 정도로 진수성찬을 차려놓았다. 정순의 정성이 가슴이 저리도록 고마웠다. 그러나 이런 과분한 환대는 자신에게는 안 어울릴 뿐 아니라 오히려 불편함마저 들었다.

아내가 죽은 후 식모가 차려주는 밥상은 입에 맞지 않아 처음 얼마 동안은 다소 힘들었었다. 그런데 오랜 세월 같은 김치찌개, 두부찌개, 미역국, 된장국 등이 고작이어서 그의 혀는 단순 미각으로 길들여져 왔다.

이렇게 넘치는 성찬은 어느 식당에서도, 초대받은 잔치 집에서도 드물게 보는 식탁이었다.

"아이고 대단한 성찬인 걸, 그런데 정순 씨는 미국 생활을 오래 했는데도 아직 한국식 인사군요. 최선을 다해 장만했으니 마음껏

엔조이하세요. 그렇게 말하는 것이 서양식 인사 아녜요?”

그가 싱글벙글하며 말했다.

“맞아요. 인호 씨, 저의 기가 막힌 요리 솜씨로 최선을 다했으니 마음껏 드세요, 됐어요? 어서 거기 앉으세요.”

하고 앞자리를 가리키며 권했다.

“솔직히 말해서 음식 솜씨는 없지만 정성을 듬뿍 깃들였으니 그 걸 양념 맛으로 알고 맛있게 드세요. 무얼 좋아하실지 몰라 이것 저것 준비해 봤어요.”

“정말 고마워요, 정순 씨!”

하고 그는 벌써부터 군침이 도는 듯 입맛을 다셨다. 서로는 얼 굴을 마주보고 웃었다.

사실 정순은 모처럼 온 그를 언제 다시 만날 기회도 좀처럼 없 을 것 같아, 자기 손으로 정성껏 만든 음식을 대접하고 싶었다.

아늑한 분위기에서 단둘이 밥상 앞에 마주하고 앉으니 이상한 생각들이 뒤엉켰다.

그녀는 포도주와 샴페인도 준비했었다. 가게 옆에 있는 ‘리커스 토어’에서 주인에게 물어 맛있고 고급스럽게 보이는 ‘안드레’ 샴 페인을, 그리고 붉은 ‘새턴스’ 포도주를 사다 두었었다.

“술을 끊은 지 오래지만 엊그제 다시 시작했으니 반주로 한 잔 만 드시지요. 포도주로 할까요? 아니면 샴페인으로 할까요?”

“그럼 샴페인으로 하지요.”

그녀는 크리스탈 컵 두 개와 술병을 식탁에 놓았다. K가 그 술 병의 마개 껍질을 벗기느라 한참 실랑이를 하다가 조심스럽게 코 르크 마개를 열자 하얀 거품이 왈카 용솟음쳤다.

아직도 보글보글 게 거품이 일어나는 술병을 정순의 잔에 부으려 하자 그녀가 병을 빼앗아 들고 두 손으로 얌전히 인호의 잔에 따랐다.

"자, 그럼 건배합시다. 재회의 기쁨과 행운을 위하여."

그가 말하며 잔을 쳐들었다. 정순도 화사하게 웃고 잔을 들었다. 그들은 가볍게 잔을 맞추고 기울였다.

톡 쏘는 산뜻한 향의 미각에 짜릿한 자극을 받았다. 정순은 여자라 술을 별로 들지 않았고, 인호 역시 술을 끊은 지 오랜지라 그 자극은 서로에게 신선한 맛을 주었다.

인호는 이것저것 음식 맛을 보다가 "정순 씨의 음식 솜씨가 이렇게 대단한지는 정말 몰랐는데, 참 맛있어요. 어느 식당보다도" 하며 그는 진지한 얼굴 표정을 지었다.

"정말이예요? 괜히 인사치레지요?" 하면서도 그녀는 그 소리가 싫지 않았다. 아마 그런 칭찬을 못 들었다면 조금 서울할 뻔했다.

K는 식사 중 벽 쪽을 가리키며, "저 그림들은 정순 씨가 그린 것인가요?" 하고 물었다.

"네, 학교 다닐 때 습작으로 그린 것하고 낙도에서 그린 것인데, 애착이 가서 그냥 걸어놓았어요. 저 그림들을 그릴 때만 하더라도 꿈이 많았었는데……."

하고 그녀는 말끝을 흐렸다.

"나는 그림에 대해 문외한이라 감상할 줄 모르지만 저 왼쪽 그림은 목가적 자연주의 색채에 근대 사실주의의 윤곽이 선명한 화풍이고, 가운데는 화가의 잔잔한 터치로 순결한 사랑의 내면을 형상화한 것 같습니다. 그리고 오른쪽 그림은 인간의 체온과 숨결이 그대로 느껴지는 살아 고동치는 그림이라 할까요?"

그녀는 그 말을 듣고 내심 놀랐다.

"너무 과찬을 하시니 몸둘 바를 모르겠네요. 그림을 많이 보신 안목이어요."

"뭘요, 어깨 너머 들은 풍월이지요. 혹 우연한 기회가 있어 전시회라도 가면 그림의 심미를 감상하려고, 해설자의 말도 귀담아 듣고 또 전문가에게 열심히 질문도 하지요. 그런 땐 정순 씨는 어떤 화풍의 화가일까? 나름대로 상상도 했어요. 저런 재능을 숨기고 있으니 안타깝네요. 왜 지금은 그림을 안 그리지요?"

정순은 인호 씨가 평소에 그렇게까지 자신에게 관심을 기울여 주었다니 흐뭇하고 고마웠다.

남편과는 너무 대조적이었다.

'그림 그려 돈 몇 푼이나 나온다고 그래? 그 시간에 비즈니스에 머리 굴리면 그게 훨씬 소득이 낫지' 그는 매사를 돈으로 계산했다.

그런 그의 인생관을 처음 피부로 느꼈을 땐 실망과 함께 너무 경솔한 결혼을 하지 안않나 회의에 휩싸인 때도 있었다. 그러나 그 정도의 회의는 결혼 후 수년이 지나면 누구나 겪는 갈등이라고 자신을 달랬었다.

"글쎄요, 이런 경우 뭐라고 설명해야 이해가 될까요. 한국에서도 대학의 전공을 사회에 나와 살리지 못하는 사람이 많겠지만 이민자의 경우는 더욱 그래요. 한국에서 하던 직업과는 판이하게 다른 직종에 종사하는 분이 많으니까요. 화이트 칼러로 꽤 괜찮은 직위에 오래 있던 분이 여기 와서는 세탁소 다리미질을 하는가 하면 공장에 나가 노동하고, 고등학교 선생 하던 분이 우체국 배달원이나 구두 수선하고요, 그렇게 해서 아이들 고등교육 시키지요. 그런가 하면 목수 일 막노동하던 사람이 흑인가에서 장사하여 떼돈을 벌기도 하지요. 이곳은 직업의 귀천이 없고 어떻게 하든 안정된 직업을 선호합니다."

그녀는 이어나갔다.

"어느 정도 돈 모으면 부동산 사놓고 값이 껑충 뛰어오르면 고급 주택에 고급 승용차 굴리고 최신 기계문명의 이기를 누리며 향락을 즐기면 그게 성공한 거지요. 언젠가 신문보도에 뉴욕에서 거지생활로 구걸하여 플로리다에 호화주택과 고급차 사놓고 은퇴 계획한다는 사람도 있었으니 말입니다. 따지고 보면 그런 거지 근성은 바람직하지 않지만 사리사욕을 숨긴 채 위선의 가면을 쓰고 모금 운동하는 기생충 근성도 있어요. 그뿐입니까? 사기와 폭력으로 남을 해치면서까지 수탈하여 사리사욕을 채우는 자도 있지 않아요?"

"그런 풍조는 어느 사회나 정도 차이뿐 매한가지 아니겠어요? 철학이나 등뼈 있는 중심 사상이 부재하기 때문이지요. 물론 철학이나 어떤 사상이란 게 밥 먹여주지는 않는다지만…… 그런가 하면 세상에는 자신을 희생하면서까지 남을 위해 헌신하는 사람도 많아요. 더구나 자신이 한 일을 남에게 숨기고…… 신앙심도 있지만 천성이 그렇게 타고난 분이 있어요. 천성은 쫓아내도 다시 돌아온다는 말같이 선천성과 후천성을 딱히 구별하자는 게 아니지만 정순 씨의 그런 말은 환경에서 영향을 받은 것 같아요. 누가 뭐래도 난 정순 씨의 천성을 알아요."

하고 그는 술잔을 들어 비웠다.

"하지만 과학문명이 발달할수록 사람들은 앞 다투어 그 이기를 이용해야 만족하고 또 사람 대접을 받지요. 그렇지 못하면 불편한 정도가 아니고 멸시부터 받기 마련이지요. 하이웨이 고속도로에서 달구지나 마차 타고 간다고 동정할 사람 어디 있어요? 웃음거리밖에…… 요즈음 한국에서 유행하는 '품격 유지비'라는 말도 있지 않아요? 상품 내용이 어떻든 화려한 포장지 값 말이에요. 예술이네 하고 그림 그리고, 문학이네 하고 글 써서 호구지책을 해결하고 고급 문화생활 하는 사람 몇 %나 됩니까? 요즈음같이 초스피드로 달라지는 세상은 대부분 사람들이 정신 세계와 정서면을 살펴볼 마음의 여유가 없어요. 제 말이 좀 지나쳤나요?"

정순은 겸연쩍은 듯 만지던 물 잔을 들어 한 모금 마셨다.

"정순 씨 말이 틀린 게 없어요. 잘 먹고 편리하게 잘 꾸며놓고 인생을 즐기며 산다는 게 가장 인간적이지요. 그건 죄악이나 비난받을 일이 아니지요. 한번뿐인 인생 당연히 그렇게 한평생 살다 가는 게 오히려 당연한 것 아닐까요? 그러나 자칫 남을 얕잡아보기 쉽고, 인내심이나 검약 생활의 미덕이 없이 육체적인 안일과 말초적 향락에만 몰두하는 타성에 젖는 게 문제지요. 더 자극적인 향락을 추구하다 보면 마음의 여유와 평화가 깨져 황폐하게 되지요. 그래서 육체적일 뿐 아니라 정서와 정신 면의 평온이 동행할 때 진정한 행복이 아닐까요?"

그는 계속하였다.

"나는 가끔 이런 생각을 해요. 인간의 행복이란 어떤 방법으로든 자신의 욕구를 충족시킴으로써 얻어지는 일시적인 만족감이나, 반대로 인간의 자연 발생적인 욕구를 절제와 극기를 통해 얻어지는 욕망으로부터의 해방감이라고요. 그러나 그 중 어느 한가지만으로 진정한 행복을 누릴 수는 없다고 생각해요. 충족과 절제를 고무줄같이 긴장과 이완의 원리로 자신의 분수에 맞게 적당히 조절할 때 진정한 행복을 맛볼 수 있다고 보아요. 땀 흘려 일한 후의 휴식이 더욱 쾌적하고 불안과 고통을 겪고 난 후의 시간이 더욱 평안하고 값지게 느껴지듯이 말이요. 그러니 지금 정순 씨가 주장하는 것은 너무 비약이요, 정당한 방법이면 우선 돈부터 벌어 놓고 보아야 장땡이란 풍조에 편승하겠다는 생각 말이요. 그럴수록 예술이나 문학하는 사람들이 자기 재능을 살려 정진할 때 과학문명에 질식당하는 정신과 정서가 살아나 인류문화 발전에 동참하는 것 아니겠소? 사람은 진정한 행복이 무엇인가를 생각하고 그걸 추구하며 사는 게 하등동물과 다른 점이요. 앞의 말과 모순이 될지 모르지만 습관은 제2 천성이 된다는 말도 있으니, 가능한 한 세상을 왜곡되게 보지 말아요. 긍정과 부정의 관념도 습관이 되니까요. 정순 씨가 지닌 천부의 재능을 저버리지 말아요. 남들이 부러워하는 재능일지라도 개발하지 않고 그냥 방치하면 끝내 세상의 빛을 못 보는 게요. 그건 개인뿐 아니라 사회의 손실이 되기도 해요. 바야흐로 페미니즘 시대가 다가오고 있어요. 여자는 원천적으로 나약하다는 선입견을 버리세요. 남녀 우열의 성별의식을 버리고 신념을 갖고 당당하게 의지를 펼쳐보세요. 세상의 성패는 성별의 구분이 아니라 개개인의 능력과 사고에 달려있어요. 자신이 좋아하는 일에 정열의 불꽃을 태우지 못하고 말년에 후회하는 것보다 실패할망정 최선을 다했을 때 적어도 그런 후회는 없을거요. 여자도 남자 못지 않게 사회의 리더가 될 수 있고 큰 비즈니스는 물론 역사에 위대한 업적을 남길 수 있으니까요. 남자보다 섬세하고 자상하고 센스가 있기 때문이지요. 그런 장점을 잘 활용하는 여성에게는 행운이 찾아온단 말입니다. 만일 정순 씨가 판단할 때 자신은 예술 쪽보다 사업에 자신이 있다고 뒤늦게 깨달았다면 그 쪽으로 실력 발휘를 하세요. 이젠 생활도 안정되고 세상 물정도 알 만한 나이이니 심기일전할 때가 아닌가 해요. 내

생각에는 사업보다 아직도 늦지 않았으니 그 천부의 재능을 살리
는 게 좋을 것 같아요. 인생은 왕복이 없는 외길인데 그 재능을
끝내 사장한다면 너무 아깝지 않아요?”

평소에 별로 말이 없던 그는 술기운 탓인지 같은 내용의 말을
되풀이하고 있었다.

“인호 씨, 저에게 천부는 무슨 천부예요. 그런 재능이 없으니까
이 꼴이지요.”

“정순 씨답지 않게 왜 그런 부정적인 자기비하의 말을 하지요?
설령 그렇다손치더라도 성공이란 99%의 노력이고 1%의 영감이
란 유명한 에디슨의 말도 잊었구료. 1%의 재능에 부단한 노력과
‘알파’가 보태지면 120%가 된다는 말 못 들었어요? 사람은 관심
을 끄는 일이 체질적으로 싫지 않고, 흥미 있는 또 해볼 만한 가
치가 있다고 생각되면 도전해 보아요. 성취의 보람을 위해 도전하
는 과정, 그게 바로 행복의 수단이 되기도 하니까요. 흙더미 속에
묻혀있는 게 돌덩이인지 금덩이인지는 그걸 발굴하여 닦아내고
갈아봐야 알지요. 그러기 위해서는 목표를 설정하는 마음의 자세
가 무엇보다 중요해요. 목표를 설정하는 결심과 신념이 원동력이
되어 일단 움직이기 시작하면, 소위 물리학에서 말하는 ‘관성(慣
性)의 법칙’에 따라 계속 움직이게 되어있어요. 일단 시동이 걸리
어 달리는 자동차는 언덕을 넘어갈 수 있듯이 웬만한 장애물을
극복할 수 있으니까요.”

그는 진지하게 거듭 설득하고 있었다.

정순은 그런 말을 들으면서도 그가 자신과는 직접 이해관계가
없으니까 그렇게 말할지도 몰라, 또 그런 억지가 갸우뚱하고 머리
를 들었다.

　"인호 씨, 세상 사람들은 거의가 주관적인 자신의 잣대로만 잰단 말이요, 객관적이고 절대적인 잣대로 측정하기란 어렵겠지만요. 생각해 보세요. 게으르고 무능한 자보다 부지런하고 유능한 자가 세상을 리드해 온 것은 거창한 역사까지 들먹일 필요는 없잖아요?"

　"정순 씨! 그런 발상이야말로 편협한 주관적인 사고요. 타고난 '끼'가 없이 예술이나 문학을 할 수 있을까요? 그 '끼'가 재능이고 그들이 바치는 정력과 심신의 노동을 어찌 과소평가할 수 있어요? 어느 분야 못지 않게 오랜 시간과 공을 드리느라 과로하고 있어요. 단지 성취욕의 집념이 남 모르는 그 고통을 기꺼이 감수할 뿐이지요."

　정순은 K의 빈 잔에 술을 따르며 그의 말을 인정했다. 그러면서도 내친김에 더 억지 이론을 즐겼다.

　"하지만 숫자에 무관심하고 예술이네 문학합네 하고 세상 물정을 몰인정하는 것이야말로 급변하는 요즈음 세상에 걸맞지 않아요. 어떤 면에서는 사회적 책임이나 가족에 대한 의무도 망각한 위인이 아닐까요?"

　그녀의 말을 듣고 그는 고개를 약간 좌우로 흔들고 나서 술잔을 들어 기울이었다.

　"그게 진심으로 하는 말이요?"

　하고 그는 그의 시선을 벽 쪽 그림으로 옮기며 입을 다물었다. 그들의 식사는 진작 끝나 있었다.

　정순은 그런 말을 내던지면서도 일상을 숫자로만 계산하며 살아가는 남편을 따르다보니 자신도 모르게 많이 변한 게 분명하다고 새삼 깨달았다. 그녀는 잠시 말을 멈추고 있다가 그에게 또 술을 따라 권했다.

그리고 자신도 한 컵 따라 서서히 마시며 생각했다. 그런 위인들이 있었기에 인간 사회에는 예술이 면면이 이어져 훈훈한 정을 나누고 그 정신과 정서를 공유하는 게 아닐까?

그녀는 그런 이중의 사고로 잠시 갈등하지 않을 수 없었다.

술잔을 내리며 정순은 인호를 바라보았다.

그는 불운한 환경에서 자랐어도 비굴하지 않았다. 도리어 정서적으로 넉넉한 감정의 소유자였고, 무엇보다 정신이 건강했다. 그가 항상 시를 사랑하고 고전을 좋아하였기에 그런 문학을 통해 인생의 깊이를 알고 슬픔을 위로 받았는지 모른다.

자신이 지금도 그를 좋아하고, 잊지 못하는 것도 그의 그런 풍부한 인간미를 느꼈기 때문이 아닐까.

정순은 새삼 부부라는 이름을 떠올렸다. 남편과 살을 맞대고 살지만 영혼까지 혼연일체가 될 수 없음을 처음 깨달았다.

남편과는 뛰어넘을 수 없는 어떤 장벽 같은 것이 가로놓여 있음을 알았다.

그 현실적인 장벽 앞에 그녀는 언제나 서성거렸고 망설이다가 자신의 진로를 찾아 앞으로 나아가지 못했음을 깨우쳤다.

그녀가 그런 생각에 잠겨 침묵하고 있는데,

"정순 씨! 이제 다 지나간 이야기지만, 정순 씨가 전방에 다녀간 후 내가 보낸 편지를 받고도 그렇게 노여움이 오래 풀리지 않아 답장 한 장 안 해 주었어요?"

"네? 편지 하셨다고요? 정말이어요? 인호 씨한테서 아무 연락이 없어 얼마나 섭섭했는데요. 생각해 봐요. 여자 혼자 거기까지 찾아갈 땐 보통 용기였겠어요?"

"?······"

"그리고 약혼 직전에 도립병원에 찾아갔을 때는 어떻구요?"

"뭐라고? 도립병원에 찾아왔다고요?"

"네, 그것도 몰랐어요? 서무과 직원들이 이 선생과 결혼할 거라는 말을 흘리고 갈 때는 정말 괴로웠어요."

"그럼 서무과 직원들이 그런 말을 왜 나한테는 안 해 주었지요?"

"그야 그들이 이 선생을 잘 보았기 때문에 내가 방해자가 될 것 같아서 그랬겠지요."

그녀는 자신의 상상이 시키는 대로 말했다. 그러자 그는 잠시 얼굴이 굳어지며 천장을 멀거니 한참 바라보았다.

"그래서 나의 처음이자 마지막 청혼의 편지를 받고 곧장 미스터 박과의 결혼 청첩장을 보냈군요?"

"네? 청혼 편지라니, 그리고 청첩장은 누가 보냈어요?"

하며 그때서야 그녀는 초대도 안 한 그가 식장 맨 끝에서 머뭇거렸던 옛날의 그의 모습이 떠올랐다.

그리고 무명으로 접수된 적지 않은 축의금이 바로 그의 것이었음을 어렴풋이 기억해 내고 슬픈 표정을 지었다.

청혼 편지에 대해서는 서로 더 이상 묻지도, 애써 설명하려고도 하지 않았다.

그들은 그렇게 서로의 가슴을 뭉클하게 하는 옛 이야기를 주고받다가 그가 괘종시계를 바라보았다.

그녀도 덩달아 시계를 바라보았다. 벌써 11시 40분이 되었다. 그들은 이야기에 열을 올리느라 시간 가는 줄도 몰랐다.

헤어져야 할 시간이 가까워오자 그는 안타까운 마음을 쓸어 내리느라 내심 애를 먹었다. 더욱이 약간 홍조를 띤 정순의 얼굴 표정은 요염한 느낌마저 들었다.

 K는 술병을 들어 J의 잔에 따르려 하자

"술은 그만해요."

 하고 그녀가 사양하자 그는 멈칫하고

"그럼 난 한 잔만 더할게요."

 하면서 자신의 잔에 술을 따라 단숨에 마셨다.

 정순의 마음도 사정은 비슷했다. 송도 여인숙 사건이 다시 일어
난다면 자신은 지금 어떻게 받아들일까? 그녀는 잠깐 그런 생각
으로 혼란스러웠다.

 정순은 그가 일어나 냉담하게 간다고 먼저 말하면 좋겠다는 생
각을 하면서도 만일 그리 되면 무척 서운할 것 같았다.

 그리고 내일은 일요일, 모레는 국경일, 그와 함께 밤이 새도록
담소하고 싶었다. 그러나 한 남편의 아내로서, 성숙한 딸의 어머
니로서 더구나 신자의 입장에서 이런 짓은 생각조차 해서는 안
된다는 강박관념이 머리를 옥죄었다.

 결국 죄의식 때문이었다. 그런데 그가 자신을 잠시도 잊지 못했
다는 것을 알고 나니 형언할 수 없는 무엇인가가 솟구쳐왔다.

 그런 그에게 생명을 위협하는 병마가 도사리고 있을지도 모른
다는 불안이 연민의 정이 되어 불꽃같이 피어나고 있었다.

 아니 연민에서 시작한 정이 사랑으로 변한 게 아니었다.

 이미 오래 전부터 사랑하고 있었기에 그의 불행이 자신의 슬픔
이 되어 한발 한발 안타까이 다가오고 있는 것이었다.

 결혼 직전 미스터 박이 과음으로 사경(?)을 헤맬 때 친오빠는
설득했었다. '연민의 정이 사랑으로 바뀔 수도 있다'고…… 그러
나 박과의 관계는 오빠의 그 말이 맞는 것 같지 않았다.

곰곰히 생각할 필요도 없이 인호 씨를 처음 만났을 때의 느낌은 분명 막연한 연민만은 아니었다.

마음 한구석에 잉태한 사랑의 불씨를 숨겨놓았는데, 종내는 하찮은 오해로 그 불씨를 점화시키지 못한 채 잿더미로 덮어둔 게 틀림없었다.

그런데 이제 솔솔 부는 바람이 그 잿더미를 헤치고 오래 묵은 불씨가 인화 물질에 붙고 있다.

분위기에 약한 게 대개 여성의 속성이라면 마음이 유달리 가녀린 J에게도 예외는 아니었다.

K 역시 지금 떠나면 다시 볼 수 없을 것 같은 생각이 들어, 잠시라도 더 J와 함께 있고 싶었다. 그러나 도덕적 윤리적으로 용납될 수 없는 일임을 너무나 잘 알고 있기에 고민스러웠다.

20여년 동안 마음 한 구석에 그녀를 잊어 본 적이 없었으니 이게 마지막이 될 것 같은 예감이 절박감으로 다가왔다.

그녀의 남편 박을 생각하면 미안하고 죄의식이 들었지만 한편으로 자기 연인을 뺏어간 연적(?)이란 억지가 고개를 들기도 했다.

오랫동안 얼음장같이 꽁꽁 묶여 있던 성욕이 술의 힘을 빌려 그 사슬을 풀어 제치고 만용을 부리려 하고 있다.

대화 중 그들은 가끔씩 눈을 마주 치면, 애써 그 눈길을 피하다가 이제 눈싸움이라도 하듯 서로는 눈을 고정하고 응시하고 있다. 그 눈빛 속에서 서로의 심중을 열심히 읽었다. 그리고 무언의 질문을 집요하게 주고받았다.

우리는 어떤 관계였던가? 서로의 마음을 다 읽은 이상 이제 우리의 몸과 마음은 어느 만큼 더 좁혀질 수 있을까?

인호는 정순의 곁으로 가서 그녀의 어깨를 살며시 감싸안는다.

그리고 오른쪽 볼에 입술을 댄다. 참으로 얼마 만의 일인가?

그 순간 그녀의 온몸은 감전이라도 된 듯 짜릿한 흥분이 온몸으로 퍼져간다.

그리고 몸을 열고 싶다는 충동이 파도같이 몰려온다. 수초 동안 그들 눈길은 그 같은 환상을 하고 있다가 어느 순간 서로는 깜짝 놀라 그 환상에서 깨어난다.

소스라치게 몸을 떤 그녀는 얼른 일어나 냉장고 쪽으로 갔다. 남편의 얼굴이 떠올랐던 때문이었다.

"인호 씨, 아이스크림 드실래요? 우리는 피차간에 마음이 확인된 셈이지만 지금은 어떻게 할 수 없네요. 이런 말 하자니 정말 미안해요."

그녀의 음성은 떨고 있었다.

솔직한 자신의 심정을 연인에게 어쩔 수 없이 고백하듯이……

"나도 그래요, 정순 씨."

하고 그도 그렇게 대꾸하며 정신이 번쩍 들었는지

"미안해요, 내가 술이 과했나 봐, 용서해요."

하고 겸연쩍은 듯 얼굴을 돌렸다.

그러나 그들이 그런 대화를 주고받고 나서는, 옛날의 젊은 시절로 돌아간 듯, 자연스럽게 정감이 솟아났다.

아이스크림을 들고나니 시간은 벌써 1시를 지나고 있었다.

"정순 씨. 괴롭지만 요 앞 택시 잡을 수 있는 데까지만 데려다주어요. 내가 이 자리에 더 있으면 서로간에 마음의 부담만 되니까요. 내 말 뜻 알았지요?"

하고 일어났다.

그녀는 아쉬웠다. 그러나 고개를 끄덕이고 일어났다.

“오랜만에 포식한 것 같아, 정말 잘 먹고 가요.”

“인호 씬 별말씀을 다 하시네요. 집에서 함께 식사한 건 당연한 일이구. 저의 큰 기쁨인걸요. 그리고……, 집에서 주무시고 가면 좋을텐데…….”

하고 그녀는 얼굴이 빨개졌다.

그 말이 지나가는 헛 인사일지라도 K에겐 퍽 친근하게 들렸고, 그도 떠나고 싶지 않은 정념을 불러왔다. 정말 헤어지고 싶지 않은 밤이었다. 그렇다고 다시 주저앉을 수는 없는 노릇이었다.

집을 나온 J는 아예 맨하탄에 있는 호텔을 향해 차를 몰았다. 옆에 앉은 K가 차창을 여니 약간 냉각된 가을 바람이 쏴 하고 몰려왔다.

얼큰하게 달아오른 그의 얼굴을 시원하게 쓸고 지나갔다. 숲 속의 나무들도 스치는 바람에 사각거리며 서로 비벼대고 있다. 깊어가는 이 밤 그들도 잠 못 이뤄 몸을 저렇게 뒤척이는 것일까?

하늘에는 엷은 구름에 가린 달이 어슴푸레 보였다. 모락모락 타오르던 정념을 식히려는 듯, 그들은 차안에서 입을 꼭 다문 채 각자의 상념에 젖어들었다.

정순은 초저녁부터 그와 주고받은 말들을 반추했다. 정신없이 돌아가는 세상을 따라잡으려고 사람들은 저마다 조급증에 시달리고 있다.

그 조급증이 만성병이 된 것도 모르고…… 그래서 잠시라도 쾌락에 탐닉하지 않으면 견디지 못하고 몸과 마음을 거기에 내던지고 있다.

기회만 있으면 아니 그런 기회를 포착하려고 삼삼오오 구름떼 같이 몰려다닌다. 찰나적인 쾌락의 충동에 요동치지 않고는 잠시도 못 견디는 시대 풍조가 되었다.

인생은 그런 조급증과 쾌락의 연속에서 얻어지는 만족이 참 행복일까?

이따금 찻잔을 기울이며 잔잔한 음악을 듣거나 애틋한 영화나 명화를 감상하고 독서하며 사색하는 시간이 과연 낭비일가?

그런 인구가 늘어나면 문명은 그만큼 퇴보하는 것일까? 세상에는 최소한의 생존을 위하여 몸부림치는 사람들도 많다.

그러나 남보다 더 행복해지려고 우충좌돌하며 이전투구(泥田鬪狗)로 상처받은 마음들이 더 많다. 그리고 그런게 문명인이 살아가는 자세라고 우리는 모두 착각하고 있는 건 아닐까?

각박하고 메마른 정서를 살찌운다는 것은 개개인의 인생에 어떤 의미가 있을까? 그녀는 그런저런 생각에 골몰하는 사이 차는 어느새 호텔에 도착했다. 정문 앞에서 내리는 그에게

"편히 주무셔요, 인호 씨! 내일 아침 전화할게요."

"응. 그래 천천히 운전 잘하고 가요. 고마워."

하고 말했다. 차가 떠날 때 손을 들어 흔드는 그의 모습이 J의 눈에는 애처롭게 보였다.

정순은 그를 뒤로하고 집으로 돌아오면서 오래도록 잊을 수 없었던 그의 옛날 얼굴이 떠올랐다. 그녀는 자신의 결혼식장에서 걸어나올 때, 좌석 맨 끝줄에 서 있던 그를 얼핏 봤었다.

K는 넘쳐나는 눈물을 그의 눈껍으로 다둑이며, 실룩거리던 그 입가의 근육은 무슨 말을 하고 싶었을까?

그의 그런 표정이 눈에 띈 찰나 신부의 가슴속엔 축제 분위기에서 신나게 연주하던 현악기의 한 가닥 줄이, 갑자기 '탕' 하고 끊어지는 것 같은 그런 언짢은 기분에 순간 당황했었다.

감수성이 한참 예민했던 그 시절에도 그의 마음을 후련히 읽어낼 수 없어 답답하고 안타까워하지 않았던가.

그런데 이제 생각하니 자신의 결혼식장에서 그가 받았을 마음의 상처를 짐작케 했다. 물론 그가 받은 그 상처가 얼마나 컸는지 가늠할 수는 없지만……

오랫동안 K의 안부를 모를 땐 안타까움으로 잠이 오지 않았고 더구나 그가 부인을 사별하고 홀로 지낸다는 소식을 들었을 때는 자신의 일같이 괴롭고 슬픔에 젖었었다.

그러면서도 의식적으로 그럴 필요가 없다고, 그런 생각의 싹을 잔인하게 짓밟았지만 웬지 자신이 그의 독신 생활에 한몫 한 것 같은 생각이 들었다.

미안하고 가슴이 아팠다. 그리도 착하고 애틋한 분이 왜 홀로 살아야 하나, 목이 조여오며 눈가가 촉촉히 젖어들었다.

어찌 되었던 실연으로 받은 상흔은 누가 먼저 배신을 했던 간에, 가해자든 피해자든 모두에게 조금만 스쳐도 통증을 유발하는 영원히 아물지 않는 상처임에 틀림없다고 생각했다.

정순은 오는 길에 몇 번이고 차를 길섶에 세우고 눈물을 닦았다. 어떻게 대해주어야 그의 외롭고 고달픈 마음에 다소라도 위안이 될까?

'그래 내일이 주일이지? 하나님께는 죄송하지만 교회는 하루 빠지고 그와 함께 유람선을 타고, 단풍 구경을 하자. 하나님도 용서하실 거야.'

J는 그렇게 자신에게 말하고 나니, 내일도 그와 함께 있을 수 있다는 한가지 이유만으로 마음은 다시 들뜨기 시작했다.

정순은 참새들이 지저귀는 소리에 눈을 떴다.

이렇게 화창한 날 늦잠 자지 말고 어서 어서 그리운 이와 함께 소풍 준비를 서둘라는 그들의 다정한 멜로디였다. 향긋한 가을 꽃 내음이 문틈으로 풍겨왔다.

그녀의 가슴속은 술독에서 익어 가는 포도주 같았고 소다에 반죽한 밀가루가 부풀어오르는 오븐 속의 빵덩이 같았다. 이처럼 설렘으로 부풀어오르는 느낌은 실로 오랜만에 찾아드는 경험이었다.

그녀는 샤워를 마치고 그가 혹시 간밤의 일로 언짢아하면 어쩌나 하면서 아홉 시경에 전화를 걸었다.

"인호 씨. 저예요. 잘 주무셨어요?"

"응, 그럼, 어제 밤 잘 들어갔고? 내가 너무 늦게까지 수고를 끼치지 않았나 몰라."

그는 미안해 했다.

"인호 씬 별말씀을 다 하시네요. 오늘 별 일 없으시지요? 저하고 강가에 갔다가 돌아오는 길에 단풍구경이나 해요."

"그래? 야, 그것 멋진 아이디어군, 그럼 같이 가지. 몇 시까지 나갈까?"

그는 마치 초등학생이 소풍하러 갈 때만큼 기쁜 모양이었다.

"제가 모시러 가야 하겠지만 방향이 반대이고 시간 절약을 위해 인호 씨가 택시 타고 어제 그 오스코약국 주차장으로 오셔요. 약도 갖고 계시지요?"

"응, 그래. 그럼 10시 30분까지 갈게요."

간밤의 텔레비전 일기 예보대로 날씨는 포근하고 화창했다. 그녀가 10시 30분에 나타나자 K는 환히 웃으며 반가워했다. 그는 어제 입었던 곤색 양복 대신 간편한 캐주얼로 갈아입고 있었다. 윗도리는 초콜렛 티셔츠에 촉감이 좋을 것 같은 황토색 잠바를 걸쳤고 엷은 녹색바지를 입었으나 신발은 여전히 까만 구두를 신었다. 정순은 밀짚모자와 선글라스를 썼고, 엷은 금목걸이가 햇빛에 반짝이었다.

미색의 블라우스에 자주색 반바지를 받쳐입고 샌들을 신은 모습이 잘 어울렸다. 아직도 여대생 같았다.

다시 만난 그들은 10분 거리의 양식점에 들어갔다. J는 식당에 혹 아는 사람이 있나 쭈빗거렸지만 다행히 아는 이는 보이지 않았다. 그들은 '부런치'를 시켜 먹으며 그녀가 말했다.

"이제부터 소풍 안내는 제가 할 테니 인호 씨는 그저 따라만 오세요."

"그래 운전대 잡은 사람 마음대로 해요."

K의 입가에는 천진한 미소가 어렸다. J는 뉴욕 하버를 향해 차를 몰았다.

덥지도 차갑지도 않은 가을 바람이 볼을 스쳐갔다. 그녀가 운전하며 가끔 K를 바라볼 때 그는 새삼 그녀의 훤칠한 이마 밑에 반짝이는 눈동자와 곧게 뻗은 콧날이 유난히 시원스럽다고 생각했다.

그녀의 앵두색 입술에 하얀 이를 드러내며 마냥 미소를 머금고 있는 모습도 매력을 느끼게 했다. 풍만한 유방도 탐스럽게 보였다.

초원에는 얼룩소들이 한가로이 섭생과 휴식을 취하고, 한없이 뻗어간 평야에는 풍작의 결실이 자랑스럽게 출렁이고 있다.

하늘 높고 말이 살찐다는 계절의 창공에는 엷은 구름이 흩어져 있다. 그 밑을 은빛 비행기가 하얀 빨래줄마냥 끊임없이 연기를 뿜어내며 줄을 그어가고 있다.

정순은 카 테이프를 틀었다. 귀에 익은 '내 마음의 풍차'가 간드러지게 넘어간다.

그런 분위기는 그들에게 까닭 모를 행복감을 안겨주기에 충분했다. 허드슨 강가에 도착한 그들은 유람선을 탔다. 다행히 모두 외국 사람이고 동양인도 간혹 있었지만 한국인 같지는 않았다.

J는 끼고 간 선글라스를 벗으면서 말문을 열었다.

"인호 씨, 옛날 송도에서 배 탈 때 생각나요?"

그 일 때문에 그렇게도 언짢아했던 그녀가 먼저 그 말을 꺼내고 있다. 그는 가슴이 뜨끔했다.

"그럼 생각나고 말고요. 나는 정순 씨가 생각날 때마다 그 둑을 거닐다가 혼자 배를 탄 때도 있는 걸."

했다. 그러면서 둘은 마주 보며 옛날 생각을 더듬었다.

그런 충격적인 실수로 K는 J에게 좀더 일찍 적극적인 프로포즈도 하지 못했던 쓰라린 과거가 되살아났다.

"고통스럽던 일도 추억은 아름답다고 하는데 이젠 우리도 그때의 추억을 그리워할 나이가 되었나 생각하니 쓸쓸하구먼, 정순 씬 안 그래요?"

하며 그는 진정 쓸쓸한 표정을 지었다.

J는 그가 한층 더 가엾게 보였다.

"그래요. 인호 씨, 현실이 힘들고 삭막할 땐 추억을 반추하면 위안이 된대요. 원래 우리 인생은 희로애락이 씨줄과 날줄처럼 얽혀져 살아가는 것 아녜요? 오늘 우리의 이런 만남도 먼 훗날 좋은 추억으로 남을 거예요. 그렇지요? 인호 씨! 힘내세요."

마지막 '힘내세요'라고 한 말은 무슨 의미일까? 그의 심중은 묘한 여운으로 메아리쳤다.

유람선에서 내다본 시야는 확 트였고 끊임없이 넘실거리는 물결은 살아 꿈틀거린다. 약속이나 한 듯 그들 가슴도 확 트였다.

멀리서 모터 보트가 달리는가 하면 배는 미풍에 실려 싱그럽게 수면에 미끄러지고 있다.

강가에 줄지어 있는 별장들은 그 속에서 무슨 일이 일어나든 상관없다는 듯 조용히 눈을 감고 덮어주고 있다. 평온이 감도는 한 폭의 그림이었다.

일상의 삶에 찌든 사람들이여! 잠시 일손을 멈추고 이런 낭만적인 정취에 젖어 보라. 그는 그렇게 외치고 싶었다.

각박하고 편협한 가슴에 한 가닥 포근한 여유가 깃들 것만 같아서였다. 유람선에서 내린 그들은 세 시경에 스낵을 먹고, 그 근방의 단풍이 우거진 쪽으로 달렸다.

여전히 푸른 하늘은 군데군데 하얀 구름이 떠있고 기울어 가는 가을 햇볕이 따사롭게 쏟아지는 사이로 기러기 떼가 날아간다. 다양한 물감으로 조화를 이룬 길가의 단풍이 너무 아름다웠다.

단풍은 풍요로운 마음을 안겨주고 서로에게 설렘과 안정감을 교차시켜 주고 있다. 한쪽에 넓은 평야를 끼고 곧게 뻗은 길가에는 가로수가 나란히 줄지어 서 있다.

풋풋한 향내를 싣고 오는 미풍은 불타는 나뭇잎을 살랑거리고 잠자는 듯 평온한 대지의 숨결이 흐르고 있다.

라디오에서는 "당신은 나의 것"이라는 멜로디가 감미롭게 들려온다. 그런 경치와 주변 분위기에선 세상적인 스트레스나 고민거리가 얇게 부서져 한잎 두잎 낙엽처럼 흩날리고 있음을 보는 것 같았다.

10마일쯤 달려오자 야산이 보였다.

왼쪽 숲 속엔 이름 모를 새들이 지저귀다 푸드득 날개를 펴며 서로 엉키곤 한다. 먼지 길을 꼬불꼬불 올라가니 숲의 길섶에 파킹할 만한 평지가 있었다.

일단 거기에 차를 세워두고 사방을 살폈다. 오른쪽은 훤히 트여 있고 멀리 호수의 잔잔한 물결이 은빛 비늘같이 넘실거린다. 물새들은 쫓고 쫓기어 사랑 순례를 하듯 창공을 누비고 있다.

바로 앞 나뭇가지 사이로 뚫고 들어온 석양빛이 그녀의 앵두색 입술을 싱그럽게 반사하고 있다.

"정순 씨! 지금은 편도선 안 아파?"

하고 K가 묻자 그녀는 그에게 곱게 미소지으며 눈을 감는 체했다. 옛날 그가 그녀의 입술을 강탈(?)하려 할 때가 생각났기 때문이었다.

대학 3학년 때였을 게다. 어느 화창한 봄날의 오후, 그들은 점심을 먹고 당시 대학생들 사이에 화제가 되었던 영화, '애수'를 관람한 후 눈을 비비며 극장을 나왔다. 그 러브신의 한 장면을 떠올린 그들은 아직도 흥분이 채 가시기 전이었다.

특히 J의 얼굴에는 그걸 역력히 드러내고 있었다. K는 그녀를 유인(?)하여 맥주 점에 들어섰다. 손님이 꽤 많아 실내는 담배연기와 잡담 소리로 가득했다.

그들은 생맥주 한 조끼씩 앞에 놓고 마시며 영화의 스토리와 남자 주인공 연기가 어떻고 여자 주인공의 연기가 어떻고 서로 열을 올리다가 밖으로 나왔다.

살갗을 감미롭게 애무하던 석양은 기울었고, 신록의 향내가 물씬 피어나는 숲길, 가로등만이 안개에 서려있는 언덕길을 거닐 때였다.

"인호 씨, 나 아침부터 침 삼킬 때 목이 아파" J가 지나가는 말을 했다. "그럼 약을 먹어야지" 그가 걸음을 멈추며 말했다. "어디 편도선이 부었나 한번 보자" 하며 K는 그녀의 팔을 붙들었다.

"입을 아 벌려 봐."

"싫어. 창피해서 어떻게."

"이봐, 예비 의사에게 환자가 그러면 나는 언제 실습하지? 그뿐 아니라 편도선에 '용혈성 연쇄상구균'이란 고약한 세균이 감염된 경우엔 항생제를 10일간 써야 해. 약을 충분히 복용하지 않아 나중에 콩팥 같은 데 합병증이 일어나면 큰 일이야. 그리고 의사에게 환자가 부끄러워 할 것 뭐 있어?"

그는 겁을 주며 자못 엄숙한 얼굴 표정을 짓고 있었다. J는 할 수 없이 입을 벌렸다. 그는 양손으로 볼을 잡고 입안을 들여다보더니

"응, 편도선이 많이 붓고 충혈되었는 걸, 가만 있자…… 이젠 입을 다물어 봐. 목 임파선이 부었나 보게."

하고 턱 밑을 만졌다.

"여기 아프지?"

"응, 아파요."

"자, 그럼 이제 입을 다문 채 눈을 감아봐."

하자 J는 무심중에 입을 다물고 눈을 감았다.

그 순간 꽃잎 같은 그녀의 입술 위에 K의 입술이 나비처럼 사뿐히 내려앉았다. J는 기겁을 하고 도망쳤었다.

그때 그녀는 얼마나 가슴이 뛰었던지, 그리고 그날 저녁 내내 감미롭던 그 입술의 느낌이 지워질 줄 몰라 애태웠던 기억을 상기하고 정순은 살짝 얼굴을 붉혔다.

바로 그때였다. 갑자기 말발굽 소리가 나더니 말을 탄 건장한 백인 청년이 차 옆에 우뚝 다가와 빙그레 웃고 있었다.

깜짝 놀란 정순은 "인호 씨, 우리 저 아래로 내려가요" 하고 엉겹결에 차 시동을 걸자마자 쏜살같이 오솔길로 차를 몰았다.

"거긴 개인 소유지야."

하고 고함치는 말 탄 자의 소리를 뒤로하고. 개울가를 따라 한참 내려가며 막 한숨을 돌리는 참이었다.

"헤이! 여기는 차가 다니는 길이 아니야."

하고 또 한 명의 엽총을 멘 청년이 옆 숲 속에서 느닷없이 나타나며 소리쳤다.

그 순간 J는 옆을 보며 액셀러레이터를 밟는 찰나 오른쪽에 있는 나무기둥을 들이받았다.

정순은 운전대를 꼭 쥐고 있어 충격을 받고도 크게 다치지 않았지만 시트벨트를 매지 않은 K는 오른쪽 머리를 유리창에 부딪치어 순간적으로 기절한 것 같았다.

J가 핸들을 놓고 그를 흔들면서

"인호 씨, 인호 씨 괜찮아요?"

하고 외쳤다.

그 광경을 본 총잡이가 쫓아와 핸드폰으로 앰뷸런스를 부르고 있었다.

잠시 후 K는 눈을 끔벅거리며 머리를 흔들어 보이고 괜찮으니 앰뷸런스를 부르지 말라고 손을 흔들어 총잡이를 말렸다. 그러자 총잡이가 뛰어왔다.

"괜찮으시다면 길이 험하고 가파르니 내가 큰길까지 운전해도 될까요?"

하고 J에게 물었다. 그녀는 고개를 끄덕이고 차 밖으로 나와 뒷
좌석으로 들어가 앉았다. 총잡이가 시동을 걸고 차를 조심스럽게
운전해 인근의 식품점 파킹장에 세웠다.

그는 호주머니에서 명함을 꺼내 뒷면에 좀 떨어져 있는 00병원
약도를 그려주고 꼭 가서 진찰 받으라고 당부했다.

그는 무척 미안해하며 도움이 필요하면 연락하라는 말도 덧붙
였다. 명함은 그가 그 근방의 태권도 사범이라 적혀 있었다.

공휴일이라 그들은 사냥하러 나온 것 같았다. K의 우측 옆머리
에는 어느새 조그마한 혹이 생겼다. 그가 만류했는데도 J는 약도
에 그려진 길을 따라 쏜살같이 달렸다.

한 10분쯤 되었을까? 뒤에서 빨강파랑 불빛을 번득이며 경찰차
가 따르고 있었다.

정순은 또다시 가슴이 두근거렸다. 속도를 줄여 차를 한쪽에 정
차했더니 얼굴이 다부진 인상에 키가 구척이나 되는 백인 순경이
뚜벅뚜벅 걸어와서 운전면허증을 보자고 했다.

속도 위반을 직감한 J는 면허증을 꺼내주었다. 그가 면허증을
보고 있을 때 그녀는 "경찰관님, 저기 차 앞을 보세요" 하고 찌그
러진 앞쪽을 가리켰다.

그리고 "뒤의 저 사람을 보세요" 하고 뒷좌석에 비스듬히 실눈
을 뜨고 누워있는 K를 둘러보았다.

"보다시피 교통사고로 응급실에 가는 중입니다. 병원에 가서 티
켓을 떼어주세요" 했다.

차체와 K를 힐끗 본 경찰은 "환자를 반듯이 눕히고 앰뷸런스를
부릅시다" 했다.

K가 "노, 노" 하며 손을 흔들자

"오케이, 그럼 뒤따라와요."

하고 자기 차를 앞으로 전진하여 계속 빨간 파랑 플래시를 번쩍이며 달렸다. 병원 응급실에 도착하니 다섯 명의 대기 환자가 차례를 기다리고 있었다.

정순은 K의 머리를 가리키며

"야산에서 차가 나무에 충돌할 때 머리를 다친 환자입니다. 빨리 보아주실 수 있겠습니까?"

하고 사정하자, 간호사는 우선 인적 사항을 물어 적고, 혈압과 맥박을 재어 차트에 기록한 후 의사에게 말했다.

닥터 마이클 스프랭이란 명찰을 가운에 새겨 붙인 응급실 의사는 보던 환자를 속히 끝내고 즉시 K를 진찰하기 시작했다.

"사고 당시 의식을 잃었습니까?"

하고 J를 돌아보며 물었다.

K가 "노, 노"하고 먼저 대답했다.

그러자 "약간요" 하고 J가 토를 달았다.

저만치에 서서 멋쩍게 지켜보던 순경이 J에게 운전면허증을 돌려주며 주의하라고 이르고 껑충껑충 가버렸다.

대충 진찰을 끝낸 의사는 환자를 엑스레이 과로 보내며 두개골 사진과 CT 스캔을 촬영하도록 지시했다.

얼마 후 엑스레이와 CT를 확인한 응급실 의사는 그들이 있는 곳에 다가왔다.

"현재는 진찰 상에 뚜렷한 신경학적 이상 소견이 없고 엑스레이나 씨티 스캔도 별다른 이상은 없지만 우선 23시간 동안 가(假)입원하여 혈액 검사도 하고 상태를 계속 관찰하는 게 환자를 위해 안전하겠습니다. 뇌 손상 증후가 늦게 나타날 수도 있으니까요.”

하고 권하였다.

“아닙니다. 닥터 스프랭, 별일 없을 겁니다. 다소 충격은 받았지만 완전히 의식을 잃은 것은 아닙니다. 좀 당황했을 뿐입니다.”

하고 K가 곧잘 영어로 의사표시를 했다.

“그럼 미스 제니퍼, 이 환자 ‘에이 엠 에이’ 사인 받고 보내세요.”

의사는 간호사에게 말하면서 다른 환자에게 가서 진찰을 시작했다. 간호사가 곧 서류를 들고 왔다.

“의사의 의료 조언을 거부한 후에 일어나는 환자의 불상사는 의사나 병원 측이 책임을 지지 않는다는 내용이니 여기에 사인하세요.”

하고 간호사는 AMA(Against Medical Assistance)라고 인쇄된 서류 밑에 가위표를 하고 내밀었다.

K가 서슴없이 환자 난에 서명하자 간호사는 보호자 난을 가리키며 J더러 서명하라고 했다.

정순은 내가 가족이 아닌데 어쩌나 순간적으로 망설였으나 곧 두 말 없이 사인을 해주었다.

지금 그런 것 따질 때냐는 생각이 들었기 때문이었다. 간호사는 뇌 손상 증후를 구체적으로 적은 인쇄물을 건네주며 대충 설명했다.

“심한 두통과 어지러움, 구토증이 있고 의식이 흐리거나 없어진다든가, 어느 쪽이든 팔다리의 감각이 이상하고 마비 증세가 오면 곧 의사의 진찰을 받아야 합니다.”

하고 부어 오른 머리 상처에 ‘아이스 팩’을 대어주었다.

그리고 진통제 두 알을 K에게 건네주었다. 그는 이해가 가지만 J는 이해가 잘 안 됐다. 잡다한 민족이 어울려 사는 미국 땅인지라, 비록 별의별 소송 사건이 많지만 응급실 요원들은 너무 몸을 도사린다는 생각이 들었다.

접수구에서는 내국인 같으면 나중에 청구서를 집으로 보내겠지만 여행하는 외국인인지라 치료비 지불을 어떻게 하겠느냐고 물었다.

K가 금액을 묻자 한참 후 내미는 진료비는 생각보다 훨씬 많았다. 한국과는 비교할 수 없을 만큼……

J가 크레디트 카드를 사용하려 했으나 K가 굳이 우기며 여행자 수표로 지불했다.

밖은 총총한 별빛이 조용한 저녁 하늘을 수놓고 있었다. 그들의 가슴은 한바탕 회오리바람이 지나간 후같이 한결 평온했다. 평화와 행복이 살아 숨쉬는 숨결처럼 미풍의 촉감도 감미로웠다.

J는 귀가 길에 일본식당에 들러 '스시'를 샀다. 집에 도착하니 시간은 벌써 9시 45분이었다. 식사를 끝낸 후 K가 일어서며 말했다.

"나 이제 가봐야겠군."

그러자 그녀가 그의 앞을 가로막았다.

"환자를 호텔에 홀로 방치할 순 없어요. 응급실 의사의 말을 벌써 잊으셨어요?"

"나는 산부인과 의사지만 군의관 시절에 외과 경험이 많아, 내 증세는 내가 더 잘 알아. 그만 갈게, 너무 걱정 말아요."

하고 그는 떠날 것을 고집했다.

그러나 마음이 놓이지 않는 정순은 완강히 가로막았다. 그는 할 수 없다는 듯 식탁에 다시 주저앉으며

“포도주 있으면 한 잔 주어요.”

했다. 착잡한 심정을 지우고 푹 자고 싶었다.

“응급실 의사의 주의가 아니라도 머리 다친 환자는 술이 절대 금물임은 상식 아니예요?”

그녀가 말하며 쳐다보았다.

“생선 먹은 게 입이 개운치 않아서 그래요. 엑스레이와 시티 스캔도 이상 없지 않았소?”

하고 그는 둘러대며 다시 가져오라고 재촉했다.

J는 잠시 망설이다가 포도주 병과 사과를 깎아왔다.

“술은 병채로 마실까요? 잔이 없으니 말이야” 하고 그가 웃었다.

“이왕이면 잔을 두 개 갖고 와요. 정순 씨와 마지막 건배를 들고 싶어. 오늘 함께 구경 잘했지요? 조금 놀라기는 했지만 이렇게 무사하고…… 그러니 우리 축배를 듭시다.”

그녀는 그 마지막이란 말이 섬뜩했다. 그러면서도 그녀의 가슴 속엔 묘한 파장의 물결이 일렁이었다. 이런 분위기는 오히려 당연한 것 아니냐는……

그러나 자신은 남편과 자식이 있는 가정주부다. 아무도 없는 집에까지 외간 남자를 끌어들여 단 둘이 긴 밤을 지새운다는 것은 누구한테도 용서받을 수 없는 일이다.

그런데도 함께 있고 싶은 간절한 이 마음은 웬 일일까. 사랑, 그것은 분명 어쩔 수 없는 사랑 때문일거야.

사랑 없이 삭막하게 사는 것보다 사랑하는 사람끼리 어울리는 게 진정 사람답게 사는 인생의 보람이 아닌가? 그리 길지도 않은 인생인데……

J는 부정적인 면을 그렇게 긍정적인 쪽으로 돌려놓으니 한결 마

음이 가벼워졌다.

"그럼 딱 한 잔만 입가심하는 거예요."

하고 그녀는 포도주 병과 잔을 꺼내놓았다.

K의 잔을 채우고 자신의 잔에는 반 잔이 채 못 되게 따랐다. 그들은 술잔을 마주치고 서로 응시하며 잔을 기울였다. 그는 한 잔만 더 달라고 빈 잔을 내밀었다.

"인호 씨, 미안해요. 오늘은 절대로 안 돼요."

J는 단호하게 거절하고 술병을 막아 제자리에 가져다 놓고 잔을 거두어 싱크대에 올려놓았다.

정순은 냉정을 되찾았기 때문이었다. 내가 옛날에 그에게 향했던 정념은 부인할 수 없다. 그러나 그건 지나간 과거사다. 물레방아를 돌리고 지나간 물줄기를 다시 역류시킬 수는 없는 일이다. 더구나 가정을 지켜야 할 주부로서…… 그런 생각이 또 고개를 들었다.

그 순간 K 역시 비슷한 생각으로 고민했다. 어엿한 남의 부인을 유인하여 음주를 강요하고 상대의 마음을 흐트러뜨리는 행위는 신사의 도리가 아니기 때문이었다. 그는 엉거주춤 앉아 주인의 처분만을 기다리고 있었다.

이제 어떻게 할까? 그녀는 잠시 망설이다가 "인호 씨, 이 방으로 와서 주무셔요" 하고 옆방으로 그를 안내했다. 평소에는 별로 안 쓰는 여분의 방인 듯 한식으로 곱게 꾸며놓았다.

한쪽 벽에 정교하게 자수한 매화와 국화꽃, 목련화들의 줄기에 꿩, 학, 공작, 참새 들이 한 쌍씩 다정하게 앉아 있는 병풍이 펼쳐져 있다.

다른 편에는 자그마한 골동품 같은 장롱 위에 고려자기 모양의 청자기 몇 점이 놓여있다. 화려하고 정결한 방안의 장식이 눈에 돋보였다.

깨끗한 이부자리와 베개, 모두 그녀의 손길이 닿은 정성스런 분위기였다. 이런 방에서 그녀와 함께 지낼 수 있다면, 그는 그런 생각에 잠시 멍하니 서 있자

"인호 씨, 호텔보다야 불편하시겠지만 오늘밤은 여기서 주무셔요. 저기 화장실 옆에 샤워장이 있어요, 칫솔과 치약도요. 그리고 언제든지 불편한 게 있으면 저를 불러 주세요. 그럼 안녕히 주무셔요."

정순은 문을 닫고 나오며 옛날 전방에 찾아갔다가 주인집 골방에서 잤던 생각이 났다. '인호 씨, 혼자 주무시게 해서 미안해요' 하는 소리가 자신도 모르게 입가에 흘러나올 뻔했다.

K는, 그녀가 나간 뒤 '불편한 게 있으면 불러달라'는 그 말에 야릇한 느낌을 받았다.

그는 화장실로 가서 새 칫솔과 치약으로 이를 닦고 나서 샤워를 시작했다. 물살이 제법 세게 살갗을 때렸다.

온도를 알맞게 조절해놓고 사타구니를 비누칠하며 씻을 땐 음경이 벌떡 일어서서 수그러들 줄 몰랐다.

송도의 여인숙에서 있었던 행동이 다시 일어난다면 J가 지금은 어떻게 받아들일까? 좀처럼 잠이 올 것 같지 않았다. 생리적 욕구를 자제하는 게 이처럼 힘들고 고통인 줄 몰랐다.

그러나 그녀에 대한 순수한 사랑에 불륜의 오점을 찍어서는 안 될 일이라고 그는 다시 자신에게 다짐했다.

자기 방에 돌아온 정순의 가슴은 어땠을까? 결혼 후 이제껏 성욕이란 것을 느껴보지 못했던 그녀였지만 오늘밤의 이런 분위기

는 신기하리만치 정념이 꿈틀거렸다. 그가 무엇이든 심부름이라
도 시켜주었으면 좋겠다는 생각에 몸이 달아올랐다.

왜 이토록 그와 함께 있고 싶을까?

그녀는 겉옷을 벗어 걸고 샤워장에 가려다가 생각나는 게 있어
다시 옷을 걸치고 부엌으로 갔다. 물을 담은 주전자와 컵을 쟁반
에 받쳐들고 옆방의 문을 노크했다.

아무 대꾸도 없어 슬그머니 문을 열었다. 샤워장에서 '쫘' 하고
샤워하는 소리가 들렸다. 쟁반을 침대 옆 탁자에 놓고 얼굴이 화
끈하여 얼른 나오려다 말고 다시 돌아서서 컵에 물을 따라놓았다.
흘러가는 물도 떠주는 게 공이라는 말이 언뜻 생각났기 때문이었
을까?

정순은 제 방에 들어와 양치질한 다음 브래지어와 팬티를 벗어
놓고 마스터 샤워 룸에 가서 샤워를 시작했다.

장소는 다르지만 지척에서 같은 시간에 각기 옷을 홀랑 벗고 샤
워한다고 생각하니 묘한 기분이 들었다.

그녀도 사타구니를 씻다가 문득 한 생각이 떠오르더니 그 생각
이 꼬리를 물고 늘어졌다.

이 구멍이 그리도 소중하단 말인가? 나는 한 남자를 위해 절개
를 지켜왔다. 외부로 통하는 구멍 중에 소중한 순서대로 말한다면
이건 몇 번째에 해당이 될까?

음식을 먹고 말하는 입, 숨쉬고 냄새 맡는 코, 보고 듣는 눈과
귀, 노폐물을 배설하는 요도와 항문, 땀샘, 그들 기능에 따라 각기
쾌감이 다를진대, 멘스를 쏟아내고 정충을 받아들이고 아이를 출
산하는 이 구멍의 비중과 쾌감은 어느 순서에 끼워두어야 하나.

다른 것들은 자연스럽게 열고 닫으며 제구실을 하는데, 이것만

은 오직 한 남자만을 위해 통제되어야 하는가?

오정순은 송도에서 김인호와 그런 일이 있은지라 미스터 박과 결혼한 후에도 그때 일을 가끔 회상했었다. 그런 경우가 다시 온다면…… 천박하지만 미지의 호기심으로 설렌 때도 있었다.

그런데 그 호기심의 열쇠를 열고 설렘을 확인할 절호의 기회가 드디어 왔다.

합법적, 윤리 도덕적으로는 절대로 허용이 안 되는 기회지만.

거기까지 생각의 바퀴가 굴러가자 이상하리만치 근육이 팽팽히 수축하고 긴장되어 기분이 고조되었다.

샤워를 마친 그녀는 물기를 닦고 얼굴에 크림만 발랐다. 그리고 거울 앞에서 몸매를 들여다보았다.

약간 허리가 굵어졌을 뿐 아직도 탄력이 넘쳐 보였다. 팬스와 나이트 가운만을 걸치고 침대에 와 누웠으나 좀처럼 잠이 오지 않았다.

물그릇을 보고 그가 노크하고 무슨 말인가를 건네오면 얼른 문을 열고 맞이할 것 같았다. 그러나 옆방의 그는 아무런 낌새가 없다. 그녀는 옷장 속에 넣어 두었던 곰 인형을 들고와 꼭 껴안고 간신히 잠이 들었다.

비몽사몽 중에 **K**가 자신을 흔들어 깨우며 머리가 아프다고 했다. 깜짝 놀라 벌떡 일어났다. 깊은 잠도 아닌데 꿈을 꾼 것이다.

평소에도 그녀는 어떤 일을 골똘히 마음에 두고 있으면 그게 자주 꿈으로 나타나곤 했었다. 그녀는 걱정이 되었다. 혹 밤에라도 환자의 의식이 혼미하거나 몹시 두통이 나면 곧 연락하라는 응급실 의사의 생각이 퍼득 떠올랐기 때문이었다.

J는 살금살금 가서 옆방의 문에 귀를 기울였다. 차마 문을 열

수는 없어 망설이고 있는데, K가 저쪽 리빙 룸에서 뚜벅뚜벅 걸어오고 있지 않는가! 그녀는 화들짝 놀라 몸둘 바를 몰라 했다.

그는 진작 나와서 커튼을 열고 밖을 내다보다, 인기척이 나자 돌아본 것이었다.

조용히 다가온 인호는 정순의 손을 잡고 다시 키친으로 갔다. 그는 주인에게 물을 필요도 없이 찬장의 술병과 유리컵 두 개를 꺼내 식탁에 놓았다.

K는 포도주를 양쪽 잔에 따른 후 먼저 묵묵히 잔을 들며 눈짓했다. 그녀도 어쩔 수 없이 잔을 들었다. 그가 열어놓았던 커튼 사이로 한줄기의 달빛이 쏟아지고 있었다.

J는 화장기 없는 얼굴로 K를 대면하기가 조금 부끄러웠다. 인호가 건배하자고 잔을 내밀었다. J도 잔을 눈 높이까지 들어 살짝 '토스'하고 붉은 포도주 잔 너머로 그를 응시하며 잔을 기울였다.

그녀는 포도주를 절반쯤 비운 뒤 "제가 왜 자다 말고 방을 기웃거렸는지 아세요?" 하자

그가 "쉬—" 하고 인지를 자기 입에 세로로 세워 대며 아무 말 말라는 시늉을 했다. 입으로 말하면 행운의 파랑새가 금세 날아갈까 염려하듯이……

J는 주춤하고 얼굴을 붉혔다. 변명이 아니라 꿈 이야기를 그에게 꼭 들려주어야 하는데……

얼마 동안 그렇게 무언의 동작만이 지속되었다. 잔에 술이 쏟아지는 소리, 포도주가 식도를 넘어가는 소리, 식탁에 잔을 내려놓는 소리 외에는 서로의 숨소리만이 들릴 듯 적막했다.

그런 분위기에 휩싸여 있는 그들 마음은 점차 훈훈한 열기로 충만해 갔다. J는 선잠에서 깬 지 얼마 안 되어 처음에는 포도주를

입에 적시듯 조금씩 음미했다.

K가 잔을 비우면 정순은 그 잔에 술을 따랐고 그도 J가 잔을 비우는 것을 기다렸다가 그녀의 잔에 다시 술을 따랐다. 그렇게 몇 순배 거듭하다가 드디어 그가 말문을 열었다.

"정순 씨! 지금까지 살아오며 인생관이랄까, 가치관, 다시 말하면 가장 소중한 것이 무엇이라 생각하고 있어요?"

"글쎄요, 의식주를 빼놓을 수는 없겠지요. 돈, 젊음, 시간, 건강 뭐 그런 것 아닐까요?"

그녀는 남의 이야기를 하듯 객관적인 대답을 하고 있었다.

"그야, 그런 것은 사람이 살아가는 기본 욕구지요. 하지만 내가 중요시하는 것은 사랑하고 싶은 사람을 사랑하며 늘 함께 어울리고, 서로가 하고 싶은 일을 즐겁게 할 수 있는 자유라고 생각해요."

"하지만 그런 자유가 모두에게 일어난다면 이 사회는 걷잡을 수 없이 혼란에 빠질 거예요. 그런 자유가 인간 사회에서 용납이 안 되기 때문에 갈등과 비극이 일어나지만 그런대로 질서가 유지되는 것 아니겠어요?"

K는 그녀의 말에 자신도 수긍한다는 듯 고개를 끄덕이었다. 그리고 다음 말이 궁했든지 손을 뻗쳐 식탁 위에 놓여 있는 라디오를 틀었다. 모차르트의 '소나타'가 흘러나왔다.

한참을 묵묵히 듣고 있던 K는 다시 입을 떼었다.

"모차르트, 슈벨트, 베토벤 같은 악성들이 인류에게 주어졌다는 게 얼마나 다행이었나 생각할 때가 많아요. 나는 힘들고 답답한 수렁에서 헤맬 땐 베토벤의 웅장한 심포니 5번 '운명'을 듣고 용기를 내지만, 외롭고 고독을 느낄 땐 모차르트의 협주곡 '콘체르

토 제2악장'을 들으면 눈물이 나요. 그런 음악에 젖고 나면 비바람 끝에 개인 날씨같이 청정한 기분이 되어요. 그런 음악이 세상에 존재한다는 것은 큰 축복이지요" 하고 K가 말했다.

"맞아요. 그러나 그런 음악이 존재해도 그걸 감상할 여유가 없이 메마르고 얼어붙은 마음들이 더 늘어가는 사회가 문제지요"라고 그녀가 대꾸하자

"정순 씨도 그렇게 생각해요? 그럼 정순 씬 현재 어느 쪽에 속한다고 생각해요?"

"글쎄요. 여자의 감성은 분위기에 민감하니까 어떤 동기로 센티멘탈리즘에 몰입하다가도 빈틈없이 돌아가는 일상생활에 부딪치면 또다시 정서는 화석같이 굳어버리기 일쑤예요. 아마 나이 탓인가 봐요. 그렇게 세월의 화살에 쫓기어 늙고 나면 후회할 것을 뻔히 알면서도……" 그 말을 듣자 그가 말했다.

"그건 그래요, 사람들이 자기 개성을 찾도록 차분히 놓아두는 사회가 아니기 때문이지요. 가치관의 표준치를 엉뚱한 데 올려놓고 경쟁의식 속에 자기과시를 위한 '쇼우업'에 들뜬 세상으로 변해 가기 때문입니다. 나중에 후회 없는 인생이 정말 성공한 삶이에요."

그들은 그런 대화를 주고받으며 반 병이 넘는 술이 거의 바닥이 날 때까지 기울였다.

J는 첫 잔을 망설였으나 한잔 한잔 기울이는 횟수가 반복됨에 따라 그녀의 가슴속은 참으로 신기하리만치 가라앉았다.

얼큰한 술기운이 몰려오는 잡념들을 쓸어내고 윤리니 도덕이니 하는 거추장한 겉옷을 집어던지기 시작했다.

그녀는 내가 이래서는 안 되는데, 하는 생각이 순간순간 지나갔

지만 서서히 타오르는 정념이 혀를 날름거리며 그런 생각을 삼켜 버렸다.

K는 생각했다. J가 보다 적극적으로 되기까지에는 많이 망설였 겠지만 그만큼 사랑이 깊어졌기 때문이라 믿고 싶었다. 그는 자신 의 사랑이 그녀에게 전달되었다는 사실에 큰 기쁨을 느꼈다.

그들의 몸은 무엇인가 다음 행동을 재촉하는 무언의 말을 하고 있었다.

서로는 그 재촉하는 다음 행동을 자제하고 호도하려고 변죽만 울리고 있는데, 어느새 두 시를 알리는 쾌종시계 소리가 딩동딩동 울렸다. 이제 무슨 말이 더 필요하겠는가? 그들은 어쩔 수 없이 솟아나는 생리적 욕구에 휘말려 들었다.

이미 자제력을 잃어가고 있는 서로는 고삐를 놓친 말처럼 제멋 대로 달리는 본능에 몸을 맡길 수밖에 없었다.

K는 J를 불끈 들어 그녀 방으로 들어가 침대에 눕혔다. 그녀는 몽롱한 취중에서 어떤 절대자의 최면에 걸린 듯 그가 시키는 대 로 저항 없이 순종했다.

어둠이 가득했던 방안은 비스듬히 열려있는 문틈으로 불빛만이 그들의 일거일동을 엿보고 있다.

J가 입고 있는 나이트 가운의 허리띠를 끄르는 그의 손은 떨리 었다. 가운을 헤치자 백옥 같은 살결이 넘실거렸다.

풍만한 가슴에 오디 열매같이 봉긋이 솟아난 젖꼭지를 보는 순 간 그는 황홀감에 도취되었다. K의 심장은 방망이질하고 숨이 턱 턱 막힐 지경이었다.

그는 한쪽 유두에 살며시 혀를 댔다. 그 감촉이 신선하고 달콤 했다. 그는 가볍게 빨았다. 그러자 그녀는 본능적으로 몸을 오그리며 앞가슴을 팔로 움켜쥐고 반대편 모로 누웠다. K는 재빨리 자신의 위아래 파자마를 벗어 던졌다.

그는 뜨겁게 달아 오른 그의 맨살을 그녀의 등뒤에 꼭 밀착시키자 J는 상체를 파르르 떨었다. '이 매끈한 살갗에 밀착하고 싶은 이 날을 나는 얼마나 고대했던가?' 그는 마음속으로 부르짖었다.

그때였다. J가 무슨 말인가를 중얼거리고 있었다.

"오! 주님, 저는 이제 어떻게 해야 합니까? 저를 도와주세요. 주님! 저를 도와주세요."

애원하듯 입속으로 되풀이하고 있었다.

그는 오른팔을 목덜미 밑으로 걸치고 오른쪽 유두를 애무하며 왼쪽 손바닥은 고무풍선 같은 왼쪽 유방을 만졌다.

K의 입술은 J의 왼쪽 귓바퀴에 대고 간간이 입김을 불어넣다가 목덜미를 핥기 시작했다. 그녀는 이따금 가는 신음과 함께 엉덩이를 살짝 앞으로 내밀곤 했다.

그의 손동작이 한동안 더 지속되며 차츰 사타구니를 쓸다가 은밀한 음부를 쓰다듬었다. 살며시 음순을 헤치고 음핵을 살짝살짝 터치하다 젠틀하게 원을 그려갔다. 그러자 그녀의 신음소리는 차츰 더 크게, 자주 일어났다.

그리고 반듯한 자세로 고쳐 누우며 수동적이던 그녀의 손바닥이 K의 등을 끌어당기며 생각했다.

지금 나는 불 속에 뛰어드는 불나방이다. 그런데 그래도 괜찮다는 생각이 왜 이리도 쉽게 드는 것일까?

망설였던 일, 그를 오해했던 일, 그를 잊어야 한다고, 그를 사랑하지 말아야 한다고 다짐했던 일, 그런데 끝내 여기까지 왔구나. 그러나 훗날 후회로 남으면 어쩔 수 없었노라고 스스로 변명할까?

아니다. 절대 후회 같은 건 안 할거야. 나는 이제부터 그의 것이 되어 어디고 지옥이고 따라가도 좋다.

J의 입은 반쯤 벌어져 자신의 입술을 핥고 있었다. 아주 소중한 것을 조심스럽게 다루듯 하는 그의 짜릿한 애무를 느끼며 그녀는 이 밤이 새지 말고 이대로 계속되었으면 하고 바랐다.

J의 그런 선정적인 모습에 더욱 자극을 받은 K는 아랑곳하지 않고 애무를 계속했다. 드디어 그녀는 절정에 이르기 직전인 듯 더 자주 하반신을 치켜올렸다가 내리곤 했다.

그녀는 자신도 어쩔 수 없이 억세게 새어 나오는 신음소리를 자제하려는 듯 벌어진 입을 이따금 다물고 거친 숨을 몰아쉬곤 했다.

시간이 더해감에 따라 J는 희열과 안타까움, 원망과 못 견디겠다는 몸짓으로 고개를 좌우로 흔들었다.

적어도 이 순간만은 그녀도 어쩔 수 없이 모든 것을 허락할 참이었다. 아니 허락을 넘어 오히려 간절히 적극적으로 바라고 있다. 그렇게도 화를 내고 거부했던 몸짓이 이제 그 절대 금기인 빗장을 열어놓고 어서 들어오라고 재촉하고 있다.

진작부터 수직으로 뻣뻣해진 K의 음경은 우거진 숲 속, 정문으로 어서 들어가자고 조급하게 재촉하고 있다.

K의 그것은 조금만 건들면 인사불성으로 광기를 부리며 금방이라도 소방 호수처럼 용솟음칠 기세였다.

그는 이제 팬티를 벗어 던지고 그녀의 팬티도 끌러내리며 위로 올라가 그녀 속으로 들어가면 된다. 그 동작은 불과 1분이면 족했다.

이제 그의 욕정이 높은 파도가 되어 몰려오는 이 순간, 그녀의 영육은 침몰해 가는 한 잎 조각배의 가냘픈 운명이 될 것인가?

K는 그녀에게 정력적인 키스를 퍼부으려는 찰나였다. 그런 감미롭고 몽롱한 기분 중에도 그녀는 스스로 잠에 휘말리고 있었다. 술기운 탓이었으리라.

그때 K의 머리를 세차게 탁 치고 지나가는 어떤 번개 같은 섬광에 깜짝 놀랐다.

동작을 멈춘 그는 급하게 머리를 회전시켰다. 그리고 살며시 일어나 쏜살같이 화장실로 뛰어 가서 솟아오르는 정액을 수음으로 배설했다. 참으로 오랜만의 쾌감이었다.

그는 혼자 지나면서 넘치는 생리적 욕구를 간혹 몽정으로 발산했는데, 이런 과정을 거쳐 처리한 것은 10년이 넘었다. 더욱이 20년의 숙원이던 안타까움이 그런대로 일시에 씻겨 내린 것 같았다.

K는 손을 씻고 침대에 돌아오니 J는 계속 무슨 소리를 중얼거리다가 옆의 곰 인형을 꼭 껴안고 흥건히 잠에 빠져들고 있었다.

그녀는 자신의 유방을 누군가 허기진 어린애같이 빨면서 가슴을, 배를 다듬다가 서서히 배꼽 밑을 지나 허벅지와 사타구니를 쓸어 내려감을 느꼈다.

어느 순간 실오리 하나 걸치지 않은 그가 자신의 위에 사뿐히 올라왔다. 그리고 여전히 젠틀하게 애무를 지속하고 있다.

그녀는 자신도 모르게 간간이 신음소리를 내며 양다리를 쭉 뻗고 하체를 쳐들고 더 강렬한 자극을 갈망했다.

J는 결혼 후 오르가즘은 고사하고 한번도 성적인 충동을 느끼지 못했었다.

그 원인은 철저한 부친의 가정교육을 받고 자란 탓도 있었지만 남편의 성에 대한 몰지각과 심리적 콤플렉스 때문이기도 했다.

그런 자신이 지금 오르가즘이란 별천지의 문턱을 넘나드는가 싶더니 황홀하고 짜릿함이 그 언덕바지에서 안개에 묻혀 어디론가 사라졌다.

무척 아쉬움이 남았지만 그녀의 몸과 마음이 생전 처음 신비스런 체험을 했다.

살금살금 기어오는 새벽 빛을 알리려는 듯 괘종시계가 여섯 시를 울릴 때였다. 그녀는 번쩍 눈이 떠졌다. 그리고 깜짝 놀랐다. 방안은 깜깜하고 문은 닫혀 있었다.

옆자리를 더듬었으나 곰 인형밖에 아무도 없다. 옆에 있어야 할 아니 꼭 있었던 그가 없다.

당황한 그녀는 팬티를 쳐들고 자신의 은밀한 곳에 손을 대보았으나 아무런 습기도 없다.

K는 화장실에서 나왔을 때, J가 한쪽 허벅지를 밖으로 내어놓은 채 중얼대다 막 잠이 드는 것을 우두커니 바라보다 시트를 올려 덮어주었다. 그리고 그녀 얼굴에 가볍게 입맞춘 그는 곧장 옆방으로 돌아왔었다.

성욕의 격전장에서 개선 용장처럼 가슴이 뿌듯했다. 참으로 아슬아슬한 위기를 잘 극복했다는 안도감 때문이었다.

격정의 돌풍이 세차게 휘몰아치며 온 집안을 덜컹덜컹 흔들었으나 분명 큰 피해는 입히지 않고 지나간 그런 후련함이었다. 그녀를 덮치려던 순간 그의 머리 속을 스치고 지나간 섬광 같은 생각은 크게 세 가지였다.

그 중 첫째는 육체관계로는 드물게 전염되지만 혹시라도 그녀에게 C형 간염을 옮겨주면 큰 일이었다.

둘째는 이제껏 인내로 지켜온 윤리 도덕을 어기면 자신은 유부녀를 유린한 금수가 될 것이었다.

셋째는 신자인 그녀에게 십계명을 깨트리는 오점을 남긴다면 그녀는 지울 수 없는 죄의식으로 영원히 고통을 받을 터였기 때문이었다.

K와의 육체적 접촉은 그 정도에서 끝났지만 J가 치른 정사는 취중에 그가 그녀의 성감대에 시동을 걸어놓고 살짝 빠져나간 후 깊은 꿈속에서 그녀 혼자 해낸 것이었다.

너무도 생생하여 생시 같았다. 그러나 그게 생시가 아니고 꿈이었음에 그녀는 안도의 숨을 돌리면서도 너무 허탈했다.

갑자기 그와 육체관계를 간절히 하고 싶어졌다. 그런 감정은 진정 처음이었다. 참으로 묘한 이중성의 심리작용에 자신도 놀랐다. 그리고 J의 양 볼에는 두 줄기의 눈물이 주르륵 흘러내렸다.

그 눈물의 성분은 참으로 많은 것을 담고, 무엇인가를 분명히 말하고 있을 것이었다. 기쁨과 짜릿함, 그리고 죄의식과 두려움, 안타까움이 범벅이 된 진한 눈물이었다.

밖은 비가 내린다고 그녀는 생각했다. 그 빗방울이 뒹구는 낙엽에 뚝뚝 떨어진다고 느꼈다. 그녀는 바로 누운 채 천장을 멍하니 바라보다가 깊은 안도의 숨을 내쉬었다. 얼마나 다행한 일인가, 아슬아슬한 고비를 무사히 넘겼으니……

J는 일어나 화장실에 다녀왔다. 오랜만에 과음한 탓인지 머리가 지끈지끈 아파 왔고 위가 쓰리기 시작했다.

그녀는 서랍에서 두통약과 제산제를 꺼내 먹었으나 머리 속은 어수선했다. 돌이켜 생각해보니 너무 엄청난 짓을 저질렀다.

비록 육체적으로 노골적인 섹스는 안 했다손치더라도 일보 반보 차이일 뿐 크게 다를 바 없다. 돌이킬 수 없는 간음을 저지른 게 분명하지 않은가?

가정을 지켜야 할 주부로서 또 신앙인으로서 용서받을 수 없는 일이었다. 어쩌면 천벌을 받아 마땅할지도 모를 일이다.

호손의 소설, '주홍글씨'의 주인공 헤스터 프린이 떠올랐다. '아덜터리'(간음)의 첫 자 'A'를 가슴에 달고 평생을 지내야 했던 그녀처럼 자신도 마음속에 'A'자를 새기고 다녀야 하지 않을까.

그러나 엎질러진 물을 이제 어찌하랴. 그녀의 눈에서는 고장난 수도꼭지처럼 또다시 눈물이 뚝뚝 떨어졌다.

그때 옆방에서 K의 기침소리가 들렸다. J는 얼른 눈물을 훔치며 그의 입장에서 생각해 보았다. 여자가 아닌 남자의 생리적 욕구를 그토록 무자비하게 억압한 그의 인내심에 탄복했다.

그렇게 참다 혹 몸에 해가 되지 않을까? 그렇지 않아도 그의 건강이 바람 앞의 촛불 같다는 불안한 예감을 씻을 수가 없었는데……

너무 불쌍하여 또다시 눈물이 솟구쳤다. 앞의 눈물은 환희와 고뇌의 것이었다면 지금의 눈물은 인간만이 지니는 남다른 자비의 눈물이었다.

'그래, 20년을 짝사랑으로 번민했던 그에게 마지막 기회마저 인색해서야 너무 잔인하지 않은가? 그가 긴 세월 동안 고이 간직했던 짝사랑이 결코 헛되지 않았음을 마지막이 될지 모르는 기회에 행동으로 확인시켜 준 게 그리도 잘못이란 말인가?'

J는 그렇게 스스로를 합리화하고 위로했다. 그녀는 일어나 샤워한 다음, 아침 준비를 했다. 자신도 그렇고 그도 속이 쓰릴 것 같아 무를 넣고 무너국을 끓였다.

K가 화장실에 가는 것 같았다. J는 얼른 방에 들어가서 얼굴 화장을 하면서 큰소리로 말했다.

"인호 씨, 일어나셨어요? 여기 목욕물 받아놓았으니 목욕부터 하시고 식사하러 내려오셔요."

"응, 알았어" 그는 흥겹게 대꾸했다. 그녀는 잠을 설쳤는데도 화장발이 잘 듣는 것 같았다. 그러나 그의 얼굴을 어떻게 볼 수 있을까? 또 가슴이 쿵당거렸다.

K는 목욕을 하며 한없는 고마움을 느꼈다. 근래 피로가 몰려오면 간이 나쁜 증세이려니 했는데 간밤에 육체적으로 그렇게 소진했는데도 이상하리만치 몸이 가뿐했다.

목욕을 마친 그는 층계를 내려오며 J의 뒷모습을 보니 또다시 가슴이 울렁거리고 아랫도리가 뿌듯해 왔다. 연분홍 나이트 가운을 걸쳐 입은 그녀의 아름다운 몸매, 훤히 비치는 가운 속으로 삼각 팬티의 윤곽이 선명하다.

위로 말아 올린 윤기 나는 까만 머리 밑에 훤칠한 목과 균형 잡힌 어깨를 타고 내려오는 곡선미는 허리와 히프를 거쳐 유연하게 굽이치고 있다.

그 밑에 쭉 뻗은 다리도 참 보기 좋았다. 분명 신의 성공적인 작품임에 틀림없었다. 그는 살금살금 걸어가서 J의 등뒤에서 살풋이 그녀 허리를 껴안았다.

그녀가 질겁을 하고 놀라며 그의 팔을 풀려 하자

"가만히 있어요."

하며 K는 더욱 꽉 조이고 그녀의 목에 가볍게 입술을 대었다.

가쁘게 내쉬는 그의 숨결에 그녀의 늘어진 몇 가닥의 머리카락이 팔랑거렸다.

“정순 씨! 정말 미안하고 고마워.”

오른쪽 귀에 대고 속삭이었다.

홍당무가 된 J는 그의 팔을 풀고 급히 계단을 올라갔다. 잠시 후 옷을 갈아입고 내려오며,

“인호 씨, 잘 주무셨어요? 몸은 괜찮구요?”

하며 눈을 정면으로 뜨지 못하고 금세 수줍은 처녀가 되었다.

해는 벌써 중천에 떠있고 젓나무 정원수가 드리운 그늘에는 들국화 몇 송이가 가을 햇빛에 목말라하고 있다.

월요일이었지만 마침 국경일인지라 J의 마음은 느긋했다. 그들은 아침을 먹으면서 그날 어디 갈까를 의논했다.

“세계무역센터 아니면 센트럴 파크?” 하고 그녀가 말하자,

“아무 데나 안내하는 대로 따라 다닐게요” 하고 그가 대꾸했다.

그들은 식사를 마친 후 J가 설거지를 하고 있을 때 K는 혼들의자에 앉아 신문을 들쳐보고 있었다.

문화 면에 신진 시인의 신간 시집을 소개하는 기사가 나온 것을 보고 그가 큰 소리로 물었다.

“정순 씨! 지금도 시 좋아해?”

“그럼요, 참 옛날에 인호 씨가 써준 시가 아직도 내 책 속에 꽂혀 있는데 내가 시집을 읽을 땐 인호 씨의 시도 함께 읽고 그때 생각에 잠기곤 했어요.”

“그래? 그럼 그 시집을 좀 보여줘요.”

“네, 그럴게요.”

그녀는 커피와 과일을 갖다 놓고 책장에서 두 권의 시집을 들고 왔다. ‘세상에서 가장 아름다운 시’와 세상에서 가장 슬프고 소중한 시’라는 제목의 시집이었다.

책 속에는 색 바랜 종이가 여러 장 알뜰하게 꽂혀 있었다. 분명히 K 자신의 글씨가 또렷또렷하게 적혀있다.

모두 16장인데 그 종이의 크기와 모양이 가지각색이었다.

어느 것은 꼬깃꼬깃 접은 것을 펴놓은 흔적도 있고 어느 것은 하트 모양의 빨간 색종이도 있었다.

"인호 씨, 그 시 한번 낭송해 줄래요?"

그가 들고 있는 종이를 보고 J가 바싹 기대왔다.

생일을 축하하는 시, 연인을 두고 고민하고 체념하는 시들이었다.

아니 시라기보다 한 사나이의 넋두리였다. 그러나 그 나름대로 그때그때의 심정을 진솔하게 담은 내용들이었다.

"정순 씨! 그런데 이런 것 이렇게 간직하고 있어도 돼요?"

하고 물으며 그녀를 바라보았다.

"걱정 마세요. 그인 이런 시집 같은 것엔 전혀 관심이 없어요. 그리고 이 시들은 다른 시인들의 것과 똑같이 시를 사랑하는 사람이면 누구나 공감이 갈 텐데 김인호 시인의 시라고 다를 게 없잖아요. 다만 저를 위해 쓴 것 외에는…… 어서 낭송이나 하세요."

그녀는 수다스럽게 말하며 어서 읽으라고 다시 졸랐다.

"그래? 그 말을 들으니 기분 좋은데, 오직 한 사람한테만 시인으로 인정받는 시, 그럼 읽을게요."

하고 K는 그 시들 중에서 하나를 뽑아냈다. 그는 쑥스럽지만 목청을 돋구어 읽어갔다.

그리운 임과 함께

높은 산 계곡 실개천 따라

졸졸 흐르는 물 호수 이루고
넘실거리는 은빛 물결에 띄운 조각배
어영차! 노를 저어 가는 젊은이들

뭉게 구름 떠가는 먼─ 하늘 향해
야─호─ 소리 산에산에 메아리친다
아람들이 백년 묵은 고목 파란 잎들
살랑살랑 봄바람 불어오고

둥지 튼 참새들 나뭇가지에서
이리저리 그네 뛰며 노래한다

그 밑에 밀집 모자 눌러 쓴 노인
한가로이 낚싯대 드리우고서
옛 친구 강태공 생각하는가

이쪽 강가에는
한 무덤의 꽃 오색 수놓고
벌 나비 불러 데이트한다

저─쪽 숲 속에는
발딱 일어선 다람쥐 한 마리
도토리 움켜쥐고 웃고 있다

아─ 그리운 임과 함께 한 세상
오래오래 살고 싶다

이런 자연 속에 토막집 짓고
낮에는 밭을 갈고 씨앗 뿌리고
밤에는 글을 읽고 사색하며

야따금
새와 꽃, 산과 숲, 토끼, 다람쥐
동무 삼아 나는 시를 짓고
임은 노래 부르고

아- 그리운 임과
한 세상 오래오래 살고싶소

그가 시를 읽는 동안 숨죽여 듣던 그녀는 "이왕이면 다 읽어주세요" 하고 졸라댔다.

"어! 내가 이런 시도 적어 주었던가? 이건 내가 편지할 때 별도로 넣어 보낸 것이잖아?"

"맞아요, 그 시를 읽고 내 마음이 얼마나 포근했는지 몰라요."

생일 때는 어김없이 축하의 시가 적혀있고 여느 때는 그때그때의 심정을 읊은 것이었다.

맨 처음은 ○월 ○일, 맨 나중은 ○월 ○일이었다. 그는 다시 읽는다.

그대 모습

그대 청순한 모습 항상 곁에 있어
내 눈이 밝은 빛 보네
생시에 또 꿈속에서도
그대 감미로운 숨결 피부로 느껴
내 포근히 잠들 수 있네.
번개 치고 천둥 이는 밤일지라도

아- 그대 마음같이 애틋함이며

영원토록 내 마음속에 배여 있어라

그대 향긋한 체취 주위에 맴돌아
내 항상 숨쉬고 있네
낮이나 밤이나 24시간

그대 따뜻한 체온 내 몸에 스며있어
내 심장 항상 고동치네
비가 오나 눈이 오나 365일

아─ 그대 이름같이 곧은 사랑이여
영원토록 내 머리 속에 새겨있어라

그는 나머지 시도 계속 낭송하고 끝장을 넘기자

"거 봐요, 김인호 시인이 나를 얼마나 감동시켰는지 아세요?
이 시들을 얼마나 애송했는지 모를 거예요. 그리고 나를 또 얼
마나 울렸는데요" 하고 그녀는 적셔진 눈시울을 찍어냈다.

그도 자신의 시를 낭송하면서 오랜 세월의 뒤안길을 돌아보았다.

무지개의 꿈으로 부푼 가슴을 안고 힘차게 달리던 훤히 뚫린 신
작로, 실의와 비애의 빗방울에 젖어 터벅터벅 걷던 어둔 골목길들
을 연상하고 있었다.

그녀의 속눈썹은 벌써 촉촉이 젖어들었다. 그는 잠시 있다 책장
을 넘기며 그녀가 시집에 동글뱅이를 여러 개 친 것을 읽어갔다.

동서고금의 대 시인들의 절절한 사랑의 시이자, 정말 소중하고
슬프고 아름다운 시들이 페이지마다 예쁘게 수놓고, 그의 가슴을
울리었다.

시는 읽는 사람이 그때의 심정에 따라, 같은 시이지만 여러 음

색과 향기를 띠며 독자의 가슴에 크고 작은 파문으로 메아리칠 수 있다. 그게 시어(詩語)들이 얽혀 속삭이는 매혹이기도 하다.

하지만 수 백년 전의 시인들이 지금 자신의 마음을 어떻게 이렇게 꿰뚫어 보듯 절절하게 읊을 수 있었을까? 그 중의 몇 구절은 너무도 생생하여 그는 소리내어 읽어가다 어느덧 젖은 목소리가 되어 떨리었다.

옆에서 듣고 있던 그녀도 숙연해져 연신 눈을 닦았다. K는 J를 돌아보고, 읽던 시집을 건네주며 좋아하는 시를 낭송하라고 했다. 그녀는 처음에는 부끄럽다고 사양하다가 하도 진지하게 그가 부탁하자 거절할 수 없다는 듯, 목청을 가다듬은 후 낭랑한 소리로 읽어갔다.

그들은 한동안 그렇게 들뜬 마음으로 시집을 한장 한장 넘기며 시어들이 은밀히 속삭이는 밀어에 귀를 기울였다.

그 속에서 반짝이는 별들을 만나고, 달님의 얼굴에 맺힌 눈물에 젖다가 어느덧 따뜻한 햇볕에 가슴을 태우곤 했다.

그는 눈을 닦으며 한 쪽을 바라보자 피아노가 눈에 띄었다. 이 집에 들어와 그것을 본 후 진작부터 그녀가 치는 피아노 소리가 듣고 싶었다.

"정순 씨, 피아노 한번 쳐주겠어요? 모처럼 피아노 소리가 듣고 싶어. 언젠가 우리 함께 등산하고 내려오다 시골학교에 들렀을 때였지? 교실 안의 낡은 풍금에 수북한 먼지 털고 걸터앉아 쳤던 곡 있잖아?"

"인호 씨, 그건 옛날 이야기지 지금은 안 쳐요. 이 피아노의 주인은 딸아이예요" 하고 사양하였지만 그의 강권에 못 이겨 J는 피아노 뚜껑을 열고 의자에 앉았다.

‘메기의 추억’—옛날에 금잔디 동산……—을 들려주었다.

아직도 은어같이 고운 그녀 손가락은 건반 위에서 발레이를 하듯 사뿐사뿐 내려앉을 땐 그 옛날의 생각으로 K는 자신도 모르게 또 눈시울을 적셨다.

그들은 그렇게 정오를 넘기었고 아침에 세운 관람 계획은 누구의 제안도 없이 자연스럽게 취소되었다. 정말 하루 해가 불과 서너 시간 만에 금방 지나간 것 같았다.

그도 그럴 것이 아침에 늦게 일어나 점심 겸 아침을 들었고 짧은 가을 대낮이 긴 밤을 서둘러 불러왔기 때문이었으리라.

그들은 이른 저녁 식사를 마치고 텔레비전을 켜고 여기저기 채널을 돌리다가 프로 레슬링을 보게 되었다. J는 그런 프로는 좋아하지 않았지만 그가 열심히 보고 있어 그대로 두었다.

엎치락뒤치락 하다가 선수 중 하나가 링 밖으로 떨어졌다. 그때 밖에서 대기해 있던 자가 철제 의자로 그 선수의 뒤통수를 내리쳐서 기절시켜 놓고, 기진맥진한 그를 떠밀어 ‘링’ 안에 올려놓았다.

그러자 상대선수가 그를 덮쳤고 레프리는 ‘원, 투, 쓰리’ 하고 바닥을 탕탕탕 치더니 덮친 자의 손을 번쩍 들어주었다. 스릴은 있지만 분명 페어플레이는 아니었다.

원래 프로 레슬링은 각본을 짜고서 서로 그럴싸한 묘기로 관중을 흥분케 하는 연기에 지나지 않는다지만 그런 반칙을 허용해서는 안 되겠다고 J는 생각했다.

그러나 세상일이 어찌 ‘페어플레이’만으로 승리를 가늠하겠는가? 어찌 보면 반칙 우승이 더 많을지도 모른다. 이기기만 하면 그만이라는 관념은, 내일이 없이 오늘만이 전부인 것같이 살아가는 단세포 사고가 만연하기 때문이 아닐까?

그런 생각에 젖어 있을 때 K가 다시 채널을 이곳저곳 리모트 콘트롤하자 어느 한 채널에서는 섹스 장면이 나왔다. J가 스크린에 달려가 얼른 껐지만 그가 그냥 둘 리 없었다. K는 다시 켜고 그녀를 꼭 껴안았다.

레스링 선수들의 싸움이 아니라 서로를 아낌없이 주고받으며 환희의 극치, 영육의 굳은 결합이라도 이루려는 듯 그런 포옹이었다.

J도 그의 와이셔츠 단추 위의 가슴팍에 살며시 얼굴을 묻었다. K는 그녀의 어깨를 감싸다가 한 손으로 머리를 쓸어 내렸다. 그들은 무언의 대화를 나누고 있었다.

'나, 당신 너무 많이 사랑해 걱정이야!'

'저도 그래요. 인호 씨.'

텔레비전에서는 여전히 남녀간이 엉키어 토해내는 거친 숨소리가 계속되었다.

그 순간 그녀는 가슴이 뛰며 꿈속의 환희를 현실로 체험하면 어떨까 싶어졌다.

그리 되면 자신은 꿈속에서처럼 점점 달아올라 히프를 쳐들고 이상한 황홀감으로 몸이 비비꼬일 것이고, 이 세상 누구하고도, 뭣하고도 바꿀 수 없는 순간순간이 될 것이었다. 참으로 신기한 기운이 깊은 곳에서 꿈틀거리고 있었다.

J는 평소 성에 대해서는 별로 흥미도 감각도 없었다. 그런데 마음의 문을 활짝 열고, 성감에 시동이 걸리면 제법 관능적으로 변해 가는 자신의 감정과 육체에 깜짝깜짝 놀라고 있었다.

그래서 인간의 생리도 분위기와 개발하기에 따라 본능의 고향으로 찾아드는지 모를 일이었다. 정밀한 기계일수록 제자리에 꼭 맞추고 능숙하게 조절하면 뛰어난 성능을 발휘하듯이……

K 역시 욕정 같아서는 만사를 제치고 그녀와 한바탕 어울려 오래도록 막혔던 강둑을 무너뜨리듯 정열을 콸콸 쏟아내며 남은 생을 활활 태우고 싶었다.

그러나 이성이 살아있고 의식이 뚜렷한 지금 인내로 쌓아올린 공든 탑을 한순간에 무너뜨릴 수는 없는 노릇이었다.

그들은 아무도 먼저 말을 꺼내려 하지 않고 더 이상의 행동으로 전진하려 하지도 않았다. 각자 그런 환상과 상념에 몰두하고 있을 뿐……

그때 전화벨이 한번만 울리고 끊어졌다. 누군가가 둘을 엿보고 있다가 질투하고 방해라도 하려는 듯이……

잠시 후 그가 그녀의 볼에 키스하고, "사랑해 정순 씨! 그리고 미안하고 고마워" 같은 말을 또 귀에 대고 조용히 속삭이며 그녀 허리를 감고 있던 팔을 풀었다.

어느덧 TV의 거친 숨소리도 멎었고 화면은 '도요다' 자동차 광고로 바뀌어 있었다.

그들은 끝내 정열의 불꽃을 태우지 못하고 한 발짝 물러섰다.

안타까움으로 길들여진 나그네는 가파른 산정의 정복을 코앞에 두고 끝내 포기해야 했고, 인고와 비애로 얼룩져 도도히 흐르는 강물을 힘들게 건너뛰어야 했다.

붉은 노을이 창문을 기웃거리는가 싶더니 어느새 창공에 별이 한 둘 등불을 밝히기 시작했다. 많은 말을 주고받은 것 같은데 아쉬움은 여전히 남아있었다.

J는 무슨 말이든 즐겁고 재미나게 K에게 들려주어 그가 환히 웃는 모습이 보고 싶었다. 그런데 그런 말이 좀처럼 떠오르지 않아 공연히 입맛을 다시다가 잠시 그의 눈을 바라보았다. 그의 눈빛은

영롱한데도 어딘지 모르게 깊은 우수에 젖어 있음을 감지했다.

서로는 입가에 미소를 지으며 말했지만 마음속은 눈물이 개울이 되어 흐르고 있었다. 어느 순간 그들의 대화는 약속이나 한 듯이 주춤했다.

J는 일어나 커튼 사이로 하늘을 쳐다보았다. 어느덧 하늘의 별은 온데간데 없고 뚝뚝 빗발이 떨어지는 소리가 들렸다.

단 며칠이었지만 K가 있어 방안은 충만감으로 채워졌고 달콤한 공기는 짜릿한 색깔로 반짝이었다. 그런데 이제 그가 떠날 시간이 다가옴을 예감했다.

한파를 몰고 오는 까만 바람소리같이 그렇게 시간이 저벅저벅 가까이 다가오고 있었다. 마침내 열 점을 알리는 괘종시계 소리가 울렸다.

"정순 씨, 이제 가봐야겠어. 내일 아침 일찍 뉴욕대학 병원에서 친구와 약속이 있어, 호텔에 가서 준비할 것도 있고."

"그래요? 그럼 어서 가셔야지요."

그녀는 안타깝지만 그를 더 이상 붙들 구실이 없었다.

"시간이 너무 빨리 지나갔지?"

그가 일어서며 말했다.

"맞아요, 정말 저두 그래요."

K는 분명 안색이 좋지 않고 어딘지 수심이 가득 찬 모습에 J의 가슴이 또 울컥했다.

이 분은 한국에 가면 홀아비 생활의 연속이 아닌가, 밤이 되면 이곳 체험을 되새기며 고독과 싸워야 하겠지.

식모가 있다지만 식사는 제대로 입맛에 맞게 해 줄 것이며, 건강은 누가 돌봐주고, 내복은 누가 세탁해 주고, 넥타이와 손수건은 누가 챙겨줄 것인가.

K도 그 순간 비슷한 생각에 잠겨있었다. J를 처음 대했을 땐 약간 지친 모습이었지만 직업을 가진 주부로서 그럴 수 있으려니 생각했다. 그리고 반가워하는 마음들로 그런 생각은 잠깐 지나갔다.

그런데 자신과 보낸 며칠 사이 그녀의 얼굴은 무척 밝아 보였고 생기 발랄했다. 그건 그녀가 치마폭에 잠재웠던 성의 신비를 찾아냈고 가슴에 서려둔 사랑의 비밀을 깨우쳤기 때문이리라. 그러나 지금의 모습은 분명 그늘이 드리워져 있다.

시원하고 반짝이는 눈동자를 볼 때마다 타고 난 청순함과 총명이 깃들었다 생각했는데 느닷없는 침입자에 의해 몸과 마음의 충격으로 지금은 어떤 번민을 하고 있을까?

정숙한 아내, 성실한 어머니의 위치에서 사랑해서는 안 될 사람을 다시 사랑하는 죄의식에 가슴 아파하는 그런 고민은 아닐까?

차고를 나오니 밖은 여전히 비가 내리고 그 사이를 뚫고 바람이 휘파람을 불며 나뭇가지를 흔들고 있었다.

그들이 차를 타고 문구점 가까이 왔을 때 마침 길가에 택시가 서 있었다.

"정순 씨! 저기 택시 뒤에 세워줘요."

"아니예요, 제가 호텔까지 모셔다 드릴게요."

"아니야, 여기까지면 됐어. 저 택시 가기 전에 어서 그 뒤에 세워줘요."

그는 완강하게 말했다. 그녀는 길옆에 서 있는 노란 택시 뒤에 차를 세웠다.

밤중이라 주위에 눈여겨볼 사람은 아무도 없었다. 그는 무엇인가 호주머니에서 꺼내 그녀의 손에 꼭 쥐어주었다. 네모진 곤색

융단의 납작한 상자와 그 위에 접은 하얀 메모지가 놓여있다.

"나중에 펴봐요. 그 상자는 호텔 옆 보석상에서 사두었던 거고 메모지는 정순 씨를 만난 후 내 심정을 적은거요, 이왕이면 더 값비싼 반지를 해주고 싶었는데……"

"뭐 이런 데까지 신경 썼어요. 고마워요."

하고 그녀도 핸드백을 열고 은으로 만든 고급 몽불랑 볼펜과 이태리 제 까만 사슴 가죽 지갑을 내밀었다.

"문구점에 진열된 상품이예요. 쇼핑 갈 틈이 없어 포장도 안 하고 그냥 가져왔어요. 약소하지만 받아주세요."

"정순 씨! 이렇게 안 해도 폐 많이 끼치고 가는데, 아무튼 고마워요, 오래오래 간직할게요."

그들은 다시 꼭 껴안았다.

서로는 볼에 가벼운 키스를 하고 한참 있다 떨어졌다.

그녀의 눈에서는 그렁그렁 눈물이 맺혔다. 그도 석별의 고통을 이겨내려는 듯 마른침을 꿀꺽꿀꺽 삼켰다.

목에 밤톨이라도 걸린 듯 숨이 막혀와 분명한 작별 인사도 못하고 차에서 내리려 할 때였다.

"잠깐만요."

J는 생각해 둔 말이 있었다. '저만 사랑해 주어요. 제 생각 잊으면 안 돼요' 그런 공허한 말을 당부하고 싶었다. 그러나 그 말은 꿀꺽 삼키고 그 대신

"인호 씨, 한국 가시면 꼭 교회에 나가세요. 성경 말씀도 틈틈이 읽으시구요. 약속하시겠지요?" 하자, 그는 대답 대신 고개를 끄덕이고 차 문을 열었다. 제법 굵은 빗방울이 차창을 때렸다.

K는 코트 깃을 세우며 "잘 있어요. 정순 씨" 한마디 남기고 차

를 내려 문을 닫고 뚜벅뚜벅 택시 쪽으로 걸어갔다.

잠시 후 택시는 왼쪽 빨간 후미 등을 껌벅껌벅 하더니 차도에 들어서자마자 어둠 속으로 질주해 갔다. 그녀의 눈길은 택시의 후미 등에 붙박여 떨어질 줄 몰랐다. 눈물이 주르륵 흘렀다. 그녀는 잠깐 생각했다. 그가 찾아오리라고는 상상도 못했는데 꿈 같은 며칠을 함께 보내고 이제 석별을 했구나. 우리들의 만남은 무슨 의미를 담고 앞으로 어느 만큼 진전될 것인가? 잘려나간 지난 세월의 자락이 다시 이어질 것인가?

그가 탄 택시의 뒷 모습이 보이지 않을 때까지 그녀의 젖은 눈은 안타깝게 차미를 쫓아갔다. 택시가 사라진 후 J는 눈물을 닦고 그가 손에 쥐어준 선물을 살며시 펼쳤다.

상자에는 예쁜 진주 목걸이가 들어있고 종이 쪽지에는 낯익은 그의 필체로 시가 적혀있다.

진심은 영원히

그 무엇이 이토록
오랜 세얼
우릴
슬프게 멀리 떼어놓았나

그래도 애타게 그리워하던 그대
이리도 가까이 만날 줄이야

이건 정녕 꿈이 아닌
오늘의 생생한 현실이었네

긴 세월 하루같이 보고싶던 그대

나는 이제 분명 꿈을 이루었네
영원히 넘칠 행복감으로..

한강에 뿌린 허무와 회한의 눈물
얼룩진 구름으로 빗물이 되고

여기 '허드슨' 강에 다시 고였네
진심을 담은 환희의 물결로...

아— 잃었던 그 진주 다시 찾았네
영원히 변치 않을 영롱한 빛으로

긴 세월 하루같이 보고싶던 그대

*   *   *

K는 다음날 아침 약속시간에 대학병원 친구에게 찾아갔다.

필라델피아에서 찍은 후 불과 며칠이 지났을 뿐인데 재차 찍은 MRI는 현대의학이 설명할 수 없을 정도로 꽤 큰 두 개의 종양덩이가 간장의 가장 중요한 부위에 위치하고 있었다.

조직 생검까지 받았는데 악성 간암으로 확인되었다. 암덩이는 수술조차 불가능한 곳에 자리잡고 있었다.

설혹 조건이 맞아 간이식이 가능하다 할지라도 암이 성장하는 속도로 보아 평균 두 달이 걸리는 순서를 기다릴 수조차 없었다.

그는 그 종양이 악성이라는 부동의 사실 앞에 절망할 뿐이었다. 사진과 조직 생검 슬라이드를 자신이 직접 확인했으니 현대의학의 권위를 정면 부정할 수는 없었다.

그는 과거에 자신을 찾아온 환자가 말기 자궁암으로 이미 다른 장기 여러 곳에 전이된 것을 처음 발견한 때가 가끔 있었다. 그들 환자에게 시한부 인생이란 준엄한 선고를 내렸을 때 그들의 시선이 어쨌나를 기억하고 있다.

의사인 당신이 용하다고 소문은 났지만 이번만은 오진이 아니냐는 불신의 눈초리, 그러다 잠시 후엔 왜 하필이면 나만이 이런 불치의 병에 걸려야 하느냐고 분노하고 오열하던 모습, 단골 의사인 당신이 어떻게 잘 좀 선처해 달라는 타협과 애원의 몸짓들을……

그러던 환자들이 얼마가 지난 후엔 우울증에 빠져들고 드디어 어쩔 수 없다는 체념으로 죽음을 받아들이던 그들의 모습이 돌아가는 필름처럼 지나갔다.

그럴 때마다 만에 하나 나에게도 저런 절박한 불행이 닥치면 어떻게 하나…… 그런 막연한 불안감에 싸였던 때도 있었다. 그리고 그들을 어떻게 위로했던가를 생생히 기억하고 있다.

그런데 지금은 자신이 물에 빠져 허우적거리며 숨통을 틀어막을 마지막 물방울을 들어 마셔야 할 운명 앞에 있다.

호텔에 돌아온 그는 침대에 무너지듯 쓰러졌다. 칼날 같은 매서운 태풍이 어름 송곳이 되어 전신을 사정없이 쑤시고 지나가는 것 같았다. 밖은 세찬 바람이 유리창을 흔들었고 낙엽이 우수수 떨어지는 소리가 들리는 듯했다.

담 벽에 그려놓아 떨어질 리 없는 마지막 나뭇 잎새를 바라보고 죽음을 넘기게 했다는 오 헨리의 단편 '마지막 잎새'의 스토리가 떠올랐다. 그러나 그런 생각도 순간일 뿐, 어느새 사위는 철갑으로 무장한 병사들이 칼을 빼어들고 진을 치고 있다. 꿈이기를 간절히 바랐다. 하지만 꿈이 아닌 요지부동의 현실이 아닌가.

그는 울컥울컥 자꾸만 설움이 복받쳐 와 쏟아지는 눈물을 손바닥으로 닦아냈다.

친구는 설득한다. 저만치 떠내려가는 지푸라기를 붙들라고. 항암 화학요법으로 꽤 좋은 효과를 올리고 있다는 캘리포니아 암 전문의를 소개하면서……

그 친구 의사는 분명 희망을 말하고 있다. 내 병의 예후를 뻔히 손바닥 보듯 알고 있으면서…… 이런 때 다른 의사나 친구의 위로와 격려의 말이 무슨 의미가 있겠는가?

그러나 그 친구인들 희망의 뒷 면에 절망이 도사리고 있음을 짐작 못해서 그럴까?

나도 현대의학을 전공한 의사다. 3기 자궁암 환자도 그냥 죽게 할 수는 없노라고 겁 없이 척척 수술을 한 때도 있었다. 그런데 지금 자신의 병은……

의학의 무력함에 무릎을 꿇지 않을 수 없다. 고도로 발달된 현대의학이지만 난치병은 여전히 난치병으로 남아있는 것이다.

간암 환자는 특별한 예외 말고는 지금은 어쩔 수 없는 난치병에 속한다는 현실은 현대의학의 탓이 아니다. 더구나 치료를 담당할 의사의 탓은 더욱 아니다.

그래 그 의사와 친구의 말에 속아주자. 그게 잠시나마 서로의 비참함을 덜어주는 유일의 길이 아닌가, 이제 잠시도 망설일 시간의 여유가 없다.

결국 그 친구가 예약을 했고, 캘리포니아로 떠날 준비를 서둘렀다.

K는 J에게 급히 떠날 수밖에 없다는 사연을 전하려고 몇 번 전화통에 손을 댔다가 포기하고 말았다. 차마 사실을 밝힐 수 없었기 때문이었다.

어떻게 자초지종을 설명해야 할지 엄두가 나지 않았고 그 실마리를 찾지 못했다. 처음 미국에 건너온 동기와, 필라델피아에서 검사 받고 다시 확진을 위해 뉴욕대학 병원에 왔다는 이야기를……

그런데 재차 받은 검사 결과는 수술도 불가능한 상태란 안타까운 말을 어떻게 전할까? 더구나 화학요법이 보장이 없는 것이라면 자신이 '모르모트' 실험쥐를 대신하는 것이라고 어떻게 절망의 말을 전할 수 있을까?

그토록 사랑하는 그녀에게까지 그런 절망을 심어주고 싶지 않았다. 또 그녀의 목소리를 들으면 목이 메여 말이 제대로 나올 것 같지 않아서도 그랬다.

뉴욕대학에 있는 친구에게 자신이 떠난 후 연락하라고 J의 전화번호를 적어주었다. 간장이 조금 안 좋은데 캘리포니아에 가서 약물요법을 하면 좋아질 거라고, 막연하게 말하라고 부탁했다.

K는 1차 주사 맞고 2주 후에 2차 주사를 위해 기다려야 했기에 아직 체력이 남아있는 동안 한국으로 돌아왔다. 자신의 병원 인계와 정리할 문제들을 고려해서였다.

인호는 서울에 도착 즉시 선산부터 들르려고 장항선 열차를 탔다. 부모님 산소는 1년에 한두 번 들르는 게 고작이었는데 살아생전에 어쩌면 마지막이 될지도 모르는 일이었기에 비행기 속에서 생각했었다.

경황 중 아들한테도 서울 도착 시간을 연락하지 않은 게 잘 한 일로 생각되었다.

차가 덜컹거리며 오산 역에 도착하니 25년 전 학생복 차림이었던 오정순의 선연한 모습이 떠올랐다. 그때 인호는 그녀에게 첫눈에 감전되어 얼마나 가슴 조였던가?

불과 얼마 전의 일 같은데 그 동안 세상도 자신도 많이 변한 것을 새삼 실감했다. 초가집들은 함석과 벽돌집으로 바뀌었고 추수철의 농기구도 크게 개선되어 문명의 이기가 되어 있었다.

장항 역을 내려 택시를 타고 선산을 향했다. 흔히 고생 끝에 낙이 온다는데 자신의 부모님에게는 그 말이 고생 중에 단지 한 가닥 희망을 심어주기 위한 말에 지나지 않았다.

부모님은 자식 하나를 위해 세상에 태어나신 분들 같았다. 그야말로 온갖 고생을 하시며 자식에게만은 절대적인 사랑을 쏟다가 호강 한번 못하시고 돌아가셨다.

아버지는 그가 대학 다닐 때였으니 집안 사정이 극도로 핍박할 때였고 어머니도 그가 레지던트를 하느라 한참 힘들 때 돌아가셨으니 말이다.

선산에 이르니 한 곳에 나란히 자리잡은 부모님 묘에는 풀이 무성하게 자라고 있었다. 그는 인근 마을에 내려가 주막집에서 소주와 안주를 사며 낫도 빌려왔다.

술을 따라 놓고 재배한 후 팔을 걷어붙이고 못동의 풀을 깎아낼 때 뒤쪽 공터에 자꾸만 눈길이 쏠렸다. 아들을 데리고 올걸……

그는 아들에게 미리 연락을 안 하고 또 바쁘다는 핑계로 자주 와보지 못한 게 이젠 가벼운 후회가 되었다. 산소를 돌아보고 오는 길에 이십 리쯤 떨어져있는 누이동생 집으로 버스를 타고 갔다.

아버지가 돌아가신 후 찢어지게 가난했던 시절이 있다. 누이동

생을 몸을 싸서라도 데려가겠다는 짝이 있어 아무 것도 해준 것
없이 그녀를 결혼시키고 얼마나 가슴 아팠던가?

별로 배우지도 못하고 손에 쥔 것도 없는 그들이었지만 어떻게
억척같이 장사하고 절약했던지 지금은 장안 시내에서 남부럽지 않
게 살고 있다. 또 아들 딸 오누이를 두고 교육도 잘 시키고 있다.

아버지가 중풍으로 쓰러져서 기동을 못하실 때 누이동생이 그
렇게 지극 정성으로 보살펴 드려 마을에서는 한때 효녀 심청으로
소문 난 일도 있었다.

아마 저 세상이 있다면 아버지가 도와주고 계심에 틀림없을 것
이었다.

느닷없이 방문한 오빠를 보고 누이동생이 그렇게 반가워할 수
없었다. 중·고등학생이 된 조카들도 외삼촌에 대한 존경심과 기
대가 이만저만이 아니었다.

그는 이 조카들과 이번이 마지막 상봉이 될지 모른다고 생각하
니 자꾸만 솟아나는 눈물이 가슴속에 흥건히 고이고 있었다.

"오빠, 미국 여행하느라 너무 피로하셨나 봐요. 얼굴이 많이 수
척해졌어요."

하는 누이의 말에

"응. 여기저기 다니느라 좀 고단해서 그래. 시차도 있고 해서.
곧 좋아질 거야."

하고 안심시켰지만, 항암 주사를 맞은 후부터 몸이 현저하게 쇠
약해 감을 느꼈다.

"그럼 서울 집에 들러 푹 쉬고 서서히 내려오실 걸 그랬어요."

"그럴까도 생각했는데, 병원에 들르면 또 시간이 안 날 것 같아
서 내친김에 왔다. 산소를 들러 오는 길이야. 이 서방 사업 잘 되

지?”

“네, 그런대로 잘 되어요. 조금 전에 연락했으니까 오늘은 일찍 들어올 거예요. 오빠 산소 가시기 전에 여기 먼저 들러 저랑 애들 데리고 함께 갔으면 좋았을 텐데, 지척인데도 요즈음에는 바쁘다는 핑계 대고 자주 못 가서 아버님 어머님께 죄송하고 오빠한테도 미안하네요.”

“아니다. 네가 자주 드나들며 잘 살펴주어 오히려 내가 미안하고 고맙게 생각하고 있어. 너는 자랄 때부터 다른 애들과는 달랐어. 이 오빠 대신 네가 장남 노릇하지 않았니?”

“오빠 별 말씀 다 하시네요. 그 어려운 공부하시느라 얼마나 힘 드셨어요. 아버님 병들어 누워 계시고 어머님 행상하셨으니 망정이지 안 그랬으면 제가 집을 뛰쳐나가 공장에라도 다니며 오빠 학비 도왔을 거예요. 부모님 유산 없이 우린 힘들게 개척했으니까 우리 후손들은 경제적으로 어려움 없이 공부에만 몰두할 수 있을 거예요. 쟤들 아빠와 저도 그렇게 하고 싶던 공부를 하지 못하고 성인이 됐잖아요. 오직 제 부모를 의지하고 태어난 자식들의 공부는 끝까지 시켜야 한다는 일념으로 그간 허리띠 졸라매고 이를 악물며 닥치는 대로 장사했어요. 이젠 자리도 잡혔고 남에게 아쉬운 소리 안 해도 되었네요. 그리고 천만 다행으로 다 건강해요. 애들도 부모 애 먹이지 않고 학교에서 우등하여 모범생이라고 담임 선생님들의 칭찬이 자자해요. 저는 애들한테 너의 외삼촌 같이만 되라고 늘 입버릇처럼 일렀지요. 그래서 오빤 쟤들한테 우상, 아니 영웅이어요. 이젠 저희들에 대해서는 걱정하지 마세요. 돌아가신 아버님도 저 세상에서 기뻐하시고 잘 돌보아 주실 거예요.”

그는 누이동생의 사고방식이 그토록 건실한지는 미처 몰랐었다.

그리고 그 갸륵하고 고마운 마음씨에 가슴이 뭉클했다.

인호는 조카들을 가까이 오라 하여 머리를 쓰다듬어 주며

"너희들이 올곧게 잘 자라주어 고맙고 자랑스럽다. 커서 이 삼촌보다 더욱 훌륭한 인물이 되어야 해, 알았지?"

"예. 외삼촌" 하는 그들에게 미화 지폐($20) 한 장씩을 쥐어주었다.

그는 아쉬움을 남긴 채 서울에 돌아왔다. 피로한 가운데에도 병원일 등 꼭 처리해야 할 일들을 순차적으로 정돈하느라 무척 바쁜 나날을 보냈다.

*　　　　　*　　　　　*

오정순은 섹스의 감정이 일어나면 육체의 반응이 어떻게 달라지는지 이제 확연히 알게 되었다. 중년의 나이가 되도록 자신만이 모르고 지났다는 게 한편 억울하기도 했다.

여자들이 모이면 섹스할 때 누가 어떻게 괴성을 지르고 누구는 황홀감으로 구름에 떠있는 것 같다는 오르가즘에 대해 수다를 떨 때도 전혀 감을 잡지 못했었다.

그뿐이랴, 그녀는 목석 같은 자신만이 소외된 부끄러움을 감추기 위해 헛웃음을 실실 흘리기도 했다.

짓궂은 친구는 "정순아! 너 뭐 알고 웃니?" 하고 조롱의 말도 서슴없이 했다.

그럴 땐 수치심으로 쥐구멍이라도 들어가고 싶은 심정이었다. 그런데 이젠 그게 아니었다. 그녀도 분명히 그 비밀스러움을 깨우친 것이다. 참으로 신기하고 황홀한 그 비밀을……

뜨거운 사랑의 불길이 얼어붙은 몸과 마음을 어떻게 녹이고, 상

대에 따라 섹스의 느낌이 어떻게 다르고, 그것이 뜻하는 바가 무엇인지에 대해 뒤늦게 눈을 뜬 셈이었다.

그러니 K가 떠나간 뒤 J의 가슴속은 어땠을까? 허전한 외로움의 장막이 먹물같이 번져온 것은 뻔한 순서였다.

그러면서도 그녀의 머리 속은 여간 복잡하고 혼란스러운 게 아니었다. 섹스에 대한 종래의 고정관념이 무너지고 있었기 때문이었다.

사내들 중에는 섹스에 꿀맛을 들이면 칼날 위의 꿀도 마다 않고 핥는다는 말을 들었었다. 그리고 치마 두른 여인을 보면 개같이 침을 흘리고 엉키는 자도 있다는 이야기도 들은 때가 있었다.

그래서 넘쳐나는 남성 호르몬의 생리가 충동적이고 자제력이 없는 사내들이란 그런 것이려니 생각해 왔다.

그런데 여자도 성욕을 주체하지 못해 음부에 이물을 끼고 다녀야 하는 색녀가 있다는 이야기를 들었을 때는 아연실색하지 않을 수 없었다.

자신과는 너무 대조적이었기 때문이었다. 그런데 그게 있을 법한 일로 이해가 되어가니 모를 것이 사람의 마음이었다.

곰곰이 생각할 필요도 없이 억센 체력의 인자를 받고 태어나 강골이 되는 자가 있는가 하면, 허약 체질로 태어나 약골로 살아가는 자도 있다. 그러니 성욕도 식욕과 같이 개인차가 많을 것이 분명했다.

또 성격이 급한 자가 있는 반면 순해 빠진 자가 있다. 그러니 왕성한 성욕을 가진 자는 그 에너지를 다른 분야로 승화시키지 못하는 한 그걸 주체하기 힘들 것이다.

때문에 허벅지를 인두로 지지며 참아내는 자제력도 한계가 있을 것이고, 반대로 성을 터부시해 소박맞는 불감증 환자도 있기 마련이다.

　오정순은 여기까지 생각이 미치자 자신은 어느 부류에 속하는 가를 숙고하지 않을 수 없었다.

　처녀 때는 수도하는 여인을 동경하고 꿈꾼 때가 있었고 결혼 후에는 성의 불감증으로 고민해 왔으니 분명 식욕이 없는 허약자로 분류해야 마땅했다. 그런데 고개가 갸우뚱해지는 까닭은 웬 일일까? 대중잡지에서 잠깐 읽었던 기사가 정말일까? 여자는 30대 후반 40대 전반에 성욕이 가장 왕성하다는 말이……

　그렇다손치더라도 자신의 육체는 너무 변해가고 있다. 잠재해 있던 성이 갑자기 혁명이라도 일으킨 것일까? 그러면 그 혁명의 동기는 어디서 왔을까?

　중학교 때 물리학에서 배운 '관성(慣性)의 법칙' 때문일까? 정지하고 있는 물체는 계속 정지하려 하고 움직이는 물체는 계속 움직이려는 물체의 특성이 생물체에도 적용이 되는 걸까?

　아니면 생물학에서 말하는 '용불용설(用不用說)', 다시 말해 계속 쓰지 않는 생체는 도태되고 계속 활용하는 장기는 발달된다는 이론 때문일까?

　그런데 자신은 타의이기는 하지만 남편과의 잠자리에 많은 세월 길들여지지 않았는가?

　그런데도 남들처럼 성의 쾌감을 모르고 지났었다. 그러나 이제 성감의 짜릿함에 눈을 뜬 것은 마음의 조화 때문이었을 게 분명하다.

　그럼 그 마음의 작동은 상대에 따라 분위기에 따라 좌우되는 게 아닐까? 그게 평범한 인간의 속성이라면 자신도 그 속성을 벗어

나지 못함 때문일까?

그녀의 머리 속에 그런 저런 생각들을 이리저리 굴리며 맴돌다가 멈칫했다.

소위 만물의 영장이 하등동물과 다른 점은 무엇인가? 최소한의 양심과 자존심으로 마땅히 사회의 규범을 지켜야 할텐데 윤리도덕을 썩은 동아줄마냥 팽개쳐 버리는 행위를 생리 탓으로만 돌리고, 사랑이란 미명으로 호도하면 그만인가?

시대의 조류가 그러니 그까짓 사회의 비난쯤이야 마이동풍 격으로 흘려들어야 된단 말인가? 아무리 육체의 혁명이라지만 철이 든 후 30여년 세월의 고정관념은 여간 녹녹한 게 아니었다.

그래서는 절대 안 된다는 현실의식이 고개를 들자, 그녀는 다시 고민하지 않을 수 없었다. 그러나 사무치도록 보고 싶고 그와 지낸 단 며칠간의 시간이 뇌리에서 떠나지 않음을 어찌할까.

그와 헤어진 지 3일 만에 남편이 귀가했고 5일 만에 딸이 여행에서 돌아왔다.

남편과 딸이 돌아온 J의 가정은 예나 다를 바 없는 분위기였으나 그녀의 가슴속은 하늘과 땅만큼 달라있었다.

K가 떠난 지 3주가 지났다. J는 그와 마지막 인사를 나눌 때 왠지 다시는 만나지 못할 것 같은 예감이 강박감으로 조여왔는데, 이제 현실로 다가왔다.

애타게 기다리던 K의 소식을 뉴욕대학에 있는 그의 친구한테서 대충 들었기 때문이었다.

"여보세요, 거기가 뉴욕 문구방점 맞습니까?"

"네, 그렇습니다."

"미세스 박 좀 바꿔주세요."

“네, 제가 미세스 박인데요.”

“아, 그러세요, 뉴욕대학 병원에 있는 닥터 신인데요. 닥터 김, 김인호 친구입니다.”

“네, 그러세요? 그런데 인호 씨는 지금 어디 계시지요?”

그녀는 반가운 김에 황급히 물었다.

“그 친구는 지금 서울에 있어요.”

“네? 아니 왜요? 저한테는 아무 연락도 없이 가셨지요?”

“예. 말하기 곤란합니다만 어차피 아실 테니까 말씀 드리지요. 그 친구는 간암으로 판명되었어요. 수술도 불가능해 급히 캘리포니아로 떠났습니다. 거기서 첫번째 항암 약물 치료 후 2주간의 여유가 있어 한국에 다녀오려 갔습니다. 그런데 두 번째 항암 치료를 받으러 도미하기 전날 격렬한 담석통이 일어나 그곳 대학병원에 입원중이라는 연락을 받았습니다.”

그 말을 듣는 순간 J의 머리 속은 와르르 벽돌이 무너지는 것 같은 소리가 들렸다. 송수화기를 놓자 눈물이 핑 돌았다. 하늘은 먹구름이 몰려오고 있었다. 금방 폭우라도 쏟아질 기세였다. 그녀는 기운이 쭉 빠져나가 손발을 꼼짝할 수 없었다.

그와 함께 지은 사랑의 집은, 구체적인 설계로 건축된 반석 위의 빌딩이 아니었다.

허기와 갈증을 한두 잔의 뜨거운 물 컵으로 달래고 얼어붙은 몸을 잠시 녹이기 위해 모래 위에 세워 놓은 오두막이었다.

솔바람만 불어도 벼랑에 떨어질 그런 날림집이 원망스럽기만 했다. 그러나 비록 날림으로 지은 오두막이지만 단단한 밧줄로 바위 기둥에 묶어 두어야 할 것 같았다.

J는 서울에 다녀올 것을 결심했다. 병마에 시달리며 생사가 걸

려있는 그를 어떻게 이곳에서 강 건너 불 보듯이 할 수 있단 말인가? 남편에 대한 배신이나 죄를 짓는 일도 아니다.

비단 사랑하는 사이가 아닐지라도 인정의 차원에서도 병 문안 차 그를 찾아가는 것은 결코 부정한 행위가 아니다. 그녀는 그렇게 자신에게 변명했다.

일단 서울 어머니에게 며칠 새에 다녀가겠다고 전화했다. 혹 박 서방이 물으면 아버님이 더 많이 편찮으시다는 말만 전해주라고 부탁했다. 친정 아버님은 70이 넘어 직장암 수술을 받은 지가 3년이 넘었다.

하복부에 배설 주머니를 매달자는 의사의 권유에도 한사코 반대하시어 결국 6시간이나 걸려 암 덩이를 떼어내고, 직장을 연결하여 항문으로 변을 누시게 했다.

그후 가끔 혈변이 나오면 기겁을 하고 병원에 몇 차례 드나드셨다. 어머님도 오랜 무릎 관절염으로 기동이 불편하신 것을 남편도 알고 있는 터였다.

그녀는 여행사를 통하여 비행기 표를 예약해 놓고 친정 아버님이 더 많이 편찮으셔서 생전에 가보아야 하겠다고 남편의 양해를 구했다.

문구점은 새 학기가 아니라 한가했다. 가게문에는, 휴가중이라고 적고 문은 3주 후에 연다고 써 붙였다. 은행에서 현찰을 넉넉히 인출했다.

그리고 인호 씨한테서 선물로 받은 진주 목걸이만 목에 걸었다. 반지와 귀걸이도 빼놓고 수수한 옷차림을 했다.

몇 가지 옷들을 구겨 넣은 가방 하나와 핸드백을 들고 비행기 트랩에 올랐다.

좌석을 찾아 앉자 안내원의 친절한 물음에도 금방 알아듣지 못하고 "네? 뭐라고 했지요?" 반문을 거듭했으니 아마 정신이 반쯤 나간 사람으로 보였을 게 틀림없었다.

불안과 안타까움과 억울함으로 만감이 교차하여 이따금 한숨을 내쉬며 고민하는 사이 비행기는 한국에 도착했다.

그 전에는 귀국 시 김포공항에 내리면 고국의 정취가 물씬했는데, 이번에는 납덩이 같은 공기가 갑자기 에워싸는 것 같은 답답한 느낌뿐이었다. 반가운 게 하나도 없었다.

아무한테도 도착할 날짜와 시간을 알리지 않았으니 마중 나올 사람이 없는 게 당연했다. 오직 소망 사항이 있다면 건강한 인호 씨의 모습이 보고 싶을 뿐이었다. 택시를 타고 OO대학 병원으로 직행했다.

초콜렛 빛 검붉은 벽돌로 쌓은 병원 건물이 저만치에 육중한 모습으로 다가왔다. 싸늘한 늦가을의 공기를 뚫고 내리 비치는 석양이 유리창에 부딪쳐 반사되고 있었다. 어디선가 먼 곳에서 때아닌 종소리가 들려온다.

그 종소리는 새삼 세상의 번뇌와 슬픔을 일깨워 주듯 둔탁하게 울리다가 은은한 여운을 남기고 사라지곤 한다. 지상의 온갖 만물과 함께 인간의 종말이 성큼 다가오는 것일까?

저 병동 안에서 일어나는 가족 친지들의 그 숱한 희비애락의 인파 속에 자신은 과연 어느 편에 서게 될 것인가?

병원 문 앞에 있는 꽃집에 들르니 자신의 나이 또래인 여주인이 반갑게 맞아주었다. 무슨 꽃을 선택할까 망설이다가 백합과 빨간 장미, 안개꽃을 곁들여 한 다발 샀다.

백합같이 청초한 자신의 모습이지만 사랑의 마음은 붉은 장미 같은데, 머리 속은 오리무중 안개 같다는 의미를 상징하기 위한 무의식의 지시였을까?

그런 생각을 하며 병원 현관에 들어와서 안내인의 말에 따라서 병동 삼층 엘리베이터 버튼을 눌렀다. J의 가슴은 두근거렸고 아랫도리는 후둘후둘 떨렸다.

간호사 테이블에서 차트를 넘기고 있는 한 간호사에게 다가갔다.

"김인호 환자를 면회 왔습니다."

"예? 그 환자는 일체 면회 사절인데요."

하고 그녀는 안 됐다는 듯이 말했다.

"왜지요?"

"주치의 손 과장님의 특별 지시예요."

그녀는 기가 막혔다. 들고 온 꽃다발을 테이블 위에 놓아둔 채 그 소화기 내과 손 과장실을 물어 무조건 찾아 나섰다.

다시 엘리베이터를 타고 올라가 과장실 문을 노크했다.

"들어오세요" 안에서 굵은 남자 목소리가 들렸다.

J는 문을 열고 들어섰다. 얼굴이 가무잡잡하고 뚱뚱한 손 과장은 낯선 사람이 웬 일이냐는 듯 쳐다보기만 했다.

"손 과장님이시지요?"

"네, 그런데요. 누구시지요?"

"처음 뵙겠습니다. 저는 뉴욕에서 온 오정순이라고 하는데요. 과장님 환자인 김인호 씨를 보러왔습니다. 과장님의 허락을 받고 싶어서요."

J는 주저할 것 없이 자신의 신분을 밝히고 용건을 말하자 과장은 벌떡 일어서서 당황한 기색을 감추지 못하고 말했다.

"아, 그러세요? 먼 길 오시느라 수고하셨습니다."

그는 의자를 내밀고 앉을 것을 권하며 매우 정중하게 대해주었다. 그리고 잠시 시간을 얻으려는 듯,

"커피 한잔 하실까요?"

하고 물었다.

그녀는 커피 마실 그런 여유로운 마음이 아니었지만 그의 허락을 받아내기 위해 자연스럽게 앉아서 대꾸했다.

"네, 그러지요."

손 과장은 방 한구석에 준비된 잔을 꺼내놓고 커피를 따르고 나서 크림과 설탕을 가리키며 "어서 드시지요" 하고 말했다.

"과장님 커피는요?"

"네, 저는 조금 전에 들었습니다" 하고 그는 사양했다.

J는 크림과 설탕을 두 순갈씩 넣어 젓고 있는 동안 손 과장은 매우 난처한 듯 눈을 끔벅거리며 무슨 말인가를 열심히 궁리하는 것같이 보였다. 한참 후에 그는 조심스럽게 말문을 열었다.

"잘 아시겠지만, 닥터 김은 미국에서 받던 화학요법을 여기서도 지속하고 있습니다. 그런데 담석증이 자주 말썽을 일으키고 있어요. 생각 같아서는 곧 수술을 해야겠는데 체력이 허용될지 망설이고 있습니다. 그리고 그의 면역 상태가 아주 취약할 뿐 아니라 신경이 과민해 있기 때문에 지금은 볼 수가 없습니다. 대단히 죄송하지만 며칠 후 환자 상태가 다소 호전되면 그때 연락 드리겠습니다. 서울 연락처를 여기에 적어주세요."

하고 메모지와 볼펜을 내밀었다.

잔뜩 주눅이 든 표정이 민망할 정도였다. 그는 김인호와는 막역한 동창 친구로 그녀와의 관계를 잘 알고 있는 터였다.

손 과장은 그 친구가 한 말이 생각났다. '친지들의 방문이 무척

힘들게 한다’고…… ‘형편없이 일그러진 자신의 몰골을 보이기 싫다’고……

‘하지만 미국에 있는 정순 씨에게는 연락해야 하지 않겠느냐’고 물었을 때, 뜻밖에도 난색을 표하며, ‘다른 사람은 다 알아도 그녀에게만은 자신이 죽은 후가 아니면 절대 알리지 말라’고 간곡히 부탁했었다.

‘피차간에 잊을 수 없는 추억을 아름답게 간직하기 위해서라도 자신이 취해야 할 의무’라고 했었다. 그러니 그런 그의 꿈을 깰 수는 없는 일이었다.

태평양을 건너 먼 곳에서 왔건만 정순 씨를 따돌려야 하는 과장의 가슴도 여간 아픈 게 아니었다.

손 과장은 그녀를 보내고 나서 닥터 김에게 사실을 이야기할까 말까 마음이 착잡했다. 그러나 고민 끝에 알려주지 않기로 마음을 굳혔다.

J는 애원 한번 못한 채 전화번호만 알아 가지고 과장실을 쫓겨나오듯 한 자신이 어처구니없이 바보스럽게 느껴졌다.

한숨을 크게 쉬고 복도를 걸어나오다 보니 저쪽에서 중년 여자 한 분이 꽃을 한 아름 안고 걸어가고 있었다. 누군가와 그 꽃을 주고받으며 잠시나마 서로 기쁨을 나눌 그들이 부러웠다.

그리고 자신이 갖고 온 꽃다발 생각이 그때서야 났지만 그냥 출입문을 향해 걸어갔다.

육중한 병원 문을 열고 밖으로 나오니 쌀쌀하지만 양지바른 햇살이 아직도 내리쪼이고 있었다.

J는 정원에 서있는 은행나무 밑의 벤치에 앉아 하늘하늘 떨어지는 낙엽을 하염없이 바라보았다. 사람도 죽으면 저 나뭇잎같이 나

뭇가지에서 떨어져 땅에 묻히겠지……

그때 휠체어를 탄 중년 환자를, 부인인 듯한 여인이 뒤에서 밀고 지나간다. 환자를 위해서 면회가 불가하다는 과장의 말이 한편으로는 이해가 갔지만 가족이 찾아와도 그랬을까? 하는 의구심이 생기자 그녀는 처량한 생각이 들었다.

분명 자신은 가족이 아니라는 현주소가 우뚝 앞을 가로막는 절벽 같은 느낌으로 다가왔다. 그리고 생각보다 K의 지병이 심각함을 새삼 절감했다.

J는 일어나 천천히 걷기 시작했다. 바람이 머리칼과 옷깃을 펄럭이었다. 난감한 가슴을 움켜쥐고 친정집으로 돌아오는 그녀의 발길은 무겁고 착잡했다.

정순은 고개를 들어 하늘을 바라보았다. 높고 푸른 하늘엔 뭉게구름이 몇 점 떠가고 있다. 평소엔 그런 하늘을 보면 가슴을 열고 활개라도 치고 싶었는데……

보도 위엔 하얀 한 쌍의 비둘기가 열심히 모이를 쪼고 있다. 저들도 생존과 건강을 위해 먹고 있는 것이다.

"인호 씨, 제발 어서 털고 일어나세요, 힘을 내시라고요. 20여 년을 한결같이 애타게 그리워하다 다시 만난 지 얼마나 된다고 벌써 홀로 가시려 합니까? 우린 오래오래 살며 서로 정신적으로 의지하면 큰 힘이 될 수 있지 않아요? 인호 씨, 당신은 더 이상 외롭고, 괴롭고, 슬프게 살아서는 안 돼요. 그 동안도 충분히 힘들게 살았잖아요. 추운 겨울이 지나면 만물이 생동하는 봄이 다시 오듯 당신도 살다가 조금 아픈 것뿐이에요. 어서 몸을 추스리고 일어나세요. 사쿠라 꽃 만발한 창경원에서 우리 다시 만나 손에 손을 잡고 걸어야지요. 세상에는 기적이란 것도 있고, 그 기적은 생존의 의지를 끝까지 포기하지 않을 때 가능한 거래요.”

그녀는 안타깝고 억울해서 쏟아지는 눈물이 자꾸만 앞을 가렸다. 길가를 오가는 행인들과 차량들은 저마나 목적지를 향해 바쁘게 움직이고 있다.

그런데 나는 여기까지 찾아온 목적이 무의미하게 되었구나. J는 그런 생각을 하며 고개를 숙인 채 묵묵히 걷고 있었다.

그때 빈 택시 한 대가 슬금슬금 그녀 곁을 지나다 저만치 앞에 멈춰 섰다.

그녀는 문을 열고 뒷좌석에 앉으니, “손님 어디로 모실까요?” 하고 젊은 운전기사가 물었다.

“서대문으로 가 주세요.”

J는 고개를 등받이에 대고 눈을 감았다. 뉴욕에서 K가 마지막 떠나던 날 밤, 그 택시 후미를 자신이 바라보듯 그가 뒤에서 이 택시를 안타깝게 바라보고 있는 것 같았다.

여기까지 와서 그렇게 매정하게 돌아설 수 있느냐는 듯이⋯⋯ 그녀는 눈물을 훔쳐내도 계속 쏟아졌다.

어머님은 무릎 관절염으로 고생하면서도 힘들게 아버지를 간병하고 계셨다. 딸이 꼭 다녀가야 할 만큼 악화된 것도 아닌데 뜻밖에 귀국한 딸이 반가우면서도 무슨 일인지 궁금해하는 눈치셨다.

아버지 역시 “너 박 서방하고 무슨 일이 있었니?” 하고 심상치 않다는 듯 물으셨다.

정순은 “엄마 아빠 본 지도 3년이 지났으니 보고싶고, 또 친한 여고 동창이 위독하여 병 문안 겸해서 왔어요” 하고 둘러댔다.

그녀는 여장을 풀자마자 곧장 뉴욕 집에 전화했으나 새벽녘인데도 남편은 전화를 받지 않았다. 응답기에 서울에 잘 도착했고,

아버님의 건강은 생각보다 좋지 않다는 말을 남겼다.

이틀이 지나 미국 집 그리고 대학병원에 전화했으나 모두 허사였다. 3일이 되었는데도 양쪽에선 아무런 연락이 없었다. 정순은 자꾸만 초조해졌다.

그녀는 친구들 아무한테도 연락을 하지 않고 집에서만 맴돌며 엄마 아빠 시중을 들었다.

4일째가 되었다. 아침부터 추적추적 궂은비가 내리고 있었다. 송도 해수욕장이 가고 싶었다.

정순은 우산을 받쳐들고 엄마한테 친구 만나러 간다고 말하고 집을 나섰다.

지금은 K와 함께 갈 수 없는 곳이지만 그 곳의 수평선과 넘실거리는 물결이 보고 싶었다. 그와 함께 탔던 배가 아직도 있다면 그 배를 타고 노를 젓고 싶었다.

그 여인숙이 지금도 있다면 그 방에 들어가 보고 싶었다. 자신의 나이 20대 젊음을 거기서 건지고 싶었다. 그러나 마음뿐이지 그렇게 멀리까지 가서 그런 환상을 더듬을 시간과 마음의 여유가 없었다.

J는 다시 생각했다. 그리고 K와 거닐며 처음으로 야릇한 감정에 휩싸였던 창경원을 향해 발길을 옮겼다.

실로 오랜만에 찾은 곳이었다. 동물원은 보이지 않고 한쪽 숲 속엔 아이들이 뛰어놀고 있다. 띄엄띄엄 한가로이 걸어가는 사람들이 눈에 띄었지만 주위는 비교적 한적했다.

"이게 옛날의 그 창경원이었던가?"

그녀는 입속으로 실망스럽다는 듯 중얼거렸다.

화사하게 만발했던 봄철의 사쿠라꽃도, 싱그럽던 여름의 실록

도, 가을 들국화 찾아 날던 나비도 온데간데 없고, 주변에서 모이
쪼던 비둘기도 보이지 않는다.

　나뭇가지에서 들리는 새소리만이 보금자리가 그립다는 듯 애닯
게 짖어댔다.

　날개를 퍼득이며 이쪽저쪽 그네 뛰다가 인기척이 나면 깜짝 놀
라 일제히 편대를 이루어 일사불란하게 날아간다. 바람에 팔락이
는 단풍은 어느 순간 한잎 두잎 낙엽으로 날리고 있다.

　분명 같은 장소이지만 한때 그와의 젊음을 향유하며 무지개의
꿈을 수놓았던 그 자연의 풍경은 아니었다.

　J는 K와 앉았던 벤치에 갔으나 빗물에 젖은 자리라 앉을 수도
없다. 우두커니 서 있다가 그와 속삭이던 숲 속으로 터벅터벅 걸
어갔다.

　나무숲에서 무게를 더해 우산에 떨어지는 굵은 빗방울이 이따
금 뚜두둑 뚜두둑 정적을 깨트렸다.

　그녀는 K와 손을 잡고 오솔길을 따라 오르며 나누었던 옛 이야
기에 몰두하다 발을 헛딛고 미끄러졌다. 무의식 중에 손을 뻗었으
나 예전에 잡아주었던 손길 그는 거기에 없었다.

　바삭바삭 밟을 때 내지르는 낙엽소리, 그 소리가 왠지 비명처럼
들렸다. 오던 길을 되돌아오자 비바람은 더욱 드세졌다.

　J는 고독을 한 아름 안고 터벅터벅 걸었다. 길가를 가로질러 줄
지어 지나가는 개미떼를 보았다. 저 개미떼를 밟으면 그들은 그
순간에 몰사하겠지? 그런데도 장갑차 같은 발걸음이 다가옴을 저
개미 같은 미물이 감지할 수 있겠는가?

　인간의 운명도 마찬가지이다. 절대자의 의지 앞에 인간은 너무
도 미약한 존재다. 참으로 불가사의한 게 우리 인간이란 존재 아

닌가. 하나님께 경배하지 않을 수 없다.

그런데도 이런 땐 인간적인 심오한 철학서라도 읽었음 싶었다.

J는 친정으로 돌아오는 길에 눈에 띄는 맥주점에 들어섰다. 실내는 젊은 혈기들이 왁자지껄 떠드는 소음으로 가득했다. 우리도 옛날에는 저들과 같이 어울렸는데…… 군중 속인데도 새삼 고독이 몰려왔다. 담배연기도 역겹게 느껴졌다.

그녀는 그냥 나올까 하다가 빈자리를 찾아 앉았다. 답답하고 울적한 마음이 이런 분위기에 젖어들면 잠시나마 위로를 받을까 해서였다.

벽에는 복사본 그림이 몇 장 걸려 있었다. 르노와르의 파티장과 피카소의 입체화 그림들이었다.

흘러나오는 뮤직을 곰곰이 생각하고 있는데 주문한 맥주 한 조끼가 테이블에 놓여졌다.

그녀는 물기가 서린 맥주 잔을 두 손으로 거머쥐었다. 손바닥에 닿는 감촉이 차가웠다. 이 찬 맥주가 하소연할 길 없이 부글거리는 가슴을 식혀줄 것을 바라며 한 입 가득히 담아 마셨다.

시원한 감촉이 식도를 뚫고 넘어갔다. 마음의 갈증이 조금은 채워지는 것 같았다.

잠시 후엔 입술에 거품을 머금은 채 조금씩 마셨다. 흘러나오는 음악에 귀를 기울이며 '온더럭 스카치'를 음미하듯……

처음에는 몰랐으나 그 음악이 진행됨에 따라 '닥터 지바고'의 영화 배경 음악임을 알았다.

그리고 그 영화의 한 장면을 떠올렸다. 절박한 전쟁의 소용돌이 속에서 그토록 사랑하던 연인 라라의 안전을 위해 억지로 그녀를 다른 사내에게 보낼 수밖에 없었던, 지바고의 그 가슴 아픈 장면을……

그토록 사랑하던 지바고를 떠나 지난날 상처받고 싫어하던 사내에게 어쩔 수 없이 끌려가야 했던 라라……

그런 가슴 아팠던 장면들이 떠올랐다. 사람의 숙명이란 미리 정해진 것일까?

J는 그런 생각을 하며 집으로 돌아왔다. 그녀는 저녁을 먹은 뒤 잠을 청했으나 깊은 잠이 오지 않았다.

그녀는 일어나 옛날 오빠가 즐겨 읽던 철학서적들 가운데서 '쇼펜하우어의 인생론'을 책장에서 꺼내들고 다시 자리에 누웠다.

무심코 펼치니 책갈피에 꽂혀 있던 봉투가 뚝 떨어졌다. 두 개의 편지 봉투였다. "아! 이게 무슨 편지지?" K의 필적을 당장 알아본 그녀는 깜짝 놀라 가벼운 탄성을 지르며 봉투 속에서 편지를 꺼냈다.

첫번째 것은 J가 최전방에 K를 찾아갔으나 그를 못 보고 엉뚱하게 이 선생을 만나고 돌아와서, 그녀를 의심하며 행여 K가 무슨 변명이라도 있을까 그토록 기다렸던 서신이었다. 그녀는 두 번째 것을 펼쳐들었다.

사랑하는 정순씨!

그동안 안녕하셨어요? 나는 제대하고 모교 대학병원에서 산부인과 레지던트 수련이 시작되었쏘. 그간 망설이고 망설이다 참으로 어렵게 꺼내는 내 말을 이해하고 용서해요. 내가 진정 정순씨를 가슴깊이 사랑하고 있다는 것 정순씨도 짐작하시겠지요?

나는 정순씨를 알고 부터 내 삶은 오직 그대만을 향한 해바라기 인생이었쏘. 당신이 내려준 밧줄을 붙들고 수렁에서 빠져 나와 열심히 기어오르고 있어요.

다시 말하면 당신의 만유인력 같은 힘으로 오늘의 나를 지탱하고 있는 거요. 만일 전생이 있다면 우린 그때부터 특별한 인연으로 맺어진 게 분명하다는 생각이 들어요.

따지고 보면 사람의 평생은 크고 작은 인연의 연속을 외면할 순 없소. 지나가는 사람의 옷깃만 스쳐도 전생의 인연이라 했는데, 우린 세상에 태어나면서부터 누구와 어떤 연분을 맺고 살아가느냐에 따라 행복과 불행이 좌우된다고 생각되어요.

당신이 내 눈에 처음 띄었을 때, 그러니까 서울 발 대전행 기차 안에서였다는 말 언젠가 했지요.

학생복 차림의 당신 모습은 진정 천사 같았소. 이미 그때 나의 심장은 '스파크'가 일어났고, 친구의 묘지에 가는 길 초에서 두 번째의 만남은 그걸 재확인하기 위한 우연찮은 인연이었소.

우린 예정된 연분이었소. 적어도 내 마음이 그렇다는 것이요. 이제 당신을 맞아 우리만의 보금자리를 꾸미고 싶소. 부디 내 청을 거절하지 않기를 진정 바래요.

이성간의 사랑이 몇% 우연과 몇%의 의지로 이뤄지는지, 또 결혼으로 이어지기까지 서론는 얼마만큼의 사랑과 인내가 있어야 하는지 자세히는 모르겠소.

하지만 이제까지, 아니 앞으로도 당신을 향한 나의 사랑은 변함이 없을 것이라 감히 고백하고 싶소.

이 편지를 읽으며 당신의 마음과는 전혀 다르다고 불쾌히 생각하여 이걸 찢어버리고, 팽팽한 인력의 끈을 놓아 버린다면, 나는 우주의 미아가 될지도 모르오, 절대로 그리되지 않기를 바래요.

사랑의 마음은 억지로 일어나는 게 아니라는 것, 나도 잘 알아요. 더구나 사랑이 가지 않는 자에게 사랑을 강요받는 것같이 부담스럽고 고통스러운 게 없겠지요.

어찌 보면 그건 또 다른 야만이나 폭력 행위니까요. 당신에게 바치는 내 순수한 사랑이 폭군으로 군림 않기를 신에게 간절히 빌어요. 어떻게 하던 조만간 연락 바라오.

당신의 환한 모습이 보고싶소. 손꼽아 기다리겠소.

19XX년 ○월 ○일
사랑하는 정순씨에게
당신의 K로부터.

폭군이란 말은 그 자신을 두고 하는 말인지 그때 미스터 박과의 관계를 짐작하고 한 말인지 분간이 안 되었다. 오빠는 임종하기 전 왜 인호 씨한테 죄를 진 것 같다고 했는지 그 뜻을 이제야 알 것 같았다.

한없이 다정하고 고지식한 오빠가 순진한 누이동생에 대해 한 남자의 이같은 절절한 사연을 읽고 찢어버릴 수는 없었을 것이었다.

그보다 많이 가슴 아파하고 고민했을 것 같았다. 그녀 자신이 그때 이 편지를 직접 받아보았다면 어찌 되었을까?

가슴이 뭉클하고 눈시울이 적셔져서 잠은 또다시 천리 밖으로 달아났다. 그녀는 눈물을 흘리며 그 편지를 네 번 읽고 또 눈물을 닦으며 다섯 번째 읽고 나서 핸드백 속에 접어 넣었다.

내일은 새벽에 미국으로 다시 전화하고 또 수원에 있는 김산부인과 병원에 직접 찾아가서 그의 아들이 어디 있는지 그를 만나야지, 그녀는 몸을 뒤척이며 날이 새기만을 기다렸다.

그런데 새벽 공기를 흔들고 전화벨이 요란하게 울려댔다. 깜짝 놀란 J는 일어나 불을 켜보니 탁상시계는 4시 5분을 가리키고 있었다. 섬뜩한 생각이 들었다.

"여보세요, 여기 뉴욕인데요. 거기 서울 미세스 박 댁이 맞지요?"

"네, 그런데요."

뜻밖에 남편 친구인 미스터 강의 다급한 목소리 같았다.

"미세스 박입니까?"

"네 맞아요, 미스터 강이시군요."

"예. 미스터 박이 간밤에 교통 사고로 맨하탄병원에서 뇌수술을 받고 지금 중환자실에 있어요."

"네? 뭐라고요?"

웬 일인지 다음 말이 연결이 안 되고 전화가 도중에 끊겼다. 물을 필요도 없이 남편이 중태임에 틀림없다. 그녀는 가슴이 철렁하고 손발이 떨려왔다.

J는 건넌방에 뛰어가 새벽잠이 흥건히 든 엄마 아빠를 깨웠다. 남편의 긴급한 사정을 알리고 다시 도미를 서둘러야 했기에 8시경에 여행사에 연락하여 출국 비행기를 예약했다.

곧 대학병원에 전화하고 K의 담당 간호사에게 물었으나 그의 병세는 여전하다고 했다.

그녀는 자신이 긴박한 사정으로 서울을 떠난다고 손 과장에게 전해 달라고 말했다. 택시를 타고 공항으로 달리는 J의 마음은 엉망이었다.

도중에 약국에 들러 진정제를 사 먹었다. 비행기에 오른 그녀는 한국도 미국도 안심이 안 되어 심한 갈등으로 방황하다가 꼬박 잠이 들었다. 간밤에 잠을 설쳤고 진정제를 두 알이나 먹은 탓이리라.

J는 뉴욕의 공항을 천천히 빠져 나왔다. 장 속같이 와글대는 인파 속에서도 그녀의 마음은 두려움과 쓸쓸함으로 가득했다.

병원 중환자실에 들어서니 남편은 머리가 붕대로 칭칭 동여매졌고 얼굴에는 산소 마스크를 쓰고 인공호흡기만 팔락거렸다. 팔에는 링거 줄이, 가슴에는 심전도 줄이 얼기설기 늘어져 있고, 불룩한 누런 비닐 오줌 주머니가 침대 곁에 걸려있었다.

결혼 전 그가 폭주하고 입원실에 누워있을 때가 떠올랐다. 그런데 그때와는 많이 달라진 자신의 감정에 깜짝 놀랐다. 부부라는 이름으로 살을 비비며 동거해 온 세월 탓일까?

침대 곁에 엎드려 그의 손을 붙잡고 흔들며 “여보, 여보” 하고 불렀지만 전혀 반응이 없다. 다른 사람을 의식할 겨를도 없이 한참을 흐느껴 울었다.

남편을 속이고 서울에 갔기에 그 죄 값을 치르는 게 아닌가 그런 생각마저 들었다. "하나님, 남편을 살려주세요. 대신 저에게 벌을 내려주세요. 저의 죄 값으로 지옥에 떨어뜨려 주셔도 할 말이 없습니다."

위 속은 불로 지지는 듯하고 신트림이 꾸역꾸역 솟아올라와 식도까지 따가웠다. 온종일 굶었으니 위가 반란을 일으킨 당연한 아픔이었다.

K가 묻고 치료를 권했던 '헬리코박터 파이로리'인가 무언가가 위 속에 있는 것 같았다. 검사를 받고 치료를 해야 한다는 말이 다시 절박하게 느껴졌다. 핸드백에서 위궤양 약을 꺼내 수돗물과 함께 목구멍에 몰아넣었다.

간호사에게 물어 당직 레지던트를 찾아갔다. 깡마른 젊은 의사는 'CT 스캔' 사진을 '비유 박스'에 걸어놓고 전기 스위치를 켰다.

가운 주머니에서 볼펜을 꺼낸 그는 사진의 음영을 가리키며 이 부분과 이 부분 두 곳의 지주막하에 출혈이 있고 혈종이 생겨서 응급으로 뇌수술을 했다고 말했다.

수술 소견과 예후는 이따 신경외과 의사의 이야기를 들어보라고 하며 나갔다. 15분쯤 지난 후에 그가 집도한 신경외과 의사와 함께 들어와 J에게 소개했다. 체구가 건장하고 호감이 가는 의사였다.

"닥터 스미스입니다. 미세스 박, 이런 일을 당해 얼마나 상심하십니까?"

"닥터 스미스 씨 수고하셨습니다. 정말 감사합니다" 하자

"천만에요" 하고, 그도 '비유 박스'의 사진을 가리켰다.

"여기 좌측 전두엽(前頭葉)을 약 30%, 측두엽(側頭葉)을 약 20% 절제했습니다. 수술 직전 혼수상태는 물론, 동공이 산대되는 등 뇌사를 염려할 정도로 급박한 상황이었습니다. 수술 전후에도 뇌압이 많이 올라가 있었는데 지금은 거의 정상 상태입니다. 낮은 뇌압을 유지하기 위하여 당분간 마취제를 사용하며 혼수상태를 면밀히 관찰하고 있지요. 뇌수술은 대개 1주일 정도 경과를 관찰해야 수술의 성공 여부를 말할 수 있습니다. 그리고 뇌부종이 만성적으로 진행하거나 뇌출혈이 재발하면 다시 수술을 시도하는 경우도 있습니다. 뇌 절제 후에 오는 후유증을 지금 판단하기는 어렵습니다. 감성 직관, 지적 능력, 사회적 윤리적 기능을 담당하는 전두엽은 좌측이 망가져도 우측 전두엽만으로 기능이 가능합니다. 그런데 문제는 언어 중추가 있는 측두엽 44번 부분이 손상을 받으면 언어 장애가 올 수 있고, 반대편 우측 사지의 마비가 나타날 수 있습니다."

하고 자세히 설명했다. 그리고 여러가지 위로의 말도 잊지 않았다.

그녀의 위통은 가라앉았으나 잠시 후에 좌측 편두통이 망치로 두드리는 듯 욱신거리기 시작했다.

전에도 극심하게 신경을 쓰고 나면 같은 증세가 일어난 일이 있었다. 의사에게 두통을 호소하자 그가 간호사에게 지시했다. 잠시 후 간호사가 단추 같은 흰 알약과 붉은 캡슐 약 두 개를 한 컵의 물과 함께 가져다 주었다.

약을 먹은 그녀는 침대 옆에 웅크리고 앉았다. 두통이 멎기를 한참 기다렸다가 우두커니 남편의 얼굴을 들여다보았다. 울컥 서러움이 복받쳐 왔다.

그녀는 고개를 숙인 채 두 손바닥에 얼굴을 파묻고 다시 흐느끼기 시작했다. 그 동안 남편에게 한 짓이 불연듯 죄스럽고 좀더 잘 해주지 못한 게 후회되었다. 엉엉 소리내어 울고 싶었으나 참느라 어깨만 들먹거렸다.

얼마나 지났을까, 뒤에서 인기척이 나서 돌아보니 전화해 주었던 남편 친구 미스터 강이 우뚝 서 있었다.

"오셨군요" 하며 그는 벌레 씹은 표정을 짓고 있다.

그녀는 일어나 눈물을 훔치면서 고개 숙여 묵례만 하고 서있자 그가 다시 말을 이었다.

"요 며칠 날씨가 푸근하여 골프를 쳤지요. 저녁을 먹으며 약간의 음주를 했을 뿐 그리 과음은 안 했습니다. 식사가 끝날 무렵인데 미스터 박이 핸드폰을 받고 누굴 만나러 간다고 먼저 나갔습니다. 나중에 알고 보니, 가는 도중에 하이웨이 난간을 들이받고 이런 사고를 당했습니다. 뭐라 드릴 말씀이 없군요."

"만날 사람이 누구였지요?" 하고 J가 묻자, 그는 우물우물 하더니 "잘 모르겠습니다." 하고 말을 흐렸다. 분명 알고 있으면서 속이는 눈치였다.

'혹시 미스 황 아니었나요?' 하고 묻고 싶었으나 지금 그게 중요한 게 아니라서 입을 꼭 다물었다. 하지만 남편과 그녀와의 염문 때문에 정순은 오랫동안 시달려 왔었다.

그녀는 버럭 고함이라도 치고 싶었다. 엉망으로 뒤죽박죽이 된 가슴속을 쥐어뜯고 통곡이라도 하고 싶었다.

미스 황과 놀아나다 이 꼴이 된 남편에게 속 상하고, 세상에 그렇게도 복 쪼가리가 없이 살다가 시들어 가는 K가 불쌍하고, 서울까지 갔다가 그를 보지도 못하고 곧장 다시 와서 이런 꼴을 보아야 하는 자신이 처량해서 그랬다.

그러나 정순은 가슴에 바위덩이를 얹어놓고 꾹꾹 참아야 했다. 남편은 당뇨와 고혈압이 있어 늘 약을 먹어야 했는데 크게 자각 증세가 없다보니 이따금 약을 잊어먹곤 했었다.

그때마다 남편에게 핀잔을 주고 약을 챙겨주었는데 이번에도 분명 약을 빠트린 게 틀림없을 거라고 생각했다.

남편은 6일 만에 의식을 되찾았지만 말이 어눌했다. 수술 의사는 분명한 이야기를 안 했으나 죽을 수도, 식물인간이 될 수도 있음을 상식적으로 알고 있었기에 그 6일 동안이 몇 달이나 지나는 것같이 초조하고 힘들었었다.

이제 죽음이나 식물인간 상태만은 면했으나 사지의 기능이 제대로 돌아와 불구를 면할 수 있을지가 걱정되었다. 정신없이 집과 병원을 드나드는 사이 보름이 지났다.

남편의 오른쪽 팔과 다리의 마비는 물리치료를 계속 받았지만 좀처럼 회복의 기미가 없었다. 환자는 적극적인 물리치료를 받기 위해 병동을 옮겼고, 그녀는 처음으로 문구점의 문을 열었다.

그 동안 K의 생각이 문득문득 났어도 그의 상태를 알 길이 없었다. 답답하고 짜증이 났지만 매일 기도를 게을리 하지 않았다.

미국에 돌아온 즉시 어머니에겐 차마 박 서방이 중태라는 말을 하지 못하고 교통사고로 병원에 입원했다고만 말했었다.

서울에서 전화가 걸려올 때마다 좋아진다고만 전했으니 이제는 사실을 말할 참이었다.

그녀는 가게에 들어서자마자 서울의 어머니에게 그간 박 서방의 병세를 비교적 자세히 알려주고, 이젠 위험한 고비를 넘기었다고 안심시켰다.

그리고 나서 곧장 대학병원에 전화했다. "거기 서울 00대학 병원이지요? 소화기 내과 손 과장님실을 대주세요.”

“네? 과장님이 지금까지 계시나요? 거기 어디세요? 급한 일인가요?” 하고 물어왔다. 시계를 보니 오전 9시 반, 한국은 한밤중일 터이니 교환이 의아하여 물어본 것도 당연했다.

“여긴 미국 뉴욕인데요, 미안하지만 3층 서 병동 간호사 테이블을 연결해주실 수 있습니까?”

정중하게 부탁했다. 잠시 후 앳된 목소리의 간호사가 받았다.

“여보세요. 수고하십니다. 김인호 환자의 상태를 알고 싶어요.”

“네, 별로 진전이 없는데요.”

“그럼 손 과장님에게, 얼마 전에 뉴욕에서 찾아뵈었던 사람이 김인호 환자에 대해서 전화 기다린다고 말씀해 주세요. 연락처는 서울이 아니고 미국으로 해 달라고요.”

하고 문구점 전화번호를 또박 또박 두 번 불러주었다.

간호사는 그 번호를 되풀이하고 “그렇게 말씀 드릴게요. 급한 환자가 부르네요. 미안해요, 아줌마” 하고 전화를 끊었다.

별로 진전이 없다는 말은 어떻게 해석을 해야 옳을까? 남편의 위험한 고비가 지나가니 걱정과 불안의 물줄기는 마냥 서울을 향해 치닫고 있었다.

가게문을 닫은 지 3주가 되었음을 입증하듯 선반에는 꽤 먼지가 쌓여 있었다. 종업원 미스 한에게 곧 나오라고 연락했지만 그녀가 나올 때까지 기다릴 필요 없이 팔을 걷어붙였다.

카펫을 ‘베이큠’하고 선반의 먼지를 닦아내고 있으니, 젊은 단골 손님이 들어왔다.

그 손님은 중학생과 초등학생을 둔, 꽤 지적 인상을 풍기는 주부였다. 아무 걱정이 없음직한 그녀의 싱싱한 모습이 부러웠다.

그녀는 정순의 얼굴을 보고 깜짝 놀라며 "어디 아프세요?" 하고
물었다.

몸이 아픈 게 아니라 마음에 골병이 들었노라고 말하고 싶었지
만 그냥 웃기만 했다. 그 웃음이야말로 예의상의 억지 웃음이었다.

"지나가다 보니 오랫동안 문이 닫혀있어 궁금했는데 정말 많이
아프신 것 같습니다. 얼굴이 안 됐어요" 하고 걱정스럽게 물었다.

"한국에 다녀오느라 피곤해서 그래요" 하고 정순은 얼버무렸다.
남에게까지 남편의 입원을 알리고 싶지 않아서였다.

남편 박상철은 병원에서 한달 만에 퇴원했고 또 3주가 지났다.
어눌했던 발음은 조금씩 나아졌고, 오른쪽 수족의 마비도 다소 좋
아진 것 같았으나 아직 목발을 짚고 다녔다.

정순은 남편의 불편을 덜어주기 위해 자상한 데까지 신경을 쓰
면서도 마음 한가운데는 늘 K에 대한 수심이 떠나지 않았다.

그간 몇 차례 뉴욕대학에 있는 그의 친구에게, 또 서울의 대학
병원에 전화했으나 시원한 소식을 들을 수가 없었다.

*   *   *

그렇게 불안한 나날을 보내던 어느 날 밤이었다. 누군가 꽝 하
고 징을 치는 소리가 들렸다.

그 긴 여운은 바람에 나부끼어 멀리 사라졌다. 이어서 꽹과리,
북소리, 장구소리가 리듬을 깨고 제멋대로 소음을 내고 있었다.
자신도 모르게 귀를 틀어막아야 했다.

그런데도 여전히 깨진 꽹과리소리, 징소리, 장구소리가 요란한
떨림으로 울리고 있었다. 그 소리는 자신의 내면에서 들리는 소리

였다.

패배를 알리는 나팔소리 같다가, 모든 것이 끝났음을 알리는 조종 소리로 변했다. 눈을 번쩍 떴을 때는 아직 여명이 주춤거리고 있는 새벽녘이었다.

잠시 후 천둥소리가 요란하게 들렸다. 이따금 번개빛이 대낮같이 창문을 뚫고 들어왔다. 빗소리가 수런수런 들렸다.

밖 어디선가 까마귀 소리가 청승맞게 우짖고 있을 것만 같았다. 아무래도 불길한 징조임에 틀림없었다. J는 한숨을 크게 몰아쉬었다. 고개를 설레설레 흔들고 자리를 박차고 일어났다.

*　　　　　*　　　　　*

그 동안 대학병원에 입원해 있던 K는 담석 수술 스케줄이 다음 날로 잡혔다. 진통제로 버텨왔지만 너무 자주 일어나는 통증을 감당할 순 없었다.

그의 육감은 이제 인생의 모든 미련을 빨리 정리하고 세상을 하직할 준비를 서두르라고 속삭이고 있다.

그는 J를 생각해서라도 좀더 오래 살고 싶었다. 그러나 그런 간절한 염원은 감상만으로 끝내야 했다.

인생은 언젠가는 다 죽는다는 대명제를 부정할 순 없다. 하지만 자신은 예상보다 빨리 찾아온 죽음의 신 앞에 불안과 공포에 떨지 않을 수 없었다.

K는 의사가 된 후 그 많은 환자들을 보며, 인생의 종착역에 들어서면 의연하고 담담하려 마음의 준비를 해왔다. 하지만 자신도 평범한 사람인지라 인지상정을 초월할 수는 없다.

간혹 지독한 마음의 병을 앓는 자, 갑자기 너무 큰 정신적 충격으로 인내의 한계를 넘은 자는 자신의 목숨을 스스로 끊기도 한다. 그러나 그런 자살자와는 달리 자신은 지금 질병이란 포악한 적군에 의해 풀려나올 수 없는 포위망에 갇혀 있다.

인류의 공적인 그 많은 질병들과 맞서 평생을 대결해 온 자신이 이제 백기를 들고 항복할 차례이다.

K는 지금 육신과 정신이 감당할 수 있는 고통의 한계점에 서 있다. 그래서 이 절박한 운명 앞에 순응할 수밖에 없다. 그는 어쩔 수 없이 생각의 앵글을 다른 각도로 돌려야 했다.

타의에 의해 태어난 인생이 이제 타의에 의해 죽어야 하는 운명은 어쩌면 당연한 게 아닌가? 인간은 어차피 되돌아올 수 없는 외줄을 타고 한발 한발 죽음을 향해 가는 이상 그 도착지가 조금 앞당겨졌다고 분통을 터트려 무슨 소용이 있겠는가.

생각하기에 따라서는 그런 아슬아슬한 외줄을 여기까지 타고 왔고 인생고해(人生苦海)라는 세상을 이만큼이나마 잘 헤엄쳐 온 것에 감사하고 미련을 접어두어야 하지 않을까?

뉴욕대학 병원에서 처음 시한부 생명이란 선고를 받았을 땐 분노와 서러움, 불안과 공포가 한꺼번에 태풍같이 회오리쳤었다. 하지만 체념이란 쓰디쓴 약을 삼키며 시간이 지나니 점차 그런 감정이 둔감해지는 것 같았다.

이 밤이 지나면 어김없이 새날이 밝아오지만 그에게는 내일은 기약 없고 오늘만이 그의 것이었다. 단지 하룻밤, 몇 시간이지만 그에겐 전생애의 마지막 밤이 될 수도 있기 때문이었다. 헷세가 '데미안'에서 말했던가?

'그대가 헛되이 보낸 오늘은 어제 죽어간 그가 그토록 살고 싶어하던 날'이라고, 그렇다. 오늘밤을 새워 꼭 할 일이 있다.

그는 미리 준비해 둔 녹음기와 필기 도구를 침대 곁에 갖다놓았다. 변호사를 불러 의뢰하려고 미뤄왔지만 그만두고 직접 유서를 쓰고 육성으로 유언을 남기기로 했다.

방안은 어둠과 정적이 살금살금 밀려오고 이따금 찬바람이 창문을 흔들고 지나갔다.

겨울이 멀지 않은 것 같았다. K는 침대에 앉은 채 은빛으로 반짝이는 몽블랑 볼펜을 잡았다. 거기에 따스한 J의 체온이 전해져 왔다.

그는 입을 꼭 다물고 유서를 써내려 갔다. 계약서를 쓰듯 1, 2, 3 번호를 붙여 조목조목 간단명료하게 적었다.

그리고 녹음 테이프에 유언을 담기 시작했다. 평소에 미처 생각해두지 않았던 녹음을 하는지라 처음에는 목이 잠기어 울먹이며 떠듬거렸다. 참으로 참담한 심정이었다.

녹음을 중간에서 멈추고 한참 눈을 감고 냉정을 되찾고 나서 처음 것을 지우고 다시 또박또박 말했다. 녹음을 다 마친 그는 테이프를 되돌려 감고 다시 틀어보았다.

유언의 형식은 제대로 되었는지 잘 모르지만 그런대로 알아듣게 녹음이 된 것 같았다. 벽에 걸려있는 시계의 초침은 째각째각 잰 거름으로 원을 그리며 한바퀴 돌면 또 그렇게 째각째각 같은 원을 그리고 있다. 그러나 시한부 인생은 그렇지를 못하다.

이제 단지 희망이 있다면 지상의 마지막 순간을 고통에 몸부림치지 말고, 바람에 흩날리는 민들레 꽃씨처럼 그렇게 훌훌 떠나갔으면 싶었다.

날이 새기 전 잠든 듯이 죽었으면 하는 거였다. 내일을 기약 없이 잠자리에 들듯 그렇게 잠이 들어 깨어나지 않으면 그게 바로 영면으로 이어지는 것이 아닐까.

지금껏 2만에 가까운 밤을 잠자며 새웠듯이 그렇게 잠들면 좋겠다는 바람뿐이었다. 그런데 불연듯 J가 보고 싶었다.

지상의 마지막 길은 다 혼자서 가는 거라지만 잘 가라는 고별인사의 한마디가 듣고 싶었다.

허망하지만 세상적인 인연은 그만 접어두고 미련 없이 가라는 그녀의 따뜻한 말 한마디가 간절히 듣고 싶었다. 그는 옆에 있는 전화통을 한참동안 응시했다. 그리고 시계를 바라보며 뉴욕 시간을 계산했다.

J는 가게에 나와 있을 시간이었다. 그러나 그런 간절한 열망은 꿀꺽꿀꺽 삼키며 가슴속에 꾹꾹 묻어두어야만 했다. K는 문득 헤어질 때 그녀의 마지막 말이 떠올랐다.

"인호 씨, 한국 가시면 꼭 교회에 나가셔요"라는 그 말이……
그는 침대에 누운 채 눈을 감고 손을 모았다.

"하나님, 일찍이 주님을 마음으로 영접하지 못해 정말 죄송합니다. 하지만 정순 씨가 저로 인해 받은 마음의 상처로 허탈해 하지 않고 곧 아물게 해 주세요. 그녀의 뻥 뚫린 가슴을 남편의 사랑으로 채워주시고 가정주부로서 남편에게 절대적인 반려자가 되도록 해 주세요. 모녀간의 사랑도 돈독하게 해 주세요. 부디 화목하고 단란한 가정이 되길 기도 드립니다. 그리고 저희들이 저지른 죄과는 전적으로 저의 탓이오니 저에게만 벌을 주시고 정순 씨의 여생은 행복하고 굳굳한 삶이 되도록 간절히 기도 드립니다. 이 모든 소원 주 예수 그리스도의 이름으로 기도 드립니다. 아멘."

기도를 끝내고 나니 아들의 장래에 대한 기도를 빠트렸고 친지

들의 은혜에 보답하는 기도, 더 나아가서 사회와 나라에 대한 기
도가 빠졌다. 그는 다시 손을 모았다.

"하나님, 저의 아들 웅이와 누이동생 가족, 친구 친지들에게도
은총을 내려 주시고 사랑으로 서로 믿고 잘 살아가는 사회와 나
라가 되게 해 주세요. 그리고 저와 같이 병마에 시달리는 환자들
에게 부디 축복을 내려주세요. 감사합니다. 아멘."

유년 시절 친구 따라 교회에 얼마간 다녔지만 성장해서는 세상
적인 욕심에 급급하느라 신앙생활을 못했다. 베푼 것 없이 달라고
만 하는 소원은 하나님께 염치없는 일이었다.

하지만 이 지상에서 마지막 소원이니 저 세상에 가서 벌을 받더
라도 이 기도만은 하나님도 긍휼히 여겨 들어주실 것 같았다.

이젠 바람도 잠든 듯 밤은 조용히 흐르고 있다. 복도에는 누군
가 간간이 오가는 발자국 소리만이 자박자박 들리었다.

통증이 다시 서서히 고개를 들더니, 점차로 격렬해 갔다. 간호
사를 불러 진통제를 놓아 달라 하고, 아침 수술실에 가기 전에 아
들에게 연락하여 친구, 친척들을 불러들이라고 단단히 부탁했다.

진통제를 맞은 그는 몇 시간 눈을 붙였다. 깨어나니 어느덧 창
밖의 희끄럼한 공기는 서서히 다가오는 여명에 뒷걸음질치고 있
었다. 잠시 후 아들과 친지들이 몰려왔다.

그는 수술 전처치 주사를 맞고 나서 아들을 가까이 오라 했다.

"웅아, 아버지가 돌아오지 못할 먼 길을 떠났을 때 이걸 친지들
앞에서 개봉하여라."

아들에게 금고 키와 녹음 테이프와 유서를 건네주었다.

"아버지 벌써 가시면 안 돼요. 제가 아버지만큼 의사로 성공할
때까지만이라도 지켜봐 주셔야지요."

하고 웅은 아버지 손을 붙들고 엉엉 울었다.

그도 눈물이 글썽했다. 거기 모여든 친척과 친지들도 함께 눈시울을 적셨다. 눈물을 주먹으로 닦아 내는 아들을 뒤로 하고 그는 수술방으로 실려갔다.

'ERCP'로 시술하면 담석은 30분내에 꺼낸다던 의사는 한 시간이 지나도 꺼낼 수가 없었다.

테크닉이 노련하고 경험이 많은 의사였지만 담석이 너무 크고 총담관이 기형으로 생겼기 때문이라며 어쩔 수 없이 손을 들고 나왔다.

시술 중 담도가 파열되었는지 시술한 후 24시간이 지나는 사이 담즙성 복막염이 진행하고 있었다. 결국 개복수술로 담낭을 제거하고 총담관에서 담석을 빼냈다.

수술 후 이삼 일이 지나는 사이 설상가상으로 폐렴이 생겼고, 점차로 패혈증이 겹쳤다. 항생제와 진통제를 맞으며 치료를 계속했으나 병세는 걷잡을 수 없이 악화되기 시작했다.

환자의 체력이 심히 취약해져 있어 그런 감염치료를 감당할 면역이 약화되었기 때문이었다.

그는 입원 후 5주를 넘기지 못했다. 한 많고 파란만장한 그의 일생은 그렇게 허망하게 막을 내렸다. 장례를 끝낸 후 아들은 가까운 친척과 친지 몇 사람이 모인 자리에서 유서를 낭독하고 테이프를 돌렸다.

*   *   *

오정순은 아침저녁으로 기도하고, 손 과장한테서 K의 소식을 가슴 조이며 고대한 지도 두 달이 지났다. 궂은 비가 추적추적 내리는 아침이었다.

가게문을 연 후 밀린 장부 정리를 하고 있는데 종업원 미스 한이 들어왔다. 그때 전화벨이 울렸다. J가 송수화기를 들자 둔탁한 사내 목소리가 들렸다.

"여보세요. 거기 뉴욕 문방구점 맞습니까?"

"네, 그렇습니다만……"

"여기 서울인데요, 주인 아줌마 오정순 씨 좀 바꿔주세요."

"네, 제가 주인인데요, 누구시지요?" 분명 기다리던 손 과장의 목소리는 아니었다.

"예, 저 안녕하십니까? 찾아 뵙지 못하고 전화로 인사드려 죄송합니다. 저는 김인호 씨 아들인데요. 아버지가 돌아가셨어요."

그의 목소리는 슬픔에 젖어 무겁게 가라앉아 있었다.

"네? 뭐라고요?"

그녀는 순간 아찔하여 그 사내의 다음 말을 알아듣지 못하고 털썩 바닥에 주저앉았다. 하늘이 와르르 무너지는 것 같았다.

대경실색(大驚失色)이란 필시 이런 때를 두고 표현한 말이었을까? 그 순간, 놀란 미스 한이 뛰어와 바닥에 떨어진 송수화기를 거머쥐었다.

"여보세요, 여보세요, 전화 끊지 말고 잠깐 기다리세요" 하고 송수화기를 손에 쥔 채 그녀를 끌어안으며 "정신 차리세요, 정신 차리세요, 아줌마" 하고 흔들었다.

J는 간신히 눈을 떴다. 한숨을 깊이 내쉬고 난 뒤 정신이 드는 듯, 다시 송수화기를 뺏어 들었다.

"여보세요. 여보세요, 그러니까 김인호 씨가 분명 돌아가셨다고 했어요?”

“네, 2주 전에 돌아가셨는데요. 아줌마한테 전할 말이 있습니다. 아버지의 중요한 유언이예요.”

그녀는 목이 꽉 조여왔다.

눈물이 핑 돌았고 심장의 고동이 귓전을 사정없이 두들기고 있었다. 그러다가 어느 순간 멎을 것만 같았다.

“아버지의 유품과 카피한 유서와 테이프를 등기로 보내드리겠습니다. 10일이 지나도 배달이 없으면 꼭 전화 주세요. 여기 전화번호는 (2)국에 457-34xx 번입니다. 저의 이름은 ‘웅’이고요.”

큰 일이 일어난 건 분명한데 무슨 말을 했는지 영문을 몰라 J는 더 묻고 싶었지만, 그가 먼저 전화를 끊었다.

밖은 회오리바람이 마침내 천둥을 휘감고 소낙비를 몰고 와 젖은 나뭇가지를 후려치며 마구 비명을 지르고 있었다.

J는 터져 나오는 울음을 참을 수가 없어 엉엉 통곡소리를 쏟아냈다. 허탈감에 빠진 그녀는 그날로 몸져 누워야 했다. 남편은 몸살 감기쯤으로 알았는지 감기약과 진통제를 사다 주었다.

그녀는 근 10일간을 남모르는 가슴앓이를 하다가 겨우 일어나 가게에 나왔다. 서울 소식을 들은 지 12일 만에 한국에서 소포가 등기로 배달되었다.

예상대로 K의 아들이 보낸 것이었다. J는 가슴이 두근거리고 손이 떨리어 한참을 망설이다가 가까스로 그 소포를 펼쳤다. 노란 마닐라 봉투 세 개에 대학 노트 9권의 일기장이 들어 있었다.

그리고 컴퓨터의 선명한 글체로 깨끗하게 타자한 50여 편의 시가 나왔다. 표지에는 ‘임에게 바칠 수 없는 미완의 시’라고 적혀 있고, 몇 장을 넘기며 얼핏 읽어보니 참으로 슬프고 주옥 같은 시들이 수놓여져 있다.

맨 밑 봉투에는 유서와 녹음 테이프와 웬 땅문서가 나왔다. 유서 내용을 훑어보니 그녀의 몫으로 유산이 분배되어 있다.

그녀는 가슴이 철렁했다. 너무 뜻밖이라 착각하여 혹 잘못 본 게 아닌가 하고 다시 살펴보았다.

은혜는 평생을 통해 갚는 것이라고 말하고, 또 시를 지어 읊던 그가 이제 죽어서까지 그 은혜를 갚으려 하고 있다.

그는 평소 과묵했지만 진심으로 자신을 위해준 그의 행위에 또 다시 눈물이 사정없이 솟구쳤다.

그 눈물은, 그토록 애틋한 그의 사랑 앞에 자신은 너무 무신경했던 자책의 눈물이었고, 그를 위해 더 많은 눈물을 흘려도 될 일이었다. K 역시 그런 눈물의 선물을 받을 만한 충분한 자격이 있는 남자였다.

J는 일이 손에 잡힐 리 없었다. 녹음기가 집에 있으니 일찍 들어가 그의 육성을 듣고 싶었다.

그녀는 서둘러 문을 닫고 가게를 나왔다. 소나기는 멎었지만 머지 않아 눈발이라도 몰아칠 듯 잔뜩 찌푸린 잿빛 하늘이었다.

을씨년스런 바람 소리만이 귓전에 몰아치고 아스팔트엔 낙엽이 지천으로 어지럽게 뒹굴고 있다.

그녀의 가슴은 슬픔의 물결이 울컥울컥 밀려오고 치밀어오르는 울화로 겉옷을 훨훨 벗어 던지고 싶었다.

감기라도 걸려 폐렴이 되어 며칠이라도 인사불성으로 누워 있다가 그대로 갔으면 좋겠다는 생각까지 들었다.

귀가하자 컴퓨터를 만지고 있던 남편이 힐끗 돌아보며 "당신 안색이 왜 그래? 어디 아파?" 묻고 다시 컴퓨터 커서를 움직였다. 남편은 병원에서 퇴원한 후 방안에 틀어박혀 담배를 굴뚝같이 피워댔다.

대화가 끊어진 지는 오래였고 밀실 같은 방안 공기는 고인 물이 썩은 냄새를 풍기듯 숨이 턱턱 막혀왔다. 그는 전에도 가끔 '스탁'을 했는데 요즈음에는 거의 '크레이지'가 되어 갔다.

주식이 좀 올라가면 희희낙락하는데 요 며칠 사이 신경질을 자주 내는 것으로 보아, 그가 소유한 주식이 폭락된 게 분명했다.

그녀가 서랍을 뒤져 약을 찾자 왜 요새 자주 그러느냐는 듯 다시 차가운 눈길을 던져왔다.

"어째 몸살감기가 아직도 떠나지 않네요."

하고 그녀는 일부러 태연한 척했다.

그때 전화벨이 울렸다. J가 무심코 송수화기를 들었으나 신호음이 계속되었다.

집 전화가 아니라 남편만의 전용 핸드폰에서 울리는 소리인데 그걸 분별 못했으니 자신의 마음이 들떠있음을 쉽게 알 수 있었다.

그는 자기 핸드폰을 열어 귀에 대고 '여보세요, 여보세요' 하다 순간적으로 긴장된 표정을 짓고 아내의 눈치를 살폈다.

남편은 전화를 받으며 "응, 알았어, 그럼 곧 갈게" 하고 끊었다. 그는 잠시 무엇인가 생각하는 표정을 짓더니 컴퓨터를 끄고 아무 말 없이 밖으로 나갔다.

남편은 분명 미스 황의 전화를 받고 나간 것을 여자의 센스가 아니라도 금방 알 수 있었다.

또 그녀와 진작부터 밖에서 불륜을 저지르는 것을 모를 리 없었지만 그게 남편의 잘못만이 아니라는 것을 인식했기에 묵인해 왔다.

정순은 미스 황을 한번 만나보고 싶었다. 질투나 무엇을 따지
자는 게 아니었다. 사랑의 감정을 이해하기 때문에 두 사람이 진
심으로 사랑한다면 자신이 양보할 마음의 준비가 되어 있기 때
문이었다.

그러나 그리 되면 남들 눈에는 불구 된 남편이 귀찮아 떠넘기려
는 불순하고 부도덕한 아내로 보일 게 분명했다. 그래 뜻만 보고
지켜볼 수밖에 적극적인 태도를 유보하고 있었다.

J는 집으로 돌아오면서 테이프를 듣다가 남편한테 들키면 어쩌
나 하고 내심 걱정했는데, 이젠 그런 걱정은 안 해도 될 터였다.

녹음기에 테이프를 넣고 플레이 버튼을 눌렀다. K의 담담한 목
소리가 차분히 들려올 때 그녀의 가슴은 메어지는 것 같았다.

웅이에게 전하는 유언

사랑하는 나의 아들 웅아!
내가 세상에 머무는 동안 폐를 끼친 분들이 너무 많다만 그 은혜를 갚지 못하고
먼저 떠나니 미안할 뿐이다.
특히 손 과장에게는 더욱 그렇다. 네가 살아가면서 아버지 대신 두루 안사를 차
리기 바란다.
그리고 시골에 사는 너의 고모 아이들, 석이 은희도 친동생같이 사랑해라. 그 애들
의 장래 문제도 네가 신경 써서 잘 선도하고...
왜 이리도 걸리는 사람이 많은지 모르겠구나. 우리가 살고 있는 집과 산부인과 병
원은 너에게 상속한다. 생활비와 학비 그리고 장차 결혼 비용 등은 지금 내 병원을
맡아하고 있는 닥터 이가 해줄 것이다.
네가 의대에 들어가 졸업하고 독립된 의사가 될 때까지만 맡아 하기로 했으니,
그 후에는 병원을 네가 하던, 그에게 인계하던 알아서 결정해라, 병원 임대 계약
서와 적금통장, 인감 증명 기타 중요한 서류 등이 내방 캐비넷 속에 들어있다.
캐비넷 번호는 책상 밑 서랍에 적혀있는 숫자대로 작동하고 열쇠로 여는 이중 장

치로 되어있다. 현찰은 병원 비와 기타 급한 대로 써라, 적금 통장 돈은 너도 인출할 수 있도록 너의 이름도 명기해 두었다.

현찰이 부족하면 일부를 꺼내 써라. 나머지는 아버지의 모교 장학재단에 기부하여라. 기부 금액을 명시하지 않은 이유는 네가 나의 참뜻을 이해하고 잘 처리하리라 믿기 때문이다.

그 절차나 상속세 등의 법적 문제는 손 과장에게 부탁하면 그가 좋은 변호사를 소개해줄 것이다.

그리고 마지막 부탁이 있다. 캐비넷 속에 노란 마닐라 봉투 4개가 고무줄로 묶여 있다. 맨 위 봉하지 않은 것은 말죽거리의 4,900 여평의 땅문서가 들어있다.

그 밑에 봉한 3개의 두툼한 봉투에는 나의 일기장들이 들어있다. 그 봉투들을 봉한 채로 땅문서와 함께 뉴욕에서 사는 오정순 아주머니에게 등기로 부쳐라.

봉투 겉봉에 주소가 적혀있다. 네가 직접 찾아가서 전하면 좋겠지만 바쁜 네가 그럴 수 없을 테니 전화로 이 아버지의 뜻을 전하고 정중하게 인사드려라.

너는 무슨 영문인지 어리둥절하고 이해가 안가겠지만 내 말을 들으면 너도 이 아버지가 왜 그러는지 알게 될 것이다.

정순씨는 내가 의과대학을 중단해야할 급박한 때 자신의 등록금으로 내 학교에 등록을 하고, 정순씨는 나 때문에 휴학까지 했다. 그뿐만 아니라 친척집에 가정교사 자리를 알선해 주어 학업을 마칠 수 있게 한 나에게는 은인이나 다름없다.

내가 육체적으로 힘들고 정신적으로 무너지려할 때 나를 지탱케 한 것은 그녀의 따뜻한 정성이었다. 태양계의 행성이 원심력에 의해 운행되듯 나 자신도 정순씨의 보이지 않는 인력에 의존해 왔다.

나는 세상을 살아가는 의미를, 그녀와 행복을 얻기 위해 두었다 해도 과언이 아니었다.

내가 의사가 되면, 정순씨를 배우자로 맞이하여 행복하게 해주려 했는데, 인연이 닿지 않아 결혼을 못했다.

그녀에게 적은 보답이라도 해주려고 개업한 후 조금씩 적금하여 10년 전에 나와 정순씨 명의로 사 둔 땅이다. 그 당시는 헐값이었지만 지금은 그분의 적은 소망을 이루는 데 다소 도움이 될 것 같다.

언젠가 정순씨가 중년이 되어 아담한 유치원이나 아니면 고아원 같은 것을 세워 봉사하고 싶다는 뜻을 비쳤기 때문이다.

그 동안 비싼 값에 팔리는 구매자가 있었지만 내 초지를 굽히지 않기 위해 그냥 두었다.

　진작 정순씨에게 양도하려했으나, 미국에 이민 가 잘 살고 있기에 혹 이런 일로 평안한 그녀가정에 파문이 일까해서 망서려왔다. 그러니, 이제 그 땅을 주인에게 넘겨줄 때가 왔다.

　내 손으로 직접 전해주고 싶은 충동도 있었지만 본인이 사양할 것 같아 그만 두었다. 그러나 내가 마지막 세상을 떠나면서 더 이상 연기할 수는 없다.

　평생의 빚을 다소라도 갚는 것이 내 도리이고 또 그래야 평안히 눈을 감을 것 같구나. 위낙에 마음결이 곱은 사람이라, 내 유지마저 거절할까 염려된다만 네가 꼭 실천해 주었으면 한다. 네 뜻대로 잘 안되면 역시 손 과장과 의논하는 게 좋을 것 같다. 그는 내 가장 친한 친구이고 나의 과거를 누구보다 잘 알고 있다. 그럼 부디 행복하여라.

테이프는 그렇게 끝을 맺었다. 유서 역시 같은 내용을 간단 명료하게 적고 날짜 밑에 서명해 두었다.

J는 또 한 차례 울음을 터트리며 일기장을 펼쳤다. 그 안에 그녀의 사진이 들어있다. 자신이 처음 낙도학교에서 찍은 사진이 누렇게 바래 있었다. 세상에 이 사진을 지금까지 가지고 다니다니……

일기장을 띄엄띄엄 읽고 넘기다가 다시 처음부터 빠른 속도로 읽었다. 페이지마다 철저히 정순을 사랑한다는 이야기와 못 견디게 보고 싶어한 대목이 수없이 눈에 띄었다.

그 많은 여자들 중에 나 하나를 이처럼 사랑한 남자가 그이 말고 또 있을까? 결혼을 전후하여 얼마 동안 현재의 남편 박상철의 사랑도 받았지만 K의 사랑과는 차원이 달랐다.

남편의 사랑이란 짜릿한 매력이나 영혼과 영혼이 맞부딪쳐 불꽃 튀기는 정열적인 사랑은 결코 아니었다. 그들의 결혼은 남편과 주위 사람들의 거의 강제성에, 어쩔 수 없는 J의 선천적인 동정심으로 맺어진 결합이기 때문이었다.

받으면 주어야 한다는 순리, 남편에 대한 주부로서의 의무적인 사랑, 그저 그런 덤덤한 애정을 느낄 뿐이었다.

J는 시간 가는 줄도 모르고 계속 일기장을 넘기다가 잠깐 눈시울을 적시고 있는데 전화벨이 울렸다.

"여보, 몸이 좀 어때?"

남편의 목소리였다.

시계를 보니 7시 25분, 그때까지 저녁 준비도 잊고 있었다. 당황한 그녀는 "예. 그냥 그래요" 하고 대답했다.

"나 저녁에 사업상 중요한 손님과 만나 늦을 테니 먼저 식사해요. 몸조리 잘하고, 아니면 늦게라도 뭐 먹을 것 좀 사 갈까?"

"아, 아녜요, 됐어요. 그럼 그 손님이랑 잡숫고 천천히 오세요."

하고 전화를 끊었다. 만나고 있는 상대가 미스 황인 게 분명한데 전과 같이 착잡한 감정이 일어나지는 않았다.

그녀는 오히려 다행이라 생각하고, 다시 일기장을 넘겼다. 어떤 대목은 그들이 함께 지내며 나누었던 이야기 가운데 자신이 한 말도 그대로 옮겨놓았고, 자신과 같은 생각을 한 대목을 여러 군데서 발견했다.

10시를 알리는 괘종시계 소리가 나자 차고 문이 열리며 남편이 들어오는 소리가 났다. 그녀는 일기장을 얼른 덮어 장롱 속에 깊이 묻었다.

시장기가 들어 부엌으로 나가 우유 한 잔과 빵을 오븐에 덮이고 있는데 남편이 얼큰히 취한 몸짓으로 뒤뚱거리며 들어섰다. "당신 여태 날 기다리느라 안 잤나?" 묻고 대답은 들을 필요도 없다는 듯, 방을 향해 곧장 계단을 올라갔다.

그녀는 식탁에 앉아, 덥힌 우유와 빵을 천천히 먹으며 이런 고비를 어떻게 넘겨야 할지 곰곰이 생각에 잠겼다.

여느 때 같으면 "당신 지금 누구 만나고 오지요? 또 미스 황인가 그 여자 만나고 오는가요?" 그렇게 쏘아 붙이고 싶었을 게다. 그러나 지금 자신의 입장에서는 그런 말은 도저히 할 수 없는 일이었다.

남편이 불구자가 된지라 그 짓도 시원찮을 텐데, 그를 상심시키지 않고 만나주는 그녀에게 도리어 고마워해야 할지 모른다. 물론 그녀는 물질적으로 다소 도움이야 받겠지만……

그런데 곰곰이 생각해 보면 세상은 불공평하다. 남자는 외도하다 들통이 나도 "남자니까 그럴 수도 있지." 또는 "오죽 못났으면 늙아빠진 마누라 하나만 상대하고 살까" 하는 묵계된 통념이 아직도 만연하고 있다.

그래서 탄로가 나도 약간의 불협화음 끝에 아내가 이해하고 양보하는 경우가 태반이지만 여자의 경우는 크게 다르지 않은가?

아무리 개방되더라도 여왕벌같이 몸집이 크고 힘이 센 돌연변이의 여자들이 태어나지 않는 한 여성이 지배하는 세상은 고사하고 소위 페미니즘을 주장하는 남녀평등의 시대는 결코 오지 않을 것 같았다.

그래서 여필종부라는 말이 숙명적인 만고의 진리로 생각해야 할지 몰랐다. 그러나 그녀는 다시 생각해 본다. 결혼이란 무엇인가? 남편이란 아내에게 있어 어떤 존재인가?

상식적인 통념으로 결혼은 남녀가 결합하여 한 가정을 이루고 자손을 번식하며 동고동락하는 최소한의 지고(至高)한 사회적 집단이 아닌가. 그런 집단 생활이란 남을 배려하는 최소한의 규범이나 아량이 있어야 할 텐데 남편은 그게 아니었다.

가족 중에 감기 환자가 있어도 집안에서 담배연기 뿜어대며, 사업 핑계로 과음하고 술 주정을 부린다. 일일이 생활비 간섭하면서도 때때로 수만 불(달러) 날리는 증권 노름에 탐닉하고 있다.

그뿐이랴. 심심찮게 염문을 뿌리고 다닌다. 그 외도에 대해서는 그녀 자신에게도 문제가 있었으니 백보를 양보하자. 하지만 신혼 초의 정성 어린 애정 표현은 다 어디로 사라졌을까?

남편에 대한 회의와 불신이 자꾸만 코브라 뱀같이 고개를 들고 날름거렸다. 한참 후 방에 들어서니 그는 진작 잠에 떨어져 있었다. 숨겨둔 일기장을 살며시 꺼내들고 부엌으로 다시 나왔다.

일기장은 한참씩 띈 때도 있었지만 그가 지난번 미국에 다녀가고 대학병원에 입원한 전까지로 근 20년의 세월을 간수한 것이었다. 부엌의 괘종시계는 벌써 두 시 반을 가리키고 있었다.

정순은 읽던 일기장을 덮고 방에 들어가니 남편은 여전히 깊은 잠에 빠져있어 일기장을 다시 장롱 속에 숨겨 두었다.

그녀는 K와 마지막 보냈던 밤, 그가 앉았던 식탁 앞 자리에 앉고 싶었다.

그의 잔영이 영상처럼 지나가기 때문이었다. 처음 꺼내서 그이만이 쓰고 넣어두었던 은수저를 꺼내보았다. 입안에 넣어 감촉을 느끼고 싶었지만 만져만 보고 다시 넣었다.

K가 마시고 찬장에 깊이 넣어두었던 크리스탈 잔도 꺼내놓으니 포도주 생각이 났다. 조금 남은 병을 찾아내어 그 잔에 따랐다. 핏빛의 빨간 포도주가 삼분의 이 정도 잔을 채웠다.

K가 앉았던 자리 앞에 돌아와 조금씩 음미하고 있으니 그이가 들려주었던 이야기가 새삼 가슴깊이 파고들었다.

"정순 씨 자신이 지닌 미술의 재능을 살려보아요."

　J는 눈을 감고 그때의 분위기를 떠올리다가 다시 고개를 들어 눈을 떴다. "그래요, 머지 않아 다시 시작해 볼게요."

　그녀는 그렇게 혼잣말로 중얼거리며 다 비운 잔을 물에 씻어 제자리에 갖다 놓았다.

　서서히 옆방으로 가서 K가 누웠던 침대에 털썩 드러누웠다. 가슴이 울렁거리고 얼굴이 확 달아올랐다.

　'시트'를 끌어올려 얼굴에 덮어씌웠다. 그의 체취가 남아있을 것만 같아서였다. 그러나 공허한 짓임을 그녀도 모를 리 없다.

　몇 분이 지났을까? 그녀는 언뜻 스치는 생각을 붙들고 다시 일어났다.

　침대에서 내려와 단정히 무릎을 꿇었다. 눈을 감고 손을 모아 그의 명복을 눈물로 기도 드렸다.

　새삼스럽기는 하지만 그렇게라도 해야 엉망으로 헝클어진 마음이 정돈될 것 같아서였다.

　그리고 나니, 그가 문을 열고 방긋이 웃고 들어올 것만 같았다.

　그녀는 창문 커튼을 열어 제쳤다. 조용히 흐르는 하늘엔 별 하나가 가물거렸다. 분명 그도 저런 별이 되어 자신을 굽어볼 것이었다.

　지난 세월 구름끼고 흐린 날이었기에 보이지 않던 저 별, 그러나 앞으로 20년이 아니라 200년이 지나도 저 별은 영원히 지상을 향해 빛을 뿜고 반짝일 것이다.

　자신이 그 동안 저 별에 대해 특별한 감회를 느끼지 못했던 것은 별이 거기 없어서가 아니었다. 흐린 날씨 때문만도 아니었다. 무심해서 보지 않은 날이 훨씬 더 많았다.

　앞으로 임이 그리울 땐 저 별을 보고 속삭이자. K와 지냈던 지나간 사연들이 생생하게 떠올랐다.

그는 언짢은 일에도 항상 웃음을 잃지 않고 대해주던 얼굴, 변화가 무쌍한 자신의 마음같이 여성 특유의 표정만 살피고도 차분히 설득력 있게 말해주던 모습, 매사에 세심하게 신경을 써 자신을 감동시키던 일들, 군입정을 좋아한다고 과일과 과자 봉지 사들고 올 때, 생일이나 특별한 날에는 꽃과 책을 사왔고, 때론 아름다운 시를 적어주어 기쁘게 했던, 그런 저런 일들이 안타깝게 되살아났다.

어찌 K인들 흠이 없을까마는 그와 알게 된 후로는 한번도 귀찮은 상대로 생각되거나 밉게 보인 일이 없었다. 굳이 섭섭하게 보였다면 이 선생과의 사이를 오해한 때 외에는……

분명 자신이 그때 그를 깊이 사랑한 탓이었으리라.

남편이 잠에서 깨었는지 화장실에서 소리가 들렸다. 그녀는 얼른 불을 끄고 침대에 누웠다.

전에도 그가 술을 마시고 오면 냄새 풍긴다는 핑계로 옆방에서 잔 일이 있었다.

*   *   *

J는 그 '땅'에 관해서는 더 이상 숙고할 필요도 없었다. K가 어려운 때 다소 도움이 되어준 것은 사실이지만 그가 남기고 간 체취와 사랑의 흔적은 그녀 자신이 베푼 호의에 보답하고도 남는 충분한 것이었다.

다음날 가게에 들른 그녀는 전화로 인호 씨 아들을 불렀다.

"웅이 씨이시지요?"

"예, 그렇습니다."

"여기는 뉴욕 문방구점 아줌마인데, 그 땅 문제 때문에 전화했어요.."

"네. 안녕하셨어요?"

"내 말 잘 들어요. 그 땅은 친척들, 그리고 아버지 친구 분들과 상의해서 잘 처리하세요. 그 땅은 내가 물려받을 만큼 대단한 일을 한 게 아니니, 나를 개입시키지 말고 그 쪽에서 처리해요. 거듭 말하지만 난 절대로 받을 수 없어요" 하고 잘라 말했다.

그러나 그의 아들은 "그렇게 무 자르듯 거절하시는 것은 아버지의 유지에 어긋나는 일이예요. 그리고 아버지의 그 뜻을 관철하지 못하면 제가 불효하는 결과가 되어요. 다시 한번 생각해 보세요. 꼭 아줌마가 그 땅을 소유해야 아버지도 마음 편히 계실 거예요" 하고 우겼다. 한참을 잠자코 있던 J가 다시 말했다.

"정 그렇다면 그 땅을 팔아서 아버지 장학재단을 별도로 설립하세요. 지금 문서를 등기로 도로 부치겠어요. 오해하지 말아요. 이건 내 진심이니까요. 알아들었지요?"

하고 전화를 끊었다. 그리고 나서 그녀는 차분히 의자에 앉아 서류봉투에서 문서를 꺼내 다시 확인했다.

땅의 번지는 강남구 ○○○의 4,950 평, 김인호의 이름이 먼저 있고 다음 오정순의 이름이 나란히 적혀 있다.

"인호 씨! 이처럼 마음 써 주시니 정말 고마워요, 당신의 그 착한 마음씨가 나에게 전달되었으면 그것으로 족해요. 누가 처분하든 이 재산이 꼭 유효하게 쓰여져서 당신의 기대에 어그러지지 않을 거예요. 그럼 안녕."

그녀는 그가 앞에 있는 듯 고개를 까닥하고 그 서류를 다시 봉투에 넣었다.

그 땅의 소유권을 포기한다는 내용을 몇 자 적고 그 날짜로 서명하여 동봉했다. J는 그 길로 우체국에 가서 등기로 반송했다.

보름이 지나 K의 아들한테서 또 전화가 왔다. "친척과 아버지 친구분들과 상의하고 아줌마 말씀대로 별도 장학재단을 설립하기로 결정했어요. 그런데 그 장학재단의 이름을 아버지와 아줌마 공동 명의로 하기로 했어요, 그렇게 수락하세요" 했다.

그녀는 잠시 생각하다 말했다. "그 뜻은 고마운데 내 이름은 빼고 아버지 이름 단독으로 하세요. 내 이름이 들어가면 우선 내 마음이 편치 않아서 그래요. 세상 이목도 있고…… 내 말 뜻 알겠어요?" 하고 송수화기를 놓았다.

그 아버지에 그 아들이라더니, 그 갸륵한 마음이 고마워 또 가슴이 뭉클했다. 10일이 지난 후 K의 친구라는 의사가 서울에서 전화하며 다시 한번 공동 명의를 부탁했지만 그녀는 단호히 거절했다.

*　　　　*　　　　*

K가 세상을 떠난 지도 1주기가 지났다. J의 일상생활은 너무 무미건조한 나날이 지속되었고 아무 것도 그녀의 공허감을 채워주지 못했다. 울적함을 달래기 위해 이따금 파티 장에 들러 오랜 친구들을 만나 보지만 조금도 즐겁지 않았다.

파티 장에서 돌아오는 길에 갓 건져 올린 잉어같이 팔딱거리는 여학생들이 까르르 웃으며 조잘대고 지나갈 때는 나도 저런 때가 있었던가 하는 의구심이 일어났다. 집에 오면 괜히 갔다는 황폐한 느낌도 어쩔 수 없었다. 늦가을 싸늘한 바람에 단풍이 낙엽이 되어 뒹굴 때는 더욱 적막감을 느꼈다. 벌써부터 달갑지 않은 노인성 우울증이 찾아들었단 말인가?

그녀는 아침에 일어나면 10년 아니 20년쯤 훌쩍 지나가 있으면 좋겠다고 생각했다. 산다는 게 그리도 지루하고 의미가 없었기 때문이었다.

초겨울의 어느 날 아침에 눈을 뜨니 사르르사르르 소리내며 첫눈이 내리고 있었다. 마침 공휴일인지라 J는 허드슨강으로 차를 몰았다. 인파가 들끓던 따뜻한 계절의 흔적은 찾아볼 수 없었다.

띄엄띄엄 몇 사람이 거닐었고, 한 쌍의 남녀만이 팔짱을 끼고 강을 바라보고 있었다. 겨울 바람에 파도는 출렁이고 멀리 갈매기가 날고 있을 뿐 시야는 한적해 보였다.

차에서 내린 그녀는 눈 위에 뿌드득뿌드득 발자국을 찍으며 서서히 강가로 다가갔다. 매서운 바람이 귓전을 훑고 지나갔다.

J는 코트 깃을 추켜 세웠다. K와 함께 탔던 그때의 낭만을 일깨워주듯 낯익은 통통배 두 척이 정박해 있었다. 물결은 쉼 없이 출렁이며 그녀의 입가에 조용히 시구가 새어나오게 했다.

저 여기 '허드슨' 강에 왔습니다.
당신과 함께 탔던 유람선 저기 매여있고

그 많던 승객들 한사람도 없네요
떼지어 날던 철새들

보이지 않고
갈매기 한 마리 멀리 떠갑니다

별장의 지붕마다 하얗게 쌓인 눈
뜨거운 사랑으로 녹일 까요

당신 생각에 무너진 허무의 둑
홍수의 눈물 쏟은 지 오래였지만

일렁이는 파도
불꽃이 되어오고
왜 당신은 혼자냐고 꾸짖고 있네요

저 지긋이 눈감고 돌아서면
눈물 한 방울 앞섶을 적실거고
따스한 당신 손길 제 손목 잡아주시겠지요

＊　　　　＊　　　　＊

세월의 바퀴는 굴러 K가 떠나간 지도 2주년이 지났다. 눈 내리는 밤이었다. 함박눈이 너울너울 지붕 위에, 나뭇가지 위에, 땅바닥에 엉덩방아를 찧고 주저앉고 있다.

더러는 그 자리에서 녹아버리고 더러는 남의 등에 업혀 쌓여가고 있다. 그녀의 남편은 종종 이삼 일씩 집을 비우곤 했다. 미스 황과 함께 지내고 온 것을 모를 리 없지만 방관하기로 했다. 오늘도 그가 집을 비운 지 이틀째가 되는 날이었다.

J는 K와 함께 지냈던 기억이 사무친 그리움이 되어 해일처럼 몰려왔다. 그럴 수만 있다면 눈물로 얼룩진 추억의 한 토막을 잘라 내어 망각의 강물에 띄우고 싶었다.

아니 '세상 모두를 잊을 수 있다면' 백치가 되어도 당장에 치매가 찾아와도 반갑게 맞이하고 싶었다.

멀리서 크리스마스 캐롤이 은은히 들려왔다. 그게 또 추억을 일깨워주고 있다. 무심히 달력을 보고 벌써 성탄절이 코앞에 다가옴을 알았다.

옛날의 그녀였다면 K를 위해 선물을 사고 카드를 쓰는 등 설레는 마음으로 ‘화이트 크리스마스’를 맞이할 준비를 했을 텐데……

J는 찬장에서 술병과 잔을 꺼냈다. 그리고 식탁에 앉아 술잔을 기울이고 다시 기울였다.

어느 해였던가 눈 내리는 성탄전야를 그이와 걸었었다. 그때도 길가 스피커에서 캐롤이 들렸었지. 머리 위에 눈썹 위에도 눈송이가 차곡차곡 쌓여와도 아랑곳하지 않았다.

K가 그녀의 손을 꼭 쥐어 그의 오바 주머니에 몰아넣고 손을 빼지 못하게 하고 묵묵히 거닐었었다. 그녀는 그때 처음으로 그의 체온을 구체적으로 느끼면서 생각했었다.

내가 이 남자를 깊이 사랑할지 몰라. 그런 추억이 아련히 떠오르며 그때 잡혔던 오른손이 지금 다시 따스해지는 느낌이었다. 무심중에 왼손을 오른손 등에 얹었다. 갑자기 형언할 수 없는 고독감이 회오리바람처럼 스치고 지나갔다.

J는 벌떡 일어났다. 그녀의 손길은 장롱 서랍을 뒤져 K의 일기와 시집을 다시 꺼냈다. 읽고 또 읽었으나 이제 눈물의 샘이 말라버렸는지 눈물도 한 방울 나오지 않았다.

J는 멍청이가 된 듯 아무런 감각도 느끼지 못할 때가 많았다. 멍하니 창밖을 내다보았다. 여전히 아우성치며 비틀거리는 눈송이들이 가로등 불빛 속에 하염없이 휘날리고 있다.

갑자기 머리를 휘젓고 빈혈기가 일어났다. 그녀는 엉금엉금 소파로 기어가 몸을 털썩 눕혔다.

*　　　　　　*　　　　　　*

지루하고 답답한 세월이 지나가는 사이 그녀의 가정 환경은 커다란 굴곡이 있었다. 외동딸은 결혼했다.

미시간대학에 다닐 때 이태리에서 유학 온 클래스 메이트를 만나 진즉 그 나라 시민이 되어 그곳에서 잘 살고 있다.

남편 박상철은 2년 전에 세상을 떠났다. 인호 씨가 간 지 6년째 되는 해였다. 자신의 죽음을 예감했던지 남편은 아내를 불렀다.

거나하게 취한 그가 자못 진지하게 말했다.

"내가 당신과 결혼은 했지만 당신은 몸만 나에게 왔을 뿐 마음은 늘 콩밭에 있는 비둘기였다는 걸 짐작하고 있었어. 그런 당신의 마음을 돌려놓으려고 깜냥에 노력했지만 뜻대로 되질 않더군. 그래 어쩌다가 나도 모르게 엉뚱한 수렁에 빠져들었고 거기서 헤어 나오지 못했었지. 나는 늦게야 사랑이란 이름으로 다른 여인의 순결을 겪었으니 사랑이란 감정을 조금은 이해할 것 같애. 당신 같은 순수한 사랑은 아니었지만, 참으로 불가사의한 게 사랑인 것 같아. 결국 결혼 전 내 스스로에게 다짐했던 좋은 남편이 되겠다는 결심을 끝내 실천하지 못했으니 이제 와서 후회만 남았어. 다 숙명인 것 같아. 당신이 지금 얼마나 고독한 나날을 보내고 있는지 짐작해. 내가 좀더 일찍 죽었다든지 아니면 그가 나보다 더 오래 살았어야 했는데……."

하고 그는 잠에 빠져들었다.

'그'라고 지칭한 것은 물론 K를 두고 한 말이었다. 그 후 남편은 3일 만에 심장마비로 불귀의 객이 되었다.

인호 씨가 떠난 지도 8년이 되는 어느 가을 밤이었다. 뒤뜰의 큰 정자나무의 그림자가 잔디밭에 길게 누워있고 검은 숲은 달빛에 하얗게 반사되고 있었다. 그런 정취에 이끌리어 그녀는 창문 가까이 가서 밖을 내다보았다.

하늘에는 하얀 손수건만한 조각 구름이 달님의 얼굴을 닦고 스쳐간다. 그날따라 귀뚜라미 소리라도 들릴 듯 고요했다. 고립감이 슬픔과 안타까움을 몰고 왔다.

아주 슬픈 영화를 보고 싶었다. 아니면 그런 소설이라도 읽고 싶었다. 그리고 슬프디 슬픈 음악을 들었음 싶었다.

사람의 생리는 기쁠 때 '엔도르핀'이 나온다지만 슬픈 때 더욱 슬픔에 젖어 솟아나는 눈물의 정화작용으로 울적한 기분을 한결 깨끗이 씻어 줄 테니까. 그런데 쏟아져야 할 눈물이 펑펑 쏟아지질 않고 속눈썹만 적시고 있다.

J는 전축에 슈베르트의 첼로 소나타 '다르페지오' 곡 음반을 올려놓았다. 잔잔한 첼로의 리듬 속에 피아노 소리가 섞여 화음을 이루었다.

그녀는 오랜만에 포도주 병을 꺼냈다. 크리스탈 잔도 두 개 갖다 식탁에 놓았다. 양쪽에 술을 따르고 마치 그가 앞에 앉아있는 듯 "인호 씨, 어서 드세요" 하고 자신의 잔을 쳐들었다. 그러나 앞의 빈 의자는 술잔을 굽어보며 말했다.

"그래, 정순 씨 당신은 정말 혼자이구료, 하지만 내가 늘 당신 곁에 이렇게 있잖아요. 비록 육안으로는 볼 수 없지만 당신 심안으로 볼 수 있고……"

계속되는 잔잔한 음률이 백 뮤직이 되어 K의 시가 귓가에 맴돌

왔다.

그대 모습 그리며

그대 청순한 모습 항상 곁에 있어
내 눈이 밝은 빛 보네
생시에 또 꿈속에서도

그대 감미로운 숨결 피부로 느껴
내 포근히 잠들 수 있네
번개 치고 천둥 이는 밤일지라도

아— 그대 마음같이 애틋함이여
영원토록 내 마음속에 배어있어라

그대 향긋한 체취 주위에 맴돌아
내 항상 숨쉬고 있네
낮이나 밤이나 스물 네 시간

그대 따뜻한 체온 내 몸에 스며있어
내 심장 항상 고동치네
비가 오나 눈이 오나 삼백 육십 오일

아— 그대 이름같이 굳은 사랑이여
영원토록 내 머리 속에 새겨있어라

　　인호 씨의 시를 읊고 있자니 또 그의 옛날 모습이 다가오며 이
렇게 말하고 있다.
　　"광석도 흙 속에 묻혀있으면 그저 돌멩이에 지나지 않아요. 정
순 씨가 지닌 천부의 광맥을 발굴하여 갈고 닦아내야 광채가 나

지” 하던 그의 생시의 말이 토막토막 이어졌다.

J는 자신의 두 번째 술잔을 비우고 앞의 잔마저 대신 비웠다. 그녀는 전에도 몇 번씩이나 그림을 다시 그리겠다고 다짐했었다. 그러나 얽히고 설킨 현실 생활을 핑계로 실천에 옮기지 못한 게 후회되었다.

“이제 남은 생애는 오직 그림을 위해 내 영혼을 바치자.”

정순은 중얼거리며 지하실로 내려갔다. 거기 깊이 처박아 둔 화구를 찾아냈다.

그것들은 너무 오래 방치한 주인을 원망하듯 그 자리에 움츠리고 순순히 끌려나오지 않았다. 다른 짐을 하나하나 제치고 화구를 꺼냈다.

먼지를 닦고 키친에 들고 와 펼쳐 놓았다. 그리고 K가 앉았던 식탁의 앞자리에 앉아 팔을 이마에 괴고 한참을 묵상했다.

자신의 마음속에 깊이 새겨진 그이에 대한 ‘이미지’를 송두리째 꺼내려는 듯, 백지에 스케치하기 시작했다.

다 그려놓고 보니 그가 훨씬 젊어 있어 지금의 자신과는 잘 어울릴 것 같지 않았다.

J는 K와 저 세상으로 함께 떠나지 못한 한을 안고 다시 그림을 그리기 시작했다.

*　　　　*　　　　*

그로부터 어느덧 세월의 물결은 흐르고 흘러 10개 성상이 훨씬 넘어갔다. 그 동안 장학재단은 수많은 인재들을 배출하고 있다는 소식을 가끔 전해 들었다. 그 중에서도 유진 군은 김인호 장학금으로 뉴욕대학에 유학 왔다는 소식을 들었었다.

그 동안 그녀는 규모는 작지만 뉴욕미술관에서 개인전도 두어 차례 전시했고 한국의 미술 대상도 입상한 바 있다.

그리고 자신이 모은 재산의 대부분을 김인호 장학재단에 기부하고 지금은 아파트의 좁은 방에서 연방정부 은퇴연금(S.S.)를 받으며 홀로 살고 있다.

하지만 그에 대한 추억을 되새기며 적성에 맞는 화폭과 함께 있으니 외롭거나 슬프지 않았다. J는 생각했다. 이래서 늙어서는 추억을 먹고살며 취미생활을 해야 한다고……

그녀 일기의 마지막 장은 1999년 12월 24일로 점을 찍고 있다. 진정 애틋하고 값진 눈물 방울의 흔적이었다.

*   *   *

닥터 권은 아침 진료를 마치고 배달된 U.S.A. Today 신문을 펼쳐들었다.

대충 머릿기사만을 징검다리 넘듯 살펴가며 읽을 만한 기사를 찾고 있었다. 몇 장을 넘기자 중년의 동양인 사진과 함께 젊은이 사진이 나란히 눈에 띄었다.

3호 크기 활자의 큼직한 제목에 그의 눈이 붙박여 더욱 휘둥그래졌다.

사진 밑에 뉴욕대학의 유전학과 공 교수(좌), 조교수 유진 박사라고 적혀 있고 나란히 앉아 인터뷰하는 기사가 실려 있었기 때문이었다.

'드디어 암을 정복할 날이 목전에 다가왔다.' 공 교수가 이끄는 뉴욕대학의 연구팀 중 유 박사의 노고로 이룬 개가, 노벨의학상 후보가 될 만한 업적!

닥터 권의 가슴은 설레임으로 뛰기 시작했다. 공 교수는 검정고시를 거쳐 한국의 지방대학 생물학과를 고학으로 마치고 '풀브라이트' 장학금으로 유학하여 뉴욕대학 유전학 교수가 된, 그 옛날 이희숙 선생의 남편임이 분명하기 때문이었다.

조교수 유 박사는 인호 씨의 도움으로 서울대를 나온 후 김인호 장학금으로 뉴욕대학에 유학 와서 '유전학 인자와 난치병과의 상관관계'로 박사학위(Ph.D)를 받았다고 했다.

그는 김인호 장학재단 설립에 얽힌 비화를 흘려 듣고 마음속 깊이 다짐했었다. 자신의 은인이자 그런 훌륭한 분을 앗아간 병마에 도전하는 길이 세상에 태어난 자신의 사명이라고……

유 박사는 그 분야의 권위인 공 교수를 찾아와 그 뜻을 밝히고 같은 연구팀이 되었었다. 눈부신 현대의학의 발달에도 불구하고 암이란 난치병이 호시탐탐 인명을 노리고 있다.

이런 인류의 공적인 악성질환을 지상에서 쓸어내기 위해서는 예방과 획기적인 치료법을 연구하는 것만이 지상의 목표로 생각해 왔었다. 중세에 천연두를 박멸한 '젠너'처럼……

그런 병마에 시달리는 환자에게 희망과 실질적인 구원을 주기 위해 신명을 바칠 각오로 불철주야 오직 그 연구에만 몰두해 왔다는 기사였다.

닥터 권은 이제 흥분으로 숨길조차 고르지 못했다.

인터뷰는 이렇게 끝을 맺었다.

자신이 인류에게 조그마한 공헌을 했다면 먼저 김인호 박사의 영령에 감사하고 오정순 여사에게 영광을 돌려야 할 일이라고……

닥터 권은 그 기사에서 눈을 떼는 순간 신문을 든 그의 손이 미세하게 경련을 일으키고 있음을 알았다.

닥터 권은 너무나 확실한 사실에 또 한번 경악하지 않을 수 없었다. 당장 그의 환자, 아니 그가 지금 마무리짓고 있는 소설의 여주인공 오정순 씨에게 전화를 하지 않고는 견딜 수가 없었다.

그러나 신호가 일곱 여덟 번이 울려도 아무도 받지 않았다. 오후에 다시 연락을 했으나 역시 신호만 울릴 뿐이었다. 일과가 끝나고 세 번째 전화를 걸었으나 허탕이었다.

그 환자의 부탁을 받고 책을 쓰기 시작한 이래 지난 2년 동안 의문이 있으면 자세한 '정보'를 얻기 위해 가끔 전화했었다. 그때마다 그녀는 틀림없이 집에 있었다.

그녀가 마지막 다녀간 지는 약 3주일 전이었다. 심장의 부정맥이 악화되어 약보다는 '페이스 메이커'를 삽입하는 게 좋겠다고 권장한 바 있었다.

닥터 권은 그날 진료를 일찍 마치고 귀가 길에 그녀 집에 찾아가기로 마음먹었다. 환자 차트에서 주소를 적어 넣고 나왔다.

다섯 시가 조금 지났는데도 사위는 어둠이 깔리고 있었다. 빌딩의 지붕과 공터는 하얀 눈의 '시트'를 덮고 잠든 듯이 보였다.

잔뜩 밀린 차들은 살얼음 땅을 엉금엉금 기어가고 느릿느릿 지나가는 전봇대는 한쪽 면만이 얼음 껍질로 덮여 있다.

다가오는 새해를 축하하는 뜻으로 타운에서 걸어 놓은 플래카드들이 파르르 떨고 있다. 잔뜩 바람을 들이마신 돛대마냥 불룩하게 배를 내밀고서……

높은 첨탑의 교회 빌딩 십자가는 바람에 휘날리는 눈발 속에서도 당당하고 의연하게 하늘을 가리키며 솟아 있다.

그녀의 집은 버스 두 정거장 거리의 가까운 곳에 있어 찾기 쉬웠다. 우선 '피프츠 애비뉴' 길에서 47호 숫자가 붙은 아파트 주소를 찾아냈다.

그녀의 아파트는 검은 벽돌 색의 낡은 4층 건물이었는데 외관상으로는 허름하기 짝이 없어 보였다.

눈이 쌓여 좁아진 주차장에 가까스로 차를 세우고 정문을 열고 들어서니 그 안은 겉보기보다 깨끗하고 아늑했다.

현관에는 거주자 이름마다 버튼이 붙어 있었다. 그녀의 이름을 찾아 버튼을 눌러도 아무런 응답이 없다. 한참을 기다리다 염치 불구하고 바로 옆방 번호를 눌렀다.

잠시 후 한 노파가 걸어나왔다. 바로 맨 아래층의 정문에서 가까운 방이었다. 그녀를 따라가 오정순이라 이름이 붙은 방문을 노크했는데도 아무런 인기척이 없다. 다만 켜 놓은 텔레비전 소리만이 웅얼거렸다.

옆방에 사는 그 노인 말에 의하면 어제 오후에 잠깐 다녀갔는데 별다른 기색이 없었다고 하며 밖에 나갈 때는 꼭 어디 간다고 알려주었다고 했다.

닥터 권은 그 순간 섬뜩한 생각이 들었다. 방에서는 여전히 TV 소리가 끊이지 않았다. 곧장 아파트 관리인에게 연락하여 그 방 키를 열게 했다.

그녀는 잠든 듯이 침대 곁에 쓰러져 있었다. 이미 심장고동과 호흡은 멎어있었고 눈동자는 산대되어 있었다. 사망한 지 수 시간이 지난 것 같았다.

응급전화 911로 연락하는 닥터 권은 충격과 슬픔으로 목이 메어오고 눈시울이 적셔졌다. 조금만 더 사셨으면 좋았을 걸……

그는 잠깐 서서 고개 숙여 그녀의 명복을 빌었다.

사방의 벽에는 그녀가 그린 그림이 즐비하게 걸려있었다. 만년에 개인전을 열고 전시할 그림 같았다. 침대머리 맞은편 벽 한가운데에는 중년 남자의 초상화가 걸려있다.

K의 것임에 틀림없으리라. 책상 위에는 '임에게 바치지 못한 미완성 김인호 시집'이라 적힌 작은 책자가 펼쳐져 있다. 그리고 제목마다 앙증맞은 천연색 삽화를 그려 넣었다. 그러나 맨 끝장 시는 아직 여백으로 남아있다.

너와 내가 가는 곳

함께 가자 함께 가자
우리 보금자리 간절했어도
건너지 못할 강 거기 있어
눈물짓던 너와 나
한숨 어린 망설임에 석양이 졌네
어영차 톰벙톰벙
뛰어들어 부둥켜안은 우리
힘차게 헤엄쳐 강물을 건넸네
이웃이여
마을이여
젖은 옷보고 흉보지 말라
서로 체온 합쳐서 말릴 것이니

사랑은 주는 것 희생적으로
은혜는 갚는 것 평생의 빚으로
현실은 아니라고 탄식하지 말라
힘껏 부푼 꿈이 물거품 되어도
대지 속에 묻힐 두 씨앗

지상에 아름다운 꽃을 피우겠네
열매를 맺겠네

세상이여
인심이여
비난의 화살 던질 자 그 누구인가
힘든 삶이 오가는 움츠린 길목에
등불 되어 밝히리 어둔 골목길에

책장 한쪽에는 두툼한 스케치북이 세 권이나 놓여있다. 다양한 화풍으로, 독창적인 작품을 구상하며 만년에 습작한 게 분명했다.

드물지 않게 인생의 종말이 그러하듯 그녀 역시 마지막 기쁨을 함께 나누지 못하고 눈을 감았다. 왕복이 없는 인생의 외길을 그들은 그렇게 걸어서 뿔뿔이 갔다. 그러나 K와 J가 심은 나무는 드디어 열매를 맺을 때가 왔다.

노랫소리는 TV가 아닌 라디오에서 나왔다. 형태가 낡은 것으로 보아 아마 옛날에 인호 씨가 부엌에서 틀었을 그 라디오일 것이었다.

'메기의 추억'이 은은히 흘러나왔다.

―옛날에 금잔디 동산에 메기 같이 앉아서 놀던 곳,
　물레방아 소리 들린다, 메기……

- 끝 -

암 투병 외과 의사의
예술적인 사랑의 삶

임 영 천
(문학평론가 · 조선대교수)

작가 김동선(金東先)의 처녀 장편소설 『메기의 추억』[1]이 나왔다. 그가 몇 편의 단편소설들을 이미 발표한 사실은 알고 있었지만, 이처럼 무려 300페이지에 이르는 분량의 장편소설을 준비하고 있었던 줄은 전혀 짐작하지도 못했다. 대체로 두어 권 이상의 창작집을 낸 뒤에 장편소설로 뛰어드는 게 정석인 줄 알고 있는 사람들에게 작가는 "능력만 있으면 단 한 권의 소설집을 낸 바 없다 해도 대뜸 장편소설로 뛰어들 수 있는 법"이란 확고한 선언을 한 셈이다. 약간 부럽기도 하고, 또 약간은 두렵기도 하다. 왜냐면 그를 괄목상대(刮目相對)하지 않을 수 없다는 생각을 하게 되었으니 말이다.

---

* 필자, 한국기독교문학평론가협회 회장. 한국문학비평가협회 부회장
1) 2002년 도서출판 새미 간.

이 소설은 치료 차 병원을 왕래하는 한 여인 환자가 작가 신분이기도 한 자신의 담당 의사에게 그녀의 다난했던 일생을 작품화해 달라고 부탁하는 장면에서부터 시작된다. 환자는 67세의 오정순 씨, 의사는 닥터 권으로 나오지만 본 작품의 내용과는 직접 관련이 없는 일종의 대필 작가로 소개되고 있다. 그러나 이 작품의 마지막에 가서 잠깐 얼굴을 또다시 내비치게 되는데, 수미상관(首尾相關)의 구성법 때문으로 보인다. 이른바 액자소설의 구성에서 나 더러 볼 수 있거나, 또는 영화 '타이타닉' 같은 데서 보여준 그런 수미상관의 구성법 말이다.

이 작품의 주인공은 오정순과 김인호이다. 이니셜로 J와 K로 등장하는 이 사람들이 이른바 남녀 주인공(들)이다. 오정순은 나이 많은 노파로서 맨 처음에 등장하고, 또 마지막 장면에서도 애인 김인호가 일찍 타계한 뒤 홀로 남아 20여 년을 더 살다가 임종하는 그런 여인으로 등장하는 것이 '타이타닉'에서 마지막까지 살아 남아 옛날 — 타이타닉 호의 난파 과정 — 을 회고하는 주름살 많은 노파와 상당히 닮아 있다는 생각이다.

이 소설은 일종의 애정소설이다. 무슨 이념소설도 아니고, 사회소설 또는 정치소설이란 것들과는 별 관련이 없는 순수 애정소설이다. 두 사람, 곧 J와 K의 사랑이 너무 진솔하고 또 진지하여, 나는 이 작품을 가리켜 현대판『순애보』라고 칭하고 싶다. 서운 박계주의『순애보』는 너무도 많은 우연이 남발되어 통속소설로 불릴 수밖에 없는 작품이지만 오늘의『순애보』라고 할 이『메기의 추억』은 그런 우연성의 남발을 용납하지 않는다. 모든 사건이 이른바 복선(伏線)이 깔린 필연성을 지닌 채 질서정연하게[논리적으로?] 움직이고 있는 양상이다. 이 점이 독자로 하여금 신뢰

감을 갖고 이 작품을 대하게 하며, 또한 안도감을 느끼도록 만들기도 한다.

작가 김동선은 이 소설의 주인공 김인호처럼 의사 신분의 문인이다. 아마 그 사실이 이 소설 속의 많은 장면과 사건들을 설명할 수 있는 하나의 열쇠가 될 수 있을 것이다. 즉 작가의 체험, 또는 작가의 전기적 사실이 이 작품 속에 많이 녹아 들어와 있을 것이란 말이다. 구체적으로 어떤 장면 어떤 사건이 작가의 전기적 사실과 부합하는지 우리는 알지 못한다. 또 그런 문제라면 구태여 그것을 알려고 애쓸 필요도 없을 것이다.

레온 에델(Leon Edel)이 작가 헨리 제임스 연구 등 이미 몇 가지 사례 연구[2]를 통해 보여준 바와 같이, 언젠가 어느 전기 작가가 나타나 '작가 김동선'의 전기적 사실을 알아보기 위해 자료들을 수집하는 가운데 이 소설 속의 사건[장면]들과 실제 작가의 생애가 어떻게 연결되는지 연구하게 된다면(하나의 가정일 뿐이지만), 그 경우 그것은 전혀 별개의 문제가 될 것이다.

우리 평범한 독자들은 일종의 픽션으로서의 이 소설 작품을 그대로 감상하면 족한 것이다. 그러나 그런 속에서도 여전히 의사인 작가의 삶이 이 작품 전편을 지배하고 있다는 사실만은 분명한 것이다. 어떻게 보면 실제 작가의 한 분신이라고도 볼 수 있을 주인공 김인호는 한마디로 표현해 인도주의(人道主義) 의사의 면면을 보여주고 있는데, 이 점 작가 자신의 상(像)과 많이 부합할 것으로 생각된다.[3]

---

2) L. 에델의 『문학 전기』(Literary Biography)에 소개된 내용을 가리킴.
3) 이렇게 말하고 보니, 이 소설의 주인공 김인호 의사와 작가 김동선의 관계가 마치 『성채』란 소설 속의 주인공 맨슨 의사와 작가 크로닌(A. J. Cronin)의 관계와도 유사하다는 생각이 드는 것을 금할 수 없다.

주인공 김인호는 사회운동가, 또는 자선사업가라고 할 수는 없을 것으로 보이지만, 그가 뿌린 씨앗은 이와 유사한 방면의 상당한 결실을 얻게 되는 것 같다. 김인호 장학재단4) 설립, 그리고 이 기관의 장학금을 얻어 미국 유학을 마치고 훌륭한 과학자로 성장한 유진 박사5)의 배출, 거기에다 약간은 우연의 결실이라고도 할 수 있을 공진수 박사의 뉴욕대학에서의 급성장6) 등, 암 정복을 위한 투쟁의 브레인들이 속속 배출되는 모습은 매우 믿음직스럽다. 현재 암 투병으로 시달리고 있는 김동선 작가 자신의 희망이면서, 동시에 이와 크게 다르지 아니한 환경 가운데서 살아가고 있는 우리 독자들7) 모두에게 희망적인 이야기라고 할 수 있겠다.

여주인공 오정순이 말년에, 생전의 애인 김인호의 권유에 의해 다시 그림을 그리는 일에 몰두하며 미술전람회도 몇 차례 열고, 또 앞으로도 본격적인 전람회를 열 것을 꿈꾸다가 불의에 저승의 객이 되고 마는데, 이렇게 불시에 운명한 일 자체야 안타까운 일이지만, 그녀의 그러한 삶은 매우 고상하고도 운치 있는 삶이었다고 생각한다. 김인호는 의사이면서도 틈틈이 시를 써서 갈무리해 둔 일종의 아마추어 시인이었는데, 이러한 그의 모습은 오정순의

---

4) 김인호의 사후 그의 아들과 친지들, 특히 옛 애인 오정순 씨 등이 가세하여 고인의 뜻을 받들어 세운 것이어서, 어찌 보면 그 자신이 생전에 그 재단을 직접 세운 것보다도 더 신뢰를 얻을 수 있는 기구가 아닐까 생각된다.

5) 이 청년 학자가 근본적으로 어떻게 해서 탄생했는가 하는 데 대한 자세한 내용(여기서는 아동기의 이야기)에 대해 본서 140~146쪽을 참조할 수 있다. 김인호 의사의 인도주의자로서의 모습이 빛나는 곳이다.

6) 이 소장 학자가 어떻게 우연히(?) 탄생하게 되는지 본서 74~79, 96~97, 100~101, 153~155쪽 등을 참조할 수 있다. 세상에 버릴 것은 아무 것도 없다는 말처럼, 사람도 아껴 가꾸면 이렇게 대성할 수가 있구나 하는 깨달음을 얻게 만드는 것 같다.

7) 어느 독자인들 친구·친지나 부모 형제, 또는 친인척 인사들 모두 가운데 이런 암 질병과 전혀 무관한 사람이 과연 있을 수 있겠느냐는 의미를 내포한 표현임.

미술인 상(像)과 함께 이 작품의 주인공들로 하여금 독자에게 예술인 상으로 비치게끔 만들어 주었다고 하겠다.

그렇게 볼 때 이 작품은 표현컨대, 일종의 의료소설이면서 동시에 예술가소설이라고 부를 수 있을 것이다. 때문에 이 소설 속에는 허다한 의료 행위와 예술 행위가 중첩되어 나타난다. 김인호는 의대를 나와 의사가 되어 군복무 기간 동안 군의관으로 의료 활동을 하며, 제대 후 병원을 차려 개업한 후로 명의라는 소문이 날 정도로 크고 작은 수술, 때로는 가볍기도 하고 위험하기도 한 각종의 수술들에 자신을 투신한다.

그러나 생의 마지막에 이르러선 의사인 자신도 결코 헤어날 수 없는 무서운 질병, 곧 간암에 걸리고 만다. 그는 생의 마지막까지 병원을 결코 떠나본 적이 없었다. 이 때문에서도 의사인 그가 병원 현장에서 죽어가는 일은 매우 상징적인 의미가 크다고 보겠다. 뱃사람은 바다에서 죽는 법이고, 심지어 산악인들조차 진짜 산악인은 산 속[계곡]에서 죽는다고 하지 않는가. 의료인으로서의 일생을 그처럼 철저하게 산 사람이 또 있을까 생각될 정도로 그는 병원 현장에서 상징적인 죽음을 맞이한 것이다.

자기가 생의 전성기에 수많은 사람들에게 수술을 위해 집도했던 그 칼에 이제는 자기 자신이 베어져 그 후유증으로 죽어간 것이다. 뱃사람이 일생 동안 사랑했던 바다가 결국 그 뱃사람을 삼키고, 산악인이 전생애를 바쳐 사랑했던 그 산이 끝내는 산악인을 삼키는 것처럼, 그가 한평생 의지했던 수술용 칼에 그 자신도 마지막엔 어쩔 수 없이 베어져 그 합병증으로 죽게 된 것이다. 이 소설은 그런 인물을 주인공으로 삼아 그의 일생을 그려 나간 작품이기 때문에 의료소설8)이란 호칭이 제격이라고 생각한다.

이 소설이 의료 행위로만 일관했더라면 매우 무미건조해져 버렸을 것이다. 그러나 이 소설은 예술 행위로 충만한 작품이기도 하다. 어찌 보면 아마추어 시인과 일정 수준의 미술가의 교유(交遊)와도 같은 그런 사귐이 남녀 주인공인 김인호와 오정순 사이에는 있어 왔다. 일정 수준인 미술가[9]의 그림도 김인호가 죽기 전까지는 사실상 사장시켰던 것이므로, 잠작컨대 50대 이후부터나 — 그것조차도 낯선 이국 땅에서 — 다시 붙잡았을 오정순[10]의 그림이 아마추어적이지 않을 수 없었으리라.

인호와 정순 사이에 오고간 서간문들이 이 소설엔 도처에 깔려 있다. 그리고 그런 서간문 사이에 군데군데 시편(詩篇)들이 깨알처럼 박혀 있다. 이 모두가 예술품들인 것이다. 그런데 그들의 그 예술이 아마추어 수준이라 함은 그 예술품을 그들이 상품화하지 않았다는 것을 말해주는 것이다. 그만큼 그들의 예술 행위가 순결무구(純潔無垢)했다는 것을 말해 준다고 볼 수 있겠다.

그렇다. 그들이 영위한 그 자신들의 삶 자체가 아마추어였다. 김인호의 수술 실력 말고는 그의 삶 자체가 아마추어적인 것이었다. 사랑하는 사람과의 결혼이 운명의 장난으로 어긋나 버려 전혀 엉뚱한 배우자를 만나 살아가야 했던 그의 결혼 생활이란 게 고작 아마추어적인 것이었다. 그나마 그 아내마저 일찍 죽어 버려

---

8) 모르기는 하지만, 이 용어가 아직 일반화된 단계에까지는 이르지 않은 것 같다.

9) 오정순은 대학 미술과 출신이다.

10) 이 여성 인물 '오정순'은 작가의 데뷔작 「절망의 수렁에서」(「창조문학」 '99년 가을호)의 주인공 김만성의 첫사랑(옛 애인) '오현정'의 확대된 인물상이라고 볼 수 있다. 두 여성 모두가 오씨 성(姓)을 가지고 있고, 둘 다 대학 미술과를 다닌 사람들이며, 그들이 대학생 신분이었을 당시 사회적[경제적]으로 여성의 집안이 남자의 집안보다 더 나았다는 점, 그리고 그녀들이 남자주인공들(두 김씨)의 진정한 애인들이었으면서도 결과적으로 결혼에까지 이르지 못했다는 점 등이다. 그 때문에 이 두 작품 상호간에는 인물설정 면에 있어서 이른바 텍스트상관성이 엿보인다고 하겠다.

그 후론 10년 넘게 독신으로 살아야만 했던 그의 말년의 삶이 또한 아마추어적인 것이었다. 겨우 아들 하나를 남겨 놓고서 그 아들이, 자기가 아버지처럼 의사가 되기 전까지는 아버지가 벌써 죽어서는 안 된다고 거의 떼를 쓰듯 임종(?) 현장에서 부르짖는 가운데, 그 아들에게 직장은 고사하고 최소한의 결혼조차 시켜주지 못한 채 죽어 가야 했던 사람 — 아버지 김인호 — 의 삶이 아마추어가 아니고 무엇인가?

그 점은 오정순이라고 해서 다를 바 없다. 그녀 역시 아마추어로서의 삶을 살다가 일생을 마치기로는 김인호 못지 않았다. 운명의 장난 때문에 멋도 없고 예술이 뭔지도 모르는 남자와 딸 하나를 낳아놓고 모래알 씹는 것 같은 빡빡하고도 무미건조한 삶을 살다가, 생의 후반에 우연히 옛 애인 김인호를 다시 만나 사랑의 의미를 깨닫고 몸의 신비에 대해서도 눈을 뜨기 시작하자마자 상대가 암으로 죽어 가는 것을 속절없이 지켜봐야만 했던 그녀의 삶이 진짜 생활인의 삶이었겠는가? 무슨 무대에서나 짜여진 대본의 배역처럼 등장해서 마치 한 사람의 배우처럼 연극적인 삶을 살다가 막바지에 퇴장해 버린 아마추어 생활인이 아니고 무엇이었겠는가?

그런 속에서도 여주인공 오정순은 생전의 애인 김인호가 틈틈이 예술적인 수준의 서간문과 시편들을 즐겨 쓰고 또 들려주기도 했었던 것처럼, 그녀 자신도 그런 예술적 수준의 편지글과 시들을 읽고 즐기며 남은 생애를 다시 그림 예술의 샘을 파는 예술가로서 살아가기를 작정한다. 그녀가 아무도 돌봐주는 사람도 없이 쓸쓸히 혼자 마지막 숨을 거두었을 때 그녀의 방안은 마치 전람회를 준비중인 전업 미술가의 화실처럼 많은 그림들로 꽉 차 있었던 것이다.

이런 주인공들 — 김인호와 오정순 — 의 예술적인 삶의 모습을 그려 주었기에 이 소설은 예술가소설[11])로 불리어 마땅하다고 생각한다. 그러나 그들이 꼭 무슨 수준 있는 예술품을 생산해 내었다고 해서 예술가라고 하기보다는, 그들의 삶 자체가 하나의 예술적인 삶이었다고 보아야 이 소설의 의미를 좀더 확실히 이해할 수 있을 것으로 보인다. 이 작품이 제시하고 있는 윤리 도덕적인 면의 문제점들도 일단은 그 관점에서 이해되어야 할 것이란 뜻이기도 하다.

다른 말로 표현하자면, 그들은 그들의 예술적인 사랑을 불태울 짝을 제대로 찾지 못해 고독 속에서 살았고, 늦게나마 그런 사랑을 (되)찾게 되면서 행복에 겨웠었지만, 둘 중의 하나가 예기치 않게 먼저 세상을 떠나버리자 남은 여주인공 오정순은 삶의 애착을 잃어버리게 되었다고 생각된다. 그러나 그녀는 완전히 '절망의 수렁에서' 허우적대는 대신, 그림 그리기 같은 예술활동을 통해 예술작품에 대한 사랑을 불태우게 되면서 자신의 허전한 삶의 공백을 채워 나갈 수 있었던 것이라고 하겠다.

앞서도 말했듯이, 어차피 아마추어라고 할 이들(K와 J)의 예술작품이야 뭐 그리 대단한 것이겠는가? 그러나 그런 의식과 자세 속에서 살다 간 그들의 삶 자체는 예술적인 것이었다. 멋을 알고 천진스럽고 또 욕망이란 것에서는 거리가 먼 삶을 살았던 그들이기에 그들의 사후에 막강한 힘들이 그들의 후손이나 후진들에게서 생겨나는 것은 너무도 당연한 일이 아니겠는가.

---

11) 이 용어는 현재 일반화되어 있다.

끝으로, 이 작품 속의 주인공 김인호 의사는 암으로 쓰러져 죽
어 갔지만, 이 소설의 작가 김동선 의사는 암 투병에 최후 승리함
으로써, 앞으로 한국의 크로닌(A. J. Cronin)으로서 더욱더 훌륭한
문예 작품들을 많이 생산해 낼 수 있게 되기를 바라는 마음 간절
하다. (*)

김동선 장편소설

메기의 추억

인쇄일 초판 1쇄 2002년 07월 25일
        2쇄 2006년 05월 05일
발행일 초판 1쇄 2002년 08월 02일
        2쇄 2006년 05월 15일

지은이 김 동 선
발행인 정 진 이
발행처 새미
등록일 1994.03.10, 제17-271호

서울시 강동구 성내동 447-11 현영빌딩 2층
Tel : 442-4623~4 Fax : 442-4625
www. kookhak.co.kr
E- mail : kookhak2001@hanmail.net
ISBN 89-5628-019-3, 03800
가 격 12,000원

* 새미는 국학자료원의 자매회사입니다.
*저자와의 협의 하에 인지는 생략합니다.